KB181624

오카피를 보았다

MARIANA LEKY
WAS MAN VON HIER AUS SEHEN KANN

마리아나 레키 / 한미희 옮김

오카피를
보았다

황소자리

중요한 것은 돌의 무게가 아니라 돌을 드는 이유다.

― 휴고 지라드(2004년도 세계 최고 장사)

차 례

프롤로그 • 9

제1부

목장, 목장 • 14

안경사의 사랑 • 33

지금까지 발견되지 않았던 육지 포유동물 • 51

페레로 몽 쉐리 • 64

진정한 관심 • 85

레나테와의 섹스는 나를 정신 못 차리게 만든다 • 96

여기가 아름다운 곳이다 • 109

이달의 직원 • 118

스물아홉 시간 후 • 132

제2부

바깥세상에서 온 사람 • 140

눈을 뜨다 • 152

그러니까 이런 거예요 • 174

나는 그저 알래스카가 어떻게 지내는지 듣고 싶었어요 • 201

유통기한 • 217

엘스베트의 시각에서 본 담쟁이덩굴 • 227

펠리치타 • 245

65퍼센트 • 258

바다에서 천 년 • 264

대왕고래의 무거운 심장 • 281

생물발광 현상 • 294

동물은 그런 것을 감지한다 • 303

위를 보세요 • 315

더 자세한 것은 알 수 없다 • 339

제3부

무한히 넓은 곳 • 350

노루를 쫓다 • 375

세상과의 친밀한 관계 • 394

세상을 창조한 사람은 너였다 • 398

하인리히, 마차가 부서지는 것 같아 • 401

오카피 존스토니 • 405

그렇게 여기 누우면 • 408

틀린 말을 하면 물건이 떨어진다 • 414

프레데릭 • 426

에필로그 • 450

감사의 말 • 454

옮긴이의 말 • 455

프롤로그

환한 것을 한참 바라본 후 눈을 감으면 내면의 눈앞에 같은 대상이 다시 보인다. 움직이지 않는 그 잔상에서 원래 밝았던 부분은 어둡게 보이고, 어두웠던 부분은 밝게 보인다. 이를테면 거리를 내려가면서 마지막으로, 진짜 마지막으로, 진짜진짜 마지막으로 손을 흔들기 위해 계속 뒤를 돌아보는 남자를 바라보다 눈을 감으면 눈꺼풀 뒤에서 진짜진짜 마지막으로 손을 흔드는 남자의 정지된 동작과 미소, 짙은 머리카락은 밝게 보이고, 옅은 눈동자는 아주 짙게 보인다.

 드넓은 인생의 방향을 단번에 틀어놓은 중요한 어떤 것을 오랫동안 바라보고 나면 그 잔상이 계속 보인다고 젤마는 말했다. 수십 년이 지난 후에도 잔상은 불현듯 눈앞에 떠오른다. 눈을 감기 직전에 무엇을 보았는지는 상관없다. 진짜진짜 마지막으로 손을 흔드는 남자의 모습은 빗물받이 통을 청소하다 하루살이가 눈에 들어갔을 때 문득 떠오를 수 있다. 어디다 썼는지 알 수 없는 비용 명세서를 한참 들여다보고 나서 피로한 눈을 잠시 쉬려고 할 때 떠오를 수도 있고, 밤에 아이의 침대 옆에서 옛날이야기를 해주는데 너무 피곤한 나머지 공주의 이름이나 행복한 결말이 생각나지 않을 때 떠오를 수도 있다. 키스를 하기 위해 눈을 감을 때 떠오르거나, 숲의 바닥에 누워 있을 때 떠오르거나, 병원 진찰대 위에 누웠을 때 떠오를 수도 있다. 타인 혹은 자신의 침대에 누웠을 때 떠오를 수도, 아주 무거운 물건을 들기 위해 눈을 질끈 감을 때 떠오를 수도 있다. 하루 종일 바쁘게 돌아다니다 신발끈이 풀어져 묶으려고 고개를 숙이는데 그날 잠시도 쉬지 않았음을 문득 깨달을 때 떠오를 수도 있다. 누가 깜짝 놀라게 하려고 "눈 감아 봐."라고 할 때 떠오를 수도, 애써 고른 마지막 바지마저 맞지 않아 피팅룸 벽에 기대설 때 떠오를 수도 있다. "당신을 사랑해." "하지만 나는 당신을 사랑하지 않아."처럼 중요한 말을 털어놓기 직전 눈을 감을 때 떠오를 수도 있다. 밤중에 감자튀김을 만들다 떠오를 수도 있고, 절대 들이고 싶지 않은 사람이 문 앞에 서 있어서 난감해 눈을 감을 때 떠오를 수도 있다. 가슴을 짓누르는 걱정이 해결되어 눈을 감았을 때 떠오를 수도 있다. 혹은 편지나 신뢰, 귀고리 한 짝, 잃어버린 개, 생각나지 않는 단어나 꼭꼭 숨은 아이 등 애타게 찾던 사람이나 물건을 찾아 눈을 감을 때 떠오를 수도 있다. 그 잔상은 계속해서 문득문득 떠오른다. 전혀 예상 못한 순간 불현듯 떠오를 때가 많다.

제1부

목장, 목장

젤마가 밤에 오카피 꿈을 꾸었다고 말했을 때 우리는 우리 가운데 한 사람이 틀림없이 죽을 거라고 믿었다. 그것도 스물네 시간 안에 죽을 거라고. 예상은 거의 들어맞았다. 스물아홉 시간이 지난 다음이었으니까. 죽음은 조금 늦게 찾아왔다. 말 그대로 문을 통해서. 죽음이 지각을 한 것은 아마 오래, 마지막 순간까지 망설였기 때문이리라.

젤마는 오카피 꿈을 평생 세 번 꾸었는데 그런 꿈을 꾼 다음이면 어김없이 누군가가 죽었다. 그래서 우리는 오카피 꿈과 죽음이 분명 연관이 있다고 굳게 믿었다. 우리의 지성은 그런 식으로 일한다. 지성은 가장 짧은 시간 안에 커피포트와 구두끈, 재활용 병과 전나무처럼 전혀 상관없는 것을 단단히 묶어놓으려고 애를 쓴다.

이 방면에서 안경사의 지성은 특히 뛰어났다. 전혀 상관없는 두 가지 일을 안경사에게 말하면 그는 단박에 밀접한 연관을 만들어냈다. 하지만 이번 오카피 꿈이 그 어떤 이의 죽음도 불러오지 않을 거라고 주장한 사람은 바로 안경사였다. 그는 죽음과 젤마의 꿈은 털끝만큼도 연관이 없다고 주장했다. 하지만 우리는 안경사 역시 사실은 연관을 믿는다는 것을 알고 있었다. 그 누구보다 굳게 믿은 사람은 안경사였다.

아빠 역시 그건 터무니없는 허튼소리라고, 우리의 미신은 무엇보다 우리가 바깥세상과 담을 쌓고 살기 때문에 생긴 거라고 했다. 그는 항상 이렇게 말했다. "당신들은 바깥세상을 좀 더 받아들여야 해요."

아빠는 사건이 일어나기 전에 특히 젤마를 향해 단호하게 말했다. 하지만 그 사건이 일어난 후 아빠는 입을 다물었다.

오카피는 엉뚱한 동물이다. 죽음보다 더 엉뚱하다. 종아리는 얼룩말처럼 생겼고, 엉덩이는 맥처럼 생겼으며, 적갈색을 띠는 몸통은 기린처럼 생긴 데다 노루의 눈과 쥐의 귀가 달린 오카피는 아무 상관없는 것을 모아놓은 동물처럼 보인다. 저런 동물이 있을까, 싶을 만큼 믿기지 않는 동물이다. 그러니까 현실에서 만난다 해도 베스터발트에 사는 젤마의 불길한 꿈속에서만큼이나 믿기지 않는 존재인 것이다.

오카피가 아프리카에서 공식적으로 발견된 것은 불과 82년 전이었다. 인간이 발견한 마지막 대형 포유동물. 아무튼 사람들은 그렇게 믿고 있다. 아마 맞는 말일 것이다. 오카피 이후로는 아무것도 더 나올 수 없기 때문이다. 어쩌면 그보다 훨씬 전에 비공식적으로 오카피를 발견한 사람이 있을지 모른다. 하지만 오카피를 본 사람은 아마 자신이 꿈을 꾸거나 제정신이 아니라고 생각했을 것이다. 오카피는 상상 속에서 여러 동물을 뒤섞어놓은 것처럼 생겼기 때문이다. 갑자기 불쑥 나타난 오카피는 특히 더 그런 인상을 주었을 것이다.

하지만 오카피는 불길한 것과 거리가 멀다. 아예 불길한 느낌을 줄 수가 없다. 우리가 아는 한 오카피는 아주 드물게 눈을 부릅뜨지만 그렇게 해도 불길한 느낌은 주지 않는다. 젤마의 꿈에서 설령 오카피 머리 주위로 산더미 같은 불행을 예고하는 까마귀와 올빼미들이 날아들더라도 오카피는 부드러운 인상이었으리라.

젤마의 꿈에서 오카피는 숲 근처 풀밭에 서 있었다. 우리는 일련의 들판과 풀밭, 숲으로 이루어진 그곳을 '울헥'이라고 불렀다. 울헥은 '올빼미 숲'이라는 뜻이다. 베스터발트 사람들은 많은 것의 이름을 실제와 다르게, 원래보다 더 짧게 부른다. 얼른 말을 끝내고 싶어 하기 때문이다. 젤마의 꿈에서 오카피는 실제 오카피와 똑같아 보였다. 젤마도 실제 젤마와 똑같아 보였다. 그러니까 루디 카렐*과 똑같은 모습이었다.

놀랍게도 우리는 젤마와 루디 카렐이 완벽하게 닮았다는 사실을 알아차리지 못했다. 몇 년 후 바깥세상에서 온 사람이 그 사실을 지적한 뒤에야 비로소 우리는 두 사람이 닮았다는 것을 알았다. 하지만 그 후부터 두 사람의 유사성은 우리의 마음을 사로잡았다. 키가 크고 마른 몸집이며 태도며 눈이며 코며 입이며 머리카락이며, 젤마는 머리끝에서 발끝까지 루디 카렐과 똑같았다. 얼마나 닮았는지 우리 눈에는 카렐이 젤마의 불완전한 복제품처럼 보였다.

꿈속에서 젤마와 오카피는 울헥에 조용히 서 있었다. 오

---

* 본명은 루돌프 빌리브란트 케셀라르(1934-2006). 네덜란드 출신의 유명한 텔레비전 쇼 프로그램 사회자이자 배우.

카피는 머리를 오른쪽으로, 숲 쪽으로 돌린 채 서 있었고 젤마는 옆으로 몇 걸음 떨어진 곳에 있었다. 젤마는 현실에서 잠들 때 입었던 잠옷 차림이었다. 발목까지 내려오는 꽃무늬 잠옷은 초록색이거나 푸른색 혹은 하얀색이었다. 그녀는 고개를 숙여 현실과 똑같이 길쭉하고 구부러진 자신의 늙은 발가락을 물끄러미 내려다보았다. 그리고 가끔 오카피를 곁눈으로 힐끔힐끔 훔쳐보았다. 포기하고 싶은 마음보다 사랑하는 마음이 조금 더 큰 사람을 볼 때처럼 아래쪽에서 올려다보았다.

아무도 움직이지 않았고 아무도 소리내지 않았다. 현실에서 울헥에 늘 불던 바람조차 없었다. 꿈이 끝나갈 무렵 젤마는 고개를 들었고, 오카피는 젤마 쪽으로 고개를 돌렸다. 이제 젤마와 오카피는 서로를 똑바로 바라보았다. 오카피는 아주 부드럽고 검고 축축하고 커다란 눈으로 그녀를 보았다. 다정한 눈길로 젤마에게 묻고 싶은 것이 있다는 듯, 아무것도 물을 수 없는 것이 안타깝다는 듯 오카피가 젤마를 바라다보았다. 젤마와 오카피가 서로의 눈을 들여다보던 그 그림은 한참 조용히 정지해 있었다.

이윽고 그림이 뒤로 물러나고 젤마는 잠에서 깨어났다. 꿈이 끝나고 곧 가까이 있는 어떤 생명체가 생을 마감했다.

그날 아침 그러니까 1983년 4월 18일 아침, 오카피 꿈을 꾸었다는 사실을 숨기고 싶었던 젤마는 아주 즐거운 척 행동했다. 유쾌한 척 가장하는 데 있어서 그녀는 오카피만큼이나 교활했다. 기뻐서 어쩔 줄 모르는 심경을 가장 그럴 듯하게 표현할 방법은 여기저기 돌아다니는 것이라고 그녀는 믿었다. 그래서 싱글싱글 웃고 흔들거리며 주방으로 들어왔다. 당시 나는 그녀가 어른 키보다 더 큰 지구본에서 걸어오는 루디 카렐과 닮았다는 사실을 알아차리지 못했다. 루디는 루디 쇼가 시작될 때 바다는 밝은 푸른색으로, 육지는 금색으로 표시된, 미닫이문이 달린 지구본에서 걸어나왔다.

엄마는 젤마가 사는 집 위층 우리 집에서 아직 자는 중이었다. 아빠는 벌써 병원에 나간 후였다. 나는 피곤했다. 어젯밤 잠드는 데 애를 먹었기 때문이다. 그 밤, 젤마는 오랫동안 내 침대에 앉아 있었다. 어쩌면 내 안의 어떤 것이 젤마가 꿈을 꾸리라는 것을 예감했고, 그래서 더 오래 그녀를 붙잡아두려 했던 것인지도 모른다.

아래층 젤마 곁에서 잘 때면 그녀는 침대 가장자리에 앉아 행복하게 끝나는 이야기를 해주었다. 더 어렸을 때 나는 이야기가 끝나면 항상 그녀의 손목을 감싸쥐었다. 엄지손가락을 그녀의 맥박에 대고, 온 세상 사람들이 젤마의 심장박동 리듬에 따라 갖가지 일을 한다고 상상했다. 안경사가 렌즈를 갈고, 마르틴이 무거운 물건을 들고, 엘스베트가 울타리를 정리하고, 잡화점 주인이 음료수 팩을 정돈하고, 엄마가 전나무 가지를 차곡차곡 포개어 놓고, 아빠가 처방전에 도장을 찍는다……. 모든 사람이 정확히 젤마의 심장박동 리듬에 맞춰서 자기 일을 하고 있다고 상상했다. 그러다가 어김없이 스르르 잠이 들었다. 하지만 열 살이 된 지금 그러기에는 내가 너무 나이들었다고 젤마는 말했다.

젤마가 흔들흔들 걸어 들어왔을 때 나는 주방 식탁에서 지리 숙제를 마친 후 마르틴의 공책에 옮겨적는 중이었다. 젤마는 "안뇽!" 하면서 즐거운 듯 내 옆구리를 가볍게 쿡 찔렀다. 마르틴의 숙제를 또 해주느냐고 야단칠 줄 알았는데 의외였다. 젤마는 지금까지 한 번도 "안뇽!"이라고 한 적이 없었다. 즐거운 듯 누군가의 옆구리를 쿡 찌른 적도 없었다.

"무슨 일 있어요?" 내가 물었다.

"없어용." 젤마는 노래하듯 높은 목소리로 말하고는 냉장고 문을 열더니 치즈 한 덩어리와 간소시지 하나를 꺼내 공중에 흔들면서 같은 목소리로 물었다. "점심에 먹을 빵 위에 뭘 얹어줄까?" 그리고 같은 목소리로 "우리 예쁜이." 하고 덧붙였다. 노래하듯 높은 목소리와 '우리 예쁜이'라는 말을 들으면서 나는 뭔가 심상치 않은 일이 생겼음을 눈치 챘다.

"치즈요. 무슨 일 있지요?"

젤마는 여전히 노래하듯 높은 목소리로 대답했다. "아무 일 없다고 했잖아." 그녀는 빵에 버터를 바르고는 여전히 흔들흔들 걷다가 그만 식탁에 놓은 치즈를 손목으로 밀어 떨어뜨렸다. 젤마는 우뚝 선 채 산산조각 난 값비싼 보물 이라도 되는 양 치즈 덩어리를 내려다보았다.

나는 다가가 바닥에서 치즈를 주워들었다. 그리고 한참 아래에서 젤마의 눈을 올려다보았다. 젤마는 대부분의 다른 어른들보다 키가 컸다. 당시 예순 살쯤 되었던 그녀는 내 눈에 산처럼 크고 고목처럼 나이든 사람이었다. 나는 그녀가 이웃마을까지 내다볼 수 있을 만큼 크고, 세상을 함께 창조했을 만큼 나이가 많다고 생각했다.

젤마의 눈에서 한참 아래에 있던 내 눈으로도 한밤중 그녀의 눈꺼풀 뒤에서 불길한 무엇이 일어났음을 알 수 있었다. 젤마는 헛기침을 하고 나직하게 말했다. "아무한테도 말하지 마라. 어젯밤 오카피 꿈을 꾼 것 같구나."

나는 정신이 번쩍 들었다. "정말요? 정말 오카피 꿈을 꾸었어요?"

"그럼 대체 뭐였겠니?" 젤마는 오카피를 다른 동물과 헷갈리기는 쉽지 않다고 했다. "헷갈릴 수 있어요." 나는 기형적으로 생긴 소일 수 있다고, 자연의 변덕으로 잘못 조합된 기린일 수 있다고 우겼다. 줄무늬와 적갈색은 밤중에 정확히 알아보기 어렵다고. 밤에는 모든 것이 아주 어렴풋하다고.

"말도 안 되는 소리. 유감스럽지만 다 말도 안 된다, 루이제." 젤마가 이마를 문지르며 대꾸했다. 그녀는 치즈 한 장을 빵 위에 올려놓고 빵을 반으로 접은 다음 도시락에 넣었다.

"정확히 몇 시에 그 꿈을 꾸었어요?"

"3시쯤이었다." 오카피의 모습이 뒤로 물러난 후 젤마는 잠에서 깨었다. 침대에 똑바로 앉아 꿈속 울헥에서도 입고 있던 잠옷을 내려다보다가 알람시계를 보았다. 3시였다.

"너무 심각하게 생각할 필요는 없을 거야." 젤마가 말했다. 하지만 이름을 밝히지 않은 독자의 편지를 심각하게 생각하지 않는 수사드라마 경감과 같은 말투였다.

젤마는 도시락을 책가방에 넣어주었다. 나는 이런 상황에서 결석해야 하는 것이 아닌지 물어볼까 망설였다.

"그래도 넌 당연히 학교에 가야 한다. 그런 이상한 꿈 때문에 할 일을 안 하면 안 돼." 젤마가 딱 잘라 말했다. 그녀는 내가 무슨 생각을 하는지 언제나 다 알고 있었다. 마치 내 생각이 글자 화환처럼 내 머리 위에 걸리기라도 한 듯이.

"마르틴한테 얘기해도 돼요?"

젤마는 잠시 생각하더니 대답했다. "좋아. 그런데 정말 마르틴한테만 해야 해."

우리 마을은 역을 만들기에는 너무 작았다. 학교를 세우기에도 너무 작아서 마르틴과 나는 매일 아침 버스를 타고 이웃마을의 작은 역까지 간 다음, 거기서 지역기차를 타고 크라이스슈타트에 있는 학교에 갔다.

기차를 기다리는 동안 마르틴은 나를 번쩍 들어올렸다. 유치원 때부터 역도 연습을 했는데 나는 그가 언제라도 붙잡아 망설이지 않고 들 수 있는 유일한 대상이었다. 윗마을에 사는 쌍둥이는 돈을 줘야만 들 수 있었다. 한 번 들 때마다 20페니히씩. 어른들과 송아지는 아직 들 수 없었고, 도전해볼 만한 어린 나무나 중돼지 같은 것은 땅에 단단히 뿌리를 박고 있거나 냅다 달아났다.

마르틴과 나는 키가 같았다. 마르틴은 쪼그리고 앉아 내 허리를 감싸안은 다음 번쩍 들었다. 그는 이제 나를 거의 1분 동안이나 들 수 있었다. 발가락을 쭉 펴면 바닥에 살짝 닿을 정도로 높이. 마르틴이 두 번째로 높이 들었을 때 내가 입을 열었다. "할머니가 어젯밤 오카피 꿈을 꾸었대."

나는 마르틴의 정수리를 바라보았다. 마르틴의 아빠가 물 묻힌 빗으로 빗어준 금발 몇 올이 아직도 젖어 있었다. 마르틴의 입이 내 배꼽 근처에 닿았다. 그가 내 스웨터에 대고 말했다. "그럼 이제 누가 죽는 거야?"

어쩌면 네 아빠가 죽을지도 몰라, 나는 생각했다. 하지만 당연히 입 밖에 내지는 않았다. 아무리 나쁜 아빠라고 해도 아빠는 죽으면 안 되니까. 마르틴은 나를 바닥에 내려놓고는 휴, 큰 숨을 내쉬었다.

"너, 그걸 믿니?" 그가 물었다.

"아니." 내가 대답했다.

철로변의 빨갛고 하얀 신호판이 지지대에서 분리돼 철커덩, 떨어졌다.

"오늘 바람이 정말 세게 분다." 마르틴이 말했다. 전혀 사실이 아니었다.

우리가 기차를 타고 가는 동안 젤마는 시누이 엘스베트에게 전화해 오카피 꿈을 꾸었다고 말했다. 젤마는 아무한테도 말하지 말라고 단단히 일렀지만 엘스베트는 전화를 끊자마자 시장 부인에게 전화를 걸었다. 사실은 곧 있을 5월 축제 준비 때문에 전화한 것이지만 시장 부인이 "그런데 별일 없지요?" 묻기 무섭게 젤마가 엘스베트의 마음에 단단히 건 오카피 꿈의 걸쇠가 툭 풀려버렸고, 눈 깜짝할 사이 마을 전체가 사실을 알아버렸다. 얼마나 빠른지 마르틴과 내가 기차를 타고 학교에 가는 사이에 벌써 온 마을이 다 알게 되었다.

우리는 학교까지 15분 동안 기차를 타고 갔다. 도중에 멈추는 역은 없었다. 처음 기차를 탄 이후 우리는 늘 같은 놀이를 했다. 각기 다른 쪽 기차 문에 등을 대고 기대서서 마르틴은 눈을 감고 나는 그가 기대선 문 밖을 내다보았다. 1학년 때 창밖을 스쳐 지나가는 풍경을 내가 하나하나 말하면 마르틴은 그것을 다 외우려고 애썼다. 아주 잘 외워서 2학년이 되자 내가 아무 말 안 해도 눈을 감고 문에 기댄 채 창밖의 풍경을 술술 말할 수 있게 되었다. 철사공장을 지나가는 순간 마르틴은 "철사공장!" 했다. "이제 들판이야. 목장. 미친 하셀네 농장. 풀밭. 숲. 숲. 첫 번째 망루. 들판. 숲. 풀밭. 목장. 목장. 타이어공장. 마을. 목장. 들판. 두 번째 망루. 작은 숲. 농가. 들판. 숲. 세 번째 망루. 마을."

처음에 마르틴은 깜빡 실수를 하곤 했다. 들판을 '풀밭'이라고 하거나 속도가 빨라지는 구간에서 스쳐가는 풍경을 제때 말하지 못했다. 하지만 점점 정확해져서 내가 들판을 볼 때 "들판!" 하고, 농가를 지나갈 때 "농가!" 했다.

4학년이 된 지금, 마르틴은 정확한 간격으로 앞쪽과 뒤쪽 풍경을 흠잡을 데 없이 완벽하게 말했다. 겨울에 눈이 쌓여 들판과 풀밭을 구분할 수 없어도 스쳐 지나가는 울퉁불퉁한 땅의 원래 이름을 말했다. 들판. 숲. 풀밭. 목장. 목장……

젤마의 시누이 엘스베트를 제외한 마을 사람들은 대부분 미신을 믿지 않았다. 그들은 미신이 금하는 일을 아무 거리낌 없이 했다. 벽시계 밑에 앉으면 죽는다고 해도 태연히 벽시계 밑에 앉고, 머리를 문 쪽으로 두고 자면 바로 그 문을 통해 두 발이 먼저 실려 나온다고 해도 머리를 문 쪽으로 두고 잤다. 엘스베트가 경고하듯이 미신이 크리스마스와 새해 사이에 빨래를 널면 자살하거나 살인을 돕게 된다고 해도 빨래를 널었다. 그들은 밤중에 올빼미가 울고, 말이 마구간에서 땀을 심하게 흘리고, 밤중에 개가 고개를 땅에 박고 컹컹 짖어도 눈 하나 깜짝하지 않았다.

하지만 젤마의 꿈은 사실을 만들어냈다. 그녀의 꿈속에 오카피가 등장하면 현실에서 죽음이 등장했다. 사람들은 죽음이 비로소 처음 모습을 드러냈다는 듯, 죽음이 놀랍게도 흔들흔들 걸어왔다는 듯 행동했다. 마치 죽음이 일평생 크고 작은 선물을 보내는 대모처럼 처음부터 함께 하며 먼 발치에서 지켜보지 않았다는 듯.

마을 사람들은 불안했다. 대부분 아무렇지 않은 척 애를 썼지만 표시가 났다. 젤마가 꿈을 꾼 지 몇 시간이 지난 그날 아침, 사람들은 모든 길에 살얼음이 언 듯, 아니 바깥뿐 아니라 집안과 주방과 거실에도 살얼음이 언 듯 조심조심 움직였다. 자기 몸이 아주 낯선 듯, 관절 마디마디에 염증이 생긴 듯, 자신이 만지는 모든 물건이 위험한 인화물질인 듯 행동했다. 하루 종일 자신의 인생을 의심의 눈초리로 바라보았고, 가능한 한 타인의 인생도 그렇게 바라보았다. 이성을 잃고 그래서 잃을 것이 별로 없는 누군가가 살의를 품고 뒤에서 덮치지나 않을까 자꾸 뒤를 돌아보다가, 이성을 잃은 누군가가 결국 앞에서 공격할까봐 재빨리 다시 앞을 살폈다. 깨진 기왓장이나 나뭇가지, 무거운 전등갓이 머리 위로 떨어질 것 같아서 자꾸 위를 올려다보기도 했다. 동물이란 동물은 다 슬금슬금 피했다. 동물은 사람보다 더 쉽게 폭발할 수 있기 때문이다. 그날 그들은 풀을 뜯으러 나오는 온순한 암소들을 멀리 피해 다녔다. 개들도 슬금슬금 피했다. 심지어 제대로 서지도 못하는 늙은 개마저 피해 다녔다. 그런 개도 그날은 느닷없이 목을 물어뜯으려고 달려들 수 있기 때문이다. 그런 날에는 모든 일이 일어날 수 있어서 늙은 닥스훈트가 목을 물어뜯을지도 몰랐다. 그 모든 일이 오카피보다 더 생뚱맞지는 않으니까.

모두가 불안했지만 잡화점 주인의 동생 프리트헬름만큼 공포에 사로잡히지는 않았다. 공포에 사로잡히려면 통상적으로 확실한 사실이 뒷받침되어야 하기 때문이다. 프리트헬름은 젤마의 꿈속에서 오카피가 자신의 이름을 속삭이기라도 한 것처럼 공포를 느꼈다. 그는 고래고래 소리를 지르고 부들부들 떨면서 숲속을 비틀비틀 뛰어다니다가 안경사에게 붙잡혀 아빠한테 끌려왔다. 의사인 아빠는 프리트헬름에게 주사를 한 대 놓아주었다. 행복하게 만드는 그 주사 때문에 프리트헬름는 그날 온 종일 마을을 춤추듯 겅중겅중 뛰어다니며 〈오, 너, 아름다운 베스터발트여〉 노래를 불러서 동네 사람들의 신경을 건드렸다.

지금껏 신경 쓸 일이 그리 많지 않았던 마을 사람들은 당혹스럽게 팔딱거리는 자신의 심장에 의심을 품었다. 심근경색 발작이 일어날 때 한 쪽 팔이 근질거린다는 말을 들은 적 있지만, 그게 어느 쪽 팔인지 모르니 양쪽 팔이 다 근질거리는 기분이었다. 지금까지는 그렇게 신경 쓸 일이 많지 않았기에 평소보다 당혹스럽게 팔딱거리는 자신의 정신 상태도 의심스러웠다. 자동차에 올라타거나 두엄을 퍼내는 쇠스랑을 손에 들거나 펄펄 끓는 물이 담긴 냄비를 가스레인지에서 들 때면, 느닷없이 이성을 잃고 걷잡을 수 없는 절망에 사로잡혀 나무를 향해 전 속력으로 차를 몰거나 쇠스랑에 고꾸라지거나 끓는 물을 머리에 뒤집어쓰고 싶어지지는 않을까 걱정했다. 자신이 아니라도 이웃이나 사위, 아내에게 끓는 물을 끼얹거나 자동차로 치거나 쇠스랑으로 푹 찌르고 싶어질 수도 있었다.

많은 사람들이 하루 종일 그 어떤 행동도 하지 않으려

했다. 심지어 더 오랫동안 꼼짝하지 않은 사람도 있었다. 엘스베트는 마르틴과 내게 몇 년 전 젤마가 꿈을 꾸었을 때 은퇴한 우체부에게 일어난 이야기를 해주었다. 은퇴한 우체부는 젤마가 꿈을 꾼 날부터 꼼짝도 하지 않았다. 모든 행동은 죽음을 의미한다고 여겼기 때문이다. 젤마가 꿈을 꾼 후 여러 날 여러 달이 지나고 꿈의 계시에 따라 이미 누가 죽었는데도, 그러니까 구두장이의 어머니가 죽었는데도 그랬다. 우체부는 언제까지나 꼼짝 않은 채 앉아 있었다. 그러자 움직이지 않은 관절에 염증이 생기고 탁해진 피가 온 몸을 돌다가 결국 중간에 딱 멈춰버렸다. 의심스러웠던 심장도 함께 멎었다. 은퇴한 우체부는 목숨을 잃을지 모른다는 두려움 때문에 목숨을 잃고 말았다.

가슴에 묻은 진실을 반드시 털어놓아야 할 때라고 생각한 사람들도 있었다. 그들은 '언제나'와 '결코' 같은 말이 나오는 아주 긴 편지를 썼다. 죽기 전에, 적어도 마지막 순간에 진정성을 회복해야 한다고 믿었기 때문이다. 가슴에 묻은 진실이야말로 대체로 가장 진정하다고 믿었기 때문이다. 한 번도 건드리지 않아서 정체된 진정성과 오래 가슴에 묻어서 움직임을 잃은 진실은 세월이 흐르면서 점점 더 비

대해졌다. 가슴에 묻어 몸집이 불어난 진실을 안고 다니는 사람뿐 아니라 진실 자체도 마지막 순간에 진정성을 믿었다. 진실 역시 더 늦기 전에 꼭 자신을 드러내고 싶었던 것이다. 진실을 가슴에 묻은 채 죽으면 많이 괴로울 테고, 죽음이 한 쪽에서 잡아끌고 다른 쪽에서 비대한 진실이 잡아끌면서 한바탕 줄다리기가 벌어질 것이다. 그런 상황에서 진실은 파묻힌 채 스러지고 싶지 않았던 것이다. 이미 한평생 파묻혀 있었기에 적어도 한 번은 잠깐 모습을 드러내고 싶었던 것이다. 드러난 진실은 고약한 악취를 사방에 퍼뜨려 모두를 경악에 빠뜨릴 수 있었다. 어쩌면 환한 햇빛에서 보면 그렇게 끔찍하지도 두렵지도 않다는 사실이 확인될 수도 있었다. 종말이 코앞에 다가왔을 수도 있는 그때, 가슴에 묻힌 진실은 절박하게 다른 의견을 듣고 싶어 했다.

젤마가 꿈을 꾸었다는 소식을 듣고 기뻐한 사람은 늙은 농부 호이벨 딱 한 사람밖에 없었다. 호이벨은 얼마나 오래 살았는지 손을 대면 당장 바스러질 것 같았다. 아침식사 자리에서 증손자가 젤마의 꿈 이야기를 꺼내자 호이벨은 식탁에서 일어나 증손자에게 고개를 끄덕이고는 자기 방으로 올라갔다. 지붕 밑 다락방 침대에 누워 그는 문 쪽을 바라보았다. 마치 생일을 맞은 아이가 가슴이 설렌 나머지 너무 일찍 잠에서 깨어 이제나저제나 부모님이 케이크를 들고 들어오기를 기다리는 것과 같은 심정이었다.

호이벨은 평생 예의바르게 살아온 자신처럼 죽음이 예의바르리라고 굳게 믿었다. 죽음이 자신의 목숨을 확 빼앗지 않고 조심스레 그의 손에서 넘겨받으리라고 확신했다. 죽음은 조심조심 노크한 뒤 문을 빠끔 열고는 '들어가도 될까요?' 하고 물을 것이다. 자신은 당연히 승낙하리라. '물론입니다. 들어오세요.' 그러면 죽음은 방으로 들어올 것이다. 그리고 그의 침대 곁에 앉아 '지금 괜찮으시겠어요? 나중에 들를 수도 있습니다.'라고 하리라. 그럼 호이벨은 몸을 일으켜 '아니, 아닙니다. 지금 딱 좋습니다. 제발 또다시 미루지 마세요. 언제 또 들르실지 누가 알겠어요.'라고 대답할 테고, 그제야 죽음은 미리 준비해놓은 머리맡 의자에 앉을 것이다. 죽음이 자신의 손이 차가운 것에 대해 사과하겠지만 호이벨은 분명 전혀 개의치 않을 것이다. 그리고 죽음은 그의 눈 위에 손을 올려놓으리라.

농부 호이벨은 그런 상상을 했다. 천장에 난 창문을 여는 걸 깜빡했던 그는 침대에서 일어났다. 창문을 열어놓아야 나중에 영혼이 어렵지 않게 날아갈 수 있었다.

안경사의 사랑

젤마가 꿈을 꾼 다음날 아침, 안경사에게서 나오려 발버둥 치는 진실은 객관적으로 끔찍한 것이 아니었다. 안경사는 스캔들을 일으킨 적이 없었다(스캔들을 일으키고 싶은 여자도 없었다). 다른 사람의 물건을 훔친 적도 없고, 자기 자신 말고는 지속적으로 속인 사람도 없었다.

안경사가 가슴에 묻은 진실은 그가 젤마를 사랑한다는 것, 그것도 수십 년 전부터 사랑한다는 것이었다. 그는 다른 사람들은 물론 자신에게도 그 사랑을 숨기려고 애써왔다. 그런데 그 사랑이 불쑥 다시 떠오른 것이었다. 안경사는 자신이 그 사랑을 어디에 숨겨놓았는지 불현듯 또렷하게 깨달았다.

안경사는 처음부터 거의 매일 거기 있었다. 내 눈에 그는 젤마처럼 나이가 아주 많았고, 따라서 마찬가지로 세상을 함께 창조한 사람처럼 보였다.

마르틴과 내가 유치원에 들어갔을 때 젤마와 안경사는 신발끈 묶는 법을 가르쳐주었다. 넷이서 우리 집 계단에 앉아 젤마는 내 신발끈으로 시범을 보이고, 안경사는 마르틴의 신발끈으로 시범을 보였다. 두 사람은 허리를 굽혀 몇 번이고 천천히 시범을 보이느라 그만 허리에 담이 걸렸다.

젤마와 안경사는 수영도 가르쳐주었다. 그들은 물이 배꼽까지 오는 초보자 풀장에 서 있었다. 젤마는 주름장식이 달린 커다란 보라색 수영모자를 쓰고 있었다. 수국처럼 보이는 그 모자는 루디 카렐의 헤어스타일이 망가지지 않도록 엘스베트에게서 빌린 것이었다. 나는 젤마의 손 위에 엎드리고, 마르틴은 안경사의 손 위에 엎드려 있었다. "손을 떼지 않을게." 약속했던 젤마와 안경사는 어느 순간 "이제 뗀다."라고 했다. 마르틴과 나는 무섭고도 자랑스러워 처음에 눈을 크게 뜨고 버둥거렸지만 점점 쓱쓱 잘 헤엄치게 되었다. 젤마는 환호성을 지르며 안경사의 품에 안겼다. 안경사의 눈에 눈물이 어렸다.

"그냥 알레르기 반응이에요." 안경사가 둘러댔다.

"무슨 알레르기요?" 젤마가 물었다.

"수영모자 주름장식에 있는 특정 물질 때문이에요." 안경사가 주장했다.

젤마와 안경사는 자전거 타는 법도 가르쳐주었다. 안경사는 마르틴의 자전거 짐칸을 꼭 잡았고, 젤마는 내 자전거 짐칸을 꼭 잡았다. "손을 떼지 않을게." 약속했던 그들은 어느 순간 "이제 뗀다."라고 했다. 마르틴과 나는 처음에 비틀비틀 탔지만 점점 씽씽 잘 타게 되었다. 젤마는 환호성을 지르며 안경사의 품에 안겼다. 안경사의 눈에 눈물이 어렸다.

"그냥 알레르기 반응이에요." 안경사가 둘러댔다.

"무슨 알레르기요?" 젤마가 물었다.

"자전거 안장의 특정 물질 때문이에요." 안경사가 주장했다.

크라이스슈타트 역 앞에서 시계 읽는 법을 가르쳐준 사람도 안경사와 젤마였다. 넷이서 크고 둥근 자판을 올려다보는데 젤마와 안경사는 마치 별자리처럼 숫자와 시계바늘에 대해 설명했다. 우리가 시계를 읽게 되자 안경사는 당장 시차에 대해 설명했다. 꼭 내 앞날을 그때 벌써 알았던 것처럼 고집을 부렸다. 내 인생에서 시간이 연기되고 미루어진 적이 얼마나 많았던가.

크라이스슈타트의 아이스크림 카페에서 글을 가르쳐준 사람도 안경사였다. 그 자리에는 젤마와 이미 글을 아는 마르틴도 같이 있었다. 카페의 새 주인 알베르토는 아이스크림에 아주 정열적인 이름을 붙였지만 손님이 별로 없었다. 아마 베스터발트 사람들이 '불타는 유혹'이나 '뜨거운 욕망'보다 '세 가지 맛 아이스크림'을 주문하는 걸 더 좋아했기 때문일 것이다. 내가 처음 읽은 글자는 '은밀한 사랑'이었다. 얼마 후 나는 젤마의 커피에 딸려나온 설탕봉지에 적힌 별자리 운세를 읽었다. 처음에는 더듬거렸지만 점점 술술 잘 읽게 되었다. "사자자리. 용감하고 자존심이 세다. 솔직하고 허영심이 있으며 통제욕이 강하다." 안경사는 내가 읽는 속도에 맞추어 집게손가락으로 천천히 글자를 짚어나갔는데 '통제욕이 강하다'에서 속도가 아주 느려졌다. 설탕봉지의 글을 처음으로 술술 읽고 나서 나는 생크림을 얹은 '은밀한 사랑' 작은 컵을 상으로 받았다.

안경사는 항상 생크림을 얹지 않은 '은밀한 사랑' 중간 컵을 먹었다. "나는 '은밀한 사랑' 큰 컵은 감당할 자신이 없어." 그는 젤마를 곁눈질로 힐끔거리면서 그렇게 말했지만 젤마에겐 비유를 이해하는 능력이 없었다. 코앞의 아이스크림 카페 탁자 위에 '은밀한 사랑'이 앙증맞은 양산을 쓰고 있는데도 이해하지 못했다.

안경사는 마르틴과 내가 얼마 전 라디오에서 팝송 채널을 발견한 이후 다른 음악은 듣지 않았을 때도 함께 했다. 우리는 안경사에게 가사를 번역해달라고 부탁했다. 하지만 번역해도 의미를 이해할 수는 없었다. 우리는 열 살이었고, 아이스크림 카페와 라디오에서 말하는 불타는 욕망과 애타는 아픔을 알지 못했다.

우리는 고개를 숙이고 라디오 앞에 바싹 붙어 앉았다. 안경사는 정신을 바짝 차리고 귀를 기울였다. 라디오가 낡아서 잡음이 심한 데다 가수들이 노래를 아주 빨리 불렀기 때문이다.

"빌리 진은 내가 사랑하는 여인이 아닙니다." 안경사가 번역했다.

"빌리는 남자 이름 같아요." 젤마가 말했다.

"빌리 진은 내가 사랑하는 남자도 아닙니다." 안경사가 화가 나서 말했다.

"쉿 조용히 하세요." 마르틴과 내가 소리쳤다.

"어떤 감정이든 열정을 받아들이고 마음 가는 대로 하세요." 안경사가 번역했다.

"정열이라고 하는 것이 더 좋지 않아요?" 젤마가 끼어들었다.

"그러네요." 안경사는 순순히 인정했다. 그는 허리 디스크 때문에 오래 앉아 있을 수 없었다. 그래서 우리는 담요를 덮고 바닥에 누워 라디오를 들었다.

"우리를 데려가 주세요. 독수리가 우는 높은 산 위로, 우리가 있어야 할 곳으로." 안경사가 번역했다.

"울부짖는다고 하는 것이 더 좋지 않아요?" 젤마가 물었다.

"이러나저러나 똑같아요." 안경사가 대답했다.

"쉿 조용히 하세요!" 우리가 소리쳤다. 그때 아빠가 와서 슬슬 잠자리에 들 시간이라고 했다. 내가 "마지막으로 딱 하나만 더 들을게요." 하자 아빠는 문틀에 기대섰다.

"단어가 쉽게 나를 찾아오지 않네요. 내 사랑을 당신에게 어떻게 보여줄 수 있을까요?" 안경사가 번역했다.

"'단어가 쉽게 나를 찾아오지 않는다'는 표현은 없어요." 젤마의 생각이었다.

아빠는 한숨을 푹 쉬고 말했다. "당신들은 정말 어서 바깥세상을 좀 더 받아들여야 해요."

안경사는 안경을 벗고 몸을 돌려 아빠를 쳐다보면서 말

했다. "방금 우리가 그랬다오."

  젤마의 꿈 이야기를 전혀 믿지 않는다고 모두에게 선언
한 후 안경사는 좋은 양복을 찾아 입었다. 해가 갈수록 헐
렁해지는 양복을 입고 역시 해가 갈수록 불어나는 쓰다 만
편지 다발을 책상에서 집어 커다란 가죽가방에 넣었다.

  그는 젤마의 집을 향해 출발했다. 눈을 감거나 뒤로 걸
어도 갈 수 있었다. 좋은 양복 차림도 아니고 쓰다 만 편지
다발도 들지 않았지만 가슴에 묻은 사랑을 안고 수십 년
동안 거의 매일 다닌 길이기 때문이다. 마지막 순간일 수
도 있는 지금, 그 사랑이 햇빛 속으로 나오려 하고 있었다.

  젤마의 집을 향해 성큼성큼 걷는데 심장이 쿵쿵 세차게
뛰었다. 심장은 가슴에 묻은 진실에 맞추어 쿵쿵 뛰고, 가
죽가방은 발걸음에 맞추어 엉덩이에 탁탁 부딪혔다. 가방
에는 이런 편지가 가득 들어 있었다.

    사랑하는 젤마, 벌써 몇 년 전부터 하고 싶은 말이 있는데

    사랑하는 젤마, 우리가 친구로 지낸 지 오랜 세월이 지났는데 이런 말
을 하는 건 분명 잘못이지만 우습지만 이상하지만 이례적이지만 느닷없

지만 정말 잘못이지만

사랑하는 젤마, 잉에와 디터의 결혼식을 보면서 이제 그만 털어놓고 싶은데

사랑하는 젤마, 당신은 웃겠지만

사랑하는 젤마, 이번에도 당신의 사과케이크는 최고였어요. 정말 최고였다고요. 당신은

사랑하는 젤마, 방금 우리는 포도주 한 잔을 놓고 함께 앉아 있었지요. 당신은 오늘밤 달이 특히 둥글고 아름답다고 했지요. 정말 둥글고 아름답다고

사랑하는 젤마, 전에는 잘 표현할 수 없었지만 병이 든 카를을 보니까 마음이 많이 아프네요. 지상에서의 우리 삶아 모든 것이 얼마나 유한한지 분명히 알게 되었어요. 그래서 당신에게 꼭 하고 싶은 말이 있는데

사랑하는 젤마, 내가 왜 그렇게 말이 없느냐고 전에 물은 적이 있지요. 진실은

사랑하는 젤마, 이제 크리스마스인데 눈이 하나도 안 왔네요. 그러니까 당신이 전혀 좋아하지 않는 크리스마스지요. 그런데 좋아한다는 것은

사랑하는 젤마, 잉에와 디터가 이혼하는 것을 보면서

사랑하는 젤마, 사랑의 축제를 보면서

사랑하는 젤마, 카를의 장례식을 보면서

사랑하는 젤마, 아무 이유도 없지만

가장 사랑하는

사랑하는 젤마, 당신은 아니라고 하지만 나는 '우리 마을을 더 아름답게' 대회에서 우리가 분명 상을 타리라고 믿어요. 아름다운 당신 하나만으로도 일등상은 정말

사랑하는 젤마, '우리 마을을 더 아름답게' 대회에서 우리가 상을 타지 못할 게 확실하네요. 우리 마을은 더 아름다워질 필요가 없어요. 이미 완벽하게 아름다우니까. 당신이

사랑하는 젤마, 어느새 또 크리스마스네요. 나는 여기 앉아서 쌓인 눈을 내다보며 눈이 언제 녹을까, 혼자 묻고 있어요. 그런데 녹는다는 것은

사랑하는 젤마, 크리스마스는 선물을 주는 때지요. 선물 말이에요. 오래 전부터 당신에게 바치고 싶은 것은

사랑하는 젤마, 이제 전혀 다른 얘기를

사랑하는 젤마, 그런데 내가 늘 언젠가 당신에게 하려고

사랑하는 젤마, 어느새 또 크리스마스

사랑하는 젤마, 제기랄

사랑하는 젤마, 예전에 루이제와 마르틴을 데리고 수영장에 갔을 때 햇빛에 반짝이는 푸른 물이 꼭 당신의 푸른 눈

사랑하는 젤마, 두더지가 헤쳐 파놓은 흙더미를 없애는 방법을 가르쳐줘서 고마워요. 헤쳐 파놓은 흙더미 말이에요. 더 이상 비밀로 할 수는 없는데

안경사는 젤마의 집으로 가는 길을 서둘러 내려갔다. 왼쪽과 오른쪽에 있는 몇몇 집들에는 눈길도 주지 않았다. 그 집안에서는 어쩌면 모두들 자신의 심장과 이성, 가까운 사람들을 의심의 눈초리로 바라보거나, 가슴에 묻은 진실을 털어놓거나 혹은 받아들이느라 바쁠지도 모른다. 햇빛 속에 나온 진실은 어쩌면 생각만큼 끔찍하지 않을 수도 있었다. 혹은 예상대로 끔찍해서 진실을 받아들여야 하는 사람이 그 자리에서 쓰러질 수도 있었다. 그러면 젤마의 꿈은 할 일을 다한 것이리라.

안경사는 사람을 쓰러지게 만들 수 있는 진실에 대해 곰곰이 생각해보았다. 그런 진실은 젤마가 늘 보는 미국 드라마에 나오는 말과 같았다. 그 드라마는 휴일 전에 방영되었는데 젤마와 달리 안경사는 전혀 열광하지 않았지만 열심히 같이 보았다. 젤마가 드라마를 넋 놓고 보는 40분 동안 그녀의 옆얼굴을 넋 놓고 바라볼 수 있었기 때문이다. 사람을 쓰러지게 만들 수 있는 진실은 테마음악이 울리기 직전 드라마 말미에 나오는 말과 같았다. "나는 한 번도 당신을 사랑한 적이 없어요.""매튜는 당신 아들이 아니에요." "우리는 파산했어요." 그런 말 때문에 젤마는 일주일 내내 속편을 손꼽아 기다려야 했다.

깊이 생각하지 않는 편이 더 좋았으리라. 사랑 고백에 전혀 어울리지 않는 테마음악을 머릿속에서 지울 수 없었기 때문이다. 가는 도중에 벌써 내면의 목소리가 시비를 걸었다.

안경사의 내면에는 수많은 목소리를 지닌 하우스메이트가 살고 있었다. 상상할 수 있는 최고의 진상들이었다. 언제나 시끄러웠지만 특히 밤 10시 이후에 소란을 피우면서 안경사의 내면의 가구들을 망가뜨렸다. 그 수도 많고 집세도 낸 적 없지만 계약을 해지할 수도 없었다.

내면의 목소리들은 몇 년 전부터 젤마에 대한 사랑을 숨기라고 줄기차게 요구했다. 젤마에게 가는 지금도 당연히 사랑의 진실을 무조건 숨기라고 강력하게 소리쳤다. 이제 은폐의 달인이 되지 않았느냐고, 수십 년 동안 잘 참지 않았느냐고 했다. 사랑을 고백하지 않아서 특별히 좋은 일도 없겠지만 특별히 나쁜 일도 없을 거라고 했다. 결국 그것이 중요하다고 했다.

평소 늘 고상한 표현을 쓰는 안경사는 잠시 걸음을 멈춰 고개를 들고는 "아가리 닥쳐!" 하고 소리를 질렀다. 내면의 목소리와 토론하면 절대 안 된다는 것을 그는 잘 알고 있었다. 바로 제압하지 않으면 목소리들은 아주 수다스러워질 것이었다.

목소리들은 눈 하나 깜짝 하지 않았다. 진실이 드러나면 나쁜 일이 생길지 모른다고 줄기차게 주장했다. 오랜 세월 꼭꼭 숨겨온 안경사의 사랑, 비대한 그 진실을 젤마가 아주 위험하게 생각할 수도 있고 별 거 아니라고 치부할 수도 있다고 속삭였다. 어쨌든 안경사가 오늘 죽는다면, 젤마의 꿈이 그를 지목한 것이라면, 오랜 세월 숨겨온 사랑에 대한 불쾌한 고백이 젤마가 안경사에게서 듣는 마지막 말이 되는 거라고 했다.

안경사는 오른쪽으로 한 걸음 휘청했다. 가끔 그랬다. 잠시 그는 술 취한 사람처럼 보였다. 지난해 그는 젤마의 설득으로 갑자기 휘청하는 증상 때문에 진찰을 받았다. 젤마와 함께 크라이스슈타트에 가서 신경외과 의사의 진찰을 받았지만 원인을 찾지 못했다. 내면의 목소리는 진찰도구로 볼 수 없었기 때문이다. 그는 단지 젤마를 안심시키려고 병원에 갔을 뿐이다. 원인을 찾지 못하리라는 걸 이미 알고 있었다. 내면의 목소리가 시비를 걸어서 휘청했음을 그는 잘 알았다.

"아가리 닥쳐. 젤마는 그 무엇도 위험하게 생각하거나 별 거 아니라고 치부하지 않는다고." 안경사는 더 크게 소리치고는 걸음을 재촉했다. 전적으로 맞는 말이지만 애석하게도 대답이 필요 이상으로 길었다.

다른 것은 몰라도 젤마가 사랑을 별 거 아니라고 치부할지 모른다며 소곤거리는 목소리가 여전히 들렸다. 그래서 진실이 그렇게 오래도록 감추어져 있던 거라고.

"비겁했던 거야." 안경사는 중얼거리며 가죽가방을 다른 손에 바꿔 들었다. 가방이 밀어붙이고 목소리들이 밀어붙여서 엉덩이가 아프기 시작했기 때문이다.

"신중했던 거지. 두려움이 좋은 조언자일 때가 많거든." 목소리들이 대꾸하며 미국 드라마의 테마음악을 흥얼거렸다.

안경사의 걸음이 느려졌다. 젤마의 집까지 10분이면 닿던 길이 갑자기 멀게, 아주아주 무거운 짐을 들고 하루 꼬박 걸어야 하는 길처럼 멀게 느껴졌다.

햇빛 속으로 나오려는 진실들로 가득한 집들을 지나쳤다. 이제 그는 예전에 읽었던 용기에 대한 격언을 죄다 떠올렸다. 격언은 아주 많았다. 주말에 시장을 보는 젤마를 따라 크라이스슈타트에 갈 때마다 안경사는 후미진 선물가게 앞에서 그녀를 기다렸다. 거기서는 몰래 담배를 피울 수 있었다. 젤마에게 절대 들키지 않는 곳이었다. 선물가게만큼 그녀의 눈을 피할 수 있는 최적의 장소는 또 없었다.

젤마가 시장을 보는 동안 안경사는 담배를 피우면서 선물가게 앞에 진열된 96칸짜리 엽서를 다 읽었다. 엽서에는 바다나 폭포, 황무지처럼 크라이스슈타트와는 전혀 상관없는 풍경과 함께 안경사와 아무 상관없는 격언이 적혀 있었다. 목소리들의 힘은 점점 세지고 자신은 점점 약해지는 지금, 그는 격언을 암송했다. 벌써 젤마의 집에 거의 다 와 있었다. 그가 중얼거렸다.

"용기는 좋은 것이다."

"우리도 알고 있어." 목소리들이 대답했다.

"용기 있는 자가 성공을 거머쥔다."

"용기, 용기, 허풍선이." 목소리들이 떠들어댔다.

"익숙한 길에서 제자리걸음을 하느니 새로운 길에서 넘어져라."

"새로운 길에서 넘어지느니 익숙한 길에서 제자리걸음을 해라. 자칫 넘어져 허리병신이 될 수 있다." 목소리들이 낄낄댔다.

"오늘은 당신의 남은 인생의 첫 날이다."

"살 날이 얼마 남지 않았다. 이제 어차피 다 소용이 없다." 목소리들이 응수했다.

"최고의 과일을 수확하려면 나무에 올라가야 한다."

"늙은 안경사가 우듬지에 올라간 순간 나무가 쓰러질 것이다." 목소리들이 비아냥댔다.

이제 안경사는 아주 천천히 걸었다. 가방은 엉덩이에 탁탁 부딪히지 않았고, 심장은 쿵쿵 뛰지 않았다. 목소리들은 미국 드라마의 테마음악을 흥얼거리면서 종알댔다. "우리는 파산했어요.""매튜는 당신 아들이 아니에요."

"아가리 닥쳐. 제발." 안경사가 화를 냈다.

젤마는 집 앞에 앉아 있다가 비탈을 올라오는 안경사를 보았다. 그녀가 자리에서 일어나 그를 향해 걸어왔다. 그녀의 발치에 앉아 있던 개도 몸을 일으켜 따라왔다. 아직 어린 강아지였지만 다 자라면 덩치가 어마어마해질 것이었다. 지금도 얼마나 큰지 안경사는 저게 대체 개인지 아니면 지금까지 발견되지 않은 거대한 육지 포유동물인지 혼자 물었다.

"대체 뭘 그리 중얼거려요?" 젤마가 물었다.

"노래를 불렀어요." 안경사가 둘러댔다.

"얼굴이 창백해요. 걱정 말아요. 죽음은 분명 당신을 치지 않을 테니까." 죽음이 누구를 칠지 짐작할 수 없었지만 젤마는 그렇게 다독였다. "양복이 멋있어요. 하지만 양복도 나이를 거꾸로 먹지는 않네요. 그런데 무슨 노래를 했어요?"

안경사는 가방을 다른 손에 바꿔 들면서 중얼거렸다. "우리는 파산했어요."

젤마는 고개를 갸웃하고 눈을 깜빡이며 모양이 아주 독특한 검버섯을 살피는 피부과 의사처럼 안경사의 얼굴을 빤히 쳐다보았다.

안경사의 내면이 잠잠해졌다. 내면의 목소리들은 이제 일이 잘못될 염려가 없음을 확신한 듯 입을 다물었다.

안경사의 내면은 딱 한 문장만 남고 잠잠해졌다. 그의 안에서 마치 엎질러진 물감처럼 문장이 퍼지고 있었다. 문장이 얼마나 심한 무력감을, 얼마나 강력하게 퍼뜨리는지 온몸의 근육이 사라지고 아직 세지 않은 머리카락이 당장 백발이 되는 느낌이었다. 안경사의 내면에서 퍼지고 있는 문장 때문에 젤마와 그 주위 나무의 나뭇잎들이 모조리 시들어버리고, 나무도 탈진해 뚝 부러져야 할 것 같았다. 문장 때문에 갑자기 날개가 마비되어 새들도 하늘에서 떨어져야 할 것 같았다. 내면의 세 단어 때문에 목장의 소들은 다리가 쇠약해지고, 젤마 옆에 있는 개는 당장 고꾸라져 잠들어야 할 것 같았다. 그것은 개였다. 개가 아니라면 대체 무엇이겠는가. 안경사는 생각했다. 모든 것이 시들고, 모든 것이 쪼그라들고 쓰러지고 넘어지고 부러진다고. '차라리 하지 마.'라는 문장 때문에.

지금까지 발견되지 않았던
육지 포유동물

개는 지난해 젤마의 생일날 처음 등장했다. 젤마에게 알
래스카 사진집을 선물한 아빠가 눈을 깜빡이면서 말했다.
"나중에 깜짝선물이 올 거예요."

젤마는 알래스카에 가본 적이 없지만 가고 싶지도 않았
다. "고맙구나." 그녀는 인사하며 알래스카 사진집을 거실
책장의 다른 사진집 옆에 꽂았다. 젤마가 어서 바깥세상을
받아들여야 한다고 생각하는 아빠는 매년 그녀에게 사진
집을 선물했다.

젤마는 엘스베트에게서 커피 한 파운드와 달팽이연고
한 냄비를 받았다. 엘스베트에 따르면, 달팽이연고는 백발
을 다시 금발로 만들어줄 수 있었다. 슬픈 마를리스는 3등
품 양송이 두 캔을 선물했고, 젤마의 분명한 요구로 안경

사는 몽 쉐리 초콜릿 열 상자를 선물했다. 젤마는 몽 쉐리 속에 든 리큐어*를 아주 좋아했다. 그녀는 "리큐어를 마시면 긴장이 풀린다니까."라고 했다. 젤마는 앞쪽을 깨물어 체리와 체리 리큐어를 쏙 빨아 마시고 나서 초콜릿 껍질을 내게 주었다.

우리는 〈생일을 맞은 그대 만세〉를 노래했고, 마르틴은 그 기회에 젤마를 들려고 했지만 실패했다. 우리가 케이크를 먹고 있는데 아빠가 자신의 심리분석 이야기를 꺼냈다. 아빠는 그 이야기를 하는 걸 아주 좋아했다. 방안에 심리분석을 언급한 사람이 아무도 없는데도 '심리분석이라는 주제'를 들먹였다.

아빠의 심리분석가는 마쉬케 박사로, 크라이스슈타트에 병원을 갖고 있었다. 아빠는 심리 상담을 받기 시작했다는 이야기를 마치 사람들이 결혼한다는 이야기를 하듯 털어놓았다. 그리고는 수사드라마 〈범행 장소〉를 보러 텔레비전 앞으로 달려갔다. 그 드라마의 유력한 범죄용의자 이름이 바로 마쉬케였다. 나는 아직 어려서 드라마를 보면 안 되었는데 〈범행 장소〉는 더더욱 그랬다. 그래서 빠끔 열린

---

* 혼성주混成酒의 하나. 알코올에 설탕과 식물성 향료 등을 섞어서 만든다.

거실 문으로 몰래 〈범행 장소〉를 보았다.

드라마의 경감은 처음부터 마쉬케가 범인이라고 예상했다. '마쉬케가 무슨 일을 꾸미고 있다'고 적힌 익명의 편지를 받았던 것이다. 그 후 아빠가 "지금 마쉬케 박사를 만나러 간다. 나중에 보자." 할 때마다 경감이 받은 익명의 편지가 눈앞에 어른거렸다. 익명의 편지는 마쉬케가 무슨 일을 꾸미고 있다고 알렸다. 그것도 익명의 편지가 요구하는 일을 꾸미고 있다고.

젤마는 아빠가 자기 이야기를 마쉬케 박사에게 하는 걸 못마땅해했다. 하지만 아빠는 심리분석에서는 분석 대상자의 엄마가 가장 유력한 용의자이기 때문에 어쩔 수 없다고 맞섰다. 아빠가 젤마에 대해 시시콜콜 다 이야기하는 것은 젤마뿐 아니라 나도 싫었다. 마쉬케가 젤마를 상대로 무슨 일을 꾸밀까 겁이 났기 때문이다. 당시 나는 〈범행 장소〉를 끝까지 볼 수 없었다. 젤마에게 들켜서 잠자리로 돌아가야 했기 때문이다. 그래서 몇 년이 더 지난 후에야 유력한 용의자였던 마쉬케 박사의 결백이 드라마 종영 때 명백하게 드러난다는 것을 알았다. 끔찍한 일들이 일어났지만 마쉬케는 책임이 없었다. 그는 다른 사람의 목숨을 노린 적이 없었다. 무슨 일을 꾸민 적도 없었다. 지난 일을 돌아보면 마쉬케는 착한 사람 중 하나였다.

젤마의 생일날에도 아빠는 심리분석 이야기를 했다. 커피를 마시다 몽 쉐리와 그 안에 들어 있는 피에몬트 체리 이야기가 나왔다. 엘스베트는 알딸딸하게 취해서 리큐어에 담근 체리는 원래 피에몬트 산이 아니라고 주장했다. 그때 아빠가 불쑥 '심리분석이라는 주제'를 꺼내더니 마쉬케 박사가 그 분야 전문가라고 했다. 바로 어제 그 사실이 증명되었다는 것이다. 아빠는 마쉬케 박사가 아빠 바로 전에 진료하는 환자를 지켜보았다고 했다. 처음에 그 환자는 깊은 절망이 어린 눈초리로 진료실에서 나왔다고 했다. "그처럼 깊은 절망이 눈에 어린 사람을 난 본 적이 없어요." 하지만 진료를 겨우 두 번 받았을 때 그 환자가 구원받은 듯 진료실에서 껑충껑충 뛰어나왔다는 것이다. "그러므로 심리분석을 위하여 건배! 당연히 오늘 잔치의 주인공을 위해서도 건배!" 아빠는 잔을 높이 들며 말했다.

"제 눈에서도 절망이 보이나요?"

슬픈 마를리스가 물었다. 아빠는 몸을 돌려 마를리스의 턱을 잡고 잠시 그녀의 눈을 들여다보고는 대답했다.

"아니요. 눈가의 초기 염증이 보일 뿐이에요."

그때 엄마의 발소리가 들렸다. 아빠가 말했다.

"아스트리트예요. 이제 오네요."

엄마는 문을 열고 개 한 마리와 함께 들어왔다. 아빠가 튕기듯 자리에서 일어나 다가가서는 개의 목줄을 풀어주었다. 개는 두리번거리다 마르틴과 나에게 달려와 요란하게 인사를 했다. 꼭 자신을 위해 열린 화려한 깜짝파티에서 오랫동안 그리워하던 옛 친구들을 예기치 않게 만나기라도 한 듯이. 마르틴은 개를 안아 번쩍 들었다. 얼굴이 햇살처럼 환하게 빛났다. 그의 표정이 그렇게 환한 걸 본 적이 없었다.

눈에 안 보이는 사람이 '일어나!' 외치기라도 한 것처럼 젤마가 벌떡 일어났다.

"제 아이디어가 아니었어요. 생신 축하드려요, 젤마." 엄마가 말했다.

"이게 뭐야?" 케이크 접시를 씻던 엘스베트가 물었다. 그녀는 개가 펄쩍 뛰어오르는 것을 막으려고 고무장갑 낀 손을 높이 들었지만 개는 상관하지 않고 펄쩍 뛰어올랐다.

"믹스견이에요. 아일랜드 늑대개의 피가 섞여 있지요." 아빠가 설명했다. 아일랜드 늑대개는 세상에서 가장 큰 개다. 젤마의 주방에 모인 모두가 알고 있었다. 아빠는 그 사실을 설명하고는 덧붙였다. "어깨 높이가 90센티예요."

아빠는 사람과 동물의 키를 가늠하기를 좋아했다. 사람

의 경우 틀릴 때가 많았지만 절대 실수를 인정하지 않았다. 이를테면 마르틴과 내가 나이에 비해 작다고 했지만 우리는 보통 키였다. 그는 어릴 때 이미 젤마에게 "엄마는 키가 작아요."라고 했다. 그 누구보다 키가 큰 젤마가 그에게 허리를 굽힐 때마다 그랬다는 것이다.

"하지만 제 생각엔 푸들 피도 섞인 것 같아요. 그러니까 너무 많이 자라진 않을 거예요." 아빠는 이렇게 말하며 흡족한 표정으로 개를 바라보았다. 그리고 우리 모두를 안심시키려는 듯 얼굴에 미소를 띠고 덧붙였다. "어쩌면 코커스스패니얼 피도 섞여 있을지 몰라요. 코커스스패니얼은 아주 똑똑하지는 않지만 상냥해요. 제 생각엔 아마 중간 크기로 자랄 거 같아요. 스탠더드푸들 정도."

새로운 사람이나 동물이 나타나면 저마다 어떤 사람이나 동물을 닮았는지를 두고 한 마디씩 거들었다. 마르틴은 색깔이며 베스터발트에 나타난 것이며 이상하긴 하지만 어린 갈색 곰 같다고 했다. 엘스베트는 변덕스러운 성격 탓에 발굽 없이 태어난 미니셰틀랜드포니 같다고 했다. 안경사는 지금까지 발견되지 않았던 새로운 육지 포유동물 같다고 했다. 손거울을 꺼내 눈가를 꼼꼼히 살피던 슬픈 마를리스는 고개를 들어 흘깃 개를 쳐다보고 말했다. "뭔지 모르겠어요. 하지만 어쩐지 겨울처럼 나빠 보여요."

맞는 말이었다. 개는 질척질척하게 녹은 눈처럼 흐린 잿빛이었고, 다른 피가 섞이지 않은 순종 아일랜드 늑대개처럼 털이 덥수룩했다. 몸집은 아직 작아도 곰처럼 발이 커다랬다. 모두 그것이 무엇을 의미하는지 알았다.

젤마는 여전히 주방의자 앞에 서 있었다. 그녀는 한참 동안 개를 바라보았다. 그리고 아빠가 선물가게인 듯 아빠를 빤히 보며 입을 열었다. "나는 개를 받고 싶었던 적이 없다."

"알래스카 사진집도 받고 싶은 적이 없잖아요. 하지만 사진집을 보면 한동안 기쁠 거예요." 엘스베트가 말하자 안경사가 거들었다. "개도 분명 그럴 거예요. 아주 활기차게 보여요."

젤마는 다른 피가 섞이지 않은 순종 코커스스패니얼을 보듯 안경사와 엘스베트를 빤히 쳐다보았다.

아빠가 말했다. "개는 엄마 게 아니에요. 제 개예요. 오늘 아침에 샀어요." 젤마는 한숨을 내쉬고 자리에 앉다가 재빨리 다시 일어났다. 아빠가 "하지만 엄마가 가끔 봐줘야 키울 수 있어요."라고 했기 때문이다.

"얼마나 자주 봐줘야 하는데?" 젤마가 물었다.

"이제 가봐야겠어요. 유감스럽지만 전 그만 가야 해요."

문틀에 서 있던 엄마가 말했다. 엄마는 항상 금방 다시 가 봐야 했다.

"글쎄요, 좀 자주일 것 같아요." 아빠가 말했다. '좀 자주'란 '진료시간에는 항상'이라는 뜻임을 모두가 알았다.

"그럼 안녕히 계세요." 엄마가 인사했다.

한동안 아무도 말하지 않았는데, 특히 젤마가 그랬다. 생일을 맞은 당사자가 침묵하면 이제 그만 가야 할 시간이다. 모두 그렇게 생각했다. 게다가 아빠마저 입을 다물었다. 젤마와 아빠의 침묵은 최소한 어깨 높이 200센티미터인 아일랜드 늑대개만큼이나 컸다. 안경사가 젤마의 뺨에 키스를 하고 갔고, 엘스베트는 개를 쓰다듬고 고무장갑을 벗은 다음 갔다. 마를리스는 손거울을 들여다보며 보인다는 눈가의 염증과 보이지 않는다는 절망을 꼼꼼히 살피던 걸 멈추고 갔다. 마르틴은 다시 한 번 개를 번쩍 들고 갔다. 젤마와 아빠는 자신들의 활기찬 침묵을 바깥으로, 집 앞 계단으로 밀어냈다.

나는 젤마 옆 계단에 나란히 앉아 리큐어가 없는 몽 쉐리를 먹었다. 발치에 앉은 개의 콩콩 뛰는 심장이 발가락에 느껴졌다. 개는 녹초가 되어 있었다. 한 번도 본 적 없는 옛 친구들, 오랫동안 그리워한 옛 친구들을 다시 만나

피곤했던 것이다.

숲 가장자리 풀밭 저 뒤쪽에서 노루가 나타났다. 노루가 보이자 젤마는 벌떡 일어나 차고로 가서 차고 문을 열었다가 재빨리 쾅 소리 나게 닫았다. 그날은 화요일이었다. 마르틴의 아빠 팔름은 사냥철이 되면 화요일마다 사냥을 했다. 젤마는 일부러 노루를 놀라게 해 관목 숲에 숨어 팔름의 총을 피하도록 하는 것이었다.

계획대로 노루는 화들짝 놀라 사라졌다. 개도 화들짝 놀랐지만 사라지진 않았다. 젤마는 차고에서 다시 집 쪽으로 돌아왔다. 우리는 적어도 그때 그녀가 루디 카렐과 닮았음을 깨달아야 했다. 그걸 깨닫지 못하다니, 정말 이해할 수 없는 일이었다. '저기 루디 카렐이 온다. 루디 카렐이 차고에서 곧바로 우리를 향해 오고 있다.' 그렇게 생각했어야 했다.

젤마는 다시 계단에 앉아 헛기침을 하고 아빠를 보면서 입을 열었다. "아스트리트가 개를 돌볼 수 있지 않을까?"

"그럴 수 없어요. 가게도 있는데." 아빠가 대꾸했다. 젤마는 그 순간 자신도 간절히 가게를 갖고 싶은 듯한 표정을 지었다.

"의학적인 이유 때문에 산 거예요." 아빠가 설명했다.

"그러니까 개는 마쉬케 박사의 생각이었구나."

"그렇게 경멸하듯 말하지 마세요. 아픔 때문에 샀어요."

"어떤 아픔 말이니?"

"제 아픔, 캡슐에 싸인 제 아픔 때문에요."

"그러니까 대체 어떤 아픔이냐고?"

"모르겠어요. 아무튼 아픔은 캡슐에 싸여 있어요." 아빠가 말했다.

나는 캡슐에 싸였어도 안에 무엇이 들어 있는지 아는데, 하고 생각했다. 하지만 캡슐 안에 든 것이 아픔이 아니라 약이나 우주비행사일 때만 그걸 알 수 있는 건지도 모른다.

아빠는 마쉬케 박사가 자신의 아픔에 어떻게 접근해야 하는지 안다고 했다. "저는 제 아픔을 외면화해야 해요. 그래서 개를 샀어요." 아빠는 들뜬 표정으로 속삭이며 행복한 듯 젤마를 바라보았다.

"뭐라고?" 젤마가 물었다. 화가 났다기보다 좀 어이없어 하는 어조였다. 아빠는 마쉬케 박사가 권고한 아픔의 외면화가 얼마나 중요한지 설명하기 시작했다.

"잠깐, 그러니까 개가 아픔이라는 거니? 내가 제대로 이해한 거야?"

아빠는 홀가분한 표정으로 대답했다. "맞아요. 개는 비유 같은 거예요. 아픔에 대한 비유."

"스탠더드푸들 크기의 아픔이란 말이지."

개가 고개를 들고 나를 쳐다보았다. 눈이 아주 부드럽고 검고 촉촉하고 컸다. 나는 개가 우리 모두에게, 특히 마르틴에게 꼭 필요했다는 사실을 문득 깨달았다.

"진료시간에 개를 팔름에게 맡길 수도 있어." 젤마가 제안하자 아빠가 소리쳤다. "제정신이세요?"

나는 개를 바라보았다. 사냥개로서 쓸모가 없음이 아주 분명했다. 팔름은 사냥개만 키웠다. 그 개들은 마당에 줄로 묶여 있었는데 내가 마르틴을 데리러 마당에 들어갈 때마다 컹컹 짖으며 줄이 팽팽해질 때까지 물려고 달려들었다.

"사냥개로 쓸 수 없어요." 내가 말하자 젤마가 대답했다. "바로 그래서 맡기자는 거야." 팔름이 온순해서 아무 쓸모도 없는 개를 데리고 다니면 노루 걱정을 덜 수 있지 않겠느냐는 것이었다. 나는 반박했다. "팔름은 사납지 않은 개 한테는 관심이 없어요."

팔름은 순도 높은 사냥개와 도수 높은 술 말고는 관심이 거의 없었다. 아니, 아예 없었다. 심지어 아들 마르틴에게 도 관심이 없었다. 마르틴의 순도가 높지 않다고 생각하기 때문이었다. 젤마도 알고 모두가 아는 사실이었다.

나이가 많은 젤마는 팔름의 다른 모습, 그러니까 마르틴과 내가 태어나기 전의 모습을 기억했다. 젤마는 팔름이 술을 입에 대기 전에는 우주와 우주의 모든 빛을 훤히 꿰고 있었다고 했다. 달의 타원 궤도며 달과 태양의 관계를 다 알았다는 것이다. 그 당시 팔름은 모름지기 사냥꾼이라면 우주를 비추는 빛을 훤히 알아야 한다고 믿었다.

"우리가 키우면 안 돼요?" 내가 제안했다.

풀밭에 노루가 다시 나타났다. 이상한 일이었다. 보통은 젤마가 차고 문을 한 번 쾅 닫는 것으로 충분했기 때문이다. 젤마는 자리에서 일어나 차고로 갔다. 이번에는 두 번 연속 차고 문을 쾅 소리 나게 닫자 노루가 사라졌다. 젤마는 다시 우리 옆에 앉았다.

"개 이름이 뭐니? 마쉬케 박사에게 또 좋은 생각이 있다니?" 젤마가 물었다.

"아픔요. 아픔이 딱 맞아요." 아빠가 대답했다.

"모음이 너무 적다. 부르기 편하지 않아."

나는 무슨 일이 있어도 개를 꼭 키우고 싶었다. 그래서 어떻게 해야 아픔을 편하게 부를 수 있는지 열심히 생각했다. 드디어 이것이다, 싶어서 크게 불렀더니 개가 벌떡 일어나 냅다 달아났다. 젤마는 그런 개를 아무도 나쁘게 생각하지 않을 거라고 했다. 자기가 개라 해도 그런 제안을 들으면 당장 도망쳤을 거라고. 우리는 어둑어둑해지는 숲으로 달려갔다. 개는 팔름의 총을 피하는 노루처럼 내 제안을 피해 관목 숲속으로 숨어들었다. 내가 "아프미요. 아프미라고 부를 수 있어요."라고 했기 때문이다.

(우리는 결국 개의 이름을 알래스카라고 지었다. 마르틴이 제안한 이름이었는데 아빠는 알래스카는 크고 추운 곳이니까 좋다고 했다. 아픔도 크고 춥다고, 적어도 해묵은 아픔은 그러니까 좋다고 했다.) 알래스카는 쑥쑥 자라서 매일 아침 우리를 놀라게 했다. 누구나 그렇지만 알래스카도 특히 밤에 자랐기 때문이다. 밤이면 나는 자라기를 멈추고, 대신 잠자면서 자라는 알래스카를 바라볼 때가 많았다. 밤중에 우리 마을에서는 나무들이 바람에 삐걱대고 바스락거리는 소리밖에 들리지 않았다. 하지만 내 귀에는 바람에 나무들이 삐걱대고 바스락거리는 소리가 아니라 뼈가 삐걱대고 바스락거리는 소리로 들렸다. 잠자는 동안 사방으로 쑥쑥 자라는 알래스카의 뼈가 내는 소리 말이다.

페레로 몽 쉐리

지난밤 젤마가 오카피 꿈을 꾸지 않았더라면 마르틴과 나는 언제나 그랬듯이 학교가 끝나자마자 울헥에 올라갔을 것이다. 그리고 팔름이 술에 취해 뭉개버린 우리의 숲속 오두막을 다시 지었을 것이다. 별로 어렵지 않은 일이었다. 오두막은 어차피 흔들거렸으니까. 그렇게 쉽게 무너지니까 팔름이 자극을 받아 오두막이 무너진 다음에도 발로 마구 짓밟아버리는 것이다.

늘 그랬듯이 우리는 아마 들판에서 역도 놀이를 했을 것이다. 마르틴은 역도선수였고, 나는 관객이었다. 마르틴은 실은 그렇게 무겁지 않은 나뭇가지를 찾아 엄청나게 무거운 양 들었다. 그러면서 내가 하지도 않은 질문에 대답했다. "당신은 지금 분명 슈퍼헤비급 바실리 알렉세예프 선

수가 어떻게 180.0킬로를 번쩍 들었을까, 물을 겁니다. 대강 이렇게 상상하시면 됩니다." 그는 나뭇가지를 머리 위로 번쩍 들면서 좁은 어깨와 가느다란 팔을 부들부들 떨고 진짜 역기를 들 때처럼 얼굴이 시뻘게지도록 숨을 꼭 참았다. "사람들은 그를 미스터 기중기라고 불렀지요." 마르틴이 꾸벅 인사를 하면서 자랑스럽게 말하면 나는 박수갈채를 보냈다. "당신은 블라고이 블라고예프가 정확히 185.0킬로를 어떻게 번쩍 들었는지 알고 싶으실 거예요." 마르틴은 이렇게 덧붙이며 조금 더 바들바들 부들부들 떠는 시늉을 했고, 나는 박수를 쳤다.

"더 열광적으로 쳐야지." 네 번쯤 시연을 보인 후 마르틴이 투덜댔다. 나는 박수를 더 열광적으로 치려고 애쓰면서 "멋져요!" 하고 소리쳤다.

젤마가 꿈을 꾼 다음날, 우리는 울헥을 피했다. 하늘에 구름 한 점 없었지만 벼락에 맞을까 겁이 났기 때문이다. 벼락은 떨어질 수 없었지만 그래도 상관없었다. 우리는 숲에서 팔름보다 더 위험한 것을 만날까 겁이 났다. 어쩌면 지옥의 개를 만날 수도 있었다. 지옥의 개는 존재하지 않았지만 그래도 상관없이 나타날 수 있었다.

우리는 역에서 곧장 젤마한테 달려갔다. 그녀가 꿈을 꾼 다음날, 우리는 실내가 더 안전하다고 생각했다. 우리는 열 살이었고 존재하지 않는 죽음을 두려워했지만, 문을 통해 들어오는 실재하는 죽음은 두려워하지 않았다.

젤마의 식탁에 안경사가 앉아 있었다. 커다란 가죽가방을 품에 안은 안경사는 평소와 달리 말이 없었다. 젤마는 부산스럽게 일하는 중이었다. 청소를 하고, 있지도 않은 먼지를 닦아냈다.

마르틴과 나는 바닥에 앉아 안경사에게 유사성 놀이를 같이 하자고 졸랐다. 우리가 서로 상관없는 두 가지를 대면, 안경사가 그것을 서로 연결해야 하는 놀이였다.

"수학과 송아지 간." 내가 말하자 안경사가 대답했다. "둘 다 잘 소화해야 해. 그리고 둘 다 네가 좋아하지 않아."

"소화한다는 게 무슨 뜻이에요." 마르틴이 물었다.

"자기 것으로 만들어야 한다는 뜻이야." 젤마가 설명했다.

그녀는 안경사 옆 주방의자에 올라가 할아버지 사진 위에 앉은, 있지도 않은 먼지를 입으로 후후 불었다. 젤마의 신발끈이 풀려 있었다.

"커피 주전자와 신발끈." 내가 말했다. 안경사는 잠시 생각했고, 젤마는 의자에서 내려와 신발끈을 묶었다.

안경사가 말했다. "둘 다 아침이 돼야 사용해. 사용하면 둘 다 피를 잘 돌게 하지."

"너무 억지스러워요." 젤마의 생각이었다.

"상관없어요. 맞는 말이니까." 안경사가 받아쳤다.

"재활용 병과 전나무." 마르틴이 말하자 안경사가 대답했다. "쉬운 문제네. 둘 다 대부분 짙은 초록색이야. 그리고 사람이나 바람이 훅 불면 피리 소리가 나지."

젤마는 방석을 털기 위해 의자 위에 놓인 광고전단지와 텔레비전 잡지 더미를 들었다. 한 잡지 표지에 여배우 사진이 보였다. 젤마가 즐겨 보는 드라마에서 매기로 나오는 배우인데 지난주에 매기의 남편은 누군가 자동차 엔진을 망가뜨려서 크게 다쳤다.

"사랑과 죽음." 내가 말했다.

"역시 쉬운 문제네. 둘 다 시험 삼아 해볼 수가 없어. 달아날 수도 없고, 어느 날 불쑥 들이닥치지." 안경사가 대답했다.

"들이닥치는 게 뭐예요?" 내가 묻자 젤마가 설명했다. "갑자기 다가온다는 뜻이야."

"이제 그만 나가 놀아라." 그녀가 말했다. 우리가 절대 숨지 않기를 바랐기 때문이다. 오카피 꿈을 꾸었어도 젤마는 우리가 늘 하던 대로 하기를 바랐던 것이다. 반항해도 소용이 없을 것이 뻔했다.

"알래스카도 데리고 가렴." 그녀의 말에 알래스카가 일어났다. 아직 어려도 몸집이 큰 것이 일어나려면 언제나 시간이 조금 걸리는 법이다.

우리는 사과밭을 지나 엘스베트에게 갔다. 오후 4시였다. 나는 젤마의 꿈에서 모두 살아남으려면 몇 시간이 남았는지 손가락으로 꼽아보았다. 열한 시간 남았다.

알래스카가 사과나무 밑에서 갑자기 멈추었다. 둥지에서 떨어진 새가 나무 밑에 있었다. 아직 살아 있었는데 깃털이 났지만 날지는 못했다. 나는 당장 새를 젤마에게 데려가려고 했다. 젤마가 새를 키울 거라고 굳게 믿었기 때문이다. 비록 박새로 태어났지만 그녀가 잘 보살피면 훗날 수리가 될지도 몰랐다. 수리는 그림처럼 아름다운 원을 그리며 울헥 위를 날아다니리라.

"데리고 가자." 내가 말하자 마르틴이 반대했다. "안 돼. 그냥 두자."

"그럼 죽을 거야."

"그래. 그럼 죽겠지."

나는 젤마의 드라마에 나오는 사람처럼 마르틴을 쳐다보려고 애쓰면서 반박했다. "그렇게 둘 수 없어."

"그래야 해." 마르틴이 고집을 부렸다. 그것이 세상의 순리라고 했다. 역시 젤마의 드라마에 나오는 말이었다. "여우가 얼른 오길 바라자."

그때 윗마을 쌍둥이가 뛰어왔다. 둥지에서 떨어진 새를 우리보다 먼저 발견했던 모양이었다.

"막대기를 찾으러 갔던 거야. 이제 때려죽여야지." 그들이 말했다.

"절대 안 돼." 내가 막아서자 그들이 나섰다.

"우리는 새의 고통을 덜어주려는 것뿐이야." 꼭 팔름이 동물들에게 총을 쏘아대기 전에 "환경보호를 위해 뭔가 하는 것뿐이라고." 하는 것과 같은 말투였다.

"여우가 올 때까지 기다리면 안 될까?" 내가 물었지만 쌍둥이는 벌써 막대기를 휘둘렀다. 첫 방은 빗나갔다. 그 다음에는 비껴서 명중하지 못하고 새의 머리를 살짝 쳤다. 나는 새의 작은 눈에 핏발이 서는 것까지만 보았다. 마르틴이 내 머리를 잡아 자신의 목에 얼굴을 눌렀기 때문이다. "보지 마." 그가 말했다. 휙 막대기 휘두르는 소리가 들리고 "이 멍청이들아, 결국 맞혔구나." 하는 마르틴의 고함

소리가 들렸다.

나는 나중에 마르틴과 결혼해야겠다고 결심했다. 세상이 순리대로 흘러갈 때 못 보게 막아주는 사람이야말로 제대로 된 사람이라고 생각했기 때문이다.

"아, 너희들이구나. 한숨 돌릴 수 있겠다." 대문 앞에 서있는 우리를 보고 엘스베트가 말했다. 오늘 이미 마을 사람 절반이 초인종을 눌렀기 때문이다.

마을 사람 절반은 외투 깃을 높이 세우고 엘스베트의 정원 문을 걸어 들어왔다. 크라이스슈타트에 있는 '가비의 에로틱 하우스' 문을 열면서 남자들이 외투 깃을 높이 세우고 주위를 둘러보듯이 두리번두리번 주위를 둘러보면서.

원래 미신을 믿지 않는 마을 사람들은 젤마가 꿈을 꾼후 가능해진 죽음을 쫓기 위해 뭐든 하고 싶은 심정이었다. 어쩌면 작고 어리석은 짓이 죽음을 쫓아내 줄지도 몰랐다. 정확한 것은 아무도 모르니까. 그들은 초인종을 누르고 재빨리 엘스베트의 복도로 들어와 후회막심한 표정으로 그녀를 바라보며 털어놓았다. "죽음을 막을 수 있는지 물어보려고요." 그러면 엘스베트는 크리스마스 때만 교회에 나오는 신자를 바라보듯 그들을 바라보았다.

엘스베트는 통풍 퇴치법을 알고 있었다. 찾아오지 않는 사랑과 생기지 않는 자녀를 얻는 방법을 알았고, 고질적인 치질을 없애고 비스듬히 태어나는 송아지를 받는 방법을 알았다. 죽은 자들을 막는 방법도 몇 가지 알고 있었다. 그녀는 쉬지 못하는 그들의 영혼을 정중히 달래 세상에서 내보내고 다시 돌아오지 않게 할 수 있었다. 심지어 기억을 지우는 방법도 조금 알았고, 사마귀를 없애는 방법은 당연히 많이 알았다. 하지만 죽음을 막는 방법은 전혀 알지 못했다. 사람들이 찾아왔을 때 엘스베트는 사실을 인정하기 싫었다. 그래서 그날 아침 시장 부인에게 말 머리에 머리를 기대면 죽음을 쫓는 데 도움이 된다고 거짓말을 했다. 하지만 그것은 본래 두통에 도움이 될 뿐이었다. 엘스베트는 양심의 가책을 느껴 시장 부인을 찾아갔다. 시장 부인은 마구간에서 말 머리에 머리를 기대고 있었다. 엘스베트는 그렇게 편안한 시장 부인의 모습을 본 적이 없었다. 꿈속에서 젤마와 오카피가 그랬듯 시장 부인과 말은 아주 조용히 서 있었다. 엘스베트는 그녀의 어깨에 살며시 손을 올려놓으며 고백했다. "부인을 속였어요. 그건 두통에 도움이 될 뿐이에요. 저는 죽음을 쫓는 방법은 하나도 몰라요." 시장 부인은 눈을 들지 않고 말했다. "하지만 좋네요. 효과가 있는 것 같아요."

몇 분마다 초인종이 울렸다. 우리는 엘스베트의 소파에 셋이 나란히 앉아 있었다. 알래스카는 몸을 둥글게 말고 베이지색 타일로 된 소파 탁자 앞에 누웠다. 탁자 위에는 레모네이드가 담긴 컵 두 개가 놓여 있었다. 원래 겨자가 담겼던 용기를 깨끗이 씻어 컵 대신 쓰는 것이었다. 엘스베트는 학교에서 어땠는지, 마르틴이 오늘 무엇을 들었는지, 숲속 오두막을 다시 지었는지 물었다. 하지만 초인종이 계속 울리는 바람에 묻자마자 일어나 문으로 달려가야 했다. 가능해진 죽음을 물리칠 방법이 있는지 묻는 누군가의 목소리가 복도에서 들리고, 그 사람이 돌아가는 기척과 뒤에서 소리치는 엘스베트의 목소리가 들렸다. "혹시 필요하면 치통이나 대답 없는 사랑에 도움이 되는 방법은 알고 있어요."

우리는 거실 창문을 통해 사람들이 공손하게 손을 흔들고 정원 문 앞에서 외투 깃을 다시 내리는 것을 보았다.

마르틴과 알래스카, 그리고 나는 엘스베트가 벌떡 일어나 뛰어갔다가 다시 뛰어오는 모습을 바라보았다. 엘스베트는 태초부터 늘 똑같은 슬리퍼를 신고 있었다. 안짱다리라서 바깥쪽 바닥이 닳으면 간단히 오른쪽 슬리퍼를 왼발에 신고, 왼쪽 슬리퍼를 오른발에 신었다. 그렇게 한동안 지내면 마침내 누군가 불쌍한 마음이 들어 그녀에게 새 슬리퍼를 선물했다.

엘스베트는 키가 작고 뚱뚱했다. 얼마나 뚱뚱한지 운전할 때면 핸들이 배에 쓸리지 않도록 앞에 담요를 대야 했다. 그녀의 몸은 그렇게 분주히 왔다갔다 하기에 적합하지 않았다. 거실 벽지와 똑같이 큼지막한 꽃무늬가 있고, 벽에 딱 붙은 벽지와 똑같이 몸에 딱 붙는 옷을 입은 그녀의 겨드랑이와 등판에 짙은 얼룩이 생기기 시작했다. 마침내 그녀가 말했다. "얘들아, 여기 형편이 어떤지 봤지. 슬픈 마를리스에게 가보거라."

"꼭 그래야 해요?" 우리가 물었다.

"미안하지만 그래 주렴. 누군가는 마를리스에게 신경을 써야 하잖아." 다시 초인종이 울리고 엘스베트는 또다시 벌떡 일어났다.

정확히 말하자면, 마를리스는 슬픈 게 아니라 기분이 나쁜 거였다. 어른들은 마르틴과 나를 구슬리기 위해 늘 슬픈 마를리스를 들먹였다. 마를리스가 슬프다고 하면 예의상 가봐야 했기 때문이다. 어른들은 절대 자신들은 그러려고 들지 않았다. 마를리스 집에 가는 건 즐거운 일이 아니었다. 그래서 늘 우리를 앞세우면서 그녀가 오늘 또 슬프단다, 불쌍한 마를리스, 하는 말을 자주 입에 올리는 것이었다.

그녀의 집은 마을 끝자락에 있었다. 마르틴은 정말 잘된 일이라고 했다. 강도들이 마을 뒤쪽에서 침입하면 마를리스가 언짢은 기분으로 그들을 달아나게 만들 거라고 말이다.

우리는 마를리스의 정원 문을 지나 우편함을 멀찌감치 빙 돌아서 갔다. 마를리스가 우편함 밑에 있는 벌집을 제거할 생각이 전혀 없었기 때문이다. 벌 때문에 우체부는 편지를 마를리스의 우편함에 넣지 않고 정원 문에 끼워놓았다. 하지만 편지는 읽히지 않은 채 비바람에 너덜너덜해졌다.

"들어가도 돼요?" 마를리스가 문을 빠끔 열자 우리가 물었다. 마를리스가 대답했다. "개가 들어오는 건 싫어."

"앉아, 알래스카." 내가 말하자 알래스카는 당장 마를리스의 작은 집 계단 앞에 누워버렸다. 시간이 좀 걸린다는 것을 감지했기 때문이다.

마를리스는 주방으로 갔고, 우리는 뒤를 따랐다.

마를리스 집에 있는 물건 가운데 그녀가 고른 건 하나도 없었다. 집과 가구는 모두 그녀의 고모 것이었다. 위층의 침대, 침대 옆의 작은 서랍장, 옷장, 칙칙한 소파 세트, 거실에 있는 철제 책장, 양탄자, 고약한 냄새가 나는 붙박이 그릇장, 가스대와 냉장고, 식탁, 의자 두 개는 물론이고 심지어 가스대 위에 걸린 기름때 묻은 무거운 프라이팬들도 다 고모 것이었다.

마를리스의 고모는 자살했다. 아흔두 살에 주방에서 목을 맸는데 마를리스는 이해할 수 없다고 했다. 아흔두 살에 목을 매는 건 의미가 없다고 생각했기 때문이다. 마를리스는 고모 이야기를 자주 했다. 참을 수 없을 만큼 성마른 사람에다가, 견딜 수 없을 만큼 늘 기분이 나쁜 사람이었다고 했다.

"고모는 저기서 목을 맸어." 우리가 주방에 들어갈 때마다 마를리스는 그렇게 말했다. 그녀가 천장 등 옆 못을 가리키며 또 그 말을 했지만 마르틴과 나는 그쪽을 쳐다보지 않았다.

마를리스의 것은 집안의 냄새밖에 없었다. 그녀의 집에서는 담배 냄새와 보람도 없이 심한 땀 냄새와 싸우는 싸구려 방향제 냄새가 났다. 며칠 전 식탁에 놓아둔 음식 냄새와 수십 년 전 사라진 명랑함의 냄새, 재떨이에 눌러 끈 담배꽁초 냄새, 쓰레기 냄새, 디퓨저 스틱 냄새와 너무 오래 빨래바구니 속에 들어 있는 젖은 빨래 냄새도 났다. 마를리스는 구부정하게 걸었지만 많아야 스무 살이었다. 파마가 반쯤 풀린 머리카락은 푸석푸석했다. 나는 마를리스의 머리카락을 볼 때마다 잡화점에 있는 '손상모발용 거품 샴푸' 생각이 났다. 마르틴과 나는 샴푸의 그 문구를 이상하게 생각했다. 지옥의 개나 벼락, 팔름이나 강도만 손상을 입힐 수 있다고 생각했기 때문이다. 게다가 그들은 보통 머리카락을 공격하지는 않았다. 마를리스를 통해 우리는 만성적으로 언짢은 기분도 공격자가 될 수 있으며, 그것이 머리카락을 공격할 수도 있음을 깨달았다.

마를리스는 주방의자에 털썩 주저앉았다. 평소처럼 늘어난 스웨터와 잡화점에서 산 바지 차림이었다. 세 개를 한 묶음으로 파는 세 가지 색상 바지였는데 젤마도 그런 바지를 갖고 있었다. 하지만 마를리스의 바지는 노란색인지 살구색인지 하늘색인지 구분이 안 됐다. 그녀의 눈처럼 색깔이 흐릿했기 때문이다.

그녀가 우리를 빤히 바라다보며 물었다. "왜? 무슨 일이 있니?"

"그냥 누나가 어떻게 지내는지 보러 왔어요." 마르틴이 대답했다.

"걱정 마. 나는 절대 안 죽어." 그녀는 상금이 어마어마한 복권에 당첨되지 않은 사람처럼 애석한 표정으로 말했다.

"뭐 좀 먹을래?" 마를리스가 물었다. 우리가 두려워하는 말이었다.

"예." 우리는 간절히 '아니요'라고 하고 싶었지만 그렇게 대답했다. 음식을 거절하면 슬픈 마를리스는 더 슬퍼질 거라고 엘스베트가 우리 머릿속에 주입시켰기 때문이다.

마를리스는 가스대로 가더니 이미 뚜껑을 따놓은 완두콩 캔을 접시 두 개에 쏟아붓고, 그 옆에 차가운 감자 퓌레를 철썩 소리 나게 담은 후, 그 위에 얇은 햄을 한 장씩 올려놓았다. 그리고 접시를 식탁 위 우리 앞에 놓고는 다시 털썩 의자에 앉았다. 이제 남은 의자는 하나밖에 없었다.

"앉을 만한 것이 더 있나요?" 내가 물었다.

"아니." 마를리스는 대답하면서 냉장고 위에 놓인 작은 텔레비전의 전원을 켰다. 젤마가 보는 드라마가 나왔다.

마르틴은 의자에 앉아 자기 허벅다리를 툭툭 쳤다. 나는 그의 무릎에 앉았다.

감자 퓌레는 마를리스의 바지처럼 색깔이 애매했다. 완

두콩이 콧물 색깔의 웅덩이 속에 들어 있고 번쩍이는 햄에는 덧난 주사 자국처럼 얼룩얼룩한 돌기들이 솟아 있었다.

마르틴과 나는 동시에 퓌레를 덥석 한 입 먹고는 서로 얼굴을 쳐다보았다. 마르틴은 음식을 씹었다. "가능한 빨리 먹어." 그가 속삭이며 재빨리 음식을 퍼서 입에 넣었다.

완두콩은 내 입 속에서 작아지지 않고 오히려 더 커졌다. 나는 젤마의 드라마를 보고 있는 마를리스 쪽을 쳐다보고는 완두콩 감자 퓌레를 접시에 도로 뱉으며 속삭였다. "도저히 먹을 수 없어, 마르틴."

마르틴의 접시는 어느새 깨끗이 비워졌다. 마르틴은 물병에 손을 뻗어 삼킨 완두콩과 퓌레 위에 연거푸 물을 들이부었다. 그대로인 내 접시를 보고 그가 속삭였다. "미안하지만 도저히 더는 삼킬 수 없어. 그러다간 토할 거야." 끄윽 트림을 한 그가 화들짝 놀라 손으로 입을 막았다.

마를리스가 돌아보며 물었다. "그래, 맛있니?"

"예, 감사합니다." 마르틴이 대답했다.

"너는 거의 손을 안 댔구나. 얼른 먹어, 식으니까." 마를리스는 따뜻한 퓌레인 것처럼 그렇게 말하고는 다시 텔레비전으로 눈을 돌렸다. 마침 젤마가 그들의 운명에 특히 뜨거운 관심을 보이는 매튜와 멀리사가 나왔다. 두 사람은 드넓은 영지 한가운데 서 있었다. 매튜가 말했다. "당신을 사랑해요, 멀리사. 하지만 우리 사랑은 이루어질 수 없다는 걸 알잖아요."

"일어나." 마르틴이 속삭였다. 나는 마를리스가 돌아보지 않도록 조심조심 일어났다. 마를리스는 "나도 당신을 사랑해요."라고 하는 멀리사를 보고 있었다.

마르틴은 햄에 내 완두콩 감자 퓌레를 쏟고 그 위에 나머지 햄 한 장을 덮었다. 그리고 엉터리로 포장된 퓌레를 바지 앞주머니에 쑤셔넣었다. 마르틴이 입은 연분홍색 반바지는 주머니가 깊었다.

텔레비전에서 멀리사가 말했다. "하지만 우리는 하늘이 맺어준 인연이에요, 매튜." 그리고 테마음악이 울려퍼졌다. 마를리스는 텔레비전을 끄고 우리에게 고개를 돌렸다.

"더 줄까?"

"고맙지만 괜찮아요." 마르틴이 대답했다.

"넌 대체 왜 그렇게 서 있니?" 마를리스가 물었다. 나는 마르틴의 주머니에 든 완두콩 감자 퓌레를 누르지 않으려고 서 있었다.

"의자가 없어서요."

"네 친구 무릎에 다시 앉아. 그렇게 서 있으니까 신경이 곤두서잖아." 마를리스가 말했다.

문득 허리 디스크 때문에 종종 잘 앉지 못하는 안경사 생각이 났다. 나는 얼른 둘러댔다. "디스크가 있어요. 주로 앉아서 일을 하니까 허리에 탈이 났네요."

"그렇게 어린데 벌써 몸이 망가졌구나." 마를리스가 한숨을 쉬었다.

마를리스는 담배에 불을 붙여 피우며 내 빈 접시에 재를 털었다. 그리고 주절주절 혼자 말하기 시작했다. 그녀가 하는 이야기는 모두 매튜와 멀리사에게 해도 상관없을 것 같았다. 나는 식탁 옆에 선 채 마르틴의 연분홍색 바지를 힐끔힐끔 내려다보았다. 바지 위에 커다랗고 짙은 얼룩이 빠르게 번지고 있었다. 마를리스가 자리에서 일어나도 눈치 채지 못하도록 마르틴은 자기 의자를 식탁에 바짝 밀어붙였다. 하지만 그녀는 그대로 앉은 채 드라마가 마음에 들지 않는다고 투덜거렸다. 지난 5월 축제도 마음에 안 든다고 했다. 다음 회 드라마도 마음에 안 들고, 다음 5월 축제도 마음에 안 들 거라고 했다.

"왜 5월 축제가 마음에 안 들어요?" 마르틴이 배를 들이밀며 물었다. 이제 퓌레가 허리띠 부분까지 적셨기 때문이다.

"한 번도 마음이 든 적이 없었으니까." 마를리스가 대답했다.

"가자, 마르틴, 그만 가자." 내가 속삭였다.

"전혀 마음에 안 든다면서 왜 드라마를 봐요?" 마르틴이 다시 물었다. 나는 신발끈을 묶는 척 허리를 굽혀 식탁 밑을 보았다. 걸쭉한 완두콩햄 죽이 바닥에 넓게 퍼지고 있었다. 푸르스름한 완두콩 냇물이 흘러내리는 마르틴의 종아리에 소름이 오소소 돋았다.

"다른 드라마는 더 쓰레기 같으니까." 마를리스가 대답했다.

"미안하지만 이제 정말 가야 해요." 내가 말했다.

우리는 일어났다. 마르틴이 내 뒤에 섰다. "안녕, 마를리스." 우리는 인사를 했고, 마르틴은 내 뒤에 바싹 붙어서 주방을 나왔다.

"고마워. 대신 날 천 번 들어도 돼." 밖에서 내가 말했다.

마르틴은 소리 내어 웃었다. "하지만 지금은 안 돼." 마를리스의 집 바로 뒤에서 그는 바지를 벗고 주머니를 털었다. 햄과 퓌레가 풀밭에 떨어졌다. 우리는 주머니를 뒤집어 완두콩과 감자 퓌레 덩어리를 긁어냈다. "바지를 갈아입어야겠어." 마르틴이 말했다.

손이 끈적끈적했다. 알래스카에게 손을 내밀었지만 개는 우리 손 핥기를 거부했다. 마르틴이 바지를 다시 입자 우리는 마르틴의 집으로 달려갔다.

정원 문 앞에 서 있는 팔름을 보고 우리는 딱 멈춰섰다. 팔름을 만날 줄은 몰랐다. 우리는 그가 들판에 있을 거라고 생각했다.

"이리 와, 우리 집에 가자. 내가 바지를 빌려줄게." 내가 속삭였지만 마르틴의 아빠가 벌써 우리를 보고 소리쳤다. "당장 이리 와!" 우리는 개들이 컹컹 짖어대는 울타리 쪽으로 갔다. 알래스카는 마르틴의 다리 뒤에 숨으려고 애를 썼다.

팔름은 마르틴의 바지를 빤히 내려다보았다. "오줌을 싼 거야, 뭐야?" 그가 으르렁댔다. 술 냄새를 풍기며 그가 마르틴의 어깨를 잡고 흔들자 마르틴의 머리가 이리저리 흔들렸다. 마르틴은 아무 소리도 내지 않은 채 눈을 꼭 감았다.

"마르틴은 아무 잘못 없어요. 내 완두콩을 넣었을 뿐이에요. 마르틴은 아무 잘못 없어요, 팔름." 나는 열심히 변호를 했다.

"빌어먹을, 아기야 뭐야?" 팔름이 으르렁댔다. 마르틴은 눈을 꼭 감고 있었다. 전혀 다른 곳에 있는 듯 이상하게 편안해 보였다. 마치 눈을 감고 지역기차 문 앞에 서서 내가 보는 풍경을 말하고 있는 것 같았다. 들판, 숲, 풀밭, 목장, 목장…….

"그냥 나를 도우려고 한 것뿐이에요."

팔름은 몸을 굽혀 나를 노려보았다. 얼굴이 예전에 깃털로 뒤덮여 있었는데 누가 그 깃털을 거칠게 잡아 뽑은 듯 피부가 많이 상해 보였다. 팔름이 그렇게 노려볼 때마다 나는 이렇게 어두운 사람이 어떻게 빛에 대해 훤히 알 수 있었을까, 묻곤 했다. "너, 날 엿 먹이려는 거지." 팔름이 이 사이로 쉭쉭댔다. 으르렁대는 것보다 더 무서웠다.

막대기에 맞아 붉게 물들었던 작은 새 생각이 났다. 나는 세상이, 팔름의 형태로 나타난 세상이 순리대로 움직이는 것을 절대 그냥 두지 않을 작정이었다.

마르틴 앞을 막아서며 내가 소리쳤다. "그 애를 내버려두세요."

팔름은 나를 옆으로 밀쳐냈다. 나는 가벼워서 숲속 오두막보다 더 빨리 쓰러졌다. 팔름은 여전히 눈을 감고 있는 마르틴을 틀어쥐고 집안으로 들어갔다. 알래스카가 으르렁댔다. 처음으로 그랬다. 그런 일은 다시는 없었다. 문이 쾅 닫혔다. 다시는 열리지 않을 것처럼 굳게.

속이 울렁거렸다. 나는 집안에 있는 죽음을 생각했다. 죽음은 더 이상 불가능해 보이지 않았다. 마당에서 개들이 컹컹 짖어댔다. 나는 거기 선 채 마르틴이 사라진 문을 바라보았다. 문 옆에 있는 모든 것을 보았다. 풀밭과 들판, 숲을.

진정한 관심

팔름이 마르틴을 집안으로 끌고 들어간 후 나는 엄마의 꽃 가게로 달려갔다. 꽃가게가 팔름의 집에서 가장 가까웠기 때문이다. 꽃가게의 이름은 '순수 꽃집'이었다. 엄마는 그 이름을 아주 자랑스러워했지만 아빠는 끔찍하다고 했다. 그 이름에서는 백합과 전나무 냄새가 났다. 가게 창고에 화환이 많이 있었기 때문이다. 엄마는 우리 마을뿐 아니라 이웃마을에도 꽃과 무덤 장식품을 공급해서 언제나 일이 많았다. 폭풍처럼 달려온 사람도 끼익 멈춰서서 엄마가 하던 일을 마칠 때까지 기다려야 했다. 엄마는 화환의 리본에 쓸 문구나 결혼 피로연에 사용할 꽃 색깔을 두고 전화를 했다. 혹은 이웃마을 시장 부인에게 꽃다발을 주려고 하는 시장 부인과 이야기하기도 했다.

어느 순간 엄마가 하던 일을 끝내고 나를 쳐다보았다. 하지만 그 전에 하던 일이 엄마에게 있었다. 절대 끝낼 수 없는 그 일에는 엄마가 꼭 필요했다. 5년 넘게 엄마를 붙잡은 그 일은 내게 눈을 돌렸을 때도 마음속 의문으로 도사리고 있었다.

엄마는 5년 전부터 아빠를 떠나야 할지 고민했다. 그녀의 머리는 그 질문으로 꽉 차 있었다. 엄마는 항상 혼자 물어보았지만 몇 번이나 집중적으로 물어도 답을 찾을 수 없었다. 끊임없이 물어서 종종 환영이 보이기도 했다. 나풀거리는 화환 리본에 '깊이 애도합니다.' '삼가 조의를 표합니다.' '영원히 잊지 않겠습니다.' 대신 보통 화환 리본 글씨처럼 도드라진 검정색으로 쓴 '나는 그를 떠나야 할까?'가 보이는 것이었다.

'나는 그를 떠나야 할까?'는 화환 리본에 그치지 않았다. 도처에 있었다. 엄마가 아침에 눈을 뜨면 질문은 벌써 푹 자고 일어나 그녀의 얼굴 앞에서 춤을 추었다. 엄마가 첫 커피잔에 우유를 넣고 저으면 질문이 잔속에서 뱅글뱅글 돌았고, 엄마가 담배를 피우면 연기가 질문을 그려냈다. 질문은 꽃가게를 찾은 여자 손님들 외투 깃에 앉거나 모자 속에 숨었다. 혹은 꽃 포장지에 인쇄되거나 엄마가 저녁을 준비할 때 냄비에서 모락모락 솟아오르기도 했다.

질문이 난폭해질 때도 있었다. 열쇠를 찾기 위해 장바구니를 뒤지듯 엄마 속을 마구 헤집어놓았다. 질문은 필요하지 않은 모든 것들을 엄마 안에서 모조리 끄집어냈다. 그런 것은 많았다.

"내 이야기 정말 듣고 있는 거야?" 엄마에게 시계를 읽고 운동화 끈을 묶을 수 있다고 자랑하면서 나는 여러 번 물었다. 그럼 엄마는 "물론이지, 우리 예쁜 딸. 잘 듣고 있단다." 하면서 들으려고 애썼다. 하지만 내가 엄마에게 무슨 이야기를 하든, 질문의 목소리가 항상 더 컸다. 훗날 세월이 많이 흐른 후 나는 자문해보았다. 젤마와 안경사가 없었다면 엄마의 질문이 그만 포기하고 내게 자리를 양보했을까? 내가 모든 일에서 젤마와 안경사에게 도움을 청할 수 없었다면, 젤마와 안경사가 함께 세상을 창조하지 않았다면 그랬을까?

드디어 엄마가 물었다. "자, 무슨 일이니, 루이스헨*?"

"마르틴에게 무슨 일이 생길까봐 겁이 나. 젤마의 꿈 때문에, 팔름 때문에."

---

* '루이제'의 애칭.

엄마는 내 머리를 쓰다듬으며 대답했다. "유감이구나."

"내 이야기 정말 듣고 있는 거야?"

"물론이지. 애야, 그냥 마르틴 집에 잠깐 들러 기분을 좀 풀어주렴." 엄마가 말했다. 이웃마을에서 여자 손님이 왔다. 나는 젤마에게 달려갔다.

팔름의 마당에서 짖어대는 개들은 긴 줄에 묶여 있었다. 알래스카는 울타리 앞에 남고, 젤마와 나는 벽에 바싹 붙어 서 있었다. 개들은 펄쩍 뛰어 우리에게 달려들려 했지만 줄 때문에 뒤로 나동그라졌다. 그러면서도 계속 버둥대며 다시 일어났다. 나는 젤마의 손을 잡으며 물었다.

"줄이 끊어지지 않을까요?"

"안 끊어져. 팔름은 좋은 줄을 쓰거든."

젤마는 이렇게 말하며 문 옆에 있는 빗자루를 들어 개들을 쫓아버리려고 했다. "저리 가, 이 지옥의 개들아." 그녀가 소리쳤지만 개들은 눈도 깜짝하지 않았다. 그녀는 주먹으로 대문을 쾅쾅 두드렸다.

위층 창문이 열리고 팔름이 고개를 내밀었다. 젤마가 소리쳤다. "개들을 불러들이고 당신 아들을 내버려둬요. 또다시 루이제에게 함부로 굴면 당신의 빌어먹을 들개들을 독살할 거예요. 두고 봐요."

"무슨 말인지 모르겠군요. 들개들이 너무 시끄러워서." 팔름이 히죽히죽 웃으며 소리쳤다.

젤마는 개들에게 빗자루를 던졌다. 한 마리가 다리에 빗자루를 맞아 넘어져 낑낑거리다가 버둥대며 다시 일어났다.

"개들을 그냥 내버려둬요." 팔름이 소리쳤다.

나는 눈을 감고 젤마의 가슴에 얼굴을 묻었다. 그녀의 가슴이 부풀어올랐다. 젤마는 심호흡을 하고 조금 차분해진 목소리로 말했다. "들어봐요, 팔름. 당신이 마르틴에게 무슨 짓을 할까 루이제가 겁내고 있어요."

"무슨 짓을 할까." 팔름은 젤마를 흉내내고는 오른쪽으로 손을 뻗어 마르틴을 창가로 끌고 왔다. 팔름이 물었다. "내가 너한테 무슨 짓을 했니?"

마르틴은 항상 빗질을 열심히 했지만 늘 머리카락 한 다발이 곤두서 있었다. 몇 번이고 붙여놓아도 저 위의 어떤 것을 가리키듯 머리카락은 몇 분 후에 다시 일어섰다.

마르틴은 헛기침을 하고 대답했다. "아니요."

개들이 컹컹 짖어대는 가운데 젤마가 소리쳤다. "마르틴, 잘 들어. 내가 네 아빠를 지켜보고 있단다. 우리 모두 네 아빠를 지켜보고 있다고."

프리트헬름이 길을 따라 걸어왔다. 보이지 않는 누군가와 춤을 추듯 두 팔을 벌리고 왈츠 스텝을 밟으면서 〈오, 너, 아름다운 베스터발트여〉를 노래했다.

맞은편 집에서 블라인드를 내렸다. 팔름이 크게 웃었다.

"나라면 차라리 슬그머니 도망치겠어요, 젤마. 목줄도 그리 새 것이 아니거든요." 팔름은 소리치고 창문을 닫았다. 우리는 개들에게 몸을 돌렸다. 젤마는 신발 한 짝을 벗어 던졌다. 한 마리가 머리에 신발을 맞아 나동그라져 깨갱거리더니 버둥버둥 일어났다. 젤마의 신발은 다시 찾을 수 없었다. 마치 쓰러진 토끼를 둘러싸듯 개들이 신발을 빙 둘러쌌다.

"당신을 지켜볼 거예요, 팔름." 젤마는 소리치고 신발 한 짝을 마저 벗어 개들을 향해 던졌다. 우리는 집으로 돌아왔다. 젤마는 맨발로 걸었다.

오후 5시였다. 아직 열 시간이 남았다고 생각한 나는 확실히 해두기 위해 손가락을 꼽아보려 했다. 하지만 젤마는 펼친 내 손가락을 잡아 주먹을 쥐게 하고 손으로 꼭 감싸 쥐었다. 집에 도착할 때까지 내내.

오후 5시, 마을 사람 절반이 다녀간 후 엘스베트가 바랐던 것보다 주위가 더 조용해지자 조르기 귀신이 그녀의 목에 훌쩍 올라탔다. 조르기 귀신은 눈에 안 보이는 요괴로, 주로 밤길을 가는 방랑자의 어깨에 올라탄다. 하지만 엘스베트는 정처 없이 집안을 돌아다니는 중이었다. 적막이 그녀의 귀에 한밤의 숲처럼 수런거렸다. 그녀는 조르기 귀신이 착각한 것이 놀랍지 않았다.

조르기 귀신은 마을 사람 절반이 한 말을 중얼거렸다. 젤마의 꿈 이야기를 하고, 어쩌면, 아마 그럴 리 없겠지만, 아니, 전혀 그럴 리 없지만 그래도 분명 누가 죽을 수 있다고 했다. 조르기 귀신을 목에 태운 채 엘스베트는 전화기 있는 곳으로 갔다. 마지막 순간 햇빛 속으로 나오려는 진실을 두고 조르기 귀신과 담판 지을 게 있었기 때문이다. 조르기 귀신은 마지막 순간이 코앞에 다가왔을 거라고 속삭였다.

엘스베트는 젤마에게 전화했다. 그녀가 두려울 때 가장 먼저 의논할 수 있는 사람이었다. 아무도 전화를 받지 않았다. 젤마는 조르기 귀신에게 신경 쓸 수가 없었다. 지옥의 개들을 상대하느라 바빴기 때문이다. 신호음이 한없이 울리고, 엘스베트는 전화기 앞에 한참 서 있었다.

그녀는 젤마가 무슨 말을 할지 짐작했다. "다른 날 이 시간에 늘 하던 그 일을 해요."라고 할 것이다.

엘스베트는 수화기를 내려놓았다. "나는 다른 날 바로 이 시간에 뭘 할까?" 그녀가 묻자 조르기 귀신이 대답했다. "어리석게도 다른 날은 없어."

엘스베트는 못 들은 체했다. "지금 뭘 해야지?" 그녀는 좀 더 크게 다시 말했다.

"너는 지금 두려워해야 해." 조르기 귀신이 종알댔다.

"아니. 나는 볶은 밀가루를 사러 갈 거야." 엘스베트가 말했다.

잡화점의 줄은 길지 않았다. 기다리는 동안 엘스베트는 목덜미를 움켜쥔 조르기 귀신을 떼어내려고 했지만 쉽지 않았다. 볶은 밀가루 봉지 때문에 한 손만 자유롭게 쓸 수 있었기 때문이다. 그녀는 밀가루 값을 계산하고 가게를 뛰쳐나왔다. 머릿속에서 전화 신호음이, 젤마네 집 전화 신호음이 한없이 울렸다. 어떻게 하면 신호음을 그치게 할 수 있을까? 어떻게 해야 신호음과 목에 올라탄 조르기 귀신의 음모를 멈출 수 있을까? 엘스베트는 알지 못했다. 느닷없이 안경사가 앞에 서 있었다.

"안녕하세요?"

안경사가 인사하자 신호음이 딱 그쳤다. 조르기 귀신도 기습을 당해 놀란 것 같았다. 엘스베트가 물었다.

"안녕하세요? 뭐 사셨어요?"

"예, 허리에 붙일 파스를 좀 샀습니다." 안경사가 말했다.

"나는 볶은 밀가루를 샀어요."

잡화점에 물건을 대는 사람이 생필품을 가득 실은 어른 키 높이의 쇼핑카트를 밀고 들어오다가 신발끈을 매려고 중간에 멈추었다. 잿빛 덮개를 씌운 카트는 잿빛 벽처럼 보였다. 엘스베트는 생각했다. 어마어마하게 높은 잿빛 후회의 벽처럼 보이는구나. 우리 모두는 언젠가 그 앞에 무릎 꿇겠지. "정말 시적이시네." 조르기 귀신이 비아냥댔다. 엘스베트는 부끄러워하며 혹시 머릿속 생각을 크게 말한 것은 아닌지 잠시 의심했다.

"하나 드릴까요?" 안경사가 물었다.

"뭘요?"

"파스요. 그냥 생각했어요. 목을 잡고 있기에. 뭉친 근육에는 따뜻한 게 좋거든요."

"예, 주세요."

안경사의 가게는 잡화점 바로 옆에 있었다. 안경사가 말했다. "같이 가요. 바로 붙여줄게요."

그는 가게 문을 열고 재킷을 벗었다. 그의 조끼에 '이달의 직원'이라고 적힌 명찰이 달려 있었다.

"당신은 여기서 혼자 일하잖아요." 엘스베트가 지적하자 안경사가 대답했다. "알아요. 농담이에요."

"아, 그렇군요."

엘스베트는 농담을 잘 이해하지 못했다. "제기랄. 농담이었다니까, 엘스베트." 세상을 떠난 남편의 힘없는 목소리가 불쑥 들렸다. 어쩌면 조르기 귀신이 한 말일 수도 있었다.

"마르틴과 루이제는 이 명찰을 아주 재미있어 하지요." 안경사가 말했다.

"나도요. 정말 재밌네요." 엘스베트가 단언하자 안경사가 말했다. "어쨌든 좀 앉으세요."

엘스베트는 시력측정기 앞 등받이 없는 회전의자에 앉았다. 우리가 더 어렸을 때 안경사는 시력을 검사하는 그 기계로 미래를 볼 수 있다고 했다. 측정기의 모양이 그럴싸해서 마르틴과 나는 바로 그 말을 믿었는데 사실은 아직도 남몰래 믿고 있다.

"파스를 붙여야 하니까 옷을 좀 내려주세요."

안경사의 말에 엘스베트는 두 손을 올려 꽉 끼는 옷의

뒤쪽 지퍼를 내렸다. 벌써 한결 편안해졌다. 그녀는 살찐 어깨 위 옷의 파인 부분을 끌어당겨 목이 드러나게 했다. 조르기 귀신이 거기 앉아 있을 경우 뭔가를 놓을 수 있을 만큼 조금. 다행히 조르기 귀신은 말수도 줄고 작은 팔의 힘도 빠진 상태였다.

안경사는 상자를 열어 파스를 꺼내서 뒤쪽의 종이를 떼어냈다.

"이 크기의 파스는 원래 목에 붙이는 게 아니에요. 하지만 괜찮을 거예요."

엘스베트는 마지막 순간을 생각하며 혹시 안경사가 가슴에 묻은 진실을 위해 나타난 것은 아닐까, 혼자 물었다.

안경사는 엘스베트의 목에 조심스레 파스를 붙이고 더 잘 붙도록 잠시 손으로 눌렀다. 피부 밑에서 서서히 온기가 퍼졌다. 그녀의 목에 앉아 있던 조르기 귀신이 펄쩍 뛰어내렸다.

엘스베트가 물었다. "비밀을 털어놓아도 될까요?"

레나테와의 섹스는
나를 정신 못 차리게 만든다

젤마와 나는 집으로 돌아왔다. 우리 집은 비탈에 지어진 2층집으로, 뒤에 숲이 있었다. 안경사는 당장이라도 무너질 듯한 이 집이 아직도 서 있는 것은 젤마가 집을 굳게 사랑하기 때문이라고 믿었다. 아빠가 집을 허물고 새 집을 짓자고 몇 번이나 제안했지만 젤마는 들은 체도 하지 않았다. 그녀는 아빠의 생각을 알고 있었다. 아빠는 집도 인생의 비유로 생각했다. 비바람에 비틀려 무너질 위험이 있는 인생의 비유로.

우리 집은 세상을 떠난 할아버지, 그러니까 젤마의 남편이 지은 것이었다. 그것 때문에라도, 무엇보다 그것 때문에 집을 허물 수 없었다.

할아버지는 젤마에게 오카피를 처음 보여준 사람이기도

했다. 신문에 나온 오카피의 흑백사진을 보여준 것인데 그때 그는 신문에서뿐 아니라 이 세상에서 오카피를 최초로 발견한 사람처럼 아주 행복한 표정이었다.

"이게 대체 무슨 동물이에요?" 젤마가 묻자 할아버지는 대답했다. "이건 오카피예요, 젤마. 이런 것이 있다면 세상에서 가능하지 않은 일은 없어요. 심지어 당신이 나와 결혼하고, 내가 우리 집을 짓는 일도 가능하다고요." 젤마가 미심쩍은 듯 바라보자 그가 덧붙였다. "그래요, 내가 말이에요." 그때까지 할아버지는 위대한 연인으로서는 뛰어났지만 손재주 좋은 직공으로서 뛰어났던 적이 없었다.

할아버지의 이름은 하인리히였다. 그림형제 동화 〈개구리 왕자〉에 나오는 무쇠 하인리히*와 이름이 같았다. 하지만 무쇠처럼 단단하지는 않았던 모양이다. 그는 내가 태어나기 한참 전에 돌아가셨다. 그래도 마르틴과 나는 누가 '하인리히'라고 하면 합창하듯 "마차가 부서지는 것 같아!" 하고 외쳤다. 젤마는 전혀 우습다고 생각하지 않았다.

---

* 개구리 왕자의 충성스러운 시종. 개구리가 된 주인 때문에 슬퍼서 심장이 터져버릴 듯하자 쇠로 된 끈 세 개를 가슴에 칭칭 동여맸다. 왕자가 본모습을 찾자 마차를 끌고 와 왕자와 그의 아내가 될 공주를 왕자의 나라로 모시고 가는데 도중에 쇠로 된 끈이 차례로 풀린다. 그때마다 왕자는 뒤를 돌아보며 "하인리히, 마차가 부서지는 것 같아." 하고 외친다.

할아버지가 돌아가셨다는 것은 나 혼자만의 짐작이었다. 사실을 분명히 말해준 사람이 없기 때문이다. 젤마는 할아버지가 전쟁에서 쓰러졌다고 했는데 내 귀에는 그가 넘어졌다는 소리로 들렸다. 아빠는 할아버지가 전쟁에서 못 빠져나왔다고 했다. 나는 전쟁이 너무 재미있어서 할아버지가 여태까지 미적거리며 헤어나오지 못하고 있는 거라고 이해했다.

마르틴과 나는 할아버지를 대단하다고 여겼다. 엉뚱한 짓을 많이 저질렀기 때문이다. 우리는 감히 저지르지 못할 엉뚱한 짓들이었다. 엘스베트는 할아버지가 어렸을 때 교장선생님의 낙타털 외투를 깃대에 꽂는 바람에 학교에서 쫓겨났던 이야기를 하고 또 했다. 어느 날 머리에 붕대를 감고 학교에 나타나 머리통이 깨져서 숙제를 못 했다고 주장하기도 했다. "마차가 부서지는 것 같아!" 우리가 소리치면 아빠는 종종 "마차가 아니라, 집이 부서질 것 같지."라고 덧붙였다. 젤마는 그 말도 전혀 우습다고 생각하지 않았다.

우리 집엔 군데군데 바닥이 너무 얇은 곳이 있어서 젤마가 여러 번 밑으로 쑥 빠졌다. 하지만 젤마는 흔들리지 않았다. 오히려 향수에 젖어 밑으로 빠진 이야기를 하는 것이었다. 크리스마스 거위구이와 함께 주방에서 빠진 적도 있었다. 젤마는 엉덩이가 걸린 채 지하실 천장에 대롱대롱 매달렸지만 용케 거위구이를 똑바로 들고 있었다. 안경사는 젤마를 꺼내준 후 아빠의 도움을 받아 바닥을 수리했다. 하지만 안경사도 아빠도 바닥 보수에 재주가 없었다. 팔름이라면 더 잘 고쳤을 테지만 그에게 부탁하는 사람은 아무도 없었다.

바닥이 제대로 보수되지 않았기 때문에 안경사는 붉은 박스테이프로 표시해 그곳을 피해 다니도록 했다. 안경사는 젤마가 쑥 빠진 거실 바닥도 테이프로 표시했다. 젤마는 아빠가 "이제 심리분석을 받아야겠어요."라고 선언한 지 얼마 되지 않아 거실에서 밑으로 쑥 빠졌다. 우리는 의심스러운 그곳을 자동적으로 피해 다녔다. 알래스카조차 젤마의 생일날 처음 주방에 나타났을 때 이유도 모르면서 붉은 테이프로 표시된 곳을 슬슬 피해 다녔다.

젤마는 자신의 집을 사랑했다. 외출할 때마다 마치 늙은 말의 옆구리를 쓰다듬듯 집의 앞면을 쓰다듬었다.

아빠가 말했다. "엄마는 바깥세상을 좀 더 받아들여야 해요. 무너질 위험이 있는 집에서만 살지 마시고요."

"단지 무너질 위험뿐이라면 뭐."

"바로 그게 나쁜 거예요." 아빠는 이렇게 말하며 또다시 집을 헐고 새 집을 지어야 한다고 주장했다. 위층이 너무 좁은 데다 여기저기 보수해 개축한 것이나 다름없으니까 좀 더 넓은 집을 지어야 한다고. 젤마는 화가 나서 대꾸했다. 다 내다 버리려는 정신을 가지고 다른 데로 가라고, 다만 부탁이니 나갈 때 조심해서 발을 디디라고.

집에 왔더니 집 앞 계단에 아빠가 앉아 있었다. 진료시간이 끝난 것이다. 아빠는 젤마를 책망했다. "신발을 안 신으셨네요. 치매세요? 아니면 오늘 몽 쉐리를 너무 많이 드셨어요?"

"개들에게 던졌다."

"역시 정신건강이 좋다는 신호는 아니네요."

"좋다는 신호다. 들어오렴." 젤마는 이렇게 말하고 대문을 열었다.

안경사는 파스에서 손을 떼고 엘스베트의 어깨를 잡아 자기 쪽으로 돌리며 말했다. "물론이죠. 다 털어놓으세요."

"그냥…… 털어놓고 싶어요. 만약 내가 오늘…… 만약

그 일이 내게……."

"꿈 때문이군요."

"그래요." 엘스베트는 대답하다가 거짓말을 했다. "사실 무슨 일이 일어나리라고 믿지는 않아요."

"나도요. 그 꿈이 죽음을 예고한다니, 정말 터무니없는 얘기예요. 당신이 묻는다면, 나는 사기라고 말하겠어요." 안경사가 맞장구쳤다. 가슴에 묻은 진실이 밖으로 나오려 발버둥칠 때 거짓말을 조금 하는 것은 팽팽한 긴장을 풀어 주는 큰 효과가 있었다. 안경사는 마르틴 생각을 했다. 힘에 부치는 것을 들기 전에 마르틴은 항상 오줌 마려운 강아지처럼 안절부절 못하고 펄쩍펄쩍 뛰어다녔다.

"좀 어렵네요." 엘스베트가 머뭇거리자 안경사는 이렇게 말을 받았다. "원하신다면, 균형을 맞추기 위해 나도 비밀을 털어놓지요."

엘스베트는 안경사를 빤히 쳐다보았다. 온 마을 사람들이 안경사가 젤마를 사랑하는 것을 알고 있었다. 모두가 안다는 사실을 안경사만 모를 뿐이었다. 아직도 젤마에 대한 사랑을 숨겨야 하는 비밀이라고 그는 생각했다. 오래 전에 환히 드러난 사실을 안경사가 대체 언제 털어놓을까? 모두들 몇 년 전부터 그걸 궁금해했다.

하지만 엘스베트는 젤마가 안경사의 사랑에 대해 아는지 확신할 수 없었다. 언젠가 엄마가 젤마에게 안경사와의 관계를 물은 적이 있었다. 그 자리에 있던 엘스베트는 좋은 생각 같지 않지만 엄마를 말릴 수 없었다.

"혹시 안경사 아저씨를 상상할 수 있으세요, 젤마?"

"상상할 필요가 없어. 늘 가까이 있으니까." 젤마가 대답했다.

"제 말은, 인생의 동반자로 상상하실 수 있냐고요?"

"그는 내 동반자야."

"아, 아스트리트, 아스트리트는 꽃에 관심이 있잖아. 혹시 미나리아재비가 치질에 좋은 거 알아?" 대화의 방향을 돌리고 싶어서 엘스베트가 끼어들었지만 엄마는 집요하게 물었다. "아니요, 젤마, 제 말은, 부부 말이에요. 안경사 아저씨와 부부가 되는 걸 상상하실 수 있냐고요?"

젤마는 엄마가 코커스스패니얼인 듯 가만히 바라다보며 말했다. "나는 이미 부부였는데."

엘스베트가 보기에 젤마의 사랑은 한 사람에게 다 간 듯했다. 아주 넉넉하게, 오직 하인리히에게만. 하인리히는 엘스베트의 오빠였다. 엘스베트는 하인리히와 젤마, 두 사람을 다 알고 있었다. 그 후 그녀는 무슨 일이 더 일어날 수 없다고 거의 확신했다.

안경사의 시력검사 의자에 앉은 엘스베트는 긴 세월이
흐른 지금 왜 자신이 모두가 오래 전부터 아는 사실을 처
음 듣는 사람이 되어야 하는지 의아해했다.

"먼저 하세요." 안경사가 권했다.

그는 엘스베트 맞은편 책상 위에 앉았다. 그동안 파스가
많이 뜨거워졌다. 엘스베트는 심호흡을 하고 말했다. "루
돌프는 오랫동안 나를 속였어요." 루돌프는 세상을 떠난
엘스베트의 남편이었다. "그 사실을 알게 됐어요. 그이 일
기를 읽었거든요. 전부 다." 남편이 자신을 속인 것이 더
나쁜지 아니면 자신이 그의 일기를 전부 다 읽은 것이 더
나쁜지, 엘스베트가 무엇을 더 나쁘게 여기는지는 분명하
지 않았다. 그녀가 계속했다. "그걸 잊으려고 갖은 방법을
다 써보았어요. 어디 놓는지 잊어버렸던 빵을 다시 찾아
서 먹으면 기억을 지울 수 있어요, 아세요? 그래서 해봤지
만 소용이 없었어요. 아마 내가 일부러 빵을 잃어버렸기 때
문일 거예요. 그럼 듣지 않거든요."

"뭔가를 의도적으로 우연히 찾을 순 없지요. 그것에 대
해 루돌프와 얘기해봤어요?"

안경사가 묻자 엘스베트는 옷의 지퍼를 올리며 말했다.

"루돌프의 일기장은 노란색이에요. 해바라기처럼 따뜻하고 산뜻한 노란색."

"그것에 대해 루돌프와 얘기해봤어요?"

안경사가 다시 물었다. 엘스베트는 목을 잡고 파스를 더 꼭 눌렀다.

"아니요. 나는 내가 아는 것을 모르는 척 행동했어요. 이젠 너무 늦었네요."

안경사는 그것이 뭔지 잘 알았다. 젤마에 대한 사랑을 자신에게조차 숨기려고 했던 날부터 알고 있었다.

"세상에는 해바라기처럼 노란 일기장이 많았어요. 딱 한 번 읽었지만 일기장에 무슨 말이 적혀 있었는지 정확히 알아요. 침대에 누우면 내면의 목소리가 일기를 읽어줄 때가 아주 많아요."

"정확히 어떤 내용을 읽어주지요?"

"온통 다른 여자 이야기뿐이에요."

"괜찮으시다면, 한 문장만 말해보세요. 그럼 그 문장은 내 곁에 있을 거예요. 내 안으로 들어올 거예요."

안경사의 제안에 엘스베트는 눈을 감고 머리가 아픈 듯 엄지손가락과 집게손가락으로 콧방울을 누르며 말했다.

"레나테와의 섹스는 나를 정신 못 차리게 만든다."

그 순간 가게 문에 달린 종이 울리며 잡화점 안주인이 뛰어 들어왔다. 그녀가 두 사람을 향해 다가오면서 소리쳤다. "안녕하세요! 어머나? 시력검사?"

"그런 셈이죠."

안경사가 대답했다. 엘스베트는 아무 말도 안 했다. 잡화점 안주인이 마지막 말을 듣지 않았는지 열심히 생각하고 있었기 때문이다. 안주인은 엘스베트가 레나테와 섹스를 했고 황홀해서 정신을 차릴 수 없었다고 생각할지도 몰랐다.

잡화점 안주인은 새 안경줄을 사고 싶어 했다. 다행히 별로 망설이지 않고 인조보석이 달린 줄을 골랐다. 그녀가 엘스베트에게 말했다. "내일 시내에 나가요. 파마 하러. 혹시 트릭시 좀 봐줄 수 있어요?"

트릭시는 잡화점 안주인의 테리어 개 이름이었다. 이제 엘스베트는 안주인이 마지막 말을 못 들었다고 확신했다. 엘스베트가 레나테와 섹스하며 정신을 못 차린 줄 알았다면 절대 테리어를 맡기지 않았을 테니까.

"그래요, 기꺼이 봐주죠." 엘스베트의 대답에 잡화점 안주인이 명랑한 목소리로 덧붙였다. "단, 우리가 내일 아직 살아 있다면 말이죠."

"좋은 조건이네요." 안경사는 맞장구치며 잡화점 안주인을 위해 문을 열어주었다. 그러고는 다시 엘스베트 앞 책상 위에 앉았다. 그는 세상의 모든 시간을 내줄 수 있다는 듯 엘스베트를 바라다보았다. 당장 젤마의 꿈 때문에 죽는다고 해도 시간은, 세상의 모든 시간은 있으리라. 그는 다리를 꼬고 앉았다. "내게 묻는다면, 말할게요. 레나테와의 섹스가 당신 남편의 정신을 못 차리게 만들었다. 그것이 꼭 만남의 성격을 말하는 건 아니에요. 가령 프라이팬으로 머리를 맞아도 정신을 차릴 수 없으니까요."

엘스베트는 빙긋 웃었다. 가슴에 묻은 진실은 수백 파운드의 무게에다 부피도 컸다. 지금도 여전히 그랬지만 안경사가 그것을 빈손으로 들 수 있다고 생각하니 기분이 좋았다.

"아까 잡화점에 물건을 대는 사람이 잿빛 천을 덮은 쇼핑 카트를 밀고 가게에 들어왔어요. 카트가 벽처럼, 우리 모두 언젠가 그 앞에 무릎 꿇어야 할 후회의 벽처럼 보였어요. 당신도 그렇게 생각하지 않으세요?"

"유감스럽게도 나는 카트를 못 봤어요. 하지만 상상할 수 있어요. 꼭 그렇게 보였을 것 같아요."

"나는 근육이 굳은 게 아니에요. 조르기 귀신이 올라탔어요.”

"알아요. 하지만 따뜻한 온기는 조르기 귀신에게도 놀라운 효과가 있지요.”

엘스베트는 헛기침을 한 후 무릎에 손을 올려놓고는 허리를 펴고 똑바로 앉았다. "당신도 무슨 말을 하려고 했잖아요.”

안경사는 손으로 머리카락을 헤집었다. 그러고는 자리에서 일어나 안경테와 안경집들이 놓인 진열대를 따라 왔다갔다 했다. 내면의 목소리가 시비를 걸면 늘 그렇듯, 중간에 본의 아니게 오른쪽으로 한 걸음 휘청했다.

어떻게 하는 것이 안경사에게 더 좋을까? 엘스베트는 곰곰이 생각했다. 안경사가 젤마를 사랑한다고 털어놓으면 깜짝 놀란 척할까? 그렇게 오랜 세월이 지났는데 과연 내가 "세상에 그럴 수가, 처음 듣는 얘기예요.”라고 할 수 있을까? 엘스베트는 곰곰이 생각했다. 젤마에게 고백하라고 충고해야 하지 않을까? 사실이 밝혀지면 안경사가 충격을 받지는 않을까? 진실을 감추느라 수십 년을 보냈는데 진실이 너무 커서 그의 뒤에 서 있는 그 진실을 이미 모든 사람이 보았다는 사실 말이다. 안경사가 말했다.

"그러니까 이런 거예요. 팔름은 마르틴에게 전혀 관심이 없어요.”

"알아요." 엘스베트는 대답하며 격려하듯 그를 바라보았다.

"팔름은 그 사실을 마르틴이 계속 느끼게 해요, 사는 동안 계속. 팔름은 마르틴 엄마도 쫓아냈어요."

"알아요."

엘스베트는 안경사가 젤마 이야기로 어떻게 넘어갈지 궁금했다. 안경사가 계속했다.

"가끔 마르틴을 때리기도 하는 것 같아요."

"맞아요. 나도 그 점이 걱정돼요."

안경사는 아직도 서성이고 있었다. "술에 취해 노루에게 총을 쏘지만 제대로 맞추지도 못하지요. 취해서 깨진 병으로 젤마를 위협하기도 했어요."

"맞아요." 엘스베트는 안경사가 서로 상관없는 것을 연결하려 한다고 생각했다. 그러니까 젤마에 대한 사랑과 팔름을 연결하리라.

안경사가 걸음을 멈추고 엘스베트를 빤히 쳐다보면서 말했다. "그래서 어젯밤 그의 망루 기둥을 톱으로 잘랐어요."

여기가 아름다운 곳이다

날이 어둑어둑해졌다. "아주 평범한 날에 하던 일들을 그냥 계속 하렴." 젤마가 그날 하루 종일 했던 말을 또 했다. 그래서 나는 알래스카를 목욕시켰다. 젤마의 샤워부스가 알래스카에게 맞지 않아서 먼저 뒤쪽을 씻긴 다음, 앞쪽을 씻겨야 했다. 씻기는 동안 개의 몸통이 절반씩 번갈아 샤워부스 밖으로 삐죽 나왔다. 화장실 문을 열어두었기 때문에 젤마와 아빠의 이야기가 들렸다.

"모두 내 꿈에 겁을 내고 있구나."

젤마의 말에 아빠가 소리 내어 웃으며 대꾸했다.

"엄마, 제발, 그건 사기예요."

젤마는 몽 쉐리 한 상자를 가져왔다. "어쩌면 사기일지도 모르지. 하지만 사기라고 해도 사정이 더 나아지지는 않아."

"마쉬케 박사한테 그 이야기를 했더니 배꼽을 잡고 웃더라고요."

"마쉬케 박사를 그렇게 즐겁게 해주었다니 잘했구나."

아빠는 한숨을 내쉬고는 다시 입을 열었다. "다른 의논을 할 생각이었어요." 아빠의 목소리가 조금 더 커졌다. "이리 오렴, 루이스헨. 할 말이 있다."

물기를 두루 말려주었지만 그래도 알래스카의 몸에서 물이 뚝뚝 떨어졌다. 문득 젤마의 드라마가 생각났다. 드라마에서는 '당신들에게 할 말이 있어요.'라고 한 후 중요한 고백을 했다. 우리는 파산했어요. 나는 당신을 떠날 거예요. 매튜는 당신 아들이 아니에요. 윌리엄은 의학적으로 사망했습니다. 이제 우리는 자동차를 멈추게 할 거예요…….

나는 개를 데리고 주방으로 갔다. 아빠는 의자에 앉고, 젤마는 식탁에 기대선 모습이었다. 그녀가 말했다. "알래스카가 아직 물을 뚝뚝 흘리고 있구나."

"오토를 기억하세요?" 아빠의 질문에 우리는 기억한다고 했다. 오토는 젤마가 꿈을 꾼 다음 꼼짝도 하지 않아서 죽은, 은퇴한 우편 배달부였다. 아빠가 말했다.

"이런 거예요. 나는 다 그만둘 거예요. 그러니까 아마 그럴 거라고요. 어쩌면 좀 긴 여행을 할지도 모르겠어요."

"언제 다시 돌아와요?" 내가 물었다.

"어디로 가는데?" 젤마가 물었다.

"음, 바깥세상이지요. 아프리카나 아시아 같은 데죠."

"같은 데라, 언제 떠나니?" 젤마가 물었다.

"아직 모르겠어요. 그냥 생각하는 거예요. 그런 생각을 하고 있다고 말하는 것뿐이에요."

"왜 떠나는데?" 젤마가 집요하게 물었다. 평범하지 않은 질문이었다. 세계여행을 하겠다는 사람에게 사람들은 보통 왜 세계여행을 하느냐고 묻지 않는다. 왜 바깥세상으로 나가고 싶어 하는지 꼬치꼬치 물어서는 안 되는 법이다.

아빠가 대답했다. "여기서 썩고 싶지 않으니까요."

"고맙기도 해라." 젤마가 비아냥댔다.

알래스카는 아직도 물을 뚝뚝 흘리고 있었다. 갑자기 몹시 피곤했다. 화장실에서 나온 것이 아니라 고된 여행을 한 것 같았다. 아주 많은 짐을 짊어지고 하루 종일 걸은 듯한 기분이었다.

가지 말라고 아빠를 어떻게 설득할 수 있을까? 생각해보았다. 마침내 나는 이렇게 말했다. "하지만 여기가 아름다운 곳이잖아요. 우리는 초록색과 푸른색, 황금색의 찬란한 교향곡 속에서 살고 있어요."

안경사가 종종 하는 말이었다. 잡화점의 판매대에 진열된 엽서들에도 잔뜩 멋을 부린 글씨로 쓰여 있었다. 우리는 그림같이 아름다운 지역에 살고 있다, 우리는 낙원과도 같은 아름다운 지역에 살고 있다고. 하지만 마을에서 그 아름다움을 알아보는 사람은 드물었다. 우리는 아름다움 곁을 무심히 지나치거나 간단히 훌쩍 건너뛰었다. 아름다움을 오른쪽과 왼쪽에 그냥 내버려두었다. 하지만 우리를 둘러싼 아름다움이 어느 날 사라진다면 아마 그 누구보다 우리가 가장 먼저 소리 높여 불평하리라. 아름다움 곁을 날마다 무심히 지나치는 것에 종종 양심의 가책을 느끼는 사람은 안경사가 유일했다. 이를테면 그는 저 위 울헥에서 갑자기 우뚝 멈춰서 마르틴과 내 어깨를 잡고 말했다.

"모든 것이 얼마나 믿을 수 없을 만큼 아름다운지 좀 보렴." 그리고 커다란 몸짓으로 전나무들과 곡식 이삭들, 그 위의 드넓은 하늘을 가리키며 덧붙이는 것이었다. "초록색과 푸른색, 황금색의 찬란한 교향곡이구나." 우리가 전나무들과 하늘을 당연한 듯 흘긋 쳐다보고 지나치려 하면 안경사는 다시 채근했다. "잠깐 좀 느껴보렴." 그럼 우리는 슬픈 마를리스에게 가보라는 엘스베트를 쳐다보듯 안경사를 바라다보았다.

아빠가 대답했다. "맞는 말이야. 나는 다시 돌아올 거야."

"언제요?" 내가 물었다.

젤마가 그런 나를 가만히 바라다보더니 내 곁 주방의자에 앉아 손을 잡아주었다. 나는 그녀의 어깨에 머리를 기댔다. 우리는, 젤마와 나는 여기 계속 앉아 있을 테고 같이 썩겠구나, 하는 생각이 들었다.

"조금 더 자세히 말해주겠니? 마쉬케 박사의 생각이야?"

젤마가 묻자 아빠는 고개를 들고 웅얼웅얼 대답했다. "그렇게 경멸조로 말하지 마세요." 그는 우리의 질문을 예상하지 못한 것처럼 보였다. 우리가 "알았다. 하고 싶은 대로 해. 소식 전하고. 재밌게 여행 잘 해."라고 할 줄 알았던 모양이었다.

젤마가 다시 물었다. "아스트리트는 뭐라고 하니? 알래스카는 어떻게 하고? 알래스카에겐 밖으로 *끄집어낸* 아픔으로서의 가치를 입증할 기회도 없었잖아."

"맙소사! 단지 그런 생각을 하고 있다고 말한 것뿐이라니까요." 아빠가 대꾸했다.

하지만 맞는 말이 아니었다. 아빠는 오래 전에 결심했으나 여기 식탁 앞에 있는 젤마와 나만큼이나 자기 마음을 몰랐던 것뿐이다. 이제 알래스카는 젤마의 개가 돼야 할지도 몰랐다. 아빠가 바깥세상으로 갈 때 개를 데리고 가지는 않을 테니 말이다. 아빠는 알래스카가 모험을 할 재목이 못 된다고 했다.

젤마와 나는 아빠 맞은편 주방의자에 앉아 같은 생각을 했다. 그러니까 아빠가 말한 크라이스슈타트의 마쉬케 박사 진료실을 생각했다. 진료실에는 포스터가 잔뜩 붙어 있었다. 선물가게 앞의 엽서처럼 바다와 산, 물결치는 초원을 그린 포스터였다. 다만 마쉬케 박사가 개인적으로 주문한 것이라서 크기도 더 크고 격언도 적히지 않았다. 마쉬케 박사의 진료실 벽에는 다른 것도 걸려 있었다. 박사가 아빠의 이야기에서 캡슐에 싸인 아픔을 찾는 동안 아빠는 아프리카 가면을 올려다본다고 했다. 맞춤 못으로 벽에 고정시킨 붓다, 금박은박 스카프, 가죽 수통, 초승달처럼 휘어진 칼을 올려다볼 때도 있었다.

아빠는 마쉬케 박사의 트레이드마크가 검은 가죽재킷이라고 했다. 박사는 진료를 보는 중에도 절대 재킷을 벗지 않는데 그가 의자에서 몸을 앞으로 숙이거나 뒤로 기대면 재킷이 버스럭거린다고 했다.

식탁 앞에 앉은 젤마와 나는, 다 그만두고 싶은 사람은 마쉬케 박사일 거라고 확신했다. 박사는 가죽재킷만 빼고 다 버리고 싶은 사람이라고. 바깥세상으로 여행하고 싶은 사람도 실은 박사이며, 단지 편의상 어떤 격언을 통해 아빠에게 그 소망을 심어준 것뿐이라고. 박사는 아빠를 버석거리는 바깥세상으로 내보냈다. 그 세상 때문에 우리는 버려져 썩어야 하는 것이었다. 그러니까 이건 마쉬케 박사가 의도한 일이었다. 처음부터.

"언제 다시 돌아와요?" 나는 다시 물었다.

젤마의 주방 창문 아래로 프리트헬름이 춤추듯 경중경중 뛰어가면서 노래를 불렀다. 아주 작은 햇살까지 깊이 들이마실 만큼 크게.

"이제 충분해." 아빠는 이렇게 말하고는 달려나가 프리트헬름을 움켜잡아 진료실로 끌고 갔다. 모든 감정을 다루는 방법을 아는 아빠는 이번에는 피곤을 느끼게 하는 주사를 놓았다. 얼마나 사정없이 피곤하게 만들었는지 프리트헬름은 진찰대에서 깜빡 잠이 들어 다음날 정오가 돼서야 어리둥절한 표정으로 깨어났다. 그가 다시 깨어난 세상에서는 한동안 나 말고는 아무도 잠을 잘 수 없었다.

젤마와 나는 주방에 그대로 앉아 있었다. "금방 돌아올 거야. 잠깐이면 돼." 젤마가 내 팔을 쓰다듬으며 말했다. 나는 젤마가 자리에서 일어나 다른 방으로 가는 줄 알았다. 하지만 젤마는 내 곁에 그대로 앉아 창밖을 내다보았다. 그녀에게서 흘러나오는 침묵이 알래스카 발밑에 생기는 물웅덩이보다 훨씬 더 빠르게 불어났다. 언제 젤마의 침묵을 깨뜨려야 할까, 생각하는데 초인종이 울려 그 일을 대신 해주었다.

대문 앞에 마르틴이 서 있었다. 바지를 갈아입었고, 방금 머리카락을 머리에 붙인 것 같았다. 내가 말했다.

"아빠가 또 나가라고 했구나."

"응. 지금 자고 있어. 들어가도 되니?"

마르틴의 물음에 나는 주방 안을 흘깃 쳐다보았다. 침묵은 이제 개의 어깨 높이보다 더 크게 불어나 있었다.

"무슨 일 있니?"

"아니, 아무 일도 없어."

마르틴이 묻자 나는 얼른 대답했다. 젤마가 대문 위 빗물받이 통 위에 놓은 갈퀴가 툭 바닥에 떨어졌다.

"오늘 바람이 정말 세게 분다." 마르틴이 창백한 얼굴로 말했다. 전혀 맞지 않는 말이었다. 마르틴이 싱긋 웃으며 물었다. "너를 들어도 될까?"

"그럼, 높이 들어봐." 나는 마르틴의 목에 팔을 두르며
대답했다.

이달의 직원

주방으로 간 마르틴과 나는 눈이 휘둥그레져서 젤마를 바라보았다. 우리가 너무 당혹스러운 표정을 지었던가 보다. 젤마가 헛기침을 하고 숨을 크게 쉬더니 이렇게 말했기 때문이다. "자, 어리둥절한 두 어린이, 지금은 이해할 수 없겠지. 하지만 다 원래대로 돌아올 거야. 너희 둘 다 이상한 아빠를 두었구나. 하지만 두 사람 다 언젠가 다시 마음을 잡을 거야. 믿어도 돼."

우리는 젤마를 믿었다. 그녀가 하는 말은 전부 다 믿었다. 몇 해 전 그녀의 등에 이상한 반점이 생겼을 때 젤마는 검사결과가 나오기도 전에 걱정하는 이웃마을 지인에게 엽서를 보냈다. '다 잘 됐어요.' 젤마는 그렇게 썼는데 그 말이 맞았다.

"할머니는 오카피 꿈을 꾸셨잖아요. 누군가 죽을 거예요." 마르틴이 말했다.

젤마는 한숨을 쉬고 시계를 쳐다보았다. 저녁 6시 30분이 되어가고 있었다. 젤마는 매일 저녁 6시 30분에 울헥으로 산책하러 갔다. 세상을 창조한 이후 죽 그랬다. 그녀가 서둘렀다. "가자."

"오늘도요?" 우리가 물었다. 존재할 리 없는 지옥의 개와 떨어질 리 없는 벼락이 무서웠기 때문이다.

"특히 오늘 해야지. 그 어떤 것도 우리를 막을 수 없어."

울헥은 어두컴컴했다. 바람이 전나무들 사이로 불어왔다. 마르틴과 나는 젤마의 손을 잡고 걸었다. 우리는 아무 말도 하지 않았다. 특히 죽음이 덮치려면 아직 여덟 시간이 남았다는 이야기를 하지 않았다. 나는 자유로운 손으로 손가락을 꼽아 남은 시간을 계산했다. 젤마는 모르는 척했다. 그녀가 불쑥 물었다.

"너희들은 나중에 뭐가 되고 싶니?"

"의사요." 내가 소리쳤다.

"맙소사, 하지만 좋다. 심리분석가보다는 낫구나. 너는?" 젤마가 고개를 돌려 마르틴을 보며 물었다.

"안경사 아저씨가 시력측정기에서 봤는데 나는 나중에 역도선수가 될 거래요. 그 말이 맞아요." 마르틴이 대답했다.

"맞고말고." 젤마가 거들었다.

"할머니는요?" 마르틴이 그녀를 올려다보며 물었다. 젤마는 마르틴의 머리를 쓰다듬으며 "아마 동물을 보살피는 사육사가 될 걸." 하고 대답했다.

마르틴은 들길에 비스듬히 놓인 막대기를 집어들었다. "두 분은 이고르 니키틴이 정확히 165.0킬로를 어떻게 번쩍 들었는지 분명 알고 싶을 거예요."

젤마는 빙긋 웃으며 맞장구쳤다. "물론이지."

마르틴은 막대기가 엄청나게 무거운 듯 팔을 부들부들 떨면서 머리 위로 들고 잠시 그대로 있었다. 이윽고 그가 막대기를 바닥에 내려놓았고, 우리는 오래오래 박수를 쳤다. 마르틴은 환하게 빛나는 얼굴로 꾸벅 인사를 했다.

"이제 그만 가자"

30분이 지나고 비가 내리기 시작하자 젤마가 말했다. 우리는 몸을 돌렸다. 돌아오는 길은 아주 깜깜했다.

"모자, 막대기, 우산놀이* 하자. 내가 뒤에 설게." 젤마의 제안에 우리는 앞뒤로 늘어섰다. "모자, 막대기, 우산.

---

* 야외에서 앞뒤 혹은 옆으로 나란히 서서 하는 어린이 놀이.

앞으로, 뒤로, 옆으로, 스톱." 크게 노래하며 깜깜한 길을 걷다보니 어느새 젤마의 집 앞이었다.

젤마는 감자튀김을 해주었다. 그리고 팔름에게 전화해 그날 밤 마르틴을 우리 집에서 재워도 되는지 물었다. 있을 수 없는 일이었다. 예외적으로도 절대 안 되는 일이었다.

밤 2시에 엘스베트는 침대에서 일어나 옷을 챙겨입었다. 몇 시간 전부터 누워 있다가 결심을 했다.

그녀는 대문을 열고 깜깜한 어둠 속으로 나왔다. 한 손에는 철사 뭉치와 만능접착제를, 다른 손에는 안경사를 구하겠다는 결심을 들고 있었다.

풀밭에 있는 팔름의 망루까지 가려면 숲길을 지나야 했다. 숲은 화환 리본처럼 새카맸다. 깜깜한 어둠 속을 들여다보자 해바라기처럼 따뜻하고 선명한 노란색이 그리워졌다.

엘스베트는 숲 가장자리에 서서 마지막으로 망설였다. 젤마가 꿈을 꾼 후 한밤중에 혼자 숲에 들어가는 것은 죽음을 부르는 행위나 마찬가지였다. 자신이 죽음의 품에 곧장 뛰어드는 듯한 기분이었다. 다른 한편 죽음으로서는 그렇게 명백한 상황을 이용하는 것이 당연할 수도 있었다. 게다가 죽음은 지금 엄청난 시간의 압박을 받고 있었다.

누군가를 덮치려면 한 시간 정도밖에 남지 않았기 때문이다. 그런 상황에서는 까다롭게 굴지 않고 적당한 해결책으로 만족하는 법이다. 더욱이 아무리 생각해봐도 극적으로 까다로운 죽음은 금방 떠오르지 않고 데려갈 대상을 적당히 고르는 죽음만 잔뜩 생각났다.

그럼에도 불구하고 엘스베트는 숲속으로 들어갔다. 결심을 떨쳐버릴 수 없었기 때문이다. 문득 무서울 때는 노래를 불러야 한다는 생각이 났다. 조금 갈라진 목소리로 〈검은 숲이 잠잠히 서 있네〉*를 불렀다. 화환 리본처럼 시커먼 숲이 우뚝 서 있었지만 실은 잠잠하지 않고 사방에서 수런거렸다. 엘스베트의 앞에서 뒤에서 위에서 쏴쏴 탁탁 소리가 났다. 안경사의 파스 때문에 움찔 물러났지만 어쩌면 여전히 어깨에 매달린 조르기 귀신이 수선을 떠는 것일 수도 있다는 생각이 들었다. 자기 목소리가 얼마나 가망 없이 들리는지 엘스베트는 노래를 그만두었다. 현실에서 결코 피어오르지 않는 아름다운 안개를 찬미하는 것이 절망적으로 느껴졌다. 노래를 해서 뭔가를 불러오거나 그것이 다가

*독일 시인 마티아스 클라우디우스(1740~1815)의 시. 저녁 무렵의 하늘과 숲, 안개를 노래하며 경건하고 즐거운 삶을 산 후 평화롭게 신의 품에 안기기를 기도하고 있다. 프란츠 슈베르트 등 많은 시인이 곡을 붙였다.

오는 소리를 듣지 못할까 두렵기도 했다.

유감스럽게도 엘스베트는 밤중에 숲에서 만날 수 있는 생명체를 전부 다 알고 있었다. 백 년마다 관목 숲에서 나오는 숲 할매 생각이 났다. 숲 할매는 등에 바구니를 짊어지고 있는데 쓰다듬어주고 이를 잡아주기를 원한다. 쓰다듬고 이를 잡아주면 황금 나뭇잎을 주지만 그러지 않으면 끌고 가버린다.

엘스베트는 황금 나뭇잎에는 손톱만큼도 관심이 없었다. 불구인 숲 할매가 당장 전나무 사이에서 걸어나와 뒤틀린 손과 뒤틀린 시선으로 자신을 꼼짝 못하게 만드는 장면을 상상해보았다. 숲 할매가 그녀의 손을 움켜잡아 헝클어진 자기 머리카락에 대고 누르면 이를 찾아야 할 거야. 이렇게 깜깜한데 어떻게 찾을 수 있다고 생각하는지. 숲 할매는 쓰다듬어주기를 바라는데, 그러면 어디를 쓰다듬어야 할까? 엘스베트는 정신을 못 차리게 만드는 레나테와의 섹스를 생각했다. 프라이팬으로 정수리를 얻어맞거나 숲 할매가 올라타도 정신을 차릴 수 없을 것 같았다. 안경사는 말했다. "내게 묻는다면, 그것이 꼭 만남의 성격을 말하는 건 아니에요." 엘스베트는 자신이 안경사를 구하기로 결심한 것을 생각했다. 안경사를 구하는 것은 팔름을 구하는 것을 의미했다.

엘스베트는 어울리지 않는 신발을 신고 있었다. 구두를 신었던 것이다. 인조가죽으로 된 구두는 앞이 조금 찢어지고 굽이 닳아 있었다. 맵시가 없기 때문에 그녀는 고무장화를 신지 않았다. 젤마네 집에 가거나 잡화점에 갈 때도 멋을 부렸다. 도중에 누구를 만날지 아무도 모르는 법이니까, 그녀는 항상 그렇게 말했다. 축축한 나뭇잎의 습기가 그녀의 구두 가장자리를 넘어 스며들어 검은 팬티스타킹을 더 검게 물들였다.

갑자기 숲이 끝났다. 우리 지방에는 점진적인 변화가 없다. 천천히 성겨지는 숲이 없고, 작은 나무 몇 그루가 숲과 풀밭을 이어주지도 않는다. 느닷없이 시작된 풀밭 한가운데 팔름의 망루가 우뚝 솟아 있었다. 망루는 꼭 짓다 만 기념비처럼 보였다. 유령선의 마스트 위 감시대 같기도 했다. 망루에 다가가면서 엘스베트는 이렇게 깊은 밤중에 누가 이런 곳에 왔을까, 혼자 물었다. 여우도, 노루도, 멧돼지도 아니었다. 언제라도 펄쩍 뛰어오를 준비가 된 숲 할매가 쓰다듬어주고 이를 잡아달라고 부탁할 수 있는 사람이었다. 풀밭은 아주 조용했다. 차라리 숲이 수런거렸으면 더 나을 것 같았다. 소리를 내는 게 자기 혼자라는 사실이 으스스했기 때문이다. 꼭 〈범행 장소〉에서 희생자가 공격당해 말 수 적은 병리학자조차 얼굴이 창백해지고 달려온 경찰들도 구토를 할 정도로 잔혹하게 살해당하기 직전처럼, 그녀의 숨소리와 빠른 발자국 소리가 갑자기 크게 들렸다.

엘스베트는 망루를 받치고 있는 뒤쪽 기둥으로 다가갔다. 안경사가 톱질한 부분을 손으로 더듬어보았다. 기둥이 거의 다 잘려 있었다. 잘렸다는 생각을 하는 순간 지난주 〈범행 장소〉에서 본 어린 소녀의 목이 생각났다. 엘스베트는 만능접착제의 뚜껑을 비틀어 열고 내용물을 틈새에 짜넣은 다음, 다른 틈새에 또 짜넣었다. 숲 할매는 생각하지 말자, 잘린 것도 생각하지 말자. 엘스베트는 마음을 다잡았다. 자신의 숨소리가 빠르고 이상할 정도로 크게 들려서 더럭 겁이 났다.

첫 번째 기둥에 감으려고 철사를 푸는데 귀가 먹먹할 만큼 철컹철컹 큰 소리가 났다. 손이 부들부들 떨렸다. 자기 손이 아니라 꼭 〈범행 장소〉에 나오는 손 같았다.

그때 머리 위에서 누가 기침을 했다. 엘스베트는 눈을 꼭 감았다. 나로구나, 젤마의 꿈 때문에 죽는 사람은 나로고.

"꺼져."

목소리가 위에서 쉭쉭댔다. 엘스베트는 위를 올려다보았

다. 유리가 없는 망루 창문으로 팔름이 보였다. 목숨을 구해준 이를 죽이는 법은 없다. 엘스베트는 말했다.

"안녕하세요, 팔름. 유감스럽지만 당장 내려와야 해요."

"꺼지라고. 내 돼지를 쫓고 있잖아." 팔름이 씩씩댔다. 팔름이 정말 멧돼지 이야기를 하고 있음을 이해하기까지 잠시 시간이 걸렸다.

"밤에 사냥하는 건 불법이에요."

엘스베트는 용감하게 지적했지만 술에 취한 팔름은 숲 할매만큼이나 밤 사냥이 불법인 것에 관심이 없었다. 엘스베트는 톱질한 첫 번째 부분에 철사를 감기 시작했다. 접착제 일부가 송진처럼 흘러 기둥 중간에서 굳어버렸다.

"당신, 미친 거 아니야?" 팔름이 씩씩거렸다.

"죽음이 두려우면 망루 기둥에 철사를 감아야 해요." 엘스베트는 깊이 생각하고 말했지만 팔름은 아무 대꾸도 없었다. 엘스베트가 말을 이었다. "일곱 번 감아야 하는데 달빛이 비칠 때 감으면 안 돼요. 더욱이 죽음이 두려운 사람은 절대 망루에 올라가면 안 돼요."

"나는 죽음이 두렵지 않다고."

팔름이 대꾸했다. 진심이었다. 그는 자신이 죽음을 몹시 두려워한다는 사실을 알지 못했다. 그는 심지어 죽음에 대해 극도의 공포를 갖고 있었다. 하지만 그때는 몰랐다. 공포는 죽음이 문을 통해 들어온 후 비로소 생겼기 때문이다.

"하지만 젤마가 오카피 꿈을 꾸었다고요." 엘스베트가 말하자 팔름은 술병에서 꿀꺽 한 모금을 마시고 대꾸했다. "당신들은 모두 제정신이 아니야. 정말 이해할 수 없다니까."

엘스베트는 기둥에 철사를 감으며 생각했다. 나는 제정신이 아니야. 정말 이해할 수 없다니까. 평생 한 번도 제정신인 적이 없다고.

팔름이 끄윽 트림을 하고 말했다. "저기 멍청이 하나가 또 오네."

엘스베트는 몸을 돌렸다. 누군가 이맛등을 달고 풀밭을 지나 그녀를 향해 뛰어오고 있었다. 키가 큰 사람이 빠르게 다가왔다. 안경사였다.

안경사는 자기 집 대문을 나와 마을을 지나고 숲을 지나 풀밭을 내달렸다. 못과 망치, 널빤지 몇 개가 든 봉지를 팔에 끼고서. 그는 달리는 동안 내면의 목소리가 입을 다문 것을 알아차리지 못했다. 목소리들은 처음으로 끊임없이 이를 잡아주고 쓰다듬어 달라고 요구하지 않았다 그런 목소리들은 누군가를 구하겠다고 결심하고 달려가는 사람 앞에서 의외로 공손하게 옆으로 비켜서서 길을 내준다.

안경사는 숨이 턱에 차서 엘스베트 앞에 멈추어서며 물었다. "여기서 뭐하는 거예요?"

"당신을 구하고 있어요." 엘스베트가 대답했다.

안경사는 재킷도 입지 않고 달려와 아직도 조끼에 '이달의 직원' 명찰을 달고 있었다. 그는 엘스베트의 발치에 봉지를 와르르 쏟고는 당장 서너 개의 못을 입에 문 채 톱질한 부분에 널빤지를 대더니 미친 듯이 망치를 휘두르기 시작했다. 망치 소리는 귀가 먹먹할 만큼 시끄러웠다.

팔름이 위에서 으르렁거렸다. "이게 다 뭐야? 그만 꺼지라고. 당신들이 내 돼지를 쫓고 있다니까."

안경사는 얼음처럼 굳어서 위를 올려다볼 뿐이었다.

"당장 내려와야 해요." 엘스베트가 소리쳤다.

"안 돼!" 안경사가 소리쳤다. 그 바람에 그의 입에서 못들이 떨어졌다. "제발 위에 그대로 있어요, 팔름. 꼼짝하지 말아요." 그는 몸을 굽혀 엘스베트에게 속삭였다. "지금 팔름이 내려오면 망루가 무너져요." 그는 온 힘을 다해 망치를 휘둘렀다. 심장도 도우려는 듯 같이 쿵쿵 방망이질 쳤다.

"개수작 그만 떨라고." 위에서 팔름이 소리쳤다.

"미안해요. 내가 잘못했네요. 기둥에 철사를 일곱 번 감지 말고 망치질을 해야 하네요." 엘스베트가 말했다.

이제 팔름은 고래고래 고함을 지르기 시작했다. "이제 그만 충분해." 팔름이 으르렁대며 총을 움켜쥐고 일어났다.

"위에 그대로 있어요." "제발 내려오지 말아요." 엘스베트와 안경사가 번갈아 소리쳤지만 팔름은 몸을 돌려 사다리를 기어 내려오기 시작했다. 짐승처럼 계속 으르렁대면서.

"죽음이 두렵다면 무조건 망루 위에 앉아 있어야 해요." 엘스베트가 다시 외쳤다. "위에 그대로 있어요." 안경사는 소리치면서 망치를 휘둘렀다. 팔름이 사다리 위에서 휘청했다.

안경사는 망치질을 멈추고 가장 불안한 기둥으로 펄쩍 몸을 날렸다. 그리고 기둥을 자기 몸으로 버티려고 얼싸안았다. "당신이 돼지를 쫓고 있잖아요." 엘스베트가 소리쳤다. 여섯 단을 내려왔을 때 팔름이 삐끗 미끄러져 떨어진 것이다.

팔름은 깊이 떨어졌다. 안경사는 얼싸안고 있던 기둥을 놓고 사다리로 몸을 날렸다. 팔름을 잡을 수 있다고 믿었던 것이다. 엘스베트의 눈에 팔름은 슬로모션으로 놀랄 만큼 천천히 떨어졌지만 안경사는 충분히 빠르지 못했다.

팔름이로구나. 죽는 사람은 팔름이야. 엘스베트가 그렇게 생각한 순간 팔름이 안경사 앞에 쿵 떨어졌다.

엘스베트와 안경사는 팔름 옆에 무릎을 꿇고 앉았다. 팔름은 움직이지 않은 채 눈을 감고 있었다. 힘겹게 숨을 몰아쉬는 그에게서 술 냄새가 심하게 풍겼다.

마르틴과 마르틴 엄마 말고 팔름에게 이렇게 가까이 간 사람이 있을까, 엘스베트는 혼자 물었다. 그녀는 팔름이 박제한 맹수라도 되는 양 조심조심 얼굴을 갖다 댔다.

"팔름, 무슨 말이든 좀 해봐요." 안경사가 다그쳤다.

팔름은 아무 말도 하지 않았다.

"다리를 움직일 수 있어요?" 엘스베트가 물었다.

팔름은 여전히 아무 말도 하지 않았지만 천천히 옆으로 돌아누웠다.

그러니까 죽는 사람은 팔름이 아니었던 것이다. 이맛등이 팔름의 옆얼굴과 분화구처럼 움푹움푹 패인 코며 목에 들러붙은 금발을 비추었다. 엘스베트는 팔름의 손목을 잡았다. 그의 맥박이 풀밭 위에서 천둥처럼 크게 울렸다.

팔름의 팔을 다시 놓으려던 엘스베트가 그의 손목시계를 보았다. "여기 좀 봐요." 안경사가 바로 옆에 무릎을 꿇고 있는데도 그녀는 팔름의 팔을 안경사의 얼굴 앞에서 마구 흔들면서 적막 속으로 소리쳤다. "3시예요. 3시요! 지나갔어요. 3시라고요. 이제 우리는 죽지 않아요."

"진심으로 축하합니다. 베르너 팔름, 당신도 축하해요." 안경사가 나직이 말했다.

팔름은 고개를 들지 않은 채 엘스베트의 손을 뗄쳐내고는 머리 밑에 팔을 받쳤다. 이제 편안하게 옆으로 누워 있는 것처럼 보였다. 그가 중얼거렸다. "죽여버릴 거야, 이 겉과 속이 다른 엉큼한 것들아. 쏴 죽일 거라고."

"물론이죠, 팔름. 당신은 우리를 쏴 죽일 거예요." 잡화점 안주인의 테리어인 듯 팔름의 머리를 가볍게 쓰다듬으며 엘스베트가 말했다. 그리고 소리 내어 웃으며 안경사의 허벅지를 철썩 때렸다. 스물네 시간이 지난 그때, 엘스베트는 당분간 모든 사람이 죽지 않을 거라고 믿었다.

마을 저 뒤쪽에서 늙은 농부 호이벨도 마찬가지로 시계를 바라보며 자신이 당분간 죽지 않을 것임을 알았다. 그러나 엘스베트와 달리 그는 조금도 기뻐하지 않았다. 호이벨은 당장이라도 부서질 듯한 몸을 힘겹게 일으켜 천창을 닫았다. 금세 영혼이 창문으로 날아가는 일은 없을 테니까.

스물아홉 시간 후

젤마가 꿈을 꾸고 스물여섯 시간이 지나 새 날이 밝았다. 잠옷 차림으로 깨어난 마을 사람들의 심장은 아직 온전했고, 이성 역시 온전했다. 황급히 편지를 태운 사람이 있는가 하면, 황급히 편지를 쓴 사람도 있었다.

그들은 자신이 아직도 살아 있음에 벅찬 기쁨을 느끼며 앞으로 매사에 기뻐하고 감사하리라 마음먹었다. 이를테면 사과나무 가지에서 아른거리는 아침햇살의 유희에도 기뻐하리라고.

그들은 별안간 머리 위로 떨어진 기왓장에 맞지 않았을 때나 심각한 병은 아닐 거라는 잠정적인 진단을 받았을 때에도 종종 그런 결심을 했었다. 그러나 감사와 기쁨의 짧은 시간이 지나면 어김없이 수도관이 파열되거나 세입자에게 부대비용을 청구해야 하는 일이 생겼다. 그러면 기쁨과 감사가 재빠르게 옅어지면서 더 이상 살아 있음에 고마운 마음이 들지 않았다. 오히려 수도관이 파열되고 부대비용을 청구하는데도 살아 있는 것에 짜증이 났다. 사과나무에 아른거리는 햇살 따위는 이제 안중에도 없었다.

이른 새벽, 우체부가 우체통을 비우러 왔을 때 벌써 몇몇 사람이 성급하게 던져넣은 편지를 다시 찾으려 기다리고 있었다. 편지가 불편해졌기 때문이다. 계속되는 삶에 어울리지 않게 단어들이 허풍스럽고, '언제나'와 '결코'가 너무 많다고 여겨진 것이다. 우체부는 그들이 우편낭을 뒤져 털어놓았던 진실을 다시 찾아가는 모습을 인내심을 갖고 지켜보았다.

마지막 순간인 줄 알고 고백한 진실을 주워담을 수 없는 경우도 있었다. 동이 틀 무렵 구두장이는 아내를 버리고 이웃마을로 떠났다. 아내가 그들 사이의 아들이 엄밀히 말하면 그의 아들이 아니라고 털어놓았기 때문이다. 오랜 세월 묻어둔 그 진실은 사방에 고약한 악취를 퍼뜨리며 큰 소란을 일으켰다.

드러난 진실을 주워담으려는 사람이 아무도 없는 경우

도 있었다. 마음대로 퍼져도 좋은 그 진실의 주인은 농부 호이벨의 증손자였다. 호이벨의 증손자는 마침내 시장 딸에게 지난 5월 축제에서 잡화점 주인 딸과 춤을 춘 것은 반항심 때문이었다고 털어놓았다. 시장 딸이 자신과 춤추고 싶어 하지 않는 것 같아서 그랬다고. 젤마가 꿈을 꾼 후 그는 시장 딸에게 자신은 오직 그녀만을 사랑하며, 사는 동안 그 어떤 것이 이 사랑에 끼어드는 것은 상상도 할 수 없다고 고백했다. 실은 시장 딸도 호이벨의 증손자를 사랑하고 있었다.

모두 이 진실이 드러난 것을 기뻐했다. 그 진실은 마지막 순간 햇빛 속으로 나왔다. 죽음이 다가와서가 아니라, 털어놓지 않으면 인생의 방향이 틀어질 수 있었기 때문이다. 호이벨의 증손자는 반항심 때문에 하마터면 크라이스 슈타트로 떠날 뻔했으며, 시장 딸은 호이벨의 증손자가 어차피 어울리는 사람이 아니라고 스스로를 설득할 뻔했다. 마을 사람들은 이제 진실이 마음대로 퍼져도 되는 것을 기뻐했다.

만약 그 일이 일어나지 않았다면 두 사람은 당장 결혼식을 올렸으리라. 하지만 그 일 때문에 결혼식을 올리고 싶어하는 사람은 아무도 없었다. 그 일이 일어나고 당분간은 그 누구도 결혼할 엄두조차 내지 못했다.

아침 6시 15분, 젤마가 꿈을 꾸고 스물일곱 시간 하고도 15분이 지나 모두 안전해졌다고 생각했을 때 젤마는 버터 빵이 든 도시락을 내 가방에 넣어주었다. 나는 식탁에 앉아 있었다. 시간이 늦어서 마르틴의 공책에 숙제를 다 옮겨 쓰지 못했다. 지금도 기억이 난다. 신발이 작아 발이 아파서 "새 신발을 사야 할 것 같아요."라고 했더니 젤마가 당장 내일 크라이스슈타트에 가서 새 신발을 하나 사자고 했다. 어차피 엘스베트에게도 새 신발이 필요하다면서.

나는 크라이스슈타트에 가서 신발을 사는 내일이 오지 않을 것임을 당연히 알지 못했다. 며칠 후 일요일에만 신는 너무 큰 신발을 신은 채 젤마의 손을 잡고 묘지 앞에 서리라는 것도 당연히 몰랐다. 곁에 선 사람들이 나를 빙 둘러 에워싸 세상이 순리대로 흘러가는 걸 자세히 보지 못하도록 막아섰다. 그들 가운데는 온 몸을 떨면서 흐느끼는 '이달의 직원' 안경사도 있었다. 그들은 관이 바닥에 내려지는 모습을 내가 자세히 보지 못하게 막아섰다. 목사는 관의 크기가, 그 안에 누운 이가 인생의 절반도 살지 못했음을 보여준다고 말했다. 그러나 나는 아주 낱낱이 보았다. 모두 나를 에워쌌지만 그래도 내가 못 보게 막을 만큼 크지 않았던 것이다. 관이 소리 없이 바닥에 닿자마자 내가 홱 돌아서서 달아나리라는 것을 당연히 나는 알지 못했다. 젤마가, 당연히 젤마가 나를 찾아내리라는 것도, 젤마가 너무 작은 신발을 신은 나를 바로 그 자리, 식탁 밑에서 찾아내리라는 것도 몰랐다. 내가 거기 쪼그리고 앉으리라는 것도, 붉고 걸쭉한 액체를 얼굴에 온통 바른 내 앞에 브랜디를 빨아 마신 몽 쉐리 초콜릿이 수북하게 쌓이리라는 것도 알지 못했다. 젤마가 쪼그리고 앉으리라는 것도, 내가 너무 많이 울어서 퉁퉁 부은 그녀의 얼굴을 보리라는 것도 몰랐다. 내가 있는 탁자 밑으로 젤마가 기어 들어와 "이리 와, 이 리큐어 초콜릿 꼬마 아가씨." 하리라는 것도, 내가 화환 리본처럼 새까만 젤마의 검은 블라우스에 얼굴을 묻고 눈을 감아 눈앞이 캄캄해지리라는 것도 몰랐다. 나는 그 모든 것을 당연히 알지 못했다. 그런 일들을 미리 안다면, 채 한 시간도 안 돼서 드넓은 인생의 방향이 단번에 틀어지리라는 것을 미리 안다면, 우리는 정신을 차릴 수 없을 것이기 때문이다.

7시 15분에 마르틴과 나는 기차 안에 있었다. 플랫폼에서 마르틴은 나를 높이 들지 않았다. 내가 숙제를 불러주면서 얼른 받아쓰라고 했기 때문이다.

"가자." 기차가 들어오자 마르틴이 말했다. 그는 가방을 멘 채 기차 문에 등을 기대고 눈을 감았다. 나는 맞은편 문 앞에 서서 바깥을 내다보았다.

"철사 공장." 철사 공장을 지나가는 정확히 그 지점에서 마르틴이 말했다.

"맞아."

"들판, 목장, 미친 하셀네 농장." 그가 말했다.

"맞아."

"풀밭. 숲. 숲. 두 번째 망루." 그가 말했다.

"첫 번째 망루." 내가 정정했다.

"미안. 첫 번째 망루. 이제 다시 들판." 그가 멋쩍은 듯 웃으며 말했다.

"완벽해."

나는 중얼거리며 마르틴의 머리 너머로 바깥을 내다보았다. 그의 머리카락은 아직 머리에 차분히 붙어 있었다. 하지만 학교에 도착하기 전에 일어나 위를 가리키리라.

"숲, 풀밭." 마르틴이 빠르게 말했다. 기차가 아주 빨리 달리는 구간을 지나고 있었기 때문이다. 거기서 모든 것을 정확하게 말하려면 특히 긴장해야 했다. "목장, 목장." 그가 말했다.

그리고 기차 문이 벌컥 열렸다.

제2부

바깥세상에서 온 사람

"문 좀 닫아줘요." 뢰더 씨가 말했다.

하지만 그럴 수 없음을 그도 잘 알고 있었다. 문틀이 뒤틀린 데다 닥스훈트의 거친 털 같은 재질로 된 매트가 너무 높아서 문이 제대로 닫히지 않았기 때문이다. 문을 반만 닫으려 해도 절대 들이면 안 되는 사람이 반대편에서 밀고 있는 듯, 온 힘을 다해 밀어야 했다. 하지만 이곳에 들어오려는 사람은 어차피 아무도 없었다. 뢰더 씨와 나 외에 곰팡내 나고 창문도 없는 비좁은 서점 뒷방에 들어오려는 사람은 지금까지 한 명도 없었다.

우리가 아니라도 방안은 이미 꽉 찬 상태였다. 커피머신이 놓인 접이식 탁자와 망가진 팩스기, 망가진 금고, 둘둘 말아놓은 구겨진 광고 포스터, 입식 선전간판이 방안을 차지했다.

그런 잡동사니 사이에 알래스카가 누워 있었다. 알래스카는 나이가 들었다. 개들이 원래 나이들 수 있는 것보다 훨씬 더 나이가 들었다. 마치 중간에 죽지 않고 여러 번의 생을 산 것처럼 보였다.

뢰더 씨는 알래스카를 싫어했다. 내가 알래스카를 서점에 데리고 올 수밖에 없는 것을 싫어했다. 덥수룩한 털에 거대하고 잿빛인 알래스카는 자리를 많이 차지하는 데다 한 번도 햇빛을 쬐지 못한 진실의 냄새를 풍겼다. 내가 사과와 설명을 구구절절 늘어놓으며 알래스카를 데리고 서점에 들어올 때마다 뢰더 씨는 말없이 계산대 옆 분무기를 들어 알래스카에게 '푸른 바다의 미풍'이라는 이름의 방향제를 뿌렸지만 별 도움이 되지는 않았다. 방향제를 뿌린 후 뢰더 씨는 언제나 "이 늙어빠진 짐승에게는 소용이 없다니까." 하면서 알래스카를 뒷방으로 쫓아버렸다. 그리고 알래스카가 낡은 잡동사니들 사이에 누우면 "태도가 영 아니야."라고 덧붙였다. 마치 알래스카의 태도가 아니라 자신의 태도가 문제라는 듯 화난 어조였다.

알래스카 때문에 비좁은 뒷방은 잿빛 개와 푸른 바다 냄새가 났다. 뢰더 씨와 나는 바싹 붙어 있었는데 그럴 때마다 어떻게 우리가 저 망가진 물건들을 넘어서 이곳까지 왔는지 의아해졌다. 마치 제대로 닫히지 않는 문으로 들어온 것이 아니라, 저 위의 누군가가 우리를 여기에 부려놓은 듯한 느낌이었다. 그가 거대한 손으로 천장을 열고는 물건을 들어내지 않고 우리를 어디에 놓을지 한참 고민한 것 같았다.

"할 얘기가 있어요." 그렇게 말하는 뢰더 씨에게서 제비꽃 사탕 냄새가 났다. 입 냄새를 걱정해서 줄기차게 제비꽃 사탕을 빨기 때문이다. 그는 알래스카에게도 제비꽃 사탕을 주었다. 그건 개를 위한 식품이 아니라고 내가 항의하자 알래스카는 사탕을 건드리지 않았다. 제비꽃 사탕 때문에 뢰더 씨에게서는 무덤 장식 냄새가 났다. 그 냄새도 입 냄새만큼이나 좋지 않다고 나는 차마 말할 수 없었다. 뢰더 씨가 계속했다. "마를리스 클람프가 오늘 아침에 왔었어요. 당신의 추천에 대해 또 불평하더군요. 추천한 책이 마음에 들지 않는답니다. 고객의 마음에 좀 더 공감해 주었으면 정말 좋겠어요."

"공감하고 있습니다. 어차피 마를리스 마음에 드는 건 아무것도 없어요."

"그럼 좀 더 공감하세요."

뢰더 씨는 그렇게 말하며 내 얼굴에 자기 얼굴을 바짝 갖다 댔다. 역시 닥스훈트의 거친 털로 만든 것 같은 그의 눈썹은 사방으로 뻗쳐 있었다. 그의 눈썹은 항상 반란을 일으키는 모양새였다.

"안 그러면 수습을 마칠 수 없을 거예요." 생사가 걸린 문제라도 되는 양 뢰더 씨가 엄포를 놓았다. 하필 마를리스가 그처럼 중요한 문제를 결정하다니, 기가 막힐 노릇이었다.

마를리스는 거의 집 밖으로 나오지 않았다. 나오면 그건 오직 불평하기 위해서였다. 그녀는 잡화점 주인에게 냉동 식품이 맛없다고 불평했으며, 안경사에게 안경이 코 위에 비뚜로 써진다고 불평했다. 선물가게에는 좋은 선물 품목이 없다고 불평했고, 뢰더 씨에게는 내 추천이 좋지 않다고 불평했다.

그래서 나는 지난주에 마를리스를 찾아갔다. 초인종을 누르자 굳게 닫힌 대문 뒤에서 마를리스가 소리쳤다. "아무도 없어요." 나는 집을 빙 돌아 주방 창문으로 안을 들여다보았다. 컴컴해서 아무것도 보이지 않았다. 창문이 비뚜로 닫혀 있었다.

"짧게 말할게요. 마를리스. 부탁인데 뢰더 씨에게 불평하지 말아줄래요? 안 그럼 나는 수습을 제대로 마치지 못할 수도 있어요."

마를리스는 아무 대답도 하지 않았다.

"어떤 책을 추천하면 좋겠어요?" 창문 틈으로 묻고 있는데 문득 알래스카가 우리 집에 왔을 때 일이 생각났다. 그때 나는 열심히 이름을 찾았지만 터무니없는 이름을 떠올렸다. 다행스럽게도 마르틴이 좋은 이름을 알고 있었다.

마를리스가 대답했다. "나는 앞으로도 계속 불평할 거야. 그냥 받아들여. 이제 그만 꺼져."

"알겠습니다. 좀 더 공감할게요." 내가 대답하자 뢰더 씨가 "그래 줘요. 진심으로 부탁합니다."라고 했다. 그는 두 손을 바지주머니에 찔러넣고 발끝으로 균형을 잡고 선 채 시소를 타듯 흔들거렸다. 종종 그랬는데 그렇게 흔들거리며 서 있는 그는 당장 냅다 내달려 거대한 배로 누군가를 쓰러뜨리려는 것처럼 보였다. 그가 덧붙였다. "내 말은 이게 다예요."

"저도 드리고 싶은 말씀이 있어요. 다음 주에 며칠 휴가를 써도 될까요? 그러니까 일본에서 손님이 오거든요."

"아이고 맙소사." 일본에서 오는 손님이 류머티즘 발작인 듯 뢰더 씨가 신음을 토했다.

"이틀이면 됩니다." 나는 얼른 덧붙였다.

알래스카가 잠에서 깨어나 고개를 들고 꼬리를 흔들었다. 알래스카의 꼬리가 둘둘 말아놓은 광고포스터를 치면서 포스터들이 와르르 쏟아져내렸다. 뢰더 씨는 한숨을 푹 쉬더니 대꾸했다. "정말 무리한 요구를 하는군요."

"알고 있습니다. 정말 죄송해요."

그때 가게 문에 달린 종이 울리자 뢰더 씨가 "손님이에요."라고 속삭였고 나는 그에게 "말씀드린 일에 대해 좀 생각해주세요."라고 부탁했다.

"손님이에요." 뢰더 씨가 다시 다그쳤다.

우리는 망가진 물건들 사이를 지나고 알래스카를 넘어서 제대로 닫히지도 열리지도 않는 문을 향해 힘겹게 나아갔다.

가게에 안경사가 서 있었다. 문 옆에 있던 그는 우리를 보자 신간서적 코너에서 책 한 권을 집어들고 다가왔다. 안경사가 뢰더 씨에게 인사했다.

"안녕하세요. 당신 직원 분에게 늘 훌륭한 조언을 받고 있다는 말씀을 드리고 싶어서 왔습니다."

"아하." 뢰더 씨가 우물거렸다.

"그녀는 저 스스로 어떤 책을 좋아하는지 깨닫기도 전에 벌써 제 마음을 꿰뚫고 있지요." 그렇게 말하는 안경사의 조끼에는 '이달의 직원'이라고 적힌 명찰이 달려 있었다.

"이제 그만 됐어요." 내가 속삭였다.

"저 뒷마을 분이시죠? 우리 직원과 아는 사이고요? 개인적으로도, 그렇죠?" 뢰더 씨가 의심스러운 듯 물었다.

"얼굴만 아는 정도죠. 그러니까 제가 말씀드리고 싶은 건 당신 직원 분이 제 마음을 훤히 안다는 겁니다." 안경사가 계속했다.

"곧 가게를 닫을 거예요." 나는 이렇게 말하면서 안경사를 문 쪽으로 밀었다.

안경사는 나가다 몸을 돌려 뢰더 씨를 바라보면서 덧붙였다. "나는 평생 당신 직원 분만큼 훌륭한 추천을 많이 해주는 사람은 본 적이 없습니다. 저는 살면서 추천을 아주 많이 받아봤거든요." 나는 그를 거리로 밀어냈다.

"고마워요. 하지만 이러실 필요 없어요." 밖으로 나가자 내가 말했다.

안경사는 환하게 웃으며 나를 바라다보고는 대꾸했다.

"좋은 생각이지, 그렇지? 분명 효과가 있을 거야."

거실 문을 열고 알래스카와 함께 주방으로 들어간 나는 저녁 알약을 간소시지에 집어넣었다. 자동응답기 액정화면이 깜빡거리면서 새 메시지가 다섯 개 있음을 알렸다. 자동응답기는 망가진 다른 물건들과 함께 뢰더 씨의 뒷방에 있던 것인데 원래 받은 메시지보다 훨씬 더 많은 수의 수신을 알렸다. 연결을 몇 초마다 규칙적으로 끊는가 하면 연결이 끊어졌는데도 계속 연결되고 있다고 우기기도 했다. 게다가 메시지가 끝나면 항상 연달아 세 번 그 사실을 알렸다. 나는 재생 버튼을 눌렀다.

"마흔일곱 개의 새 메시지가 있습니다." 자동응답기가 말했다. 첫 번째 메시지는 아빠가 보낸 것이었다. 연결이 아주 좋지 않았다.

"연결이 아주 나쁘구나." 아빠가 말했다. 아빠는 아주 먼 곳에 있었다. 그가 있는 곳이 멀수록 점점 더 커지는 빈 공간에 있는 듯 목소리가 우렁우렁 울렸다.

많이 알아들을 수는 없었다. '또 전화할게'와 '알래스카'라는 말을 알아들었을 뿐이다. 나는 아빠가 미국 땅 알래스카를 말하는지, 개를 말하는지 알 수 없었다. 응답기가 아빠를 쫓아내고 다음 메시지를 알렸다.

"베르너 팔름이다." 팔름이 말했다. 그리고 마치 응답기에게 개인적으로 인사할 기회를 주려는 듯 잠시 뜸을 들이더니 말을 이었다. "그냥 네가 주말에 올 건지 알고 싶어서 걸었다. 언제나처럼 네게" 응답기가 그를 쫓아냈다.

"하느님의 풍성한 은총이 함께 하기를 바란다." 나는 중얼거렸다.

"다음 메시지입니다." 응답기가 알렸다. 팔름이 "하느님의 풍성한 은총이 함께 하기를 바란다." 하고 말했다.

"다음 메시지입니다." 응답기가 알렸다.

"뢰더예요." 응답기를 잘 아는 뢰더 씨는 아주 빨리 말했다. "월요일 18시 57분. 당신은 몇 분 전에 가게를 떠났네요. 휴가를 달라는 당신의 부탁을 아주 예외적으로" 응답기가 그를 쫓아내자 프레데릭이 말했다. "나예요."

"프레데릭." 내가 나직이 외쳤다.

"놀라지 말아요, 루이제. 당신에게" 응답기가 그를 쫓아냈다. 이 응답기는 사람을 차별하지 않았다. 이 기계 앞에서는 모든 사람이 평등했다. 나는 놀라지 말라는 프레데릭의 말에 놀랐다. 프레데릭이 오지 못하는구나, 바로 못 온다고 하겠구나, 하고 생각했다.

"다음 메시지입니다." 응답기가 알렸다.

"그러니까 이 말을 하려고 걸었어요. 계획이 변경되었다고" 응답기가 그를 쫓아내고 "연결되었습니다." 하더니 다음 메시지를 알렸다. 프레데릭이 오지 못하는구나, 연결이 끊어졌어. 그렇게 생각하는데 프레데릭이 말했다. "그러니까 오늘 도착해요. 벌써 거의 다 온 거나 마찬가지예요."

그리고 프레데릭은 잠시 아무 말도 하지 않았다. 응답기도 같이 침묵하면서 그를 쫓아내지 않았다. 어쩌면 응답기도 뜻밖의 소식에 놀라 평소의 무정하고 획일적인 노선에서 벗어난 것인지 몰랐다. 혹은 응답기 역시 그런 메시지를 받은 후 어떻게 해야 할지 몰라서, 보통 응답기라면 당연히 해야 하는 통화 녹음을 실수로 한 것일 수도 있었다.

알래스카와 나는 깜빡거리는 응답기를 응시하고, 프레데릭의 침묵을 응시했다. 벌써 거의 다 온 거나 마찬가지라는 말을 이해하려고 애쓰는데 프레데릭이 말했다.

"응답기가 나를 쫓아내길 기다리고 있어요. 더 일찍 말하지 못해서 미안해요. 괜찮았으면 좋겠네요. 그럼 이따 봐요, 루이제."

"메시지 종료. 메시지 종료. 메시지 종료." 응답기가 빠르게 반복하더니 확실히 해두겠다는 듯 예외적으로 한 번

더 알렸다. "메시지 종료."

나는 내가 아는 거의 모든 사람이 비상시에 거는 전화번호의 다이얼을 돌렸다.

신호음이 세 번 울리고 젤마가 전화를 받았다. 그녀가 수화기를 귀에 대려면 언제나 한참 시간이 걸렸다. 마치 수화기가 젤마의 귀에 다다르기 전에 건강검진기처럼 그녀의 몸 전체를 죽 따라 올라가는 듯, 전화선 반대편 끝에서 한참 부스럭부스럭 하는 소리 외에 아무 소리도 들리지 않았다. 드디어 젤마가 말했다.

"여보세요?"

"프레데릭이 와요."

"알고 있다. 다음 주에 오잖아." 젤마가 한숨을 쉬었다.

알래스카가 나를 빤히 쳐다보고, 내 목소리가 날카롭게 울렸다.

"침착해. 엄밀히 보면, 좋은 일이잖아." 젤마가 나를 다독였다.

"뭐가요?"

"그가 벌써 다 온 거나 마찬가지라는 사실."

"뭐라고요?"

"네가 간절히 바라던 일이잖아."

"내가 간절히 바랐는지 기억이 안 나요." 내 말에 젤마가 빙긋 웃고는 대꾸했다. "나는 기억난다."

"지금 뭘 해야 하죠? 평소 늘 하던 일을 그냥 하라는 말은 하지 마세요."

"오카피와는 상관없는 일이다." 젤마가 잘라 말했다.

"하지만 그런 느낌이 들어요."

"뭔가 착각하고 있구나. 나라면 얼른 샤워를 하겠다. 목소리가 땀을 좀 흘린 것 같이 들리는구나."

초인종이 울렸다. 알래스카가 몸을 일으켰다.

"프레데릭이에요." 내가 속삭였다.

"받아들여야지. 방향제도 도움이 된단다."

초인종이 다시 울렸다.

"뭘 해야 해요?" 내가 묻자 젤마가 대답했다. "문을 열어, 루이제."

눈을 뜨다

마르틴을 땅에 묻은 날, 나는 젤마의 식탁 밑에서 화환 리본처럼 새까만 그녀의 블라우스에 얼굴을 묻고 눈을 감은 후 아주 오랫동안 다시 뜨지 않았다.

언제쯤인가 젤마가 나를 품에 안고 식탁 밑에서 기어나왔다. 나는 두 팔을 그녀의 목에 감은 채 매달려 있었고, 그녀는 그런 나와 함께 의자에 앉았다. 나는 잠을 잤다.

엄마와 아빠는 젤마와 내 앞에 무릎을 꿇고 앉아 있다가 언제쯤인가 내게 이제 그만 자고 일어나라고 속삭였다. 엄마는 딸꾹질을 했다. 엄마는 울면 항상 딸꾹질을 했다. 우리 지역의 모든 화환을 담당했던 엄마는 마르틴의 장례식에 쓸 화환도 만들었다. 처음에 엄마는 "이 화환은 싫어요. 이 화환은 만들지 않겠어요."라고 했지만 결국 장례식 전날 밤 화환을 만들었다. 다음날 아침까지 마을과 주위의 숲 전체에서 들리는 소리라고는 엄마의 딸꾹질 소리와 엄마가 손에 든 화환 리본이 버스럭거리는 소리밖에 없었다.

"루이제, 루이제?" 엄마가 속삭였다.

"아이를 소파에 눕히지요." 아빠가 속삭였다. 아빠는 조심스레 젤마의 목에서 내 팔을 떼어내려고 했지만 소용없었다. 젤마의 품에서 나를 떼어내려 할수록 내가 그녀에게 더 꼭 달라붙었기 때문이다. 잠자고 있었지만 나는 놀랄 만큼 힘이 셌다. 젤마가 둘을 말렸다.

"그냥 둬라. 나는 여기 앉아 있으마. 곧 깨어날 거야."

맞는 말이 아니었다. 나는 사흘을 내리 잤다. 나중에 젤마는 백 년 동안 잤다고 주장했다.

내가 떨어지려 하지 않았기 때문에 젤마는 사흘 내내 나를 데리고 다녔다. 잠자고 있는 열 살짜리 여자애는 깨어 있는 열 살짜리 여자애보다 훨씬 더 무겁다. 마르틴이라면 잠자고 있는 이 아이를 1분 동안 들 수 있을까, 젤마는 혼자 물었다.

내가 떨어지려 하지 않는 상황에서 젤마는 주방과 거실의 무너질 위험이 있는 곳을 자신이 자동적으로 피할 거라고 믿지 못했다. 그래서 안전을 위해 의도적으로 피하리라

결심했다. "저길 밟으면 안 돼." 나와 함께 붉게 표시된 곳 가까이 갈 때마다 그녀는 중얼거렸다. 혼자서 떨어지는 것과 사람을 품에 안고 떨어지는 것은 다르기 때문이다.

젤마는 나를 안거나 업거나 혹은 무등 태워서 다녔다. 화장실이 급하면 한 손으로 스타킹과 바지를 내리고 나를 품에 안은 채 균형을 잡았다. 배가 고프면 즉석수프 봉지를 이로 뜯었다. 젤마는 한 손으로 몽 쉐리 포장을 푸는 법을 빨리 배웠다. 젤마가 잠자리에 들면 나는 그녀의 목을 두 팔로 얼싸안은 채 그녀의 가슴 앞이나 등 뒤에 누웠다. 젤마는 사흘 내내 나를 데리고 다녔을 뿐 아니라, 화환 리본처럼 새까만 블라우스도 사흘 내내 입었다. 내가 떨어지지 않는 한 옷을 갈아입을 수도, 빨아 입을 수도 없었기 때문이다.

둘째 날, 젤마는 나를 데리고 마을 잡화점에 갔다. 잡화점 주인 역시 검은 옷을 입고 닫힌 가게 문 앞에 앉아 있었다. 가게 문 앞에는 누구나 다 아는 사실은 아니라는 듯 '상중喪中'이라 적힌 표지판이 세워졌다.

"가게를 잠깐 열어줄래요?" 젤마가 부탁했다. 잡화점 주인은 자리에서 일어났다. 내가 젤마의 어깨에 매달려 자고 있는데도 전혀 놀라는 기색이 없었다.

"개에게 줄 건조사료 있나요?"

"유감스럽지만 없어요. 통조림만 있습니다."

젤마는 곰곰이 생각했다. "살코기 소시지는 몇 팩이나 갖고 있어요?"

"아홉 개요." 확인하려고 가게로 들어갔다 나온 잡화점 주인이 대답했다.

"다 주세요. 포장을 모두 뜯어주면 고맙겠어요. 여기에 넣어주세요." 젤마는 이렇게 말하고 몸을 돌렸다. 잡화점 주인은 내 엉덩이를 받치고 있는 젤마의 깍지 낀 손에서 비닐봉지를 받아들었다. 그리고 말없이 살코기 소시지 포장 아홉 개를 뜯어 서로 들러붙은 소시지 조각들을 봉지에 쏟았다. 젤마는 입고 있는 검은 스커트의 주머니를 턱으로 가리키며 말했다. "지갑 좀 꺼내줄 수 있어요?"

"손녀 잘 데리고 가세요." 잡화점 주인이 인사했다.

젤마는 안경점을 지나가며 쇼윈도에 비친 자신의 모습을 바라보았다. 내가 조르기 귀신처럼 그녀의 등에 매달리고, 그 밑에 비닐봉지가 대롱대롱 매달려 있었다. 안경사는 젤마를 보지 못했다. 보았다면 당장 달려나와 그녀가 들고 있는 모든 것을 받아들려고 했으리라. 하지만 젤마는 안경사를 보았다. 안경사도 검은 옷을 입고 있었다. 해가 갈수록 헐렁해지는 좋은 양복을 입은 그는 등받이 없는 의자에 앉아 시력측정기 속에 머리를 박고 있었다. 시력측정기는 그가 크라이스슈타트의 안과의사에게 산 것이었다.

안경사는 자신의 시야를 설정했다. 바로 앞의 반구半球 영역에서 가운데 밝고 붉은 점이 있는 연회색 외에는 아무것도 보이지 않았다. 시야의 가장자리에 좀 더 작게 깜빡이는 점들이 나타났다. 그는 그 점들을 보았다고 표시했다. 시력측정기에 머리를 박은 채 깜빡이는 점들이 거기 있는 걸 확인하면 마음이 편안해졌다.

젤마는 엘스베트의 집 앞을 지나갔다. 엘스베트도 아직 검은 옷을 입고 있었다. 그녀는 낙엽청소기를 들고 정원을 서성이다가 사과나무에 기계를 갖다 댔다. 4월이었고, 따라서 나뭇잎들은 아직 어렸다.

"거기서 뭐해요?" 낙엽청소기의 웅웅거리는 소리 때문에 젤마는 소리를 질렀다.

"시간이 후딱 지나갔으면 좋겠어요. 벌써 가을이었으면 좋겠어요. 3년 후 가을요."

엘스베트는 젤마를 돌아보지 않고 소리쳤다. 낙엽청소

기 바람을 맞은 나뭇잎들은 나뭇가지에서 떨어져 흩날릴 생각이 전혀 없었다. 고집 세고 힘센 나뭇잎들은 엘스베트가 무엇을 하려는지 알지 못했다. 그들은 위협은커녕 뜨거운 바람을 맞고 있다고 느꼈다.

"바람을 최강으로 해봐요."

젤마가 제안했지만 엘스베트는 듣지 못했다. 엘스베트가 돌아보지도 않고 물었다.

"그런데 뭐해요?"

"루이제를 업고 있어요." 젤마가 소리치자 엘스베트가 따라 소리쳤다. "그것도 좋네요."

젤마는 엘스베트의 등을 향해 고개를 끄덕이고 팔름의 집으로 갔다.

개들이 굶어죽게 내버려둘까? 젤마는 잠시 생각했다. 팔름은 며칠 전부터 개밥을 주지 않았다. 마르틴이 죽자 아예 집에서 나오지 않았다. 심지어 장례식에도 오지 않았다. 젤마는 팔름을 장례식에 데려가려고 했다. 그가 나타나지 않을 것 같았기 때문이다. 그래서 팔름의 집에 갔는데 배가 고파서 그런지 개들이 평소보다 더 사납게 짖어댔다. 젤마가 개들 옆을 살금살금 지나 대문을 두드리고 초인종을 눌렀지만 팔름은 열어주지 않았다.

"팔름, 꼭 같이 가야 해요." 결국 그녀는 팔름의 주방 창문 밑에서 위를 올려다보며 소리쳤다. 그리고 헛기침을 하고는 다시 소리쳤다. "그 애를 무덤으로 데리고 가야 해요." 그녀는 눈을 꼭 감았다. 그런 말은 절대 소리치며 해서는 안 되는 법이다. 속삭이는 것만으로도 엄청난 말이니까. "다른 도리가 없어요. 꼭 그래야 해요, 팔름." 젤마는 두 번 더 소리쳤다.

팔름은 문을 열어주지 않았고, 일은 다르게 흘러갔다.

엘스베트나 안경사에게 다시 돌아가 개밥 주는 걸 도와달라고 할까? 젤마는 팔름의 집 앞에서 잠시 생각했다. 그리고 너무 번거롭다는 결론을 내렸다.

젤마는 다른 사람의 도움을 받는 것이 항상 너무 번거롭게 여겨졌다. 특히 나중에 고맙다고 인사해야 하는 것이 번거로웠다. 그녀는 도움을 구하고 나중에 번거롭게 인사하느니 차라리 흔들거리는 사다리에서 떨어지는 편이 더 낫다고 생각했다. 감사인사를 하느니 차라리 전등의 전선을 만지다 전기쇼크를 받고, 자동차 보닛에 머리를 찧고, 너무 무거운 봉지를 들다가 허리를 삐끗하고, 거실 바닥에

서 밑으로 떨어지는 편이 나았다.

젤마는 허리를 숙이고 팔을 뻗어 봉지의 내용물을 바닥에 쏟았다. 허리를 숙이면서 등에 업은 내가 미끄러져 떨어지지 않도록 조심했다. 그녀의 허리도 마찬가지로 삐끗하지 않으려고 조심했다. 얼굴이 시뻘게지고 허리가 잔뜩 긴장한 그때도 젤마는 고맙다고 인사하는 것보다 그것이 덜 번거롭다고 생각했다. 그녀는 소시지를 팔름의 울타리 너머로 던졌다. 소시지가 앞에 떨어지자 개들이 미친 듯 달려들었다.

젤마는 나를 꼭 붙잡고 다시 몸을 일으키며 한숨을 쉬었다. 그녀의 허리도 끽끽 삐걱삐걱 여러 가지 소리로 한숨을 쉬었다. 그녀는 집 뒤쪽으로 갔다. 창고 문이 잠겨 있지 않았기 때문이다.

그녀는 창고의 계단을 올라가 주방과 거실을 지나 침실로 갔다. 주방에는 먹다 만 누텔라 빵이 아직도 접시에 담겼고, 거실 소파 팔걸이에는 오벨릭스* 잠옷이 아직도 걸려 있었다. 하지만 그녀는 보지 않으려고 노력했다.

---

*1961년 프랑스 만화가 르네 고시니와 알베르토 우데르조가 공동으로 창작한 만화 캐릭터. 아스테릭스와 더불어 프랑스의 문화를 상징하는 대표적 캐릭터.

팔름의 침실은 몇 년 동안 한 번도 환기를 하지 않은 것 같았다. 짙은 색 앙상블 가구에 속하는 거대한 장롱 옆에 짙은 색 부부침대가 놓여 있었다. 누렇게 변색된 매트리스에는 시트가 씌워 있지 않았다. 마구 구겨진 시트가 침대의 다른 쪽에 팽개쳐 있고, 베개는 발치에 놓여 있었다. 방이 컴컴했다. 젤마는 불을 켰다.

팔름은 바닥에 모로 누운 모습이었다. 그는 자고 있었다. 마르틴의 책가방에 머리를 베고서. 책가방은 철로에서 100미터 떨어진 곳에서 발견되었다. 오른쪽 가방끈이 끊어졌을 뿐, 가방은 거의 말짱했다.

젤마는 침대의 마구 구겨진 쪽에 앉았다. 그리고 나를 등에서 어깨를 지나 품으로 옮겨 안았다. 이제 내 머리는 그녀의 팔오금에 놓였다. 그녀는 자신의 심장이 불규칙하게 뛰는 것을 느꼈다. 목소리들이 시비를 걸 때 안경사가 그러듯 요즘 그녀의 심장은 부쩍 한 걸음 휘청했다.

그녀는 잠자는 팔름을 내려다보고, 잠자는 나를 내려다보았다. 무너진 두 가슴과 이상이 생긴 한 심장이구나, 하고 생각했다. 동화에 나오는 무쇠 하인리히와 그의 가슴을 생각하며 젤마는 팔름의 이불에 벌렁 드러누웠다. 이불에서는 심한 술 냄새와 분노의 냄새, 사납게 짖어대는 냄새가 났다.

그녀의 머리 바로 위 전등갓에 죽은 나방이 있었다. 나방의 심장도 죽어 있었다. 젤마는 눈을 감았다.

그녀의 눈꺼풀 뒤에서 움직이지 않는 잔상이 떠올랐다. 원래 어두웠던 부분은 밝게, 밝았던 부분은 아주 어둡게 보였다. 하인리히가 길을 따라 내려가고 있었다. 그녀에게 손을 흔들기 위해 그는 계속 뒤를 돌아다보았다. 진짜 마지막으로, 진짜진짜 마지막으로 손을 흔들기 위해서. 그녀는 눈꺼풀 뒤의 영상에서 진짜진짜 마지막으로 손을 흔드는 남자의 정지된 동작과 정지된 미소를 보았다. 하인리히의 짙은 머리카락은 밝았고, 그의 옅은 눈은 아주 짙었다.

젤마는 오랫동안 그렇게 누워 있었다. 그러고 다시 나를 어깨에 둘러멨다. 잠시 심장이 오른쪽으로 한 걸음 휘청했다. 그녀는 일어서면서 침대에서 이불을 들어 끌고 갔다. 팔름의 배와 다리까지. 그리고 이불을 손에서 놓았다.

안경사는 "애를 내려놓아야 해요."라고 했고, 아빠는 "애를 진찰해봐야겠어요."라고 했다. 엄마는 "애한테 뭘 좀 먹여야 해요."라고 했다. 마를리스는 "젤마, 벌써 등이 많이 굽으셨어요."라고 했고, 엘스베트는 "젤마, 언니도 뭘 좀 먹어야 해요."라고 했다. 나와 팔름, 알래스카를 제외하고 모두 한 마디씩 했다.

젤마는 "애가 도무지 떨어지려고 하지 않네요."라고 대답했다. "곧 일어날 거예요." "하나도 안 무거워요."라는 말도 했다. 마지막 말은 거짓말이었다. 나는 돌덩이처럼 무거웠다.

젤마는 늘 하던 일을 하기로 마음먹었다. 안 그러면 그 일을 다시는 못하게 될 위험이 있기 때문이었다. 그럼 세상을 떠난 은퇴한 우체부처럼 언젠가 피와 정신이 탁해져 죽거나 미쳐버릴지 몰랐다. 젤마는 둘 다 절대 허용할 수 없었다.

그날은 목요일이었다. 매주 목요일이면 늘 그랬기에 그녀는 텔레비전을 켜고 드라마를 보았다. 나는 그녀의 품에서 자고 있었다. 드라마가 시작되자마자 빅토리아풍의 화려한 저택 현관에서 전혀 모르는 남자가 나왔다. 기분이 좋아 보이는 그는 매튜가 아니었지만 멀리사는 그를 매튜라고 부르면서 반갑게 인사했다. 젤마는 화면 앞에 바짝 다가가 눈을 크게 뜨고 보았지만 매튜가 아니었다. 매튜와 어렴풋이 닮았을 뿐이었다. 항상 매튜였던 배우가 매튜 역에 흥미를 잃었거나 다른 드라마에 스카우트된 것일 수 있었다. 혹은 죽었을 수도 있었다. 그래서 재빨리 비슷한 사람을 간단히 매튜로 투입한 것이다.

젤마는 텔레비전을 끄고 방송국에 보내는 편지를 쓰기 시작했다. 그녀는 그럴 수는 없다고 썼다. 어떤 사람이 죽거나 다른 드라마에 스카우트되었다고 다른 사람을 간단히 투입해 그가 계속 매튜였던 듯 속여서는 안 된다고 썼다. 그런 값싼 해결책은 절대 용납할 수 없다고, 광대한 소유지에서도 빅토리아풍 미국 호화저택에서도 절대 안 된다고, 그건 품위 없는 짓이라고. 젤마는 세 장에 걸쳐 빽빽하게 설명했다. 그때 안경사가 와서 젤마가 식탁에서 편지를 쓰는 모습을 지켜보았다. 나는 마치 이불처럼 그녀의 품에 엎드려 있었다. 안경사는 고개를 들어 자신을 올려다보는 젤마에게 손수건을 내밀었다.

늘 하던 일을 되도록 빨리 다시 하고 싶었던 젤마는 6시 30분에 울헥으로 산책하러 갔다. "가자, 알래스카." 그녀가 말했지만 알래스카는 가려고 하지 않았다. 알래스카도 요즘 내리 잠만 잤다.

내가 미끄러져 떨어지거나 젤마의 허리가 삐끗할 경우를 대비해 안경사는 젤마의 뒤에서 걸었다. 울헥에서 안경사는 바닥을 내려다보았다. 너무 많이 울고 시력검사를 너무 많이 해서 눈이 아팠다. 더욱이 이제 여기에는 더 이상 볼 것이 없었다. 그가 마르틴과 내게 눈여겨보라고 권했던 교향곡과 같은 아름다움은 용도를 다한 무대장치처럼 깨끗이 치워졌다.

사흘째 저녁, 울헥에 비가 내리기 시작했다. 안경사는 그런 경우를 대비해 젤마의 비옷과 하얀 물방울무늬가 찍힌 투명 우비 모자를 챙겨왔다. 비옷을 내 위 젤마의 등에 입히고 헤어스타일이 망가지지 않도록 그녀의 머리에 모자를 씌운 다음, 조심스레 턱 밑에서 끈을 묶었다. 그러고 다시 걸었지만 얼마 가지 못했다. 젤마가 갑자기 우뚝 멈춰섰기 때문이다. 그럴 줄 몰랐던 안경사는 그만 젤마와 부딪히고 말았다. 그는 휘청거리는 젤마를 붙잡고는 톱질한 망루 기둥을 몸으로 버티려고 하던 때처럼 자기 몸으로 젤마와 나를 버티려고 애썼다.

"솔직히 말해서 이제 좀 무겁네요."

젤마는 이렇게 말하고 몸을 돌려 왔던 길을 되돌아갔다. 세상을 창조한 이후 처음으로 그녀는 울헥을 30분 동안 걷지 않았다. 그녀가 집으로 가는 비탈을 오르지 않고 점점 더 아래로 내려가자 안경사는 잠시 멈칫했다. 그녀는 잡화점의 담배 자동판매기 앞에서 걸음을 멈추었다.

"혹시 잔돈 있어요?" 젤마는 묻고 나서 나를 어깨에서 멀리 등 쪽으로 밀었다. 이제 내 머리는 그녀의 엉덩이 바로 위에 매달렸다.

예전에 하인리히가 아직 살아 있었을 때 젤마는 담배를 피웠다. 하인리히와 찍은 오래된 많은 사진에서 두 사람은 입가에 담배를 물고 있었다. 물고 있지 않으면 웃느라 담배가 떨어져서 그런 거라고 젤마는 말했다. 아빠를 임신했을 때 그녀는 담배를 끊었다. 그 후 그녀는 4미터 떨어진 곳에서 누가 담배를 피우면 비난하는 표정으로 두 손을 휘저어 연기를 쫓고 분노해서 콜록콜록 기침하는 사람 가운데 하나가 되었다.

"젤마, 담배를 다시 피울 필요는 없어요. 정말 이유가 안 된다고요." 안경사는 그 말을 하고 15분 후에 벌써 자신이 진짜 멍청한 말을 했음을 깨달았다. 멍청한 말이 모자라지 않는 시대에 그런 멍청한 말을 보태다니, 앞으로도 오랫동안 그렇게 멍청한 말은 또다시 없을 만큼 멍청한 말이었다. 시간이 약이라는 말보다 더 멍청하고, 하느님의 신비한 뜻이라는 말보다 더 멍청한 말이었다. 젤마가 말했다.

"그럼 더 좋은 이유를 대봐요. 이 세상에서 여기 이것보다 더 나은 이유가 하나라도 있으면 대보라고요."

"미안해요."

안경사는 양복재킷에서 지갑을 꺼내 그녀에게 4마르크를 건넸다. 젤마는 돈을 자판기에 넣고 가장 인기 많은 은색 담배함의 오목이손잡이를 잡아당겼지만 열 수 없었다. 처음에 손잡이를 살살 잡아당기던 그녀는 나중에는 온 힘을 다해 잡아당겼다. 다른 담배함의 손잡이들도 힘껏 잡아당겼는데 그때마다 그녀 등에 매달린 내 머리가 이리저리 흔들렸다. 담배함은 죄다 열리지 않았다.

젤마가 욕을 했다. "멍청한 기계 같으니."

"내버려둬요. 내가 좀 갖고 있어요."

"당신이요? 담배 안 피우잖아요."

"피워요."

안경사는 양복바지에서 담배와 라이터를 꺼내 담배에 불을 붙여서 젤마에게 건넸다. 그녀는 연기를 깊이, 배꼽까지 깊이 들이마셨다. 그러고는 빈 어깨를 담배 자동판매기에 기대고 서서 눈을 감았다.

"아, 좋다."

그녀는 눈을 감은 채 담배 한 개비를 다 피웠다. 안경사는 투명한 우비 모자를 쓰고 자판기에 기댄 채 눈을 감고 담배 피우는 그녀를 바라보았다. 그녀의 아름다움은 유일하게 사라지지 않은 아름다움이었다. 그녀가 담배를 피우는 동안 안경사는 쓰다 만 열두 통의 편지를 생각했다. 그는 어두워지는 하늘을 올려다보았다. 머리 위에 한없이 넓은 공간이 펼쳐 있었다. 곧 밝은 별들이 점점이 나타날 것이다. 하지만 시력검사를 할 때처럼 점점이 나타난 그 별들을 보았다고 표시할 방법이 없었다.

이윽고 그녀가 눈을 뜨더니 담배꽁초를 땅바닥에 버리고 꼼꼼하게 발로 밟아 끄면서 말했다. "당신이 담배 피우는 줄 정말 몰랐어요."

당신이 모르는 것이 몇 가지 있지요, 젤마. 당신이 모르는 것이 몇 가지 있어요. 안경사는 하마터면 그렇게 말할 뻔했다. 하지만 내면의 목소리들이 시비를 걸어 순간 휘청했다. "때가 전혀 안 맞아." 목소리들이 말했다. 예외적으로 그들의 말이 옳았다.

젤마와 안경사는 우리 집으로 돌아왔다. 그 사이 능숙해진 젤마는 나를 어깨에서 배 앞으로 휙 돌려 안고 그녀의 침대에 같이 누웠다.

안경사는 침대 가장자리에 앉았다. 지금까지 거기 앉아 본 적은 한 번도 없었다. 그녀가 누워서 이따금 오카피 꿈을 꾸는 침대는 좁았고, 불룩한 덮개 위에는 커다란 꽃이 그려진 누비이불이 있었다.

젤마는 침대 옆 탁자의 등을 켰다. 등 옆에 있는 시계 소리가 째깍째깍 아주 크게 들렸다. 베이지색 인조가죽으로 테를 두른 접이식 여행용 알람시계였다. 침대 위에는 그림이 걸려 있었다. 갈대피리를 들고 어린 양들 사이에 서 있는 행복한 소년의 그림은 황금빛 액자에 끼워 있었다.

안경사가 그림을 보았더라면, 그림 속 소년이 지금까지 단 한 번도 시비에 휘말린 적 없는 듯 순진무구한 표정이라는 사실을 알아챘으리라. 젤마와 나 외에 다른 것에 눈길을 주었더라면, 그는 그곳의 모든 것이 아주 아름답다고 감탄했으리라. 알람시계를 감싼 베이지색 인조가죽, 너무 크게 째깍대는 시계 소리, 커다란 꽃이 그려진 누비이불, 토실토실한 어린 양들, 주석과 젖빛 유리로 만들어진 요정 모자처럼 생긴 침대 옆 탁자등…… 가슴에 묻은 안경사의 사랑은 아주 컸기에 그 모든 것에 숭고한 아름다움이 깃들었다고 생각했으리라. 그러나 그는 얼굴을 맞대고 침대에 누운 젤마와 나를 보았을 뿐, 다른 아무것도 보지 못했다.

나는 여전히 젤마의 목을 끌어안고 있었다.

젤마는 안경사를 바라보았다. 그가 고개를 끄덕였다. 젤마가 속삭였다.

"루이제, 이제 그만 나를 놓아주어야겠다. 시간이 됐어."

그녀가 나의 두 손을 잡았다. 나는 그녀를 잡고 있던 손을 풀었다. 그리고 눈을 뜨지 않은 채 등을 대고 똑바로 누웠다.

"모두 다 거기 있어요?" 내가 물었다.

젤마와 안경사는 서로 얼굴을 바라보았다. 이제 젤마는 두 번째로 세상을 다시 창조했다.

"아니. 모두 다는 아니야. 하지만 세상은 여전히 있단다. 한 사람을 뺀 온 세상이 여기 있지."

내가 옆으로 돌아누워 다리를 끌어당기자 무릎이 젤마의 배에 닿았다. 그녀는 내 머리를 쓰다듬었다.

"알래스카는 충분히 크지 않아요." 내가 말했다.

젤마와 안경사는 다시 서로 얼굴을 바라보았다. 안경사가 무슨 말인지 묻는 얼굴로 쳐다보자 젤마는 입을 벌려 소리 내지 않고 어떤 단어를 말했다. 안경사가 그 단어를 읽지 못하자 그녀는 입 모양으로 단어를 다시 말했다. 그래도 안경사가 알아듣지 못했기 때문에 결국 그녀는 오만

상을 찌푸려 '아픔'이라는 단어를 표현했다. 그 모습이 얼마나 우스꽝스러운지 안경사는 하마터면 웃음을 터뜨릴 뻔했다. 젤마가 대답했다.

"맞다. 알래스카의 키는 한참 모자라지."

"알래스카는 무게도 모자라요. 세상에서 가장 무거운 동물은 뭐예요?"

"내 생각에는 코끼리인 것 같은데. 하지만 코끼리도 모자라지."

"코끼리가 열 마리 있어야 해요." 내가 말하자 안경사가 헛기침을 하며 끼어들었다. "미안하지만 틀린 것 같구나. 세상에서 가장 무거운 동물은 코끼리가 아니라 대왕고래란다. 다 자란 대왕고래는 무게가 200톤까지 나가지. 이 세상에서 대왕고래보다 더 무거운 동물은 없단다."

안경사는 내게 몸을 숙였다. 마침 그 시간에 설명할 것이 있어서 기쁜 듯했다. 시간은 믿을 만한 설명을 내놓고 싶지 않아서가 아니라, 그런 설명을 가지고 있지 않았기 때문에 그때까지 설명을 아껴둔 듯했다. 그는 말을 이었다.

"대왕고래의 혀 하나만 해도 코끼리 한 마리 무게가 나간단다. 대왕고래는 자기 혀 무게보다 50배나 더 나간다니까. 한번 상상해보렴."

젤마가 그를 올려다보며 속삭였다. "그런 걸 다 어디서 알았어요?"

"몰라요." 안경사가 나지막이 대답했다. "꾸며낸 얘기처럼 들려요." 젤마가 속삭이자 안경사도 속삭였다. "하지만 나는 그것이 사실이라고 믿어요."

"자기 혀 무게보다 50배가 더 나간다면 몸무게가 가벼운 것 같아요." 내가 말했다.

"대왕고래라면 이야기가 다르지." 젤마가 대꾸했다.

"대왕고래가 훅 한 번 내쉬는 숨으로 풍선 2,000개를 불 수 있거든." 안경사가 거들었다.

젤마는 안경사를 쳐다보았다. 안경사는 어깨를 으쓱하고 속삭였다. "사실이에요."

"풍선 2,000개도 아주 가벼워요. 사람들은 왜 그런 일을 할까요?"

"뭘 말이니?" 안경사가 물었다.

"고래가 훅 한 번 내쉬는 숨으로 풍선 2,000개를 부는 거 말예요."

"모르겠구나. 아마 장식을 하고 싶어서 그러겠지. 축제를 열 때 그런 장식이 필요하잖아."

"사람들은 왜 그런 일을 할까요?" 내가 다시 물었다.

젤마는 내 이마를 쓰다듬었다. 계속, 계속. 그녀의 작은 손가락이 감긴 내 눈꺼풀을 이따금 건드렸다. 안경사가 설명했다.

"대왕고래의 심장은 1분에 두 번에서 여섯 번밖에 뛰지 않아. 아마 심장이 너무 무거워서 그럴 걸. 대왕고래의 심장도 상상할 수 없을 만큼 무겁단다. 1톤이 넘거든."

"마르틴은 대왕고래의 심장을 들 수 있을 거예요." 내가 말하자 젤마가 맞장구를 쳤다. "다 자란 대왕고래 열 마리도 들 수 있을 걸. 그것도 한꺼번에. 차곡차곡 쌓은 대왕고래 열 마리를 한 번에 번쩍 들 수 있을 거라고. 무거운 혀와 심장도 포함해서 말이지."

"마르틴은 다 자라지 않았어요." 내 말에 안경사가 나섰다. "열 마리는 무게가 2,000톤쯤 될 걸." 그러자 젤마가 덧붙였다. "그래도 마르틴한테는 가벼울 거야."

"나는 잠에서 깨어나고 싶지 않아요."

방안에는 한동안 째깍대는 여행용 알람시계 소리만 들렸다. 이윽고 젤마가 입을 열었다.

"알아. 하지만 우리는 네가 잠에서 깨어나기로 마음먹을 수 있다면 정말 좋겠구나."

"맞아, 그렇단다." 안경사도 나섰다. 그는 여러 번 헛기침을 했다. 하지만 목에 걸린 것을 뱉어낼 수는 없었다. 그가 조심스럽게 내 뺨을 쓰다듬었다. 설탕봉지에 적힌 별자리 운세의 특히 어려운 단어를 집게손가락으로 짚어가듯이 조심조심 천천히 쓰다듬었다. "루이제, 사랑하는 아가. 네가 잠에서 다시 깨어나기로 마음먹을 수 있다면 우리가 얼마나 기쁠지, 너는 모를 게다." 그는 나직한 목소리로 아주 빨리 말했다. 울음이 나오고 그래서 더 이상 아무 말도 할 수 없기 전에 재빨리 할 말을 마치는 사람 같았다.

나는 눈을 떴다. 침대 탁자등의 어슴푸레한 불빛 속에서 젤마와 안경사가 나를 내려다보며 빙그레 미소 지었다. 안경사의 얼굴에 눈물이 흘렀다. 눈물은 그의 안경 밑에서 나와 볼을 타고 흘러내렸다.

나는 주위를 둘러보았다. 젤마의 침실과 온 세상은 대왕고래의 위장만큼이나 작았다. 젤마는 내 이마를 쓰다듬었다. 한없이.

계속 쓰다듬었다.

그러니까 이런 거예요

프레데릭은 반 년 전 알래스카가 사라진 날 불쑥 나타났다. 젤마가 저녁 때 대문을 제대로 잠그지 않았는지 아침에 일어나보니 문이 활짝 열려 있고 알래스카가 없어졌다.

안경사는 알래스카가 그동안 끊임없이 여행 중인 아빠를 찾아 떠났을 거라고 했다. 젤마는 우리가 우리 문제에 너무 골몰해 풍경처럼 무심히 대해서 알래스카가 달아났다고 생각했다.

나는 내 문제로 마음이 복잡했다. 뢰더 씨 때문에 일이 많았기 때문이다. 아빠가 전화로 당분간 잠시 외국에 나가라, 그럴 수 없다면 적어도 대도시로 가라고 권했지만 나는 뢰더 씨의 서점에서 수습을 받았다. 아빠는 사람은 오직 먼 곳에서만 진정한 자신이 될 수 있다고 생각했다. 하지만 나는 먼 곳으로 가는 대신 모퉁이를 돌아 크라이스슈타트로, 원룸 아파트로, 뢰더 씨의 서점으로 갔다. 아빠는 전화로 말했다. "흠, 할 수 없지. 우리 식구들은 모험을 할 재목이 못 돼. 너도 그렇고, 알래스카도 그렇고."

젤마는 자기 문제로 바빴다. 류머티즘을 앓기 시작했기 때문이다. 관절이 서서히 변형되었는데 특히 왼손 손가락의 변형이 심했다. 진단이 나온 후 아빠가 어느 항구도시에서 전화를 걸었다. 그는 젤마가 류머티즘 대신 바깥세상을 좀 더 받아들여야 한다고 말했다. 마쉬케 박사와 국제 전화로 의논했는데 붙잡을 수 없는 것을 붙잡으려 할 때 류머티즘이 생긴다고 했다는 것이다. 아빠는 전화 상태가 좋지 않았지만 박사가 입고 있는 가죽재킷이 버석거리는 소리를 들었다고도 했다. 젤마는 변형이 시작된 왼손에 들고 있던 수화기를 오른손으로 바꿔 들고 제발 부탁이니 바깥세상 타령은 이제 그만 하라고 했다. 그러자 아빠는 전화를 끊었다.

우리는 하루 종일 알래스카를 찾아다녔다. 처음에는 마를리스도 같이 찾았다. 엘스베트가 신선한 공기를 마시면 분명 좋을 거라면서 마를리스를 설득했기 때문이다.

마를리스는 10분 후 돌아서며 말했다. "개는 도망갔어요. 그냥 받아들이세요."

우리는 숲을 샅샅이 뒤졌다. 나무뿌리와 쓰러진 썩은 나무둥치를 넘고 아래로 처진 나뭇가지를 젖히면서 계속 알래스카의 이름을 불렀다. 나는 젤마와 엘스베트, 안경사의 뒤에서 걸었다. 젤마는 안경사와 팔짱을 끼고 걸었고, 엘스베트는 굽이 닳은 구두를 신고 젤마의 오른쪽에서 걸었다. 셋 다 일흔 남짓이었다. 지난주 나의 스물두 번째 생일 파티 때 안경사는 케이크의 촛불 사이로 손가락을 지나가게 하며 물었다. "어떻게 저리 젊을 수 있을까?"

나는 "모르겠어요."라고 했다. 하지만 그는 나에게 물은 게 아니라 그저 허공에 대고 물은 것이었다.

그때 이미 알래스카는 개들이 보통 그럴 수 있는 것보다 훨씬 나이가 많았다. 젤마는 얼마 전 개 도둑을 다룬 다큐멘터리를 보았다. 그들이 개를 훔쳐 동물실험에 넘긴다면서 걱정을 많이 했다. 엘스베트가 다독였다.

"아닐 거예요. 왜 하필 알래스카를 실험에 넘기겠어요? 늙은 개를 가지고 대체 무슨 실험을 하겠어요?"

"어떻게 하면 죽지 않을 수 있는지 말야."

젤마가 대답했다. 하지만 나는 알래스카를 대상으로 불

멸을 연구할 수 있다고 믿지 않았다. 오히려 알래스카가 죽으려고 구석에 숨었을까 겁이 났다. 구석에 숨는 것은 알래스카의 방식이 아니었다. 지금까지는 죽는 것도 알래스카의 방식이 아니었다. 쓰러진 나무에 다가갈 때마다, 낙엽 더미에 다가갈 때마다, 나는 혹시 알래스카가 그곳을 죽기 좋은 장소로 여겼을까 두려웠다.

우리는 새벽에 알래스카가 없어진 것을 알았다. 나는 당장 팔름에게 전화를 걸었다. 팔름이 사냥하러 나갔다가 알래스카를 노루로 오인해 쏘았을 것 같았기 때문이다.

팔름이 말했다. "이제 그런 짓은 절대 안 해, 루이제. 같이 찾아줄까?"

12년 전 마르틴이 죽은 후 팔름은 술을 한 방울도 마시지 않았다. 젤마와 함께 술병을 치웠는데 빈 술병과 술이 가득 든 술병이 팔름의 싱크대와 침대 밑, 침실 장롱과 화장실 수납장 속에 들어 있었다. 두 사람은 재활용 병을 넣는 컨테이너까지 무려 다섯 번이나 왕복해야 했다.

팔름은 종교적으로 변했다. 그의 집에는 성경 구절이 도처에 걸려 있었다. 주로 빛과 관련된 구절들이었다. '나는 세상의 빛이다'는 냉장고 위에 걸리고, '나는 빛으로서 세상에 왔다'는 찬장 위에 걸려 있었다. '나는 모든 것 위에 있는 빛이다'는 짙은 색 침실 장롱에 붙어 있었다.

그 점을 이해할 수 없었던 엘스베트는 몇 번이나 물었다. "대체 무슨 의미가 있어요? 하필이면 하느님이 자신의 가장 나쁜 면을 보여준 지금, 그 사람이 어떻게 종교적으로 변할 수 있냐구요?" 하지만 젤마는 4월에 푸른 나뭇잎을 날리려는 것보다는 의미가 있다고 대답했다. 팔름은 결국 빛에 대해 훤히 알고 있었다는 것이다.

마르틴이 죽은 후 나는 한동안 팔름이 무서웠다. 예전의 두려움과는 다른 두려움이었다. 이제 두려운 것은 팔름의 아픔이었다. 처음 보는 동물이 움직이지 않는 것을 보고 가까이 가야 할지, 간다면 어떻게 다가가야 할지 모르듯이 그에게 어떻게 다가가야 할지 알 수 없었다. 아픔은 그에게 필요하지 않은 모든 것을 그의 안에서 헤집어 끄집어냈다. 그런 것은 많았다. 거의 전부 다 그랬다. 분노 역시 사라졌는데 분노가 사라진 팔름은 분노에 찬 팔름보다 더 으스스했다.

이제 팔름의 눈초리는 사납지 않았다. 머리카락도 마찬가지였다. 매일 아침 빗질을 하고 머리카락을 머리에 붙였지만 마르틴과 똑같이 얼마 후 머리카락 한 다발이 삐죽 솟았다. 누가 그 점을 지적하면 팔름은 "그건 주님을 가리키는 겁니다."라고 했다.

마르틴이 죽은 후 팔름은 성경 구절을 놓고 토론하기 위해 엘스베트와 안경사, 젤마를 찾아왔다. 팔름은 원하는 만큼 그들의 주방과 거실, 시력검사 의자에 머물 수 있었다. 팔름은 여러 해 동안 내면에 믿음을 쌓아갔지만 아무도 그 믿음이 그의 조용한 집에서 계속 흐르는 시간을 견딜 만큼 견고한지, 이제 거기 없는 모든 것을 받쳐줄 만큼 튼튼한지 확신하지 못했다.

팔름은 주로 자신과 토론했다. 아무도 질문하지 않았는데도 설명하기 전에 자신이 먼저 질문을 던졌다. "예수님이 왜 맹인에게 마을로 돌아가지 말라고 하셨는지 틀림없이 알고 싶으실 거예요. 내가 설명할 수 있습니다." "예수님이 앉은뱅이를 정확히 어떻게 걷게 만드셨는지 종종 물으셨을 거예요. 자, 내가 기꺼이 설명하겠습니다." 이렇게 혼자 말하고 설명하는 것이었다. 안경사는 말없이 커피를 저으면서 팔름의 설명을 참아냈다. 귀를 기울이려고 노력했던 엘스베트조차 어느새 스르르 잠이 들고 말았다. 그녀가 입을 벌리고 소파에 앉은 채로 쿨쿨 자도 팔름은 아랑곳하지 않고 설명을 계속했다.

실제로 질문을 하고, 그가 성경을 설명할 때 적어도 "그래요, 팔름. 사실 나도 혼자 물었지만 그래도 설명해줘요."
라고 말한 사람은 젤마밖에 없었다. 그가 더 오래 설명하
고 그래서 다시 몇 시간을 혼자 보내지 않도록 젤마는 질
문을 많이 했다. 팔름에게 중요한 것은 몇 시간을 더 혼자
보내지 않는 것이라고 생각했기 때문이다. 팔름이 찾아오
면 그녀는 가끔 화장실에 들어가 몽 쉐리 다섯 개를 한꺼
번에 먹었다. 왼손이 뒤틀어지기 시작했으므로 사흘 동안
나를 데리고 다니던 때처럼 한 손으로 초콜릿 포장을 뜯었
다. 몽 쉐리를 먹고 나서 그녀는 심호흡을 하고 유칼립투
스 사탕을 입에 넣은 후, 팔름이 설명을 계속하려고 기다
리는 주방으로 돌아왔다.

　우리 가운데 누구도 팔름을 건드리려 하지 않았다. 악수
를 했지만 그게 다였다. 그를 한 번도 껴안지 않았으며, 심
지어 어깨를 쓰다듬지도 않았다. 누군가가 자신의 몸을 만
지는 걸 팔름이 결코 원치 않는다는 사실을 우리는 잘 알
았다. 만지면, 자신이 산산이 부서져 먼지가 되어버릴 것
같은 모양이었다.

　팔름이 알래스카 찾는 걸 도와주겠다고 했을 때 나는 "감
사하지만 그러실 필요 없어요." 하고 대답했다. 찾는 동안

그가 내내 성경을 인용할까 겁이 났기 때문이다. 결국 성경에는 누군가를 찾을 때 딱 맞는 구절이 아주 많았으니까.

"수색에 하느님의 풍성한 은혜가 있기를." 팔름이 말했다.

"찾으라, 그리하면 찾아낼 것이요." 나는 팔름을 기쁘게 해주기 위해 대답했다. 효과가 있었다.

"알래스카!" "알래스카!" 우리는 저녁까지 알래스카를 찾아다니며 소리쳤다. 이웃에 있는 두 마을을 지나가며 만나는 사람마다 엄청나게 큰 개를 보지 못했느냐고 물었다. 엘스베트는 몇 시간 전부터 혹시 오른손이 가려운 사람이 없느냐고 계속 물었다. 그것은 팔름의 설명만큼이나 피곤했다. 누군가를 다시 찾으면 오른손이 가렵다고 하는 엘스베트에게 우리는 "아뇨. 여전히 가렵지 않아요."라고 했다.

"이제 더 이상 못 걷겠어요." 마침내 젤마가 말하자 안경사가 동의했다. "오늘은 그만하지요. 내일 더 찾읍시다. 어쩌면 알래스카는 오래 전부터 대문 앞에서 우리를 기다리고 있을지도 몰라요."

나는 그만두고 싶지 않았다. 그만두면 잃어버린 대상을 영원히 잃을 것 같았기 때문이다. 나는 아빠와 통화하는 것이 두려웠다. 아빠는 알래스카를 사랑했다. 알래스카를 자주 만나지 않았기 때문에 그의 사랑은 단순했다. 먼데 있는 사람은 이곳의 복잡한 사정을 모르기에 매사에 단순해질 수 있는 법이다. 아빠가 아침에 전화했는데 연결이 아주 좋지 않았다. 젤마는 알래스카가 사라졌다는 이야기를 했다. 우리가 주위에 서서 손을 저으며 알래스카의 실종에 대해 한 마디도 하지 말라고, 아직 말하지 말라고 신호했는데도 젤마는 왜 그러는지 이해하지 못했다. 그저 동시에 불에 덴 듯 손을 흔들어대는 우리를 어리둥절한 표정으로 쳐다볼 뿐이었다.

"반드시 찾아야 해요." 연결이 아주 좋지 않았는데도 젤마는 아빠가 그렇게 말했다고 이해했다. 무슨 일이 있어도 저녁에 꼭 다시 전화하겠다는 말도 덧붙였다고 했다. 우리가 여기저기 다 가보았지만 알래스카를 찾을 수 없었다고 아빠에게 전하는 젤마의 모습이 눈앞에 떠올랐다. 저 멀리 어느 전화부스에 서 있는 아빠의 모습도. 연결이 좋지 않아서 아빠는 '여기저기 다'와 '없었다'는 말만 알아들을 수 있으리라. 나는 말했다.

"먼저 가세요. 나는 좀 더 찾아볼게요."

나는 마을을 지나 돌아가지 않고 숲 가장자리를 따라 걸었다. 서서히 날이 어두워지고 있었다. 꿈에서 젤마가 오카피와 함께 서 있었던 울헥의 풀밭까지 왔는데 세 남자가 나무들 사이에서 불쑥 나타났다. 숲이 아니라 땅에서 솟아난 듯 갑자기, 소리 없이 거기 서 있었다.

나는 그 자리에 우뚝 멈춰섰다. 남자들은 머리카락이 하나도 없는 까까머리에 검은 승복을 걸치고 샌들을 신고 있었다. 세 승려는 관목 사이에서 나왔다. 오카피가 불쑥 나타났다고 해도 이보다 더 생뚱맞지는 않았으리라.

승려들은 줄곧 땅바닥을 내려다보며 걸었다. 마침내 그들이 몇 걸음 앞에서 고개를 들더니 나를 보고 멈춰섰다.

그들이 내 앞에 일렬로 섰다. 꼭 〈범행 장소〉의 취조실 장면 같았다. 그 장면에서 목격자는 밖에 있는 사람만 볼 수 있는 거울 앞에 죽 늘어선 용의자들 가운데서 범인을 찾아내야 한다. 목격자가 범인을 다시 알아보기 어렵도록 만들기 위해 거울 뒤의 용의자들은 아주 비슷하다. 이 경우 목격자는 '범인은 검은 승복을 입고 친절한 미소를 띠고 있습니다.'라고 했을 것이다.

"안녕하세요. 놀라게 할 생각은 없었습니다." 가운데 승려가 말했다.

나는 놀라지 않았다. 다만 가운데 승려가 말했을 때 비로소 마치 범인을 똑똑히 알아본 목격자처럼 화들짝 놀랐다. 현기증이 나서 오른쪽으로 한 걸음 휘청했다. 바깥 혹은 내면의 어떤 것이 시비를 걸어서가 아니었다. 가운데 승려가 "안녕하세요." 했을 때 그가 드넓은 인생의 방향을 단번에 틀어놓으리라는 것을 예감했기 때문이다.

나는 그런 것을 사전에 예감할 수 없다고 믿는 쪽이었다. 하지만 여기 울헥에서 그게 가능하다는 사실을 비로소 깨달았다.

"여기서 대체 뭐하세요?" 내가 물었다. 한 인생을 만지작거리려는 사람에게 해야 하는 질문이었다.

"도보 명상 중이었어요. 저 뒤 마을에서 학회가 있거든요. 사색적인 이름을 지닌 집에서요." 승려가 뒤쪽을 가리키며 설명했다. 숲 뒤에 있는 마을을 말하는 것이었다.

"명상의 집이에요." 내가 정확한 이름을 말했다.

몇 년 전 이웃마을의 한 미망인이 농장을 게스트하우스로 개조해 주로 주말 동안 여러 치유모임에 빌려주었다. 내가 어렸을 때는 고함 치료가 유행했다. 나는 마르틴과 함께 가끔 이웃마을에 가보았는데 명상의 집에서 귀청을 찢는 고함소리가 터져나오고 주변의 집들은 모두 셔터를 내려놓고 있었다. 우리는 그것이 재미있어서 있는 힘껏

고래고래 마주 고함을 질렀다. 마침내 어떤 집에서 절망한 주인이 나와 "부탁이다. 제발 너희들까지 그러진 말아라." 할 때까지.

가운데 승려가 물었다. "당신은 뭐하세요?"

그는 아직 내게 가운데 승려였을 뿐, 이름이 없었다. 가운데 승려는 아직 '외른'일 수도 있었고, '지구르트'일 수도 있었다. 그런 이름이었더라면, 이후 내가 그 이름을 7만 5,000번 부르고 18만 번 생각하리라는 걸 고려할 때 매우 불행한 일이었으리라. 하지만 그건 아직 일어나지 않은 일이었다.

"나는 알래스카를 찾고 있어요."

한 승려가 킥킥 웃기 시작했다. 그는 최소한 농부 호이벨만큼 나이 들어 보였다.

"비유인가요?" 가운데 승려가 물었다.

나는 "아니요."라고 했지만 아빠와 마쉬케 박사 생각이 나서 덧붙였다. "예, 비유이기도 해요. 하지만 무엇보다 그건 개예요."

"언제부터 없어졌지요?"

"어젯밤이었던 것 같아요."

인생이 막 다른 방향으로 틀어지고 있음을 예감하면 시

간이 흐릿해지기 때문에, 어젯밤이 무엇이고 내일 밤이 무엇인지 정확히 알지 못하기 때문에, 나는 그렇듯 모호하게 대답했다.

가운데 승려가 늙은 승려를 쳐다보자 늙은 승려가 고개를 끄덕였다. 가운데 승려가 말했다. "우리가 도와드리겠습니다."

"개를 찾는 거 말인가요?" 시간이 흐릿해지면 이해하기가 힘들기 때문에 내가 물었다.

"맞습니다. 개를 발견하는 거요." 승려가 대답했다.

"찾는 거죠." 내가 정정했다.

"대강 비슷한 얘기죠." 늙은 승려가 대꾸했다.

"불교 승려들이시군요." 내가 말하자 아주 어렵고 까다로운 문제를 맞혔다는 듯 세 승려가 동시에 고개를 끄덕였다. 늙은 승려가 물었다.

"어떻게 생긴 개지요?"

"크고 잿빛이고 늙었어요."

"좋아요. 출발하지요."

늙은 승려는 이렇게 말하고 몸을 돌려 숲속으로 다시 들어갔다. 두 번째 승려는 오른쪽으로 갔다. 가운데 승려는 잠시 내 어깨에 손을 얹고 싱긋 다정하게 미소를 지었다.

그의 눈은 아주 파래서 청록색에 가까웠다. 훗날 젤마는 "폴란드의 마주르 호수처럼 파랗다."고 할 것이고, 엘스베트는 "정오의 햇볕이 내리쬐는 푸른 지중해처럼 파랗다."고 할 것이다. 안경사는 "정확히 말해서 일종의 청록색이지요."라고 할 것이고, 마를리스는 "그냥 푸른색처럼 푸른색."이라고 할 것이다.

가운데 승려가 말했다. "같이 갈까요? 나는 프레데릭입니다."

우리는 나란히 걸으며 여기저기 살펴보았다. 꿈속에서 젤마가 오카피를 바라보듯이 나는 곁눈으로 프레데릭을 자꾸 훔쳐보았다. 프레데릭은 키가 큰 데다 승복의 소매를 높이 걷어올리고 있었는데 여름휴가에서 방금 돌아온 사람처럼 팔뚝이 구릿빛이었다. 팔에 금빛 솜털이 보스스 나 있었다. 만약 머리카락을 밀지 않았더라면 머리카락도 금발이었으리라.

우리는 한동안 아무 말도 하지 않았다. 나는 물어볼 말을 열심히 떠올렸지만 물어볼 것이 너무 많아서 물어볼 수가 없었다. 울헥에서 인생의 방향을 막 바꾸려는 사람 옆에 느닷없이 불교 승려가 걷고 있으면 모든 질문이 서로 단단히 뒤얽혀 어떤 질문도 혼자 몸을 빼낼 수 없는 법이다.

프레데릭은 궁금한 것이 없는 듯 보였다. 아마 불교 승려들은 원칙적으로 어떤 의문도 없을 거라고 나는 생각했다. 하지만 틀린 생각이었다. 내 옆에서 프레데릭도 서로 단단히 뒤얽힌 질문의 어느 지점을 먼저 공략해야 하는지 곰곰이 생각했던 것이다. 훗날 그는 편지에 이렇게 그때 심경을 털어놓았다. '무슨 생각을 하는 거예요. 내게도 그런 일은 흔한 일이 아니라고요.'

프레데릭은 승복 호주머니에 손을 넣어 초코바 하나를 꺼냈다. 마르스였다. 그가 포장을 뜯어 건네며 물었다. "먹을래요?"

"고맙지만 사양할게요."

"알래스카는 어떤 개예요?"

"아빠 개예요."

우리는 울헥을 지나고 있었다. 프레데릭은 마르스를 먹으며 계속 나를 바라보다가 다시 풍경을 바라보았다. 풍경은 일요일에 우리를 방문하는 엘스베트처럼 엄청난 치장을 하고 있었다. 이삭들은 말 그대로 황금빛이었으며, 하늘은 완벽하게 쪽빛이었다.

"풍경이 정말 아름답네요." 프레데릭이 입을 열었다.

"예, 초록색과 푸른색, 황금색의 멋진 교향곡이죠." 내가 대꾸했다.

프레데릭의 모든 것이 밝았다. 존재하지 않는 그의 머리카락이 밝았으며, 존재하는 청록색 눈이 밝았다. 어떻게 저리 아름다울 수 있을까? 나는 생각했다. 안경사가 '어떻게 저리 젊을 수 있을까?' 하고 허공에 물었던 것과 정확히 같은 음조로.

나는 걸음을 멈추고 그의 승복 소매를 꽉 붙잡으며 말했다. "그러니까 이런 거예요. 나는 스물두 살이에요. 가장 친한 내 친구는 제대로 닫히지 않은 지역기차 문에 기대고 서 있었기 때문에 죽었어요. 불과 12년 전에. 우리 할머니가 오카피 꿈을 꾸면 언제나 누가 죽어요. 아빠는 사람은 먼 곳에서만 진정한 자신이 될 수 있다고 해요. 그래서 늘 여행 중이죠. 엄마는 꽃가게를 하는데 알베르토라는 아이스크림 카페 주인과 사귀고 있어요." 나는 인접한 풀밭을 가리키며 말을 이었다. "안경사는 저기 저 망루를 톱으로 잘랐어요. 사냥꾼을 죽이고 싶었기 때문이죠. 안경사는 우리 할머니를 사랑하는데 아직 고백을 못 하고 있어요. 나는 서점 직원이 되기 위해 수습 과정을 밟고 있어요."

지금까지 나는 아무에게도 그 모든 이야기를 한 적이 없었다. 내가 아는 모든 사람이 다 아는 이야기이자 아무도 알면 안 되는 이야기였기 때문이다. 프레데릭이 번거로운 과정 없이 바로 시작할 수 있도록 나는 그 모든 이야기를 했다.

프레데릭은 들판을 바라보며 어느 길로 가야 하는지 설명하는 내용을 마음에 새기는 사람처럼 내 말에 귀를 기울였다.

"이게 다예요." 내가 말했다.

프레데릭은 아직도 승복 소매를 붙잡고 있는 내 손 위에 자기 손을 올려놓았다. 그리고 더 먼 곳을 바라보면서 물었다. "저건가요?"

"누구요?"

"알래스카요." 프레데릭이 대답했다.

저 멀리서, 저 멀리 뒤쪽에서 무언가가 우리를 향해 달려오고 있었다. 잿빛의 작은 그것은 다가올수록 점점 더 커지고, 점점 더 알래스카와 비슷해졌다. 아주 가까이 오자 그것은 진짜 알래스카였다. "가까이에서도 진정한 자신이 될 수 있지요." 프레데릭이 말했다. 나는 쪼그리고 앉아 숨을 헐떡이는 개의 목을 얼싸안았다. 알래스카의 몸에 온통 작은 나뭇가지와 나뭇잎이 붙어 있었다. "다행이다. 정말 다행이야. 대체 어디 있었던 거야?" 나는 소리치면서 알래스카가 아무 대답도 하지 않는 것에 이례적으로 놀라움을 느꼈다.

나는 알래스카의 털에 붙은 나뭇잎과 나뭇가지를 떼어 주고 다친 데는 없는지 살펴보았다. 말짱했다.

"정말 예쁜 개네요." 프레데릭이 말했다. 그가 내게 한 처음이자 유일한 거짓말이었다. 알래스카는 다정하지만 결코 예쁘지는 않았다.

나는 몸을 일으켰다. 프레데릭과 나는 앞뒤로 나란히 서 있었다. 나는 프레데릭과 내가 무언가를 더 찾을 수 있도록 이 자리에서 당장 의도적으로 잃어버릴 만한 것이 없는지 곰곰이 생각했다.

프레데릭이 까까머리를 긁으며 물었다. "이제 가야겠어요. 명상의 집까지 어떻게 가지요?"

"우리가 데려다줄게요. 우리가 그냥 명상의 집까지 데려다줄게요." 나는 다소 큰 소리로 그렇게 말했다. 예상할 수 있는 이별을 조금 더 예상할 수 없는 것으로 만든 사람처럼 행복한 표정으로.

우리는 숲 가장자리로 갔다. 알래스카가 우리 사이에서 걸었다. 나는 난간에 손을 올려놓듯 알래스카의 등에 한 손을 올려놓았다. 앞으로 곧장 걸었다. 너무 일찍 다음 마을이 나타났다.

"그러니까 이런 거예요. 나는 본래 헤센 출신이에요." 명상의 집에 거의 다 왔을 때 프레데릭이 불쑥 말했다.

"나는 당신이 땅에서 솟아난 줄 알았어요."

"대강 비슷하죠. 2년 전 대학을 그만두고⋯⋯."

"대체 몇 살이에요?" 내가 물었다. 서로 뒤얽혔던 모든 질문이 갑자기 올올이 떨어지면서 어서 물어보라고 재촉했기 때문이다.

"스물다섯이에요. 나는 대학을 그만두었어요. 일본의 한 절에서 살기 위해서⋯⋯."

"왜요?"

"말 좀 끊지 말아요. 나는 당신 말을 끊지 않았잖아요. 나는 우선 몇 주 동안 절에 머물렀어요. 그리고 그 길을 가기로 결심했어요. 그런데 대체 지금 몇 시죠?"

우리는 명상의 집 앞에 서 있었다. 작은 장식 화환이 대문에 걸려 있었다. 아는 상품이었다. 명상의 집은 엄마네 꽃가게에서 화환을 산 것이 분명했다. '가을의 꿈'이라는 이름의 화환은 가을 정취가 넘치는 색깔의 인조 나뭇잎으로 장식되어 있었다. 하지만 지금은 여름이었고 가을의 꿈을 꾸기에는 너무 일렀다.

프레데릭이 호주머니에서 손목시계를 꺼냈다. 너무 이르다고 생각하는데 그가 말했다. "너무 늦었네. 이제 들어가야 해요."

마치 길을 막으려는 듯 알래스카가 프레데릭 앞에 앉았다. "도와줘서 고마워요." 나는 나직하게 인사했다. 이별을 더는 피할 수 없기 때문이다. 고함 치료를 너무 많이 한 후유증으로 담벼락이 흐물흐물해져 명상의 집이 당장 폭삭 무너져버린다면 또 모를까.

프레데릭이 나를 바라보면서 말했다. "안녕, 루이제. 당신을 알게 된 것은 모험이었어요."

"당신을 만난 것도요."

내가 대답했다. 프레데릭이 내 어깨를 쓰다듬었다. 나는 눈을 감았다. 다시 눈을 뜨자 프레데릭은 벌써 문을 지나가고 있었다. 그의 등 뒤에서 문이 막 닫히고 있었다. 나는 그 문이 다른 문과 달리 나무랄 데 없이 완벽하게 닫히리라는 것을 예감했다.

사람이 죽을 때는 지난 인생이 그의 앞을 지나간다고 한다. 아주 빨리 지나가야 할 때도 있다. 이를테면 어디에서 떨어지거나 총구를 턱 밑에 댈 때 그렇다. 프레데릭의 등 뒤에서 문이 닫힐 때 나는 왈칵 쏟아져 나오는 인생의 속도로 생각했다. 알래스카는 아빠가 모험할 재목이 못 된다고 선언했음에도 불구하고 모험을 찾아나섰다. 서로 너무 오래 알고 있는 사람은 어쩌면 상대방이 모험할 재목인지 아닌지 판단할 수 없을지도 모른다. 그것은 오직 우연히 관목 숲에서 나온 사람만이 판단할 수 있는 문제다. 그의 판단만이 믿을 만한 것이다. 닫히는 문을 바라보며 나는 그 길을 가기로 결심했다는 프레데릭의 말을 생각했다. 지금까지 나는 어떤 결정을 한 적이 한 번도 없었다. 모든 일이 그냥 내게 일어났다고 하는 게 맞았다. 나는 어떤 것에 대해 정말 '응'이라고 대답한 적이 없었다. 언제나 '아니'라고 말하지 않았을 뿐이다. 깃털을 곤두세우고 으스대는 이별 때문에 겁을 내면 안 된다. 이별은 피할 수 있다. 죽지 않으면, 모든 이별과는 협상할 수 있기 때문이다. 갑자기 열려버린 지역기차의 문과는 협상할 수 없지만 철 이른 가을 나뭇잎으로 장식된 문이 닫히는 것은 다르다. 문이 걸쇠에 다다르기 전 마지막 순간, 나는 앞을 스쳐가는 인생이 위로 올라가기 전에 펄쩍 몸을 날려 문틈에 발을 끼웠다.

"아야." 프레데릭이 비명을 질렀다. 나 때문에 대문에 이마를 부딪친 것이다.

"미안해요. 하지만 당신 전화번호를 받고 싶어요."

나는 환하게 미소 지으며 프레데릭을 바라보았다. 내가 정말 바깥세상을 받아들였기 때문이다. 그것만 해도 정말 대단한 일이었으므로, 지금 세상이 '꺼져버려.'라고 해도 상관없을 것 같았다. 프레데릭이 이마를 문지르고 나서 대답했다.

"전화하기가 아주 번거롭습니다. 사실 우리는 전화를 하지 않지요."

"그래도 주세요."

그는 빙긋 웃으며 "정말 끈질기군요."라고 했다. 나한테 그런 말을 한 사람은 지금까지 아무도 없었다. 그는 호주머니에서 볼펜을 꺼내며 물었다. "메모지 있어요?"

"아뇨. 여기 써주세요." 내가 손바닥을 펼쳐 내밀자 프레데릭이 말했다. "손으로는 모자라요."

나는 팔을 들었다. 프레데릭은 내 손목을 잡고 팔 안쪽에 전화번호를 썼다. 볼펜이 피부를 간질이는 가운데 그는 쓰고 또 썼다. 번호는 손목에서 거의 팔뚝까지 이어졌다. 내가 알고 있는 전화번호는 대부분 네 자리였다.

"고마워요. 이제 들어가야겠네요." 내가 말했다.

"그럼 안녕히 가세요." 프레데릭이 인사하고 몸을 돌려 문을 닫았다.

"가자, 알래스카."

우리가 출발해 명상의 집에서 벌써 꽤나 멀어졌을 때 문이 다시 열렸다.

프레데릭이 소리쳤다. "루이제, 그런데 오카피가 뭐예요?"

나는 몸을 돌렸다. "인간이 발견한 마지막 대형 포유류예요. 얼룩말과 맥, 노루와 쥐, 기린을 합성한 동물처럼 생겼어요."

"그런 동물이 있다는 얘기는 처음 들어봐요."

프레데릭이 소리치자 나도 크게 소리쳤다.

"곧 또 만나요."

대문이 닫혔다. 지켜보는 다른 관객이 없었기 때문에 나는 알래스카 앞에서 허리를 숙여 꾸벅 인사했다. 막대기를 높이 들었을 때 마르틴이 그랬던 것처럼. 나는 문에 발을 들이밀었다. 어쨌든 그 뒤로 아무것도 더 나올 수 없는 동물에 대해 프레데릭에게 가르쳐준 것이다.

알래스카와 나는 줄곧 뛰어서 마을로 돌아왔다. 우리 집 계단에 앉아 있던 안경사와 젤마가 우리를 보고는 튕기듯 일어나 달려왔다.

"왔구나. 대체 어디 갔었던 거야?" 그들이 소리쳤지만 알래스카는 아무 말도 하지 않았다. 숨이 차서 나 역시 아무 말도 하지 않았다.

젤마와 안경사는 알래스카와 인사를 마치고 나를 올려다보았다. "무슨 일 있었니?" 젤마가 물었다. 내가 아슬아슬한 순간 알래스카를 범인들 손아귀에서 구출한 것처럼 보였기 때문이리라. 알래스카를 동물실험에 넘기고 나까지 뭔가로 가공하려는 범인들의 손에서 말이다.

"그는 승려예요. 불교 승려. 일본에서 살고 있어요." 나는 말을 쏟아냈다.

"누구 말이니?" 안경사가 물었다.

"잠깐." 젤마가 말했다. 그날은 화요일이었고, 저 위 풀밭 숲 가장자리에 노루가 나타났기 때문이다. 그동안 젤마는 팔름에게 무엇이든 다 허락했지만 노루를 넘겨주진 않았다. 노루는 벌써 몇 년 전부터 예전의 그 노루가 아니었다. 오래 전에 다른 노루가 원래 노루의 역할을 넘겨받았다. 하지만 젤마에게는 그것이 드라마의 배우가 바뀐 것과는 달리 문제가 되지 않았다. 그녀는 차고로 가서 문을 열고 재빨리 쾅 소리 나게 다시 닫았다. 노루가 사라졌다. 젤마는 다시 돌아와 안경사 옆 계단에 앉았다. 내가 시를 낭송하겠다고 선언이라도 한 듯 두 사람은 기대에 차서 나를 빤히 쳐다보았다.

안경사가 다시 물었다. "대체 누군데?"

나는 관목 숲에서 불쑥 나온 승려들 이야기를 했다. 가운데 승려 프레데릭 이야기도 했고, 헤센과 일본 이야기도 했다. 내가 마지막 순간 명상의 집 문에 발을 끼운 이야기도 빼놓지 않았다. 마치 아직도 제자리에서 달리고 있는 것처럼 나는 그 모든 이야기를 숨이 턱에 차서 털어놓았다.

"일본에서 온 불교 승려들이 하필 여기서 뭘 하는데?"

안경사가 물었다. 나는 의기양양해서 대답했다.

"도보 명상요." 예전에 환자들이 아빠에게 채혈을 위해 팔을 내밀듯 나는 두 사람에게 팔을 내밀었다. "지워지기 전에 옮겨 적어야 해요. 이렇게 긴 번호를 본 적이 있으세요?"

"번호가 길수록 번호의 주인은 더 멀리 있는 법이지." 젤마가 한마디 했다.

우리는 집안으로 들어가 식탁에 앉았다. 다시 찾은 것이 기쁜 나머지 젤마는 알래스카를 품에 안았다. 알래스카가 다 자란 후 알래스카를 품에 안는 사람은 아무도 없었다.

젤마는 알래스카 뒤에 완전히 가려졌다.

내 옆에 앉은 안경사는 셔츠주머니에서 만년필을 꺼내고 안경을 썼다. 내가 식탁 위 그의 앞에 팔을 내밀자 안경사는 기호를 메모지에 옮겨 적기 시작했다. 시간이 한참 걸렸다.

"이 번호는 분명 아주 아름다운 멜로디를 연주할 거야." 안경사가 말했다. 얼마 전 젤마는 둥근 번호판이 달린 전화기를 버려야 했다. 지금 전화기에는 각각 다른 소리를 내는 누름단추가 달려 있었다.

"예, 어쩌면 결혼행진곡을 연주할지도 몰라요." 젤마가 알래스카 뒤에서 맞장구쳤다.

안경사는 다 옮겨 적고 잉크가 번지지 않도록 후후 입김을 불었다.

"고맙습니다." 나는 자리에서 일어나 번호를 젤마의 냉장고 위 코르크보드 게시판에 꽂았다.

안경사와 나는 전화번호 앞에 서 있었다. 그가 마르틴과 내게 시계 읽는 법과 시차에 대해 설명하던 역 앞에서 그랬던 것처럼.

"나는 모르겠다. 좀 더 가까이 있는 사람일 수는 없니? 혹시 네 직업학교의 그 상냥한 청년은 어때?" 여전히 알래스카 뒤에 완전히 가려진 채로 젤마가 말했다. 마치 알래스카가 복화술을 하는 것 같았다.

내가 대답했다. "유감스럽지만 안 돼요."

젤마의 새 전화기가 울렸다. 나는 뛰어가서 수화기를 들었다. 아빠였다. 아빠가 "여보세요. 유감스럽게도 연결이 아주 좋지 않구나." 하기 전에 벌써 알았다.

내가 말했다. "그를 찾았어요, 아빠. 개도요."

나는 그저 알래스카가
어떻게 지내는지 듣고 싶었어요

누군가에게 꼭 전화를 하고 싶지만 딱 그만큼 그에게 전화하기가 두려운 사람은 세상에 얼마나 많은 전화기가 있는지 문득 떠올리게 된다. 젤마의 거실에는 최신형 누름단추 전화기가 있었고, 그 위층에는 엄마의 우아하고 날씬한 전화기가 있었다. 안경사의 뒷방에도 전화기가 있었고, 엘스베트의 작은 탁자 위에도 사냥꾼의 옷처럼 초록색 벨벳으로 감싸인 전화기가 있었다. 크라이스슈타트의 내 아파트에도, 뢰더 씨의 서점 계산대 옆에도 전화기가 있었다. 아파트에서 서점으로 가는 길에는 노란 전화부스가 있었다. 이 모든 전화기들이 내게 속삭였다. '우리는 준비되었어요. 전화를 하고 말고는 우리 책임이 아니에요.'

안경사도 준비가 되어 있었다. 프레데릭이 관목 숲에서

불쑥 나온 다음날, 그는 불교 서적 제목이 빽빽이 적힌 메모지를 들고 서점에 나타났다. 그 중에 우리가 갖고 있는 책은 하나도 없었다. 뢰더 씨는 책을 주문하기 위해 도매 상인에게 전화를 걸었다. 뢰더 씨와 도매상인은 일본 저자들 때문에 절망하고 말았다. 도매상인이 먼 바다에 있는 듯 뢰더 씨는 이해할 수 없는 이름들을 수화기에 대고 소리쳐 불러줘야 했기 때문이다.

책이 도착하자 안경사는 산더미 같은 책들과 형광펜을 가지고 젤마의 식탁 앞에 앉았다. 아주 집중해 읽으면서 표시를 아주 많이 했다. 그러면서 계속 중얼거렸다. "젤마, 진짜 다 굉장해요."

젤마는 안경사의 맞은편에 앉아 있었다. 양말을 깁고, 송금신청 용지를 꼼꼼히 기입하고, 이제 봉투에 우표를 붙이고는 뒤틀린 왼손 집게손가락으로 우표를 문질렀다. 언제나 모든 일을 마치 처음 하듯이 혹은 마지막인 듯이 하는구나, 안경사는 혼자 생각했다. 그가 말했다. "자아는 존재하지 않는다는 걸 알아요? 소위 말하는 자아는 숨이 들어가고 나가는 여닫이문에 불과해요, 알아요?"

"당신은 상당히 붉은 뺨을 가진 여닫이문이네요."

"숨을 한 번 쉬어봐요."

"나는 이미 평생 숨을 쉬고 있어요."

"그래요, 하지만 제대로 쉬지는 않지요." 안경사는 숨을 깊이 들이마시고 내쉰 다음 계속했다. "모든 깨달음은 바닥을 닦는 것에서 시작되고 끝난다고 여기 쓰여 있어요. 알고 있었어요?"

"몰랐어요. 하지만 그랬으면 좋겠다고 생각했어요." 젤마가 대답했다.

"사라지는 것은 본래 아무것도 없다는 거 알았어요?"

젤마는 안경사를 빤히 쳐다보았다. 그리고 우표를 붙인 마지막 봉투를 다른 봉투 있는 곳에 놓고 자리에서 일어나며 대꾸했다. "있잖아요, 나는 팔름의 설명만으로도 이미 충분히 일이 많아요. 당신까지 설명을 늘어놓지 않았으면 좋겠어요."

"미안해요." 안경사는 사과를 하면서도 계속 더 읽었다. 1분 뒤 그가 말했다. "딱 하나만 더요, 젤마. 아주 짧아요. 한 번 들어봐요. '우리가 어떤 것을 바라보면 그것은 우리의 시야에서 사라질 수 있다. 하지만 우리가 그것을 보려고 하지 않으면 그것은 사라지지 않는다.' 나는 무슨 말인지 모르겠어요. 당신은 이해가 돼요?"

"아니요." 젤마가 대답했다. 하지만 안경사가 이제 그만 사라졌으면 정말 좋을 것 같다고 덧붙였다. 어차피 자아가 없으니까 별로 어려운 일도 아닐 거라면서. 하지만 안경사는 그대로 앉아 계속 표시를 하며 중얼거렸다. "루이제가 그에게 전화하면 무슨 뜻인지 꼭 물어봐야 해요."

그때 내가 젤마에게 전화를 걸었다. 젤마가 물었다.

"그래서? 전화했니?"

"당연히 안 했어요."

나는 프레데릭에게 아직 전화를 하지 않았다. 벽에 부딪힌 듯 딱 막히는 증상이 두려웠기 때문이다. 중요한 일이 있을 때마다 나는 순식간에 그런 증상을 겪었다. 그래서 하마터면 고등학교 졸업시험에서 떨어질 뻔했고, 첫 운전면허시험에서는 실제로 떨어졌다. 막히는 증상이 얼마나 심했던지 결국 자동차 시동도 꺼져버렸다. 서점에서 면접을 본 후 뢰더 씨가 나와 나의 막히는 증상을 채용한 것은 순전히 나 말고 다른 지원자가 없었기 때문이었다.

"차라리 할머니한테 전화하자고 생각했어요. 어떻게 지내세요?"

내가 묻자 젤마가 대답했다.

"잘 지낸다. 하지만 안경사는 그렇지 않구나. 글쎄 자기가 여닫이문이라고 주장하는구나."

"그에게 사라지는 것에 대해 물어보라고 해요." 안경사가 소리쳤다.

"너는 승려에게 어떤 것을 보려고 하지 않으면 그것은 사라지지 않는다, 혹은 그 비슷한 말이 대체 무슨 뜻인지 물어봐야 한다." 젤마가 말했다.

"그러니까 아직도 그에게 전화하지 않았대요?" 안경사가 물었다.

"그래요." 젤마가 속삭였다.

"불교에서는 항상 아무것도 하지 않는 것이 아주 중요하지요."

안경사의 목소리가 들렸고 나는 이렇게 말했다.

"오늘 저녁때 잠깐 들를게요."

젤마의 집에 들렀을 때 안경사는 아직도 식탁에 앉아 책을 읽고 있었다. 젤마는 포테이토 매셔와 씨름을 하는 중이었다. 아주 잘 사라지는 것이 있음을 증명하려는 듯 열심히 감자를 으깨고 있었다. 내가 물었다.

"지금 딱 막히는 증상이 없어 보여요?"

"응." 책을 읽느라 건성으로 들으며 안경사가 대답했다. "응." 감자를 으깨느라 건성으로 들으며 젤마가 대답했다.

"그럼 지금 할래요. 지금 전화할래요."

내가 말하자 형광펜으로 거의 전부 다 표시를 한 책과 형체를 알아볼 수 없을 만큼 으깨진 감자에서 눈을 들지도 않고 젤마와 안경사가 동시에 대답했다. "좋아."

나는 거실로 가서 전화기를 들고 번호를 누르기 시작했다. 절반쯤 눌렀을 때 안경사가 후다닥 뛰어 들어왔다. 그가 손가락으로 수화기걸이를 누르며 말렸다. "하지 마."

나는 그를 빤히 쳐다보았다.

"시차. 지금 새벽 4시야." 안경사가 말했다.

나는 젤마의 거실에 있는 접이식 소파에서 밤을 보냈다. 그 붉은 개버딘 소파는 정말 흉물이었다. 마을에 와서 잘 때 나는 아래층 젤마의 집이나 위층 엄마 집에서 잤다. 종종 그랬는데 크라이스슈타트의 밤과는 달리 젤마의 집에서 보내는 밤은, 밤이 당연히 그래야 하듯 완전히 고요하고 어두웠다.

밤 2시에 잠에서 깼다. 나는 소파 탁자의 작은 등을 켰다. 소파에서 일어나 안경사가 무너질 위험이 있다고 표시한 곳을 빙 돌아 창가로 갔다. 바깥은 깜깜했다. 창문에 비친 흐릿한 내 모습 외에 아무것도 보이지 않았다. 나는 젤마의 잠옷을 입고 있었다. 흐릿한 색상의, 발목까지 내려오는 꽃무늬 잠옷이었다.

나는 여덟 시간의 시차를 계산했다. 지금 전화하지 않으면 다시는 하지 않을 것 같았다. 그럼 시간은 다시 못 만나는 것으로 조정되리라. 나는 돌돌 말린 전화기 줄과 전화기를 들고 창가로 갔다. 그리고 프레데릭의 번호를 눌렀다.

일본까지 가기가 힘든 듯 신호가 한참 울렸다. 여기서 크라이스슈타트까지도 충분히 어려운데 거기서 다시 동유럽의 카르파티아 산맥을 지나고 우크라이나 평원과 카스피 해를 지나고 러시아를 지나 카자흐스탄과 중국을 지나가야 하는 것이다. 베스터발트에서 시작된 신호가 일본까지 가는 것은 불가능하다고 생각한 순간 전화선의 반대편 끝에서 누가 전화를 받았다.

"모시모시." 명랑한 목소리가 말했다. 어린이 놀이의 이름처럼 들렸다.

"안녕하세요? 죄송하지만 일본어를 못 합니다. 제 이름은 루이제예요. 독일에서 전화를 하고 있습니다."

내가 영어로 말하자 명랑한 목소리가 영어로 대답했다.

"No problem. 안녕하세요?"

"프레데릭과 통화하고 싶습니다. 프레데릭 승려요." 나는 수화기와 창문 앞에 펼쳐진 어둠에 대고 말했다. 프레데릭의 이름을 말하는데 같은 이름의 산 이름을 말하는 느낌이 들었다.

"No problem." 목소리가 다시 말했다. 일본에서는 문제가 별로 없어 보이는 것이 마음에 들었다.

아주 오랫동안 쏴쏴 하는 소리만 들렸다. 명랑한 목소리가 프레데릭을 찾는 동안 나는 처음 말해야 할 명랑한 문장을 찾아보았다. 미리 신경을 썼어야 했다. 전화하기 전에 젤마와 안경사와 함께 최고의 문장을 만들었어야 했다. 이제는 너무 늦었다. 창문 앞 새까만 어둠의 덤불 속에서 나는 두 번째로 좋은 문장도 찾을 수 없었다. 생각해보았다. 안녕, 프레데릭. 불교에 대해 물어볼 전문적인 질문이 있어요. 안녕, 프레데릭, 음, 비행은 어땠어요? 안녕, 프레데릭. 그런데 헤센……. 그때 프레데릭이 아닌 다른 승려가 전화를 받았다. "안녕하세요? 무엇을 도와드릴까요?" 그가 물었다. 나는 "안녕하세요?" 인사한 뒤 프레데릭과 통화하고 싶다고 덧붙였다. 승려는 여전히 프레데릭이 아닌 또 다른 승려에게 전화기를 넘겼다. 그렇게 계속 이어져서 결국 나는 여섯 명의 승려에게 인사를 했다. "No problem." 역시 그렇게 말하는 마지막 승려 뒤쪽으로 빠른 발걸음 소리가 들렸다. 프레데릭이었다.

"전데요." 그가 말했다.

나는 두 손으로 수화기를 움켜쥐었다. "안녕하세요?" 더이상 아무 말도 할 수 없었다.

"안녕하세요, 루이제." 프레데릭이 인사했다. 그는 나에게 첫 문장이 부족함을 바로 눈치 챘다. 그런 것은 흘려들을 수 없기 때문이다. 그는 순식간에 내게서 첫 문장을 받아들었다. 마치 내가 그에게 전화한 것이 아니라, 자신이 내게 전화한 것처럼 행동했다.

"안녕하세요? 프레데릭이에요. 나는 그저 알래스카가 어떻게 지내는지 듣고 싶었어요."

손 떨림이 딱 멈추었다. 내가 "고마워요. 정말 고마워요." 하자 프레데릭이 대답했다. "고맙기는요."

"알래스카는 잘 지내요. 당신도 잘 지내지요?"

"나는 본래 늘 잘 지내요. 당신은요?"

나는 이마를 창문에 대고 물었다. "앞에 뭐가 보여요?"

"예, 햇빛이 비치고 있어요. 바로 맞은편에는 통나무집이 보여요. 지붕에 온통 이끼가 끼어 있지요. 그 뒤에는 산이 있어요. 폭포도 보이네요." 프레데릭이 대답했다.

"나는 아무것도 볼 수 없어요. 칠흑처럼 어두워요. 거긴 몇 시예요?"

"아침 10시요."

"밤 2시예요." 내 말에 프레데릭이 소리 내어 웃으며 대꾸했다. "우리는 의견이 일치할 화제를 찾아야겠네요."

나는 창틀에 앉았다. 딱 막히는 증상도 내 옆에 같이 자리를 잡고 앉았다. 딱 막히는 증상은 마를리스처럼 이기죽댔다. "나는 여기 있어. 아마 아무것도 되지 않을 걸. 그걸 받아들여."

프레데릭이 물었다. "당신은 무엇을 볼 수 없나요?"

"거실 창문 앞에 있는 소나무들을 볼 수 없어요. 그 옆에 있는 옻나무와 맞은편 목장의 소들도 볼 수 없어요. 사과나무와 다리도 안 보이네요."

살짝 지쳐 놓은 거실 문이 열리면서 알래스카가 들어와 내 발치에 몸을 둥그렇게 말고 누웠다. 나는 창틀에서 일어나 알래스카의 나이든 가죽을 만졌다. 다시 바깥을 내다보려고 했지만 흐릿한 내 모습만 보일 뿐이었다. 눈을 감고 생각했다. 딱 막히는 증상을 지금 떨쳐내지 않으면 아무것도 되지 않을 것이다. 그럼 인생은 잘못된 방향으로 틀어지리라.

"전화 끊지 않았지요?" 프레데릭이 물었다.

'우리가 사물을 바라보지 않으면 그것은 사라지지 않는다.' 혹은 그 비슷한 말을 안경사는 했다. 우리가 사물을 말로 언급하면 혹시 그것이 사라질 수 있지 않을까? 나는 곰곰이 생각하다 대답했다.

"예. 미안해요. 나에게는 딱 막히는 증상이 있어요. 안개가 낀 것처럼 머릿속이 뿌예요."

프레데릭은 헛기침을 하고 말했다. "당신 이름은 루이제예요. 분명 성姓도 있겠지요. 당신은 스물두 살이에요. 당신의 가장 친한 친구는 제대로 닫히지 않은 지역기차 문에 기대고 서 있었기 때문에 죽었어요. 불과 12년 전에. 당신 할머니가 오카피 꿈을 꾸면 언제나 누군가가 죽어요. 당신 아버지는 사람은 먼 곳에서만 진정한 자신이 될 수 있다고 생각하지요. 그래서 늘 여행 중이죠. 당신 어머니는 꽃가게를 하는데 알베르토라는 아이스크림 카페 주인과 사귀고 있지요. 안경사는 들판에 있는 망루를 톱으로 잘랐어요. 사냥꾼을 죽이고 싶었기 때문이죠. 안경사는 당신 할머니를 사랑하는데 아직 고백을 못 하고 있어요. 당신은 서점 직원이 되기 위해 수습 과정을 밟고 있어요."

나는 감았던 눈을 뜨고 창문을 향해 빙긋 미소 지으며 말했다. "연결이 아주 좋네요."

"그래요. 쏴쏴 하는 소리가 조금 날 뿐이에요." 프레데릭이 대답했다.

나는 전화기를 들고 거실을 이리저리 걸어다녔다. 전화선이 내 뒤를 따라왔지만 딱 막히는 증상은 그러지 않았다.

"오늘 도보 명상을 했어요?"

내가 묻자 프레데릭이 대답했다.

"아니요. 하지만 좌선은 했지요. 새벽에요. 90분 동안."

문득 주로 앉아서 하는 일 때문에 디스크가 생긴 안경사가 생각났다.

"그런 명상을 하면 아프지 않아요?"

"상당히 아파요. 하지만 그건 아무것도 아니에요."

"왜 승려가 됐어요?"

"나한테 맞는 것 같아서요. 당신은 왜 서점 직원이 되려고 하죠?"

"그냥 그렇게 됐기 때문이에요."

"그냥 그렇게 된다면 그것도 좋네요."

"언제나 그런 검은 옷을 입어요?"

"거의 항상 입지요."

"천이 깔끄럽지 않아요?"

"아니요, 깔끄럽지 않아요. 루이제, 당신과 이야기하는 것이 좋지만 유감스럽게도 이제 그만 가봐야 해요." 프레데릭이 말했다.

"지금 명상을 더 해야 하나요?"

"아니요. 지붕에 올라가 이끼를 떼어내야 해요."

나는 바닥의 붉게 표시된 곳 앞에서 걸음을 멈추었다. 프레데릭은 내게서 첫 문장을 받아들었지만 마지막 문장은 그러지 않았다. 마지막 문장은 내가 스스로 감당해야 했다. 나는 마지막 문장을 진짜 마지막 순간까지 손에 쥐고 있었다.

"그럼, 안녕, 루이제." 프레데릭이 인사했다.

나는 붉게 표시된 곳 위로 한 발을 들었다. 그리고 말했다. "다시 만났으면 좋겠어요."

프레데릭은 아무 말도 하지 않았다. 얼마나 오랫동안 잠자코 있는지 그가 갑자기 돌로 변해 같은 이름의 산이 된 것은 아닌지 두려워졌다.

"당신은 마지막 순간 문에 발을 들이미는 데 상당히 능하군요. 좀 생각해봐야 해요. 내가 연락할게요." 그의 어조가 갑자기 아주 진지해졌다.

"하지만 어떻게요?" 내가 물었다. 그는 내 전화번호를 모르기 때문이었다. 하지만 그는 이미 수화기를 내려놓은 뒤였다.

발목까지 내려오는 꽃무늬 잠옷을 입은 젤마가 밤사이 헤어스타일이 망가지지 않도록 머리그물을 한 채 문을 열었다. 그때까지도 나는 붉게 표시된 곳 위에 한 발을 든 채 균형을 잡고 서 있었다.

"대체 거기서 뭐 하니?" 내가 몽유병자인 양 젤마는 내 어깨를 붙잡아 자기 쪽으로 돌려세우며 물었다.

나는 그녀에게 수화기를 내밀며 말했다. "나는 완전히 깨어 있어요. 일본에 걸었어요."

"이 기계에게는 분명 운명의 시간이었겠구나." 젤마는 내 손에서 수화기를 받아들었다. 그리고 내 어깨를 떠밀어 거실을 지나 소파 쪽으로 갔다. 폴로네즈를 추는 듯 기분이 아주 좋았다. 나는 소파에 앉으며 털어놓았다.

"그 사람이 우리가 다시 만나야 하는지 생각해본대요."

"너도 다시 잘 생각해봐야 할 거야." 젤마가 내 옆에 앉으며 말했다. 머리그물 때문에 이마에 창살이 달린 듯 보였다.

"왜요?"

"그 사람이 그렇게 먼 곳에 있기 때문이지." 젤마가 대답했다. 우리는 바싹 붙어앉아 있었다. 엄청나게 많은 꽃이 핀 잠옷을 입고서.

"거의 모든 것이 아주 멀리 있어요."

"맞아. 하지만 한 사람이 더 가까이 있을 수 있지. 나는 이 말만 하고 싶구나. 아무것도 안 될 수 있다는 걸 염두에 두어야 한다."

"뭔가 될 거예요. 믿어도 돼요." 내가 말했다.

2주일 후 편지가 한 통 도착했다. 이웃마을의 미망인이 젤마의 집으로 편지를 가져왔다. 토요일이었다. "너한테 항공우편이 왔어, 루이제." 미망인이 말했다. 아주 큰 소리로. 나는 혹시 고함 치료를 너무 많이 한 후유증은 아닌지 혼자 물었다. 미망인은 옅은 하늘색의 아주 얇은 봉투를 하나 내밀었다. 알록달록 꽃이 그려진 많은 우표들 아래 아주 고른 글씨체로 이렇게 적혀 있었다.

루이제 받으심

젤마(이웃마을) 전교轉交*

명상의 집 전교

---

* 다른 사람을 거쳐서 받게 한다는 뜻으로, 편지 겉봉에 쓰는 말.

피히텐베크 3

57327 바이어슈트로

도이츠 독일

  미망인이 천둥소리처럼 크게 말했다. "아주 대담한 주소라고 할 수밖에 없어요. 게다가 주소가 봉투 길이보다도 더 길다니까요. 그는 자신이 곰곰이 생각했고 연말에 다시 독일에 오겠다고 썼어요. 그럼 다시 만날 수 있을 거라고. 안부 전해주세요, 프레데릭."

  "혹시 봉투를 열어보셨어요?" 젤마가 물었다.

  "그럴 필요 없었어요." 미망인은 천둥소리처럼 크게 말하고는 봉투를 뒤집어 우리 머리 위로 내밀었다. 복도 천장등에 비친 봉투는 아주 얇고 그 안에 든 편지의 글씨는 아주 까매서 내용을 다 읽을 수 있었다.

유통기한

9월에 아빠가 우리를 방문하러 왔다. 언제나처럼 아빠는 어느 날 갑자기 대문 앞에 서 있었다. 구릿빛으로 그을린 피부에 머리카락은 헝클어지고, 구두 밑창에는 아프리카 사막이나 몽골 초원의 흔적이 아직도 달라붙어 있었다. 등에는 북극의 눈 때문에 얼룩진 배낭을 멘 채였다. 언제나처럼 아빠는 대문 앞에서 "내일 다시 떠나야 해요."라고 했다. 마치 그 말이 집안에 들어가도 좋다고 허락하는 주문인 것처럼.

쉬지 않고 여행을 한 이래 아빠는 항상 손목에 시계를 두 개씩 차고 다녔다. 하나는 아빠가 여행하는 나라의 시간을 알려주고, 다른 하나는 중부유럽의 시간을 알려주었다. 아빠는 말했다. "그렇게 나는 항상 여러분과 함께 다니지요."

간간이 집에 들를 때면 아빠는 실제보다 더 크다는 느낌을 주었다. 얼마나 자리를 많이 차지하는지 우리는 마치 규모를 줄인 작은 집에 갑자기 다시 들여놓은 가구처럼 위치를 새로 조정해야 했다. 아빠가 눈을 번쩍이며 커다란 몸짓으로 모험담을 들려주는 동안 우리는 계속 서로를 밀치거나 방구석에 서 있었다. 아빠는 지난 몇 달 동안 내내 폭풍이 몰아치는 바다나 사막의 바람에 맞서 고함을 질렀던 것처럼 크게 이야기했다.

알래스카는 아빠를 다시 만난 것을 도에 넘치게 기뻐했다. 아빠 곁에서 절대 떨어지지 않았으며, 순간적으로 더 젊어지기까지 했다. 알래스카는 아빠의 주위에서 펄쩍펄쩍 뛰면서 꼬리를 흔드는 것을 도무지 멈추지 않았다. 덩치가 크니까 꼬리를 흔들다가 소파 탁자에서 커피잔과 잡지를 쳐서 떨어뜨리고, 주방 창틀에서 제비꽃 화분을 떨어뜨렸다. 우리가 알래스카 뒤에서 깨진 조각과 흙을 쓸어담고 있는데 젤마가 말했다. "참, 사랑이 못할 일이 뭐가 있는지. 착각인지 모르겠지만 알래스카가 지난 30분 동안 조금 더 자란 것 같구나."

"그래서요? 다들 무슨 문제 있어요?"

아빠가 물었다. 우리가 아주 불쌍하다는 어조였다. 우리의 삶에 대해 묻는 것이 아니라 감기 후유증이 어떤지, 혹은 자신이 빼먹은 마을회관에서 열린 아주 지루한 학회가 어땠는지 물어보는 것처럼.

"불교 승려와는 어떻게 되어가니?"

"곧 나를 만나러 올 거예요." 내가 말했다.

"마쉬케 박사는 불교에 대고 맹세하지. 내려놓는다거나 뭐 등등. 박사와 불교에 대해 한 번 이야기해보렴, 루이제. 박사가 아주 좋아할 거야."

아빠는 이렇게 말하고 배낭에서 비닐봉지를 꺼내 젤마의 식탁에 쏟았다. 아랍 신문으로 싼 선물이었다. 젤마는 포장을 풀어 금박은박을 한 연두색 카프탄*을 꺼냈다.

"고맙구나." 그녀가 말했다. 그녀는 아른아른 반짝이는 카프탄을 조심스레 머리에 쓴 다음, 이어서 기다란 몸 전체에 입었다. 번쩍이는 천 밑으로 그녀의 옅은 갈색 정형외과 신발이 삐죽 나와 있었다.

안경사는 튀니지 꿀 한 컵을 받았고, 나는 말안장에 다는 자루를 받았다. "진짜 낙타 가죽으로 만든 거야." 아빠

---

* 터키 사람들이 입는 셔츠 모양의 기다란 상의.

가 말했다. "정말 실용적이구나." 안경사가 거들었다. 엄마
는 그 자리에 없었다. 그녀의 선물은 포장이 뜯기지 않은
채 식탁에 그대로 놓여 있었다.

저녁에 우리는 집 앞 계단에 앉았다. 아빠는 아래 계단
전체를 차지했고, 알래스카는 그의 발치에 누웠다. 젤마와
안경사, 나는 아빠 뒤쪽 맨 위 계단에 앉았다. 아빠는 카네
이션 담배를 피우면서 고개를 젖혀 하늘을 가리켰다. "어
디에 있든 어디서나 똑같은 별을 볼 수 있다니, 정말 놀랍
지 않나요? 정말 대단해요, 안 그래요?" 안경사는 엄밀히
말해 전혀 맞는 말이 아니라고 하고 싶었지만 참았다. 아
름다운 생각이었기 때문이다.

젤마는 별이 빛나는 밤하늘이 아니라 아빠의 머리를 보
고 있었다. 그녀는 안경을 똑바로 쓰고 코가 아빠의 머리
카락 끝에 닿을 만큼 몸을 앞으로 숙였다. 이윽고 그녀가
선언했다. "너, 이가 있구나."

"이런 젠장, 엄마." 아빠가 소리쳤다.

"아직 참빗이 어디 있을 거야." 젤마는 이렇게 말하고 빗
을 찾으러 갔다. 예전에 마르틴과 내 머리를 빗겨 이를 잡
았던 빗을 말하는 것이었다.

나는 아빠와 함께 하늘을 바라보았다. "일본에 가보신 적 있어요?" 내가 묻자 아빠가 대답했다. "아니. 나는 일본에 별로 관심이 없어서. 하지만 마쉬케 박사는 불교에 대고 맹세하지."

젤마는 참빗과 수영모자, 플라스틱 병을 들고 돌아왔다. "이를 없애는 샴푸까지 찾았어." 그녀가 말했다.

"괜찮을까요? 최소한 15년은 된 거잖아요." 안경사가 물었다. 아빠는 젤마의 손에서 샴푸 병을 받아들고 꼼꼼히 살펴보았다. "유통기한이 없어요." 그가 말했다. 그러자 젤마는 "자, 그럼." 하고 병마개를 열었다. 유통기한이 적히지 않은 물건은 유통기한이 아예 없다고 생각했기 때문이다.

젤마는 샴푸를 아빠의 머리카락에 문지른 다음, 머리카락을 뒤로 넘겨주었다. 머리카락이 번쩍이는 아빠는 꼭 미국 배우 록 허드슨처럼 보였다. 아빠는 다시 밤하늘을 바라보았다. "대단해." 그가 탄성을 내뱉었다.

"머리를 똑바로 하고 있어. 이제 수영모자를 씌워줄게. 밤새 둬야 효과가 있거든." 젤마가 말했다. 수영모자는 엘스베트의 거였다. 젤마는 주름장식이 달린 그 보라색 모자를 오래 전에 빌리고 다시 돌려주지 않았다. "미안하구나,

다른 모자가 없어서." 젤마가 덧붙였다.

"어서 씌우기나 하세요."

젤마가 크기를 늘리려고 수영모자에 손을 집어넣자마자 주름장식 사이 보라색 표면이 조금 찢어졌다. 어디에도 적히지 않았지만 수영모자는 분명 유통기한을 넘긴 것 같았다.

아빠는 머리 위의 주름장식을 손으로 더듬어보고 내게 몸을 돌려 물었다. "어때?"

나는 빙긋 웃으며 말했다. "아주 잘 어울려요."

"그런데 아스트리트는 어디 있어요?" 아빠가 물었다.

젤마와 안경사, 나는 서로 얼굴을 바라다보았다. 우리는 엄마가 아이스크림 카페 주인과 연인 사이인 것을 아빠가 아는지 알 수 없었다.

"곧 오실 거예요. 엄마는 아이스크림 카페에 있어요." 내가 대답했다.

"아, 정말?"

그 말을 들으며 우리는 아빠가 사실을 모른다고 확신했다. 몇 분 후 엄마의 차가 비탈을 올라왔다. 헤드라이트 불빛이 우리 머리 위를 미끄러져 지나갈 때 젤마는 아빠의 어깨에 손을 올려놓으며 입을 열었다.

"페터, 사랑하는 아들, 그러니까 이런 거야. 그동안 아스트리트는 바깥세상을 조금 받아들였단다."

차에서 내린 엄마가 아빠를 보고 멈칫하더니 우리를 향해 걸어왔다. 포장지에 싼 쟁반을 들고 있었다.

아빠가 자리에서 일어나 인사했다. "안녕, 아스트리트."

엄마는 수영모자를 쓴 아빠와 카프탄을 입은 젤마를 차례로 쳐다보았다. "당신들은 정말 별 걸 다 입네요." 그녀가 말했다.

아빠는 엄마를 포옹하려고 했지만 엄마가 재빨리 손을 내밀었다. 엄마가 쟁반의 포장을 풀자 아이스크림을 각각 세 가지씩 담은 종이컵 세 개가 나왔다. 아이스크림은 벌써 녹기 시작했다. 아빠가 말했다.

"맛있게 보이네요."

"유감스럽게도 세 개밖에 없어요. 당신이 있는 줄 몰랐거든요."

"내 걸 드세요."

내 말에 엄마가 얼른 나섰다.

"안 돼. 차라리 2층으로 올라가요. 페터. 할 말이 있어요."

아빠는 엄마를 따라 집으로 들어갔다. 두 사람이 계단을 걸어 2층으로 올라가는 소리가 들렸다. 젤마가 말했다.

"불쌍한 것, 그가 그것도 견딜 수 있기를 바랍시다."

우리는 아이스크림이 다 녹도록 그냥 옆에 놓아두었다. 안경사는 아빠가 두고 간 찌그러진 카네이션 담배 갑을 집어 한 개비를 꺼내 불을 붙였다. 엄마의 꽃가게를 피우는 것 같은 맛이었다.

마르틴이 죽고 나서 바로 젤마는 안경사가 담배를 피운다는 사실을 알았다. 안경사가 피운다고 했기 때문이다. 하지만 젤마 앞에서 담배를 피운 적은 한 번도 없었다. 어른이 서서 오줌을 누는 모습을 처음 보는 어린아이처럼 젤마는 매료된 듯 그를 바라보았다. 안경사는 담배 맛을 느낄 수 없었다. 꽃 냄새가 나서가 아니라 젤마가 매료된 듯 쳐다보았기 때문이다. 안경사는 젤마 앞에서는 많은 사실을 숨겨야 하는구나, 생각했다.

20분 후 아빠가 다시 내려와 우리가 있는 계단에 앉았다. 그는 집게손가락으로 수영모자 밑을 긁었다. 흘러내리지 않도록 모자를 꽉 조였기 때문이다. "좋아, 좋아." 그가 중얼거렸다.

"좋다니, 무슨 말이니?" 젤마가 아빠의 등을 쓰다듬으며 물었다.

"이제 모든 사람에게 다 신경을 썼다는 거요. 그건 좋은 일이에요."

아빠는 카네이션 담배를 집어들었다. 나는 엄마와 알베르토에 관한 소식도 밤이 지나야 효과를 내는지 곰곰이 생각했다. 하지만 그렇지 않았다. 아빠는 더 이상 알베르토 이야기를 하지 않았다. 아빠는 젤마의 붉은 소파에서 잠을 자고, 다음날 아침 이를 없애는 샴푸를 씻어내고는 방금 세탁해 아직 젖은 빨래를 배낭에 넣었다. "나는 다시 떠나요. 여러분과 함께 해서 좋았어요." 그가 작별인사를 했다. 알래스카는 순식간에 다시 늙은 개가 되었다.

뢰더 씨가 늘 그렇듯 반란 중인 눈썹을 찡그리며 말했다. "당신은 참, 하지만 이제 때가 됐습니다. 오늘 마를리스 클람프가 또 왔어요. 당신이 지난번 추천한 책이 또 마음에 안 든다고 하더군요. 유감입니다, 루이제, 유감이에요. 하지만 계속 이런 식이면……."

"드릴 것이 있어요." 나는 이렇게 말하고 뢰더 씨에게 말안장에 다는 자루를 내밀었다. 그의 얼굴이 순식간에 환해졌다.

"세상에, 루이제. 정말 기가 막히게 예쁘네요. 정말 나한테 주는 거예요?" 뢰더 씨가 가죽을 쓰다듬으며 속삭였다.

"그럼요. 진짜 낙타 가죽이에요."

"무슨 말을 해야 할지 모르겠네요. 알아요? 우리, 이걸 기행문학 서가 위에 걸어놓읍시다. 이런 장식품을 대체 어디서 얻었어요?"

"지인이 줬어요."

기행문학 위에 자루를 걸기 위해 접이식 사다리에 올라가 있는데 갑자기 엄마가 옆에 서 있었다. 나는 자루를 서가에 내려놓고 물었다. "여기서 뭐하세요?"

엄마는 기다란 황금색 술이 달린 진청색 숄을 어깨에 두르고 있었다. 그녀의 머리가 내려다보였다 검게 염색한 그녀의 머리카락이 잿빛으로 자라고 있었다.

"그 사람은 정말 아무렇지도 않은 것 같았어." 마치 값비싼 선물을 했는데 아빠가 조금도 기뻐하지 않았다는 듯 엄마가 말했다.

엘스베트의 시각에서 본 담쟁이덩굴

"곧 일본에서 누가 루이제를 찾아올 거예요." 젤마는 10월에 이렇게 말하면서 아무에게도 말하지 말라고 엘스베트의 마음에 단단히 걸쇠를 채웠다. 다른 사람에게 말해도 내가 괜찮은지 알지 못했기 때문이다. 엘스베트의 마음을 동여맨 속박의 끈은 정확히 잡화점 주인까지 닿았다.

엘스베트는 잡화점에 들러 엄마가 만든 '가을의 꿈' 화환을 전해주었다. 잡화점 주인이 요즘 계절에 맞게 가게를 꾸미고 싶어 했기 때문이다. 마침 엘스베트는 쥐덫이 하나 필요했다. 잡화점 주인은 좀 더 잘 보이는 곳에 두려고 알코올음료를 계산대 바로 옆으로 옮기는 중이었다. 윗마을의 쌍둥이가 또 술을 훔쳐갔던 것이다. 엘스베트가 말했다.

"공동묘지 흙을 프라이팬에 볶으면 도둑이 훔쳐간 물건을 돌려주지요. 하지만 그냥 간단하게 술병들 사이에 쥐덫을 놓을 수도 있어요. 그건 그렇고 쥐덫 하나 주세요."

잡화점 주인이 쥐덫을 가지고 와서 엘스베트에게 요즘 어떻게 지내느냐고 물었다. 그 순간 그녀에게서 이 말이 툭 튀어나왔다. "곧 일본에서 누가 루이제를 찾아올 거예요. 불교 승려예요."

"빅뉴스인데요. 그런데 그들은 정말 독신생활을 하나요?" 잡화점 주인이 엘스베트와 함께 계산대로 가면서 물었다.

"모르겠어요. 아무튼 나는 그럴 거라고 생각해요." 엘스베트는 쥐덫을 살펴보면서 말했다. 쥐의 목을 부러뜨리는 덫이었다.

"루이제가 사랑에 빠진 거라면 확실히 알아두는 편이 좋을 거예요."

"누가 독신생활을 해요?" 마침 가게에 들어온 농부 호이벨의 손녀가 물었다.

"나요." 엘스베트가 둘러댔다.

"그리고 일본에서 온 승려가 하지요. 루이제는 그와 사랑에 빠졌어요." 엘스베트에게 '가을의 꿈' 값을 치르며 잡화점 주인이 보충설명을 했다.

"분명 대단한 미남일 거예요." 엘스베트가 거들었다.

"그럼 절대 독신이 아닐 거예요." 호이벨의 손녀가 반박했다. 엘스베트는 화가 나서 그건 외모와 아무런 상관이 없다고 했다. 잡화점 주인이 물었다.

"어떻게 알아요? 벌써 봤어요? 사진이 있어요?"

"유감스럽게도 없어요. 하지만 루이제가 젤마에게 잘생겼다고 했대요."

안경사가 왔다. 정확히 한 사람 분의 냉동생선 수플레* 팩과 허리에 붙이는 파스를 손에 들고 있었다. 그가 말했다. "잠깐 들어봐요. '우리가 어떤 것을 바라보면 그것은 우리의 시야에서 사라질 수 있다. 하지만 우리가 그것을 보려고 하지 않으면 그것은 사라지지 않는다.' 무슨 말인지 알겠어요?"

"가게 도둑 얘기잖아요. 지금까지 내가 들어본 가장 독특한 가게 도둑 얘기예요."

잡화점 주인의 생각이었다. 엘스베트가 안경사에게 쥐덫을 내밀며 말했다.

---

* 거품을 낸 달걀흰자에 생선이나 고기, 감자 등을 섞어 틀에 넣고 오븐으로 구워 크게 부풀린 과자나 요리.

"죽은 쥐가 눈 아픈 데 좋다는 거 아세요? 쥐를 잡으면 가게로 갖다줄게요."

"고맙지만 사양할게요." 안경사가 대꾸했다.

"루이제는 불교 승려를 사랑해요. 그는 독신이 아니고 일본에서 사는데 3주 후에 우리를 만나러 온대요."

호이벨의 손녀가 끼어들자 안경사가 발끈했다.

"나는 그 문제에 대해 아무 말도 하지 않겠습니다. 루이제의 일이에요. 그래, 루이제의 일에 참견하는 것 말고 할 일이 그렇게 없어요?"

"예." 잡화점 주인과 호이벨의 손녀가 동시에 대답했다.

"유감스럽게도." 엘스베트가 덧붙였다.

안경사는 한숨을 쉬고 말했다. "사랑은 너무 과장인 듯해요. 루이제는 그를 거의 알지도 못해요."

"누군가를 사랑하기 위해 그를 꼭 잘 알아야 할 필요는 없어요." 엘스베트가 받아쳤다.

"좀 더 아는 게 있으세요?" 호이벨의 손녀가 묻자 안경사가 대답했다. "물론이지요." 그는 호이벨의 손녀가 이제 승려가 아니라 불교에 대해 좀 더 알고 싶어 한다고 착각했던 것이다. 그가 헛기침을 하고 말을 이었다. "인식이란 흔들리지 않는 평정 안에서 사는 것을 뜻한다."

잡화점 주인이 안경사의 파스를 봉지에 담으며 참견했다. "정말 독신자의 말처럼 들리네요."

안경사는 인용을 하며 사방을 돌아다녀서 예전에 프리트헬름이 아름다운 베스터발트 노래를 불러 그랬던 것처럼 모두의 신경을 건드렸다.

프레데릭이 등장한 이후 안경사는 내면의 목소리들이 도저히 견딜 수 없을 만큼 심하게 소란을 피우면, 특히 밤 10시가 지나서 그러면 불교로 맞서려고 했다. 하지만 담배 연기를 잔뜩 쐰, 크라이스슈타트의 엽서에 적힌 격언보다 효과가 더 좋지는 않았다.

밤 10시에 안경사는 정확히 한 사람 크기의 침대에 누우며 코르덴 슬리퍼를 침대 옆 매트에 벗어놓았다. 안경사가 어렸을 때 그의 엄마는 언제나 밤에 슬리퍼 안에 걱정을 벗어놓으라고 충고했다. 그럼 다음날 아침 걱정이 말끔히 사라져 있다고. 하지만 그 말은 한 번도 들어맞은 적이 없었다. 안경사의 내면의 목소리들은 슬리퍼를 숙소로 만족하는 걱정들보다는 자기들이 좀 더 나은 존재라고 여겼기 때문이다.

목소리들은 안경사가 옛날에 잘못한 일이나 하지 않은

일을 정기적으로 들이밀었다. 그들은 안경사의 인생 모든 시기에서 무작위로 그런 일들을 끄집어내 그의 맨발 앞에 던졌다. 목소리들이 말리는 통에 안경사가 어떤 일을 하지 않았어도, 전혀 개의치 않았다. 목소리들은 안경사가 그들 때문에 하지 않은 일들까지 모두 다 내밀었다.

이를테면 그들은 이렇게 말했다. "너는 이미 여섯 살 때 아펠바흐 시내를 펄쩍 뛰어 건너지 못했어. 다른 아이들은 다 자신 있게 펄쩍 뛰어 건넜는데 말이지."

"하지만 너희들이 그러지 말라고 했잖아."

"지금 그건 전혀 중요하지 않아." 목소리들이 떠들어댔다. 무엇이 중요한지 아닌지 결정하는 것은 언제나 그들이었다. 결코 안경사가 아니었다.

목소리들은 젤마 이야기를 하는 것을 가장 좋아했다. "용기가 없어서 그녀를 사랑한다고 말하지 못한 지가 얼마나 됐지?" 그들이 상황을 즐기듯이 물었다.

"너희들도 알잖아. 아무도 너희들만큼 잘 알지는 못해." 안경사가 대답했다.

"우리한테 말해봐." 목소리들이 채근했다.

"하지만 너희들이 고백하지 말라고 늘 말렸잖아." 안경사는 소리쳤다.

주로 자정쯤에 너무 귀찮아서 구체적인 예를 끄집어내기 싫으면 목소리들은 대신 '모든 것'과 '아무것도', '결코'와 '언제나' 같은 단어를 내밀었다. 목소리들은 그런 단어를 가지고 안경사에게 특히 시비를 잘 걸었다. 안경사가 나이가 들면서부터 부쩍 더 그랬다. '언제나'와 '결코'는 그러지 않아도 없애기가 어려운데, 나이가 들면 더 어려워지는 법이다.

"너는 언제나 자신 있게 어떤 일을 하지 못했지. 너는 결코 한 번도 어떤 일을 과감하게 해본 적이 없어." 목소리들이 떠들었다.

그 소리가 어찌나 또렷하고 단호한지 안경사는 젤마를 비롯한 주위 사람들이 그들의 소리를 듣지 못한다는 것을 종종 믿기 힘들었다. 세상을 떠난 엘스베트의 남편이 생각났다. 엘스베트의 남편은 시끄러운 이명 때문에 고생했는데 마침내 완전히 지쳐서 아빠의 진료의자에 앉아 엉엉 울기 시작했다. 그는 자기 귀를 아빠의 귀에 바짝 갖다 대고 절망해서 말했다. "이 소리가 안 들리세요? 안 들린다니, 그럴 리가 없어요."

"아가리 닥쳐." 안경사는 시험 삼아 말하고 옆으로 돌아누워 매트 위 슬리퍼에 정신을 집중했다.

"너는 결코 한 번도 어떤 일을 과감하게 해본 적이 없어." 목소리들이 계속 이죽거렸다.

"그래, 하는 일마다 너희들이 말렸기 때문이잖아!" 안경사는 빽 소리를 질렀다.

목소리들은 다시 그건 전혀 중요하지 않다면서 중요한 것은 결과라고 우겼다. 그렇게 그들은 밤새 뱅글뱅글 맴을 돌았다. 그 결과 다음날 아침, 밤을 꼬박 새우다시피 한 안경사는 내면의 목소리들로 인해 내장까지 다 끄집어내져 있었다. 안경사는 자신의 시력검사 의자에 주저앉아 '언제나'와 '결코'의 무게를 버티다가 결국 시력검사기 안에 머리를 처박았다. 목소리들이 들어올 수 없는 유일한 곳이었다.

프레데릭이 등장한 후 안경사는 불교 책을 항상 침대 옆 탁자 위에 놓았다. 목소리들이 젤마를 가지고 혹은 '결코'와 '언제나'를 가지고 다가오면 표시해놓은 페이지를 펼치고 말했다.

"나는 강이고, 너희들은 내 위에서 떠다니는 나뭇잎이다."

"강이라. 우리는 이 말만 하지. 아펠바흐 시내." 목소리들이 대답했다.

"나는 하늘이고, 너희들은 내 곁을 스쳐 지나가는 구름에 불과하다.”

"틀렸어, 안경사. 그 누구도 하늘이 아니야. 너는 구름이
야, 산산이 흩어진 조각구름. 우리는 너를 이리저리 몰고
다니는 바람이고.” 목소리들이 비아냥댔다.

11월 초. 계획이 변경되어 프레데릭이 다음날 온다는 것
을 아직 몰랐을 때 나는 목록을 들고 마을을 지나갔다. 최
악의 결과를 피하기 위해 마를리스와 다시 시작했다.

"아무도 없어요.” 마를리스가 굳게 닫힌 대문 뒤에서 소
리쳤다.

"부탁이에요, 마를리스. 아주 잠깐이면 돼요.”

"아무도 없다니까. 그냥 받아들여.” 마를리스가 소리쳤다.

나는 집을 빙 돌아 주방 창문으로 집안을 들여다보았다.
마를리스는 언제나처럼 스웨터와 바지를 입고 식탁에 앉
아 있었다. 이제 30대 중반이었지만 나이보다 젊어 보였다.
무언가가 마를리스를 통조림처럼 시간으로부터 지켜주고
있었다.

나는 비뚜로 닫힌 주방 창문 옆 벽에 기대서서 창문 틈
에 대고 말했다. "마를리스, 곧 일본에서 손님이 와요.”

"조금도 관심 없어.”

"알고 있어요. 그저 이 말만 하려고요. 내 손님을 만나면 그래줄 수…… 그러니까 좀 더 사분사분하게 대해줄 수 있어요? 아무튼 좀 더 친절하게 대해줄 수 있어요? 아주 잠깐이면 돼요. 그래주면 정말 고맙겠어요."

마를리스가 담배에 불을 붙이는 소리가 들렸다. 곧바로 연기가 새어나왔다.

"나는 친절하지 않아. 그냥 받아들여."

나는 한숨을 쉬고 계속했다. "알았어요, 마를리스. 그런데 그 외에는 잘 지내는 거죠?"

"이보다 더 좋을 수는 없어. 그럼 잘 가."

"그럼, 안녕."

나는 인사한 뒤 벽에서 몸을 떼고 엘스베트에게 갔다. 엘스베트는 거대한 가슴 밑에 팔짱을 끼고 정원에 서서 담쟁이덩굴에 휘감긴 사과나무를 바라보고 있었다.

마르틴이 죽은 후 그녀가 나뭇잎들을 떨어뜨려 흩날리려고 했던 그 사과나무였다. 그 후 가을이 되어 나뭇잎들이 저절로 떨어지자 엘스베트는 나무에 다가가 눈물을 흘리며 말했다. 이제 너무 늦었다고, 이제 나무에 그대로 꼭 붙어 있어도 된다고.

엘스베트가 담쟁이덩굴을 가리키며 중얼거렸다. "나는

저걸 잘라내고 싶지만, 실은 그러고 싶지 않기도 해." 정원 가위가 사과나무 옆에 놓여 있었다.

"왜 그러고 싶지 않아요?" 내가 묻자 엘스베트가 설명했다. "담쟁이덩굴은 종종 마법에 걸린 사람일 때가 있거든. 덩굴이 나무 꼭대기까지 올라가면 그 사람은 마법에서 풀려나지."

"미신이에요."

"지금 문제는 이거야. 사람을 구할까, 아니면 나무를 구할까?"

담쟁이덩굴은 벌써 나무줄기의 위쪽까지 휘감고 있었다.

내가 말했다. "나라면 나무로 결정하겠어요. 사람이라면 벌써 반 이상 구원을 받은 거예요. 우리 중에 그보다 더 많이 받았다고 할 만한 사람은 하나도 없다고요."

"너는 점점 더 젤마처럼 말하는구나."

엘스베트는 두툼한 손으로 내 볼을 쓰다듬고 가위를 집어들었다. 내가 하고 싶던 말을 꺼냈다.

"엘스베트, 곧 일본에서 손님이 와요. 혹시 미신 이야기를 가능하면 조금만 하실 수 있는지 물어보려고요."

"왜 그래야 하는데?" 엘스베트는 머뭇머뭇 담쟁이덩굴을 자르기 시작했다. 가위질을 할 때마다 혹시 담쟁이덩굴일 수도 있는 사람에게 사과하면서.

"이상하니까요."

"미안합니다." 엘스베트는 사과하며 담쟁이덩굴을 자른 뒤 다시 입을 열었다. "하지만 내가 미신 이야기를 하지 않으면 더 이상하지 않을까? 혹시 사람일 수 있는 분, 미안합니다."

"아니요, 이상하지 않아요. 다른 이야기를 하면 돼요."

"대체 어떤 이야기를 할 수 있을까?"

"마을회관에서 크리스마스 축제 준비를 하면서 소동이 벌어진 이야기요. 축제를 오후에 열어야 할지 아니면 저녁에 열어야 할지 하는 문제도 좋아요." 내가 제안했다.

"정말 재미없게 들린다. 하지만 좋아, 미신 이야기를 하지 않을게." 엘스베트는 담쟁이덩굴 뿌리에게 다시 사과하고는 말을 이었다. "내가 잊어버리지 않았으면 좋겠는데. 좀 갖고 있어."

엘스베트는 내 손에 정원가위를 쥐어주었다. 그리고 눈을 감고 성큼성큼 앞으로 두 걸음 갔다가 뒤로 두 걸음 갔다.

"지금 뭐 하신 거예요?"

"이러면 건망증을 막을 수 있거든." 엘스베트의 대답이었다.

안경사는 여전히 시력검사기 안에 머리를 박고 있었다. 그 옆에는 젤마가 앉아 있었다. 안경사에게 과자를 갖다 주러 왔던 그녀는 시력검사기가 놓인 책상 모서리에 앉았다. 마르틴과 내가 미래를 볼 수 있다고 믿었던 기계였다.

"루이제예요." 가게 종이 울리자 젤마가 말했다. 손님이 아니니까 편안히 검사기 안에 머물면서 작은 점들에게 그것을 보았음을 표시해도 된다고 알리려는 것이다.

"나중에 알래스카를 데려가줄 수 있니? 내일 하루 종일 병원에 가야 하거든." 젤마가 물었다. 통증을 덜어주는 연고를 바른 그녀의 뒤틀린 손이 번쩍거렸다.

"물론이죠. 나도 부탁할 게 있어요."

"해봐." 안경사가 말했다.

"프레데릭에게 불교에 대해 너무 많이 물어보지 말아주세요."

안경사가 시력검사기에서 머리를 빼고 등받이 없는 의자에서 몸을 돌려 나를 바라보았다. "대체 왜 물어보지 않아야 하는데?"

"여기 일하러 오는 게 아니니까요." 나는 아빠 생각을 했다. 의사로 일할 때 아빠는 진료시간 외에 길거리나 아이스크림 카페, 심지어 마쉬케 박사의 대기실에서도 계속 병이야기를 들어야 했다.

"그거 대체 무슨 종이니?" 안경사가 물었다. 나는 내 격자무늬 스프링노트에서 찢은 종이를 내밀었다. 안경사는 적힌 내용을 소리 내어 읽었다.

마를리스: 좀 더 호의적일 것

안경사: 불교는 안 됨

엘스베트: 미신 이야기를 줄일 것

젤마: 좀 덜 회의적일 것

팔름: 성경을 덜 인용할 것

엄마: 좀 덜 방심한 듯 보일 것

나: 덜 막히고, 덜 놀라고, 덜 걱정할 것. 새 바지

안경사는 손으로 허리께를 잡고 말했다. "나는 불교에서는 진정성이 중요하다고 생각했는데."

"맞아요, 하지만 꼭 우리의 진정성이 중요한 건 아니지요."

"새 바지는 좋은 것 같구나." 젤마가 말했다.

"그런데 성경 인용은 왜 안 되는데?" 안경사가 거듭 물었다.

"그가 화를 낼지 모른다는 생각이 들었어요. 불교 신자

니까.” 불교와 기독교가 서로 경쟁하는 축구팀인 양 내가 설명했다.

“그가 일하러 오는 게 아닌 줄 알았는데.” 안경사가 대꾸하자 젤마가 한마디 더 했다. “나는 불교 신자는 그 어떤 것에도 화를 내지 않는 줄 알았다. 하지만 이 점에서 나는 좀 더 회의적이 돼야겠구나.”

“덧붙여 말하자면, 불교에서는 자기 뜻대로 통제하려는 생각을 버리는 것이 중요하지.” 안경사는 말을 끝내고 머리를 다시 시력검사기 안에 넣었다. 젤마가 일어섰다.

“나가서 산책하자. 6시 반이 다 되었다. 내가 보기에 너는 어서 신선한 공기를 쐬어야 할 것 같구나.”

우리는 울헥으로 올라갔다. 바람이 심하게 불고, 숲이 수런거렸다. 우리는 외투 깃을 높이 올렸다. 머리카락이 바람에 날려 얼굴을 때렸다. 젤마는 휠체어를 조종해 무른 들길로 몰았다.

이제 젤마는 잘 걷지 못했지만 날마다 해온 울헥 산책을 절대 포기하려 들지 않았다. 그래서 우리는 산악자전거처럼 두꺼운 바퀴가 달린 휠체어를 마련해주었다. 그녀는 누가 휠체어를 밀어주는 것을 좋아하지 않았다. 젤마는 언제나 내 옆에서 잠시 비틀비틀 휠체어를 몰다가 답답한지 벌떡 일어나서 휠체어를 보조주행차처럼 밀었다.

젤마는 자신의 생각을 잠시 산책 보내고 그 사이 내 생각을 읽었다. 내 생각은 도통 산책하려 들지 않았다. 특히 프레데릭의 방문 날짜가 다가오면서부터 내 생각은 산책하는 대신 글자 화환처럼 나와 내 주위의 나무들을 휘감았다. 젤마가 물었다.

"왜 그렇게 걱정을 많이 해? 왜 그렇게 예민한데?"

나는 휠체어가 진창을 지나 힘겹게 나아가는 것을 바라보며 대답했다. "하인리히, 마차가 부서지는 것 같아*."

젤마는 옆에서 나를 빤히 쳐다보면서 말했다. "부서지지 않아."

"그 사람이 우리를 다 이상하다고 생각할까봐 두려워요."

"하지만 그 사람 자신이 이상하잖아. 관목 숲에서 불쑥 나와 마르스를 먹고 말이지." 휠체어의 바퀴 하나가 진창에 빠졌다. 젤마는 휠체어를 흔들어 바퀴를 빼내고는 물었다. "그게 다가 아니지, 그렇지?"

"예." 프레데릭의 방문 날짜가 다가오면서 젤마가 꿈을

---

*97쪽 그림형제 동화 〈개구리 왕자〉 설명 참조할 것.

꾼 후 마을 사람들이 그랬던 것처럼 나는 내 심장을 의심의 눈초리로 바라보느라 바빴다. 지금껏 그다지 신경 쓸 일이 많지 않았던 내 심장은 당황스러울 정도로 팔딱거렸다. 심근경색 발작이 일어날 때 팔이 근질거린다는 말이 떠올랐지만 어느 쪽 팔이 근질거리는지 생각이 안 나 양쪽 팔이 다 근질거리는 기분이었다. 젤마가 말했다.

"너 뭔가 착각을 하고 있구나."

나는 사랑이 얼마 전 이웃마을 농부 라이디히의 집에 들이닥친 집행관**처럼 들이닥칠 거라고 생각했다. 사랑은 들어서면서 '이제 이 모든 것은 당신 것이 아닙니다.'라고 선언하며 모든 소유물에 빨간 딱지를 붙일 거라고 말이다.

"뭔가 착각하고 있구나, 루이제. 그건 사랑이 아니라 죽음이란다." 젤마는 이렇게 말하며 내 어깨에 팔을 둘렀다. 이제 그녀가 나와 휠체어를 끌면서 진창을 지나가고 있는 것 같았다. 그녀가 빙그레 웃었다. "게다가 여기엔 아주 미묘한 차이가 있지. 죽음의 나라와 달리 사랑의 나라에는 갔다가 돌아온 사람이 벌써 여럿 있단다."

** 지방법원 및 지원에 배치되어 재판의 집행과 서류의 송달 등의 사무를 행하는 단독제의 독립기관. 예전에는 집달리, 집달관이라고 불렸다.

젤마와 내가 울헥을 산책하는 동안 안경사는 시력검사기로 수많은 렌즈의 도수를 검사했다. 당연히 그는 시력검사기로 뢰더 씨가 내일 또 알래스카에게 욕을 퍼붓고 '푸른 바다의 미풍'을 듬뿍 뿌리리라는 것을 볼 수 없었다. 계획이 변경되리라는 것도, 결함 많고 수다스러운 내 자동응답기가 프레데릭이 예정보다 더 일찍 오고 벌써 거의 다 왔다는 소식을 듣고 침묵하리라는 것도 볼 수 없었다. 안경사는 내가 프레데릭을 향해 마주 달려가리라는 것도 볼 수 없었다. 우리가 계단참에서 포옹을 해야 하는지, 한다면 어떻게 포옹해야 하는지 알지 못하리라는 것도, 프레데릭이 소리내어 웃고는 이렇게 말하리라는 것도 볼 수 없었다. "당신은 내가 악마라도 되는 것처럼 쳐다보네요. 나는 프레데릭일 뿐이에요. 우리, 전화했잖아요."

설사 그런 것을 볼 수 있었다 해도 안경사는 그 사실을 말하지 않았을 것이다.

펠리치타

"너무 일찍 왔네요." 내 아파트 앞에 서 있는 프레데릭을 맞으면서 나는 그렇게 말했다. 말할 수 있는 첫 문장 가운데 가장 멍청한 말이었다. 프레데릭이 인사했다.

"알아요. 미안해요. 일이 좀 연기가 됐어요. 그런데 떨고 있네요. 정말 부들부들 떨고 있어요."

"아주 정상이에요. 나는 항상 이래요."

맞은편 아파트 문에서 밀가루로 만든 작은 화환이 떨어져 산산이 부서졌다. 프레데릭은 깨진 조각을 바라보다가 내게 시선을 돌렸다. 내가 말했다.

"물건들이 단단히 고정되지 않았네요." 프레데릭은 견디기 힘들 만큼 다정함과 관심이 담뿍 담긴 눈길로 나를 바라보았다. 나는 문을 열면서 덧붙였다. "어쨌든 들어와요."

아파트의 비좁은 복도에는 아빠 병원에서 나온 이삿짐 상자 두 개가 놓여 있었다. 아빠는 자신의 물건을 사방에 나누어주었다. 상자 몇 개는 엘스베트의 지하실에 있었고, 몇 개는 내 아파트에 있었으며, 대부분의 상자는 젤마의 집에 있었다.

알래스카도 복도에 서 있었다. 셋이 함께 옷장 속에 피신한 것처럼 너무 비좁았다. 프레데릭은 알래스카에게 몸을 굽히려고 했지만 그러려면 공간이 더 필요했다. 프레데릭이 상자 위 투명한 플라스틱 용기를 가리키며 물었다. "저건 대체 뭐예요?"

"이비인후과 기구예요." 내 대답에 프레데릭이 다시 물었다. "방이 더 있나요?"

"여기요." 나는 프레데릭을 내 방으로 떠밀어 넣으면서 대답했다.

나는 프레데릭의 시선으로, 마치 처음 보는 사람처럼 내 방을 둘러보았다. 접이식 소파와 그 위에 놓인 알래스카를 위한 담요, 어릴 때부터 쓰던 책장, 받침대 위에 매트리스를 올려놓은 침대가 눈에 들어왔다. 구석에는 아직 제본되지 않은 책 견본들이 쌓여 있었다. 프레데릭은 잠시 서가를 바라보다가 눈을 돌려 벽에 걸린 작은 사진을 향해 다가갔다. 아파트 전체에서 유일하게 그 사진의 먼지를 닦지 않았다.

언젠가 젤마는 말했다. "손님이 오면 언제나 그래. 구석구석 다 닦았는데도 손님은 곧장 깜빡 잊고 닦지 않은 곳으로 간다니까."

"마르틴이에요." 내가 설명했다. 사진 속에서 마르틴과 나는 네 살이었다. 젤마가 사육제 때 찍은 사진이었는데 너무 큰 엘스베트의 보라색 모자를 머리에 쓴 나는 제비꽃으로, 마르틴은 딸기로 행진했다. 안경사는 어깨 주위에 인조잔디를 놓아서 꽃밭처럼 꾸몄다. 그는 마르틴을 팔에 안고 있었다.

"책장이 기울어졌어요." 사진에서 눈을 떼지 않은 채 프레데릭이 말했다.

"배고파요?" 내가 물었다.

"많이 고파요."

"생각해봤어요. 여기 일본 레스토랑이 있는데 '불교 신자를 위한 채식요리'가 나와요. 내 생각엔……."

"솔직히 말하면 감자튀김이 먹고 싶어요. 케첩을 뿌린 감자튀김요." 프레데릭의 대답이었다.

우리는 크라이스슈타트 시내를 걸었다. 알래스카가 우리 사이에서 걸었는데 나는 사람들이 프레데릭과 그의 아름다움을 끊임없이 훔쳐보지 않는 것이 놀라웠다. 추돌사고가 일어나지 않는 것도 놀라웠고, 사람들이 목을 삐끗하고 가로등 기둥에 부딪치지 않는 것도 놀라웠다. 토론을 하며 우리 곁을 지나가는 부부가 다시는 못 볼지 모르는 프레데릭 때문에 토론의 실마리를 놓치지 않는 것도 놀라웠다. 몇몇 사람이 우리를 곁눈질로 힐끔거렸지만 승복 때문에 그럴 뿐이었다.

우리는 간이식당으로 들어갔다. 입석 테이블 두 개와 오락기 한 대가 보였다. 두 개의 테이블 중 한 테이블 위쪽에 작은 텔레비전이 있었다. 오락기는 번쩍번쩍 하면서 웅웅거렸다.

"여기 참 좋네요." 프레데릭이 말했다. 진심이었다.

프레데릭은 감자튀김을 네 접시나 먹었다. "당신도 먹을래요? 정말 기가 막혀요." 내가 내 접시를 다 비우자 그가 플라스틱 포크로 감자튀김을 찍어서 내밀며 계속 권했다. 우리 머리 위 텔레비전에서는 마침 알 바노와 로미나 파워가 〈펠리치타〉*를 노래하고 있었다. "그런데 당신 어머니와 아이스크림 카페 주인은 어떻게 돼가고 있어요?"

프레데릭이 감자튀김 위에 새 케첩봉지를 눌러 뿌리면서 물었다.

"잘 지내요. 하지만 내 생각엔, 엄마가 아빠를 아직도 사랑하고 있는 것 같아요."

"기가 막히네. 아버지는요?"

"여행 중이세요."

"안경사는요? 할머니한테 고백했어요?"

"아니요."

"기가 막히네." 감자튀김 다섯 개를 한꺼번에 입에 넣으면서 프레데릭이 다시 감탄했다.

나는 빙긋 웃으며 그를 바라보고 물었다. "일본에선 대체 뭘 먹어요?"

"주로 쌀밥을 조금 먹어요. 여기 콜라도 있나요? 자, 내가 우리가 마실 콜라를 가지고 올게요."

프레데릭이 입가에 묻은 케첩을 닦고 말했다. 그는 일어나 카운터 옆에 있는 냉장고 쪽으로 가면서 오락기에 달라붙어 있는 남자 옆을 지나쳤다. 남자는 프레데릭을 보려고

---

*1982년 당시 부부였던 알 바노와 로미나 파워가 부른 노래. 이탈리아 산레모 가요제에서 2위로 입상했으며 전 세계적으로 큰 인기를 누렸다. 'Felicità'는 이탈리아 어로 '행복'이라는 뜻이다.

몸을 돌리지도 않았다. 우리가 마을에 간다는 사실이 갑자기 기뻤다. 그곳에는 프레데릭이 정말 거기 있었음을 기억해줄 사람들이 있으리라. 오락기에 달라붙어 있는 남자와 간이식당 직원은 쓸모 있는 증인이 아니었다. 이해할 수 없게도 그들은 프레데릭이 아닌 다른 것, 도박과 튀김 조리기에 몰두하고 있었다.

내 곁으로 돌아온 프레데릭은 콜라가 마치 숨겨놓은 보물이라도 되는 양 밝은 눈으로 환하게 웃으며 나를 바라보았다. 나중에 안경사는 그 눈이 청록색이라고 말할 것이다. 프레데릭이 콜라 병을 내밀었다. 나는 그것을 받으면서 내가 더 이상 떨지 않는다는 것을 깨달았다. 당신이 여기 와서 좋아요, 하고 생각했다. 프레데릭은 몸을 뒤로 기대며 소리내어 웃었다. "여기 오니까 좋네요." 뭔가 안심한 듯한 말투였다. 거기서는 전혀 안전하지 않았다는 듯.

우리는 팔 길이 정도의 거리를 두고 밤을 보냈다. 그는 접이식 소파에서, 나는 내 침대에서. 승복은 무력해진 유령처럼 의자 위에 놓여 있었다. 나는 프레데릭이 승복 밑에 스모 선수의 바지처럼 생긴 불교도의 특별한 내복을 입고 있을까봐 두려웠다. 하지만 그는 보통 사람들이 입는 내복을 입었다.

프레데릭은 기울어진 서가가 보이지 않도록 접이식 소파의 위치를 조정했다. 몇 분 후 거기서 상을 받은 다큐멘터리가 상영된다고 누가 알려주기라도 한 것처럼 우리는 방 구석을 바라보았다.

"이제 그만 좀 자야 해요, 루이제." 언제쯤인가 프레데릭이 말했다. 그때까지 내가 눈에 띄게 잠 못 이루고 있다는 사실을 나는 몰랐다.

"하지만 나는 아주 조용히 있었는데." 내 말에 프레데릭은 이렇게 대답했다. "당신이 아주 조용한 것이 여기까지 들려요."

한밤중에 프레데릭과 내가 여전히 끈기 있게 다큐멘터리를 기다리고 있는 동안 엄마는 알베르토의 침대에서 소스라치게 놀라 깨어났다.

새벽 3시였다. 알베르토는 그녀 옆에 없었다. 그는 종종 밤중에 일어나 아래층 아이스크림 카페에서 신 메뉴를 구상했다. 엄마는 비어 있는 옆자리와 젖혀진 이불을 바라보았다. 알베르토 외에 없어진 것이 또 있음을 깨닫기까지 잠시 시간이 걸렸다.

그것은 아빠를 떠나야 하나, 하는 영원한 질문이었다. 질문이 사라진 것이다. 엄마는 자신이 다시 돌아가지 않으리라는 것을 불현듯 똑똑히 깨달았다. 소스라치게 놀라서 일어난 순간 엄마는 아빠를 떠났다.

엄마는 베개에 풀썩 쓰러져 알베르토의 침대 위 갓이 씌워지지 않은 거무스름한 전구를 바라보았다. 여러 해 동안 나쁜 질문과 더불어 살았다. 질문 때문에 내장이 다 들어내진 것 같았다. 그 질문이, 소스라치게 놀란 순간 단번에 사라졌다. 엄마는 아빠를 떠났다. 이미 얼마 전에 아빠가 그녀를 떠난 것은 전혀 중요하지 않았다. 시차 때문이었다. 엄마의 관점에서 보면 엄마는 그때 처음 아빠를 떠난 것이었다.

당연히 아빠는 그 사실을 알아차렸다. 엄마가 소스라치게 놀란 바로 그 순간, 저 멀리 시베리아에서 공중전화로 전화를 걸었지만 엄마와 통화할 수는 없었다. 엄마가 알베르토의 침대에 앉아 있었고, 아빠를 떠났기 때문이다. 그래서 아빠는 시베리아의 전화부스에서 거의 한없이 울리는 신호음 외에 아무것도 손에 쥘 수 없었다. 그 시간 위층에서 울리고 울리고 또 울리는 전화벨 때문에 젤마는 아래층에서 베개로 귀를 틀어막았다.

소스라치게 놀라서 일어난 후 엄마는 다시 잠을 이룰 수 없었다. 그녀는 옷을 챙겨입고 인사도 하지 않은 채 알베르토의 곁을 지나 아이스크림 카페를 나와서 조용한 마을로 갔다. 집들의 닫힌 얼굴을 바라보았다. 수십 년 전부터 외울 정도로 잘 아는 그 얼굴이 이제 처음으로 친숙하게 다가왔다. 거리를 지나가는데 사라진 질문 때문에 모든 공간이 점점 더 넓어졌다. 생각이 미치는 한 언제나 차가웠던 엄마의 손가락 끝이 갑자기 따뜻해졌다. 엄마는 헤어지는 것은 잘 못했지만 헤어져서 사는 것은 아주 잘 했다.

엄마는 마을을 오래도록 걸어다녔다. 원래 우리 마을을 걸을 수 있는 것보다 더 오래. 엄마는 나를 깨우고 싶지 않았지만 갑자기 얻은 그 모든 공간이 너무 행복한 나머지 아침 6시경이 되자 더 이상 기다릴 수가 없었다. 엄마는 잡화점 옆에 있는 공중전화 부스로 갔다. 그때 가게 문 위에 깜빡깜빡 네온사인이 켜졌다. 잡화점에 물건을 대는 배달차가 가게 앞에 서 있었다.

전화벨 소리에 프레데릭과 나는 소스라치게 놀라 일어났다. 더 이상 미룰 수 없는 죽음이나 더 이상 미룰 수 없는 사랑. 그렇게 이른 아침에 전화벨이 울리는 것은 두 경우

밖에 없다는 걸 알기에 나는 더욱 놀랐다. 사랑이 더 이상 미뤄지지 않기 위해 필요한 모든 것이 지금 내 접이식 소파에 누워 있었다. 그래서 나는 누가 죽었다고 생각했다.

"너희들을 깨워서 미안하다, 루이제. 네게 꼭 해야 할 이야기가 있어. 나는 네 아빠를 떠났다. 지금 나는 혼자야." 다른 사람들이 '어떤 사람을 사귀게 되었어요.'라고 알릴 때처럼 흥분한 목소리였다.

"축하해요."

"네게 말하고 싶었어. 한 번도 네 곁에 제대로 있어주지 못해 정말 미안해. 그 말을 하고 싶었다."

나는 손으로 얼굴을 문질렀다. 엄마는 계절에 대해서도 그렇게 사과할 수 있을 거라는 생각이 들었다. 무슨 말이든 해야 했기에 나는 이렇게 대답했다. "정말 그랬어요."

엄마는 배달차를 바라보았다. 잡화점에 물건을 대는 사람이 마침 쇼핑카트를 밀고 들어오다가 신발끈을 매려고 중간에 멈추어섰다. 생필품을 가득 실은 어른 키 높이의 카트에는 잿빛 덮개가 씌워 있었다. '저기 봐, 아스트리트. 카트가 벽처럼, 우리 모두 언젠가 그 앞에 무릎을 꿇어야 할 어마어마하게 높은 잿빛 후회의 벽처럼 보이지.' 엘스베트가 갑자기 나타나 그렇게 말했다면 엄마는 '예, 정말 그렇게 보이네요.'라고 중얼거렸으리라. 엄마가 수화기에 대고 말했다. "내가 살기 위해 그럴 수밖에 없었어."

"예, 나도 그랬어요. 벌써 오랫동안. 사실 아주 잘된 일이에요."

"조금 더 자렴, 루이스헨."

나는 이제 정말 그만 자고 싶었다. 프레데릭도 마찬가지였다. 우리는 더 이상 다큐멘터리를 기다리고 싶지 않았다. 하지만 내가 수화기를 내려놓자마자 전화벨이 울렸다. 역시 죽음이 아니라 사랑이었다.

"또 무슨 일이에요?" 내가 물었다.

"나다." 아빠였다.

"무슨 일 있어요?"

"아니."

"그런데 왜 이렇게 일찍 전화하셨어요?"

"아스트리트와 연락이 되지 않는구나. 네게 할 이야기가 있다." 아빠가 말했다.

"한 번도 곁에 제대로 있어주지 못해서 정말 미안해." 내가 말했다.

"뭐라고? 넌 항상 내 곁에 있었잖아."

"농담이었어요."

"뭐라고? 무슨 얘기를 하는지 잘 모르겠구나. 연결이 아주 좋지 않아. 너한테 하고 싶은 얘기는."

"술 드셨어요?"

"그래. 네게 말하고 싶었다. 나는 그때 네 엄마를 떠날 수밖에 없었어. 다른 길이 없었다. 끊임없이 나를 떠나야 하는지 자문하는 사람과 영원히 살 순 없는 노릇이거든."

"정말 엄마와 얘기하지 않으셨어요?"

"그래. 네 엄마와 연락이 안 된다고 하잖아." 아빠가 소리를 질렀다.

"그런데 왜 나한테 그런 얘기를 하고 싶으셨어요?"

"네 엄마와 연락이 안 되니까." 아빠가 버스럭거리면서 대답했다.

"지금 나하고도 연락이 잘 되는 건 아니에요, 아빠."

"하나만 더, 루이스헨. 시베리아에서 사람들은 숲에 들어갈 때 서로 흩어져 혼자 돌아다니게 되면 일정한 간격으로 다른 사람의 이름을 소리쳐 부른다. 그럼 그들은 '예, 나, 여기 있어요.' 하고 대답하지. 그렇게 지금 아무도 시베리아 곰의 습격을 받지 않는다는 것을 확인하지. 그런데 지금 나는 아스트리트와 연락이 되지 않는구나."

"지금 손님이 와 있어요. 시베리아 곰은 아니에요."

"오, 맙소사, 루이제. 미안하다. 깜빡했구나. 안부 전해다오."

나는 수화기를 내려놓고 방으로 돌아와 침대에 누웠다. 이불을 턱까지 끌어당겨 덮고 프레데릭 쪽을 바라보았다. 그가 걱정스러운 어조로 말했다. "당신은 이 세상에서 가장 피곤한 사람처럼 보여요."

"아빠는 엄마와 연락이 되지 않아요. 엄마가 아빠를 떠났기 때문이지요. 아빠가 엄마를 떠났기 때문이고요. 엄마가 늘 아빠를 떠나야 하는지 스스로에게 물었기 때문이에요. 그리고 안부 전해달래요"

"당신 부모님은 그런 일로 당신을 가만히 내버려둘 수 없나요? 손 좀 줘봐요." 프레데릭이 다시 누우면서 속삭였다.

나는 침대 가장자리로 몸을 움직여 팔을 뻗었다. 내 팔은 프레데릭이 내 손을 잡을 수 있는 딱 그 길이였다.

"날이 밝으면 마을로 같이 갈래요?" 내가 물었다.

"좋아요, 가요."

이윽고 프레데릭이 잠들어 그의 손이 내 손을 놓을 때까지 우리는 그렇게 누워 있었다.

65퍼센트

프레데릭과 함께 내 차에 앉아 있는데 비가 억수같이 내렸다. 윈도브러시가 분주하게 왔다갔다 했다. "거의 아무것도 보이지 않아요." 내가 말했다.

프레데릭은 내 쪽으로 몸을 굽혀 재킷소매로 유리창을 닦았다. 내가 모르는 노래를 흥얼거리고 있었다. 문득 지난번 마을에 갈 때 가져갔던 목록이 생각났다. 나는 실제로 바지를 새로 샀는데 그것보다 더 많은 점이 지켜지기를 바랐다. 거기서 무슨 암호를 풀어야 하는 것처럼 나는 빗물이 흐르는 뿌연 유리창 쪽으로 몸을 굽혔다. 알래스카는 그 모든 것이 아주 아늑한 듯 뒷좌석에서 자고 있었다.

"숨을 쉬어요, 루이제." 프레데릭이 재킷소매로 유리창에 서린 김을 더 닦아내면서 말했다. 불교 서적을 읽으면서

부터 안경사도 늘 같은 말을 했다.

"나는 이미 평생 숨을 쉬고 있어요."

프레데릭은 내 배에 손을 올려놓으며 계속했다. "그렇죠. 하지만 여기요. 항상 윗쪽만 호흡하면 안 돼요."

젤마가 옳았다. 나는 뭔가 착각을 했다. 프레데릭은 집행관이나 심장발작처럼 들이닥치지 않았다. 프레데릭의 지시를 따르자 벽에 부딪힌 듯 딱 막히는 증상도 생기지 않았다. 안경사가 항상 말하는 여기, 큰 가치를 지닌 여기와 지금이 중요하다는 생각이 들었다. 거의 아무것도 볼 수 없었지만 나는 여기 있었다. 평소처럼 '만약'과 '하지만' 가운데가 아니라 '여기'와 '지금' 가운데 있었다. 나는 프레데릭의 손을 잡았다. 그때 갑자기 우지끈, 아주 큰 소리가 났다. 나는 끈이라고, 내 가슴을 동여맸던 끈이 끊어진 거라고 생각했다. 하지만 그것은 실린더였다.

프레데릭은 젤마의 전화번호를 손에 쥐고 공중전화 부스를 향해 빗속을 달려갔다. 우리가 늦을 것임을 알리고, 안경사의 ADAC* 카드를 활용해 정비사를 보내달라고 부탁하기 위해서였다. 알래스카와 자동차 안에서 기다리고 있는데 갑자기 발이 축축해지는 느낌이 들었다. 아래를 보앉더니 클러치와 브레이크, 액셀러레이터 주위에 깊은 웅덩이가 생기고 있었다. 뒤를 돌아보니 뒤쪽 좌석 사이에도 물이 있었다. 나는 알래스카와 함께 차에서 내려 정확히 무엇을 찾는지도 모르면서 자동차 주위를 빙 돌아보았다.

프레데릭은 흠뻑 젖어서 뛰어 돌아왔다. 재킷 아래 승복이 그의 다리에 달라붙어 있었다. 내가 자동차 문을 열고 발치를 가리켰다. 프레데릭은 운전석 위로 몸을 굽히고 물었다. "도대체 어떻게 물이 들어온 거죠?"

"전혀 모르겠어요. 갑자기 물이 차 있었어요. 혹시 감전될까 싶어 차에서 내렸어요."

우리는 11월의 추위 속에서 비를 흠뻑 맞으며 갓길에 서 있었다. 문득 안경사가 젤마와 내게 읽어주던 말이 생각났다. 그는 매 순간 아름다운 것을 찾을 수 있다고 했다. 나는 프레데릭의 팔을 툭툭 치고 아스팔트 위를 가리키며 말했다. "저기 웅덩이에서 펼쳐지는 색채의 유희 좀 봐요."

"기름일까 걱정이네요." 프레데릭이 대답했다.

드디어 정비사가 왔는데 기분이 아주 좋아 보였다. "벌

---

* 전 독일자동차클럽(Allgemeiner Deutscher Automobil-Club)의 약자. 독일 뮌헨에 본부를 둔 유럽 최대 자동차운전자 지원조직. 자동차 고장 시 지원사업 외에도 출판, 여행사, 여행 상해보험 등을 운영하고 있다.

써 사육제인가요?" 그가 프레데릭의 승복을 가리키면서 활기차게 웃었다. "아마도요." 프레데릭도 범죄 증거보전 담당부서에서 나온 사람처럼 보이는 정비사의 하얀 비옷을 가리키며 대꾸했다.

정비사는 엔진을 꼼꼼히 살펴본 뒤 알렸다. "피스톤과 실린더가 마모된 것뿐이에요."

"발치에 물도 있어요. 자동차가 아주 촘촘해서 비가 새어 들어올 수 없는데."

내 말에 정비사는 눈썹을 치켜올리고 궂은 날씨에 어울리지 않게 천천히 자동차를 빙 둘러 보았다. 그는 창문과 지붕, 문을 꼼꼼히 다 살펴보고 나서 자동차 밑에 드러누웠다. 나는 모든 일을 조금 더 빨리 할 수 없느냐고 묻지 않았다. 안경사의 불교 문장을 생각하고 있었기 때문이다. 정비사가 자동차 밑에서 다시 나오자 프레데릭이 물었다.

"어때요?"

"솔직히 말해서 물이 어떻게 들어왔는지 전혀 모르겠어요." 정비사의 표정에 당혹스러움이 서렸다. 지금까지 그가 설명할 수 없었던 것이 그리 많지 않았던 모양이다.

알래스카가 부들부들 떨었다. 나는 더 부들부들 떨었다. 프레데릭이 내 몸에 팔을 둘렀다. 그도 떨고 있었다.

마침내 정비사는 어깨를 으쓱하며 말했다. "물은 제 길을 찾아가지요."

"맞는 말인 것 같군요. 그럼 이제 뭘 해야 하죠?" 프레데릭의 질문에 정비사가 대답했다. "이제 제가 두 분을 모셔다드리겠습니다."

그는 내 자동차를 자신의 자동차에 연결했다. 프레데릭은 내 차에 탔고, 나는 길을 알려주기 위해 알래스카와 함께 정비사의 자동차에 탔다. 우리가 모든 것을 적시지 않도록 정비사는 알래스카와 내 밑에 비닐을 한 장씩 깔았다.

"아무리 촘촘하다고 해도 물은 제 길을 찾아가는 법이죠." 정비사가 다시 말했다. 그의 백미러 옆에 있는 디퓨저 스틱의 이름은 '푸른 사과'였지만 뢰더 씨의 바다 스프레이와 같은 냄새가 났다. 방향제는 흠뻑 젖은 개 냄새를 없애려고 무진 애를 썼지만 쏟아지는 비에 맞서 분주히 왔다갔다 하는 윈도 브러시와 마찬가지로 효과가 없었다.

나는 몸을 돌려 프레데릭에게 손을 흔들었다. 프레데릭도 같이 손을 흔들었다.

"사람은 65퍼센트의 물로 이루어져 있지요." 정비사가 말했다. 나는 얼굴에 달라붙은 젖은 머리카락을 쓸어넘기며 맞장구를 쳤다. "특히 오늘은 더 그렇죠."

앞에 표지판이 나타났다. 정비사와 프레데릭은 집 앞 비탈에 차를 세웠다. 젤마와 안경사가 우산을 쓰고 집 앞에 서 있었다.

바다에서 천 년

두 사람이 우리를 향해 걸어왔다. 젤마는 여분으로 가져온 우산을 펼쳤다. "곤니치와.*" 안경사가 허리를 깊이 숙여 인사하며 말했다. 프레데릭도 마찬가지로 허리를 깊이 숙여 인사했다.

프레데릭과 젤마는 악수를 하면서 아주 오랫동안 서로를 빤히 바라보았다. "당신은 일본처럼 보이지 않네요. 오히려 할리우드처럼 보여요." 젤마가 말했다.

안경사와 나는 불교에서 말하는 여러 번의 생을 생각했다. 젤마와 프레데릭이 서로를 바라보는 태도가 그들이 적어도 그 생들 중 하나에서 이미 만났음을 암시했기 때문이

---

* こんにちは(今日は). 낮에 하는 인사말.

다. 그것도 그냥 오다가다 만난 것이 아니라, 함께 세상의 종말을 피했거나 같은 가정에서 자란 인연으로 다시 만난 것 같았다.

"당신도 제가 상상했던 모습이 아니에요. 텔레비전에 나오는 사람과 닮으셨어요. 그런데 지금 이름이 생각나지 않네요." 프레데릭이 대답했다.

그 순간 마침내 우리도 보았다. 맙소사, 그의 말이 맞구나, 하고 안경사와 나는 생각했다. 현생을 사는 내내 어떻게 우리가 한 번도 그걸 알아차리지 못했는지 이해할 수 없었다.

젤마는 눈썹을 찡그렸다. 우리가 마치 처음 보는 사람처럼 그녀를 뚫어져라 쳐다보았기 때문이다. "얼른 들어갑시다." 그녀가 재촉했다. 우리는 집안으로 들어갔다.

"조심하세요, 저긴 밟으면 안 돼요. 무너질 위험이 있거든요. 내가 그곳을 표시해놓았지요." 안경사는 복도에 들어서자마자 안전을 위해 주방의 붉게 표시된 곳을 가리키며 일렀다. 프레데릭은 주방문을 통해 테두리가 붉게 표시된 곳을 바라보았다. "저 곳은 이미 오래 전부터 저랬어요. 사실 이건 아니지요. 잘 알고 있습니다." 안경사가 덧붙였다. "정말 그런 것 같네요." 프레데릭은 싱긋 미소 지으며 대답하고는 신발을 벗었다. 그래서 우리도 똑같이 신발을 벗었다.

젤마는 수건과 목욕가운을 가지고 왔다. 우리는 주방으로 갔다. 나는 프레데릭의 시선으로, 마치 처음 보는 사람처럼 주방을 보려고 해보았다. 노란 벽지와 연하늘색 찬장이 있고 찬장의 유리문에는 잔주름을 잡은 잿빛 커튼이 걸려 있었다. 코너 벤치와 오래된 흠집투성이 나무식탁이 있었으며, 창가 쪽 잿빛 리놀륨 바닥에는 둥근 테두리로 붉게 표시된 곳이 있었다. 언젠가 마르틴은 안경사가 무너질 위험이 있다고 표시한 그곳이 꼭 고래의 눈처럼 보인다고 했다. 눈가에 빙 둘러 염증이 생긴 고래 눈처럼 보인다고. 싱크대 위에는 보일러가 있고, 그 위에 마르틴과 내가 모은 하누타* 스티커가 아직도 붙어 있었다. 입술을 비죽이며 히죽 웃으면서 '나, 오늘 물렸어.' 하는 한 입 베어먹은 사과 스티커와 '깨뜨리지 말아줘.'라고 소리치는 활기찬

---

* 이탈리아 회사 페레로가 생산하는 과자. 바삭바삭한 와플 사이에 코코아 크림과 개암이 들어 있다. 판촉을 위해 회사가 정기적으로 발행하는 만화 캐릭터와 국가대표 축구선수들의 사진 스티커가 동봉되어 있다.

호두 스티커였다. 벽에는 잡화점 안주인이 젤마에게 선물한 마크라메** 올빼미가 걸려 있었다. 나는 올빼미와 정확히 창턱까지 내려오는 하얀 아마포 커튼을 새롭게 바라보려고 해보았다.

잘 되지 않았다. 그것은 어떤 것을 의도적으로 잃어버리려는 시도와 같았다.

젤마는 꽃양배추 수플레를 오븐에 굽고 있었다. 처음 찾아오는 손님을 위해 그녀가 언제나 하는 요리였다. 수플레는 망칠 염려가 없기 때문이다. 요리하느라 김이 뿌옇게 서린 창문으로 비가 더 세차게 내리는 게 보였다. 마치 오늘 이 세상 모든 폭포들이 예외적으로 여기 다 쏟아지기로 결의한 것 같았다.

식탁 위에는 안경사의 불교 서적이 몽 쉐리 상자 옆에 놓여 있었다. 안경사는 나이프와 스푼 등을 보관하는 젤마의 서랍에 재빨리 책을 집어넣었다.

"먹어도 될까요?" 프레데릭이 몽 쉐리 상자를 가리키면서 물었다. "물론이에요." 젤마가 대답했다.

"맛있어요." 한 입 베어문 그가 진지하게 고개를 끄덕이

** 명주실이나 끈 따위를 재료로 매듭을 지어 여러 모양의 무늬를 만드는 수예.

며 말했다. 젤마가 진지하게 같이 고개를 끄덕였다. 마치 몽 쉐리가 전 세계적으로 소수의 전문가만 연구하는 아주 특별한 학문이라는 듯.

"두 사람, 물을 뚝뚝 흘리고 있네요." 마침내 젤마가 지적했다. "아, 죄송합니다." 프레데릭이 한 손에 목욕가운과 수건을 들고 다른 손으로 몽 쉐리를 또 하나 집어들면서 대답했다.

안경사는 식탁을 치우기 시작했고, 젤마는 가스대 위의 소스를 젓기 시작했다. 프레데릭의 등 뒤에서 욕실 문이 닫혔다. 젤마와 안경사는 당장 몸을 돌려 내 쪽으로 달려왔다.

"괜찮니? 팔이 근질거리니?" 젤마가 물었다. "딱 막히는 증상의 정도는?" 안경사가 물었다. 그들은 마치 응급실 의사처럼 나를 빤히 쳐다보았다.

나는 비로소 루디 카렐의 머리카락으로 인식된 젤마의 머리카락을 쓰다듬으며 말했다. "다 괜찮아요. 딱 막히는 증상은 거의 측정 불가. 안정적인 평상시 상태예요."

"다행이다." 젤마가 안도했다. 목욕가운을 입은 프레데릭이 흠뻑 젖은 승복을 팔에 걸치고 돌아왔다. 이제 내가 젤마의 옷을 들고 욕실에 들어갔다.

수플레가 오븐 안에 있는 동안 프레데릭은 젤마의 목욕 가운을 입고 거실의 난방장치 위에 앉아 있었다. 딱 막히는 증상과 내가 그와 처음 통화했던 바로 그곳에.

젤마의 집은 안 그래도 깨끗했지만 평소보다 더 거실이 깨끗했다. 수직으로 똑바로 서 있는 책장은 먼지를 털었고, 소파 탁자 위의 잡지들은 가지런히 놓였으며, 붉은 소파 위의 쿠션들은 아무도 기댄 적이 없는 것처럼 보였다.

프레데릭은 젤마가 젖은 우리 옷을 빨래대에 너는 모습을 물끄러미 바라보았다. "도와드릴까요?" 프레데릭이 묻자 젤마는 당연히 손사래를 쳤다. "절대 안 돼요. 우선 몸을 말리기나 하세요, 흠뻑 젖은 스님."

젤마는 옷을 하나하나 아주 신경 써서 걸었다. 젖은 옷이 거기에 영원히 걸려 있어야 한다는 듯, 다음 세대들이 빨래를 너는 방식에서 소중한 결론을 이끌어낼 수 있다는 듯.

"당신은 훌륭한 불교도십니다." 프레데릭이 말했다.

마지막으로 내 바지를 빨래집게로 고정하던 젤마는 그에게 몸을 돌리며 웃었다. "드디어 그걸 알아보는 사람이 있다니, 좋네요."

우리는 각각 두 사람 몫을 먹었고, 프레데릭은 네 사람

몫을 먹었다. 그 후 안경사는 나이프와 포크를 접시에 모아놓고 헛기침을 하더니 곁눈질로 나를 힐끔힐끔 보면서 말문을 열었다.

"아주 잠깐 뭐 좀 물어보려고요. '우리가 어떤 것을 바라보려고 하면 그것은 사라질 수 있다. 하지만 우리가 그것을 보려고 하지 않으면 그것은 사라지지 않는다.' 이 말이 대체 맞는 말인가요?" 나는 식탁 밑에서 안경사의 다리를 걷어찼고 안경사가 재빨리 덧붙였다. "지금 나는 전혀 불교적인 관점이 아니라, 순전히 직업적인 관점에서 관심이 있는 거예요."

프레데릭은 입을 닦고 말했다. "저도 모르겠습니다. 좀 생각해봐야겠어요." 젤마가 창밖을 가리켰다. 우산을 쓴 세 사람이 비탈을 올라오고 있었다. 엘스베트와 잡화점 주인, 그리고 팔름이었다.

젤마가 문을 열었다. 그러자 엘스베트가 믹서기를 내밀면서 인사했다. "안녕하세요? 드디어 믹서기를 돌려주려고요. 마침 우연히 근처에 볼 일이 있었어요."

"맞아요. 우리는 아이스크림도 갖고 왔어요." 엘스베트 뒤에서 잡화점 주인이 말했다. 그는 포장한 아주 커다란 쟁반을 들고 있었다.

젤마가 옆으로 비켜서자 세 사람이 차례로 주방에 들어왔다. 안경사 옆에 바싹 붙어앉은 나는 바깥세상을 안에 들이는 게 정말 좋은 건지 확신이 서지 않았다. 안경사는 빙그레 웃으며 나를 바라보고 속삭였다. "불교에서는 모든 경험에 무조건 동의하는 것이 중요하단다."

잔뜩 멋을 부린 엘스베트는 커다란 보라색 꽃이 그려진 검은 옷에 보라색 모자 차림이었다. 모자 앞쪽에는 구멍이 뽕뽕 뚫린 작고 검은 베일이, 차양에는 제비꽃 다발이 달려 있었다. 프레데릭이 자리에서 일어나자 엘스베트가 손을 내밀며 환한 표정으로 말했다. "당신이군요. 우리 모두 당신을 애타게 기다렸답니다."

"감사합니다. 정말 예쁜 모자네요."

프레데릭의 말에 엘스베트는 얼굴을 붉혔다. 작은 제비꽃 다발을 만지면서 그녀가 말했다. "그렇게 생각하세요? 그런데 제비꽃 향기를 맡으면 주근깨가 생기거나 미치게 되지요."

"엘스베트, 제발." 내가 속삭이자 그녀가 얼굴을 한층 더 붉히면서 얼른 덧붙였다. "그러니까 아무튼 그렇게 주장하는 사람들이 많아요. 나는 개인적으로 그런 얘기는 결코, 그러니까 나는 그것을……." 말이 막힌 엘스베트는 누군가

구해주길 바라면서 주위를 둘러보았다. 하지만 어떻게 도와줘야 할지 아는 사람이 아무도 없었다. 마침내 엘스베트가 수습했다. "그런데 우리는 지금 마을회관에서 열리는 크리스마스 축제 준비를 하며 벌어진 소동으로 정신이 없어요. 우리는 축제를 오후에 열어야 할지 아니면 저녁에 열어야 할지 생각하고 있지요. 그건……," 엘스베트는 오래전에 외웠던 것을 기억하려고 애쓰는 것처럼 보였다. "그건 정말 아주 재미있답니다."

프레데릭은 몸을 굽혀 제비꽃 다발의 향기를 맡고 말했다. "저는 주근깨가 생겼으면 좋겠습니다. 그런데 꾸러미 속에 뭐가 들어 있나요?"

"안녕하세요? 나는 잡화점 주인이에요." 잡화점 주인이 엘스베트를 밀치고 앞으로 나오면서 인사했다. 그는 쟁반에서 종이를 걷어냈다. 쟁반 위에는 작은 우산을 쓴 아이스크림 컵 일곱 개가 놓여 있었다. "아이스크림 카페에서 가져온 거예요. '은밀한 사랑' 중간 컵 두 개, '뜨거운 욕망' 한 개, '불타는 유혹' 한 개." 그는 각 컵을 높이 들어 식탁에 내려놓았다. "그리고 여기 아주 멋진 것이 있습니다. 알베르토의 최신 작품이지요. '열대의 컵 아스트리트'입니다. 아스트리트 본인도 곧 들를 거예요."

"맛있겠네요." 젤마가 접이식 식탁을 펴서 늘이면서 말했다. 우리는 바싹 붙어 앉았다. 모두 자리를 잡았는데 팔름은 맨 가장자리에 앉았다. 그는 부끄럼 타는 열 살 소년처럼 아직 한 마디도 하지 않고 있었다. 그의 머리에서 머리카락 한 다발이 비쭉 서 있었다. 자리가 비좁아서 팔름 뒤에 있는 주방의자의 팔걸이에 팔을 올려놓은 안경사는 팔름을 건드리지 않으려고 조심했다.

"이 사람은 베르너 팔름이에요." 젤마가 소개하자 프레데릭은 식탁 너머로 손을 내밀며 인사했다. "만나서 반갑습니다." 팔름은 말없이 미소 지으며 고개를 끄덕였다.

"얘기 좀 해봐요. 사원에서는 대체 어떤가요?" 엘스베트가 물었다.

"왜 하필 스님이 됐어요? 직업교육을 받으려는 생각은 한 번도 안 해봤어요?" 잡화점 주인이 물었다.

"당신의 인생에서 여승도 있나요?" 엘스베트가 물었다.

"나는 개인적으로 불타는 유혹과 뜨거운 욕망이 흔들리지 않는 평정을 유지하며 어떻게 어울리는지 관심이 있습니다. 당신은 독신생활을 하나요?" 잡화점 주인이 물었다.

"우리 안경사는, 승려는 명상하는 동안 다른 승려에게 몽둥이질을 당한다고 하더라고요. 정말인가요?" 엘스베트가 물었다.

"일본어로 말할 수 있어요?" 잡화점 주인이 물었다.

"이제 모두 좀 조용히 하세요." 내가 큰 소리로 말했다. 차라리 흘려듣는 것이 나은 아주 엉뚱한 제안을 했다는 듯 모두 나를 쳐다보더니 다시 프레데릭을 보았다. 프레데릭은 '뜨거운 욕망' 옆에 스푼을 내려놓으면서 사원은 주로 아주 조용하며, 불교는 사실 직업교육이라고 말했다. 그리고 아니라고, 그의 인생에서 여승은 없다고 했다. 아무튼 독신자인 자신 때문에 파계의 유혹을 느낀 여승은 없다는 것이었다. 또 실제로 명상 중에 이따금 몽둥이로 맞는다고 했다. 하지만 아주 적절한 매라고, 목 근육의 긴장을 풀어주는 매라고 했다. 그리고 말했다. "우미니 센넹, 야마니 센넹*."

"무슨 뜻이에요?" 엘스베트가 묻자 프레데릭이 대답했다. "바다에서 천 년, 산에서 천 년."

"아, 정말 아름답네요." 엘스베트가 감탄했다. 그리고 식탁 너머로 내 손을 쓰다듬으며 덧붙였다. "네 아빠가 할 수

---

* うみにせんねんやまにせねん(海に千年山に千年). 바다에서 천 년, 산에서 천 년. 산 뱀은 용이 된다는 전설에서 나온 말로, '산전수전 다 겪어 노회함, 또는 그런 사람'이라는 뜻이다.

있는 말인 거 같구나."

마치 상을 받은 다큐멘터리인 듯 모두가 프레데릭을 미소를 띠고 바라보았다.

프레데릭은 입술을 비죽이며 웃었는데 조금 당황한 것처럼 보였다. 그가 말했다. "모두 아주 상냥하시네요."

"맞아요, 그렇지 않나요?" 엘스베트가 똑바로 앉으면서 대답했다.

프레데릭이 자리에서 일어나며 양해를 구했다. "제 야회복을 다시 입으러 잠시 실례할게요." 우리는 놀라서 고개를 끄덕였다. 모두 그것이 승복이라고 생각했기 때문이다.

프레데릭이 나가자 모두가 내 쪽으로 몸을 돌렸다. "좋은 남자야." 잡화점 주인이 말했다. "멋있는 사람이야. 네가 말한 것처럼 매력적이진 않지만 굉장히 똑똑한 사람인 것 같구나." 엘스베트가 말했다. 그들은 마치 내가 프레데릭을 창조하기라도 한 듯 이야기했다. 팔름은 조용히 고개를 끄덕였으며, 안경사는 엄숙하게 한마디했다. "생물발광 현상."

"그게 뭐예요?" 엘스베트가 묻자 안경사가 설명했다. "생물체가 스스로 빛을 만들어내는 현상. 생물체 안의 어떤 물질이 그 생물체를 안에서 빛나게 해주지요."

젤마는 말없이 내 머리카락을 쓰다듬었다.

프레데릭과 나는 알래스카와 함께 울헥으로 올라갔다. 프레데릭은 야회복 위에 안경사의 노란 비옷을 입었고, 나는 아직도 입고 있는 젤마의 옷 위에 젤마의 노란 비옷을 입었다. "우리는 노란색의 교향곡이네요." 프레데릭이 말했다. 우리는 고무장화를 신고 있었다. 젤마는 모든 시기와 모든 사이즈의 고무장화를 갖고 있었다. 프레데릭은 젤마의 우산을 우리 머리 위에 받치고 있었다. 빗방울이 우산 위에 타닥타닥 떨어졌다.

"베르너 팔름은 말을 많이 하지 않네요." 프레데릭의 말에 나는 성경 구절을 놓고 토론하지 않는 이상 말을 한 적이 거의 없다고 설명했다. 하지만 팔름은 항상 참석한다고, 함께 식탁에 앉고 그래서 혼자 집에 머물지 않는 것, 바로 그것이 중요하다고.

"당신도 말을 많이 하지 않네요, 루이제."

프레데릭이 말했다. 나는 그가 갑자기 우리 식탁에 함께 앉는 바람에, 그러니까 내가 바깥세상을 받아들여서 정신없이 바빴다는 이야기를 하지 않았다. 그가 젤마와 안경사, 잡화점 주인과 엘스베트, 팔름의 형태로 나타난 바깥세상을 상대하는 바람에 내가 정신없이 바빴다는 말도 하지 않았다. 내 호주머니에 들어 있는 목록, 아무도 지키지 않았던 내 부탁 목록 이야기도 하지 않았다. 그런 상황에서는 말을 많이 할 수 없으며 차라리 지켜보는 편이 더 낫다는 이야기도 하지 않았다.

"루디 카렐." 내가 외치자 프레데릭이 위를 올려다보며 물었다. "어디요?"

"젤마, 젤마는 루디 카렐을 닮았어요."

"맞아요. 내 말이 바로 그거예요." 프레데릭이 소리쳤다.

비가 촘촘히 내려 거의 아무것도 보이지 않았다. 길과 들판은 이미 오래 전에 구분이 되지 않았다. 나는 평소 무심히 지나갔지만 오늘은 예외적으로 그냥 지나칠 수 없는 아름다운 풍경을 마치 내가 창조한 것처럼 프레데릭에게 보여주고 싶었다. 하지만 아름다움은 물에 젖어 많이 흐려져 있었다. 나는 물 폭탄에 부러지려고 하는 우산의 가장자리를 꼭 붙잡았다.

프레데릭이 무력해진 우산을 접고 내 손을 잡았다. 마치 시차가 있었던 것처럼, 그가 내 손을 처음 잡았던 어젯밤 이후로 여러 해가 지났고 그래서 우리가 손을 잡는 것이 아주 당연한 것처럼.

우리는 뛰어서 집으로 돌아왔다. 어릴 때 마르틴과 그런 적이 있었다. 그때 우리는 지옥의 개나 그밖에 존재하지 않는 죽음이 우리를 쫓아온다고 믿고 그렇게 뛰어서 집으로 돌아왔다. 그런 일은 그때밖에 없었다. 알래스카도 우리 옆에서 같이 뛰었다. 힘든 일이었다. 덥수룩한 털에 그 비를 다 맞은 알래스카는 평소보다 훨씬 더 무거웠기 때문이다.

안경사는 프레데릭과 나를 크라이스슈타트까지 다시 데려다주었다. 팔름은 정말 내내 한 마디도 하지 않았다. 하지만 마지막에, 우리에게 장황하게 손을 흔들기 위해 모두 나란히 대문 앞에 섰을 때 그가 앞으로 나와 프레데릭의 손을 잡고 말했다. "당신에게 하느님의 풍성한 은총이 함께 하기를 바랍니다."

"당신에게도 풍성한 은총이 함께 하기를 바랍니다." 프레데릭은 대답하며 허리 숙여 인사했다. 얼마나 깊이 허리를 숙이는지 팔름은 프레데릭이 혹시 균형을 잃으면 붙잡으려고 손을 앞으로 뻗었다. 하지만 그럴 필요는 없었다.

벌써 마을의 끝자락, 마를리스의 집 앞까지 왔는데 엄마가 맞은편에서 뛰어왔다. 엄마는 셀로판지로 싼 꽃다발을 머리 위에 들고 있었다. 안경사가 브레이크를 밟고 창문을 내렸다. 비는 여전히 억수같이 퍼부었다. 엄마는 흠뻑 젖은 머리를 창문으로 들이밀고 말했다. "제기랄, 또 너무 늦었네. 미안해요." 그리고 안경사 너머로 손을 뻗어 프레데릭의 손을 잡고 흔들면서 인사했다. "나는 아스트리트, 엄마예요. 그밖에 최근에 루이제 아빠의 전처가 됐지요."

"안녕하세요." 프레데릭도 인사를 했다.

엄마는 머리를 다시 창문에서 빼고 꽃다발을 창문으로 들이밀었다. 꽃대가 아주 긴 글라디올러스였다. "당신 거예요." 엄마가 말했다.

"아, 감사합니다. 꽃이 예쁘네요." 프레데릭은 어렵사리 꽃다발을 다리 사이에 놓았다. 꽃이 자동차 지붕까지 닿았기 때문이다.

엄마가 뒤쪽 창문을 똑똑 두드리고는 나를 보며 미소 지었다. 엄마는 즐겁고 아주 젊어 보였다. 나는 그녀에게 고개를 끄덕였다. 엄마의 등 뒤쪽 마를리스의 어두컴컴한 거실 창문에서 어떤 움직임이 보였다. 엄마는 이제 아무 소용이 없는데도 머리 위에 가방을 들고 뛰어갔다. 나는 자동차 문을 열고 마를리스의 집 쪽으로 걸어갔다. 그리고 소리쳤다.

"마를리스, 나예요. 잠시 인사하러 올래요?"

아무것도 움직이지 않았다.

"사분사분하게 굴지 않아도 돼요. 그건 아주 멍청한 생각이었어요."

마를리스는 창문을 빠끔 열고 고함을 질렀다. "달갑지 않은 당신들 손님 때문에 귀찮게 굴지 마."

"좋아요. 그럼 안녕." 나는 말하고 자동차에 올라탔다.

프레데릭이 뒤를 돌아보며 물었다. "누가 또 오나요?"

"아니요. 이제 더 올 사람은 없어요."

대왕고래의 무거운 심장

안경사의 차는 1970년대에 생산된 오렌지색 파사트 콤비였는데 보통 개보다 오래 사는 알래스카와 마찬가지로 불멸성 검사를 한 번 받아볼 만했다. 안경사는 겨울에 폭설 때문에 지역기차가 운행되지 않았을 때 그 차로 마르틴과 나를 학교에 데려다주었다. 마르틴이 죽은 후 내가 기차를 타지 않으려고 했을 때도 그 차로 여섯 달 동안 매일 나를 학교에 데려다주었다.

나는 마르틴이 죽고 두 달 후 뒷좌석에서 안경사에게 물었다. "왜 내 쪽 기차 문이 열리지 않았어요?"

안경사는 갓길에 차를 세우고 깜빡이 비상등을 켜놓은 채 백미러로 나를 한참 바라보았다. 안전띠가 어깨에 제대로 채워지도록 나는 쿠션 두 개 위에 앉아 있었다. 마르틴이 죽은 후 안경사는 안전을 위해서 나를 뒷좌석에 태웠다. 안경사가 내게 몸을 돌리고 말했다. "내가 시계 읽는 법과 시차에 대해 설명했을 때 생각나니?"

나는 고개를 끄덕였다. 안경사가 말을 이었다. "나는 첫 글자를 대문자로 쓰는 것과 첫 글자를 소문자로 쓰는 것, 독일어 자음 'ß'와 기본 연산에 대해 설명했지. 물과 육지에 사는 동물에 대해서도 설명했고."

나는 다시 고개를 끄덕였다. 안경사가 서로 전혀 상관없는 것을 연결할 수 있다는 생각이 났다. 그러니까 기본 연산과 지역기차도 분명 연결할 수 있으리라. 안경사가 말했다. "네가 더 나이가 들면 더 많은 걸 설명해줄 거야. 나는 눈의 구조와 기능 방식을 설명할 수 있고, 자동차를 어떻게 운전하는지, 맞춤 못으로 어떻게 물건을 고정시키는지 설명할 수 있단다. 세계 정세와 별자리도 다 설명할 수 있지. 내가 모르는 것도 설명할 수 있어. 내가 전혀 모르는 어떤 것을 네가 알고 싶어 하면 나는 그것에 관한 책을 전부 다 읽고 너한테 설명해줄 거야. 나는 모든 것에 대해 언제라도 널 도울 준비가 되어 있단다." 안경사는 어깨 너머로 손을 뻗어 내 뺨을 쓰다듬었다. "이 문제도 마찬가지야."

그는 차에서 내려 파사트를 빙 돌아 뒷좌석 내 옆에 앉앉다. "지금까지 나는 여기에 앉은 적이 한 번도 없구나."
그는 주위를 둘러보았다. "여기 뒷자리 네 옆에 앉으니까
아늑하구나, 루이제."

그는 자신의 손을 물끄러미 내려다보았다. 내 질문이 거
기 있는 것처럼, 마치 우리가 모든 방향에서 살펴볼 수 있
도록 내 질문을 손에 들고 있는 것처럼. 그가 다시 말문을
열었다. "네 질문에는 해답이 없단다. 이 세상 어디에도,
이 세상에 딸린 그 어떤 곳에도 없어."

"쿠알라룸푸르에도 없어요?" 내가 물었다. 당시 아빠가
있던 곳이었다.

"거기에도 없어. 이 문제의 해답을 찾는 것은 바실리 알렉
세예프가 10만 킬로를 번쩍 들려고 시도하는 것과 같단다."

"그럴 수 있는 사람은 없어요."

"맞아. 그건 해부학적으로 불가능하지. 네 문제에 대한
해답 역시 해부학적으로 가능하지 않단다."

그는 내 손 위에 손을 올려놓았다. 내 손은 안경사의 커
다란 손 밑에서 자취를 감추었다. 그가 말을 이었다. "앞
으로 살다 보면 대체 어떤 일을 제대로 했는지 스스로에게
묻는 순간이 있을 거야. 아주 정상적인 거야. 아주 묵직한
문제이기도 하지. 내 생각엔 180킬로쯤 될 것 같구나. 하지

만 그건 해답이 있는 문제란다. 그런 문제는 인생에서 주로 나중에 떠오르지. 그때도 젤마와 내가 곁에 있을지 모르겠구나. 그래서 지금 말하마. 그런 문제가 모습을 드러내고 당장 좋은 생각이 떠오르지 않는 그런 지경이 되면, 네가 네 할머니와 나를 아주 행복하게 해주었다는 것을 생각하렴. 얼마나 행복한지 인생의 저 앞에서 저 뒤까지 다 행복했단다. 나이가 들수록 나는 점점 더 우리가 너를 위해 창조된 것 같다는 생각이 드는구나. 우리가 창조된 좋은 이유가 있다면 바로 네가 그것이란다."

나는 안경사의 어깨에 몸을 기댔고, 그는 내 머리에 뺨을 댔다. 한동안 깜빡이 비상등의 딱딱 하는 소리밖에 들리지 않았다. 이윽고 내가 말했다.

"누군가 한 사람은 나를 학교에 데려다주어야 해요."

안경사는 빙그레 미소를 지었다. "그 사람은 아마 나겠지." 그는 내 머리에 입을 맞추고 차에서 내려 빙 돌아 운전석으로 돌아갔다.

프레데릭은 한동안 부스럭거리면서 커다란 글라디올러스 꽃다발을 제대로 놓으려고 애썼지만 포기했다. 그리고 글라디올러스 너머로 바깥을 내다보려고 창문에 머리를 기댔다. 안경사는 이따금 그를 쳐다보았지만 꽃다발이 가로막아 얼굴을 볼 수 없었다.

알래스카는 자고 있었다. 머리를 내 무릎에 올려놓은 알래스카는 뒷좌석을 거의 다 차지했다. 바깥에서 빗방울이 후두둑 후두둑 떨어지는 소리, 부지런히 왔다갔다 하는 윈도 브러시 소리, 가끔 셀로판지가 부스럭거리는 소리 외에 아무 소리도 들리지 않았다.

나는 닫힌 창문의 위쪽 끝에 손가락을 대보았다. 거기서 물이 비스듬히 흘러내리고 있었다. 이 낡은 차는 촘촘하구나, 하고 생각했다. 차도에서 눈을 떼지 않은 채 안경사가 불쑥 물었다. "비밀을 털어놓아도 될까요?"

"물론입니다." 프레데릭이 꽃다발 뒤에서 말했다.

안경사는 흘깃 나를 돌아보고는 헛기침을 했다. 빗소리가 자신의 목소리를 가려주기를 남몰래 바라는 것처럼 나직하게 모든 이야기를 했다.

"당신이 죽비* 이야기를 했지요. 명상하는 도중 자신의 생각에서 멀리 벗어날 때도 죽비를 맞는다는 이야기를 책

___

* 대나무를 길이 3분의 2는 가운데를 타서 두 쪽으로 가르고, 3분의 1은 그대로 두어 자루로 만든 형태. 좌선이나 공양 시 시작과 끝을 알릴 때, 혹은 선가에서 수행자의 졸음이나 자세를 지도할 때 쓰인다.

에서 읽었어요. 내 경우는 오히려 생각 자체가 죽비처럼 나를 때린다고 할 수 있지요. 그러니까 나는 65퍼센트가 훨씬 넘는 생각으로 이루어져 있답니다."

안경사는 목소리들 이야기를 전부 다 털어놓았다. 목소리들이 시비를 걸어 그를 비틀거리게 만들고, 자신이 목소리들 때문에 한 모든 일을 사사건건 비난한다고. 엽서에 적힌 격언들과 불교로 목소리들에게 맞서려고 애쓴 이야기며 목소리들에게 자신이 하늘이며 강이라고 주장한 이야기도 빼놓지 않았다. 머리를 창문에 기댄 채 프레데릭은 아무 말도 하지 않았다. 빗속에서 가로등이 희미하게 비추며 기다란 빛의 꼬리를 만들었다. 안경사는 말을 이었다.

"당신은 내가 미쳤다고 생각할 거예요. 분명 어서 의사에게 가봐야 한다고 생각하겠지요." 안경사는 양복소매로 유리창을 닦고는 계속했다. "실은 벌써 의사에게 가보았어요. 의사는 뇌파 검사를 했지요." 안경사는 조용한 프레데릭과 글라디올러스 쪽을 건너다보았다. "당신은 분명 내가 기구와 장치들이 없는 의사에게 가봐야 한다고 생각할 거예요. 하지만 나는 심리학자에게 가고 싶지는 않아요." 그는 이렇게 말하고 눈을 깜빡였다. 벌써 내 아파트에 거의 다 와 있었다. "심리학자는 버스럭거리는 소리를 내며 환자들을 바깥세상으로 내보내거든요. 나는 그러고 싶지 않아요. 세상에 나가기에는 너무 나이가 들었어요."

아저씨는 이 세상만큼 나이가 들었어요. 나는 뒷좌석에서 그렇게 생각했다. 안경사는 윈도 브러시에게, 비에게, 셀로판지에게, 프레데릭에게 말했다.

"이 모든 이야기를 누구에게도 털어놓은 적이 없어요. 내가 너무 들이댄 것이 아니길 바랍니다."

안경사는 내 아파트 앞에서 차를 세웠고 프레데릭이 마침내 입을 열었다. "벌써 다 왔어요?"

"같이 들어가시죠." 프레데릭이 아파트 문 앞에서 권했다. 안경사가 내 눈치를 살폈다. 내가 고개를 끄덕이자마자 그는 얼른 말했다. "그럼 아주 잠깐만."

안경사는 펼쳐진 소파를 빙 돌아 액자에 끼워진 사육제 사진 쪽으로 다가가 사진을 손에 들었다. "우리가 다 있네. 내가 멋지게 보이는구나. 그러니까 꽃밭으로 말이다."

방문에 그대로 서 있던 프레데릭이 "이 책장은 도저히 안 되겠어."라고 중얼거리고는 주방으로 사라졌다.

"책장이 왜 안 된다는 거니?" 안경사가 속삭였다.

"책장이 비스듬히 기울어져 있대요, 그가 보기에 그렇다고."

안경사는 한 걸음 뒤로 물러나 책장을 찬찬히 살펴보았다. "맞다. 네 말을 듣고 보니 그렇구나."

"두 분, 잠깐 이리 오시겠어요?"

프레데릭이 주방에서 소리쳤다. 그는 내가 가지고 있는 두 개의 의자 중 하나에 앉은 채 다른 하나를 손으로 가리켰다. 식탁에는 아빠의 이비인후과 진찰도구가 놓여 있었다.

"뭐하려고요?" 안경사가 묻자 프레데릭이 대답했다. "자, 자리에 앉으세요."

안경사는 의아한 표정으로 나를 바라보았다. 내가 어깨를 으쓱하자 안경사는 그냥 의자에 앉았다. 프레데릭은 아빠의 헤드미러를 머리에 썼다. 하지만 아빠의 머리가 그의 머리보다 더 컸다. 머리카락 때문이었다. 프레데릭은 헤드미러를 한 손으로 붙잡고 다른 손으로 은색 코 진찰도구를 들었다. 안경사는 프레데릭을 빤히 쳐다보았다.

프레데릭이 말했다. "이제 목소리들을 진찰할 겁니다."

"오, 제발 그만 하세요. 진찰할 수 없어요."

"할 수 있습니다. 새로운 방법이에요. 일본에서 온 겁니다."

우리들 중 얼른 심리학자에게 가봐야 할 사람은 프레데릭이라는 듯, 안경사는 그를 바라보기만 했다.

"이제 앞쪽을 보시고 움직이지 마세요." 프레데릭이 말했다. 그는 몸을 앞으로 숙여 진찰도구로 안경사의 귀를 들여다보았다.

"그건 원래 코를 진찰하는 도구예요."

내가 지적하자 프레데릭은 잠깐 나를 올려다보았다. 헤드미러는 그의 눈썹 바로 위에 있었다. "일본에서는 그렇지 않아요." 그는 이렇게 말하고 열심히 안경사의 왼쪽 귀를 들여다보았다.

알래스카가 다가와 나머지 진찰도구들이 들어 있는 가방을 킁킁 냄새 맡으며 좋아했다. 아빠 냄새가 나서 그런 것 같았다.

잠시 후 안경사가 물었다. "어때요?"

"아주 똑똑히 보이네요." 프레데릭이 대답했다.

안경사는 이제 가만히 있었다. 문득 다섯 살 때 이웃마을 의사에게 갔던 일이 생각난 것이다. 그는 수두에 걸려 온몸에 붉은 물집이 생기고 고열과 오한에 시달렸다. 열 때문에 낮이고 밤이고 악몽을 꾸었다. 그래서 오래 전에 잠에서 깨어난 후에도 많이 울었다.

그는 의사를 무서워했다. 의사가 "이제 뚝 그쳐."라고 야단칠까봐 겁이 났다. 차가운 청진기도 두려웠다. 하지만 의사는 아주 친절하게 "자리에 앉으세요, 점박이 꼬마 아저씨." 하는 것이었다. 의사가 손을 따뜻하게 문지르고, 청진기에도 더운 입김을 불어 찬 기운을 없앴다. 그리고 안경사에게 물약과 연고를 바로 줄 터인데, 그걸 먹고 바르면 작은 복싱 세계 챔피언들이 안경사 안으로 미끄러져 들어갈 거라고 설명했다. 복싱 챔피언들은 아주 작아서 맨눈으로는 볼 수 없지만 매우 강한 데다 오직 수두를 케이오로 때려눕히기 위해 만들어졌다고 했다. 그의 안으로 들어간 보이지 않는 복싱 챔피언들 덕에 그는 당장 몸이 좋아졌다. 그의 편을 들어주는 복싱 챔피언들은 열을 때려눕히고 꿈들도 때려눕혔다.

당연히 안경사는 목소리들을 볼 수 있다는 프레데릭의 말을 한 순간도 믿지 않았다. 하지만 아이였던 안경사는 아주 기꺼이 그 말을 믿었다.

"정말입니까? 정말 그들이 보여요?" 안경사가 물었다.

"예, 여기 제 앞에 아주 또렷하게 누워 있어요. 적어도 세 개의 목소리가 있네요. 그들은 정말이지……, 정말이지 진짜 흉측하게 생겼어요."

"그렇지요?" 안경사는 미소를 띠며 프레데릭을 바라보았다.

"움직이지 마세요." 프레데릭이 말했다.

안경사는 얼른 다시 앞을 바라보았다.

"상당히 흉측하군요. 그런데 제가 보기에 아저씨는 이미 오래 전에 그들을 끌어들인 것 같은데요."

"맞아요. 정말 그렇습니다."

프레데릭은 헤드미러를 더 꽉 붙잡고 코 진찰도구를 이에 물었다. 그리고 자유로운 손으로 의자의 다리를 잡아끌어 빙 돌아서 안경사의 다른 쪽으로 갔다.

"이제 오른쪽 귀를 보겠습니다. 아, 이제 그들의 뒷모습이 보이네요."

안경사는 집중해서 똑바로, 그러니까 우리 집 싱크대 위의 타일을 바라보았다.

"많은 이들이 그들의 목소리에 이름을 붙이지요. 하지만 제 경우에는 도움이 되지 않았습니다." 프레데릭의 말에 안경사는 몸을 홱 돌려 프레데릭을 빤히 쳐다보았다. "당신도 그런 것을 갖고 있다고요?"

"그럼요. 다시 앞을 보세요."

"그들에 맞서서 뭔가를 할 수 있나요?"

안경사가 움직이지 않고 묻자 프레데릭이 대답했다.

"솔직히 말해서, 없습니다. 이 목소리들은 그대로 있을 가능성이 아주 높습니다." 프레데릭은 코 진찰도구로 안경사의 귀를 톡톡 두드렸다. "그들이 대체 어디로 가겠어요? 아저씨 외에는 손에 넣은 사람이 아무도 없는데. 게다가 아저씨에게 허튼소리를 지껄이는 것 말고는 배운 것이 하나도 없잖아요."

헤드미러가 그의 눈 위로 미끄러져 내렸다. 프레데릭은 미러를 머리 뒤쪽으로 밀었다. "목소리들에게 낭독하려고 하지 마세요. 엽서도 불교도 그만두세요. 그들은 나이가 많습니다. 모든 것을 이미 다 알고 있어요."

프레데릭은 코 진찰도구를 식탁 위에 내려놓고 안경사를 바라보았다. 안경사는 코 진찰도구를 손에 들고 한참 들여다보았다. 이윽고 그가 빙긋 미소 지으며 말했다.

"현대 기술로 못 하는 일이 없네요. 정말 대단해."

차를 몰고 집으로 돌아온 안경사는 정확히 한 사람이 누울 수 있는 침대에 풀썩 엎어졌다. 자신이 최소한 대왕고래의 심장만큼 무겁다는 느낌이 들었다. 사람이 해부학적으로 도저히 들 수 없는 무거운 어떤 것처럼 여겨졌다. 잠들기 전에 안경사는 사람이 그렇게 단단하고 무거울 수 있다는 이야기를 젤마에게 꼭 들려줘야겠다고 생각했다. 다만 그녀가 아직 그 점을 모르고 있다면.

　당연히 안경사 안의 목소리들은 누군가가 그들을 볼 수 있다고 주장했다는 이유만으로 평안을 주지 않았다. 그렇게 가벼운 일이 아니었다. 하지만 그때부터 짓눌리는 무거움이 서서히 줄기 시작했다.

　안경사는 목소리들에게 엽서의 격언과 불교 책들을 낭독하는 것을 그만두었다. 그들에게 자신이 강이나 하늘이라고 주장하는 것도 그만두었다. 그런 주장은 어차피 쉽게 반박할 수 있었다. 이제 그는 아무 주장도 하지 않았다. 그냥 더 이상 아무 대꾸도 하지 않았다. 시간이 가면서 목소리들의 쉭쉭거림은 중얼거림으로 변했고, 불평은 한탄으로 변했다. 안경사는 목소리들을 잃지 않았다. 반면 목소리들은 시간이 흐르면서 안경사를 잃었다. 그들은 여전히 자주 그리고 기꺼이 말을 했다. 다만 그들의 말은 점점 더 허공에 떠도는 꼴이 되었다. 마치 고장난 자동응답기에 대고 하는 것처럼.

생물발광 현상

"오늘처럼 말을 많이 한 건 정말이지 오랜만이에요." 프레데릭이 말했다. 우리는 창턱에 앉아 어젯밤 우리 둘 다 잠들지 못한 소파와 침대를 바라보았다. 우리 사이에는 땅콩 접시가 놓여 있었다. 프레데릭은 이미 한 접시를 다 비우고 또다시 땅콩을 채워놓았다.

"더 있고 싶지만 내일 돌아가야 해요."

그렇게 말하는 프레데릭을 나는 빤히 바라다보았다. 아마 내가 그 말을 달가워하지 않는다는 걸 똑똑히 알아차렸으리라. "좋지 않지요?" 그가 물었다.

나는 불교에서 중요하게 여긴다는 진정성에 대해 생각했다. 나는 주변 사람들에게 그 진정성을 금지했지만 진정성은 늘 제 길을 찾아갔고 그것은 나쁘지 않았다. 나는 생각했다. 진정성아, 어서 오렴. 루이제, 하나 둘 셋. 제기랄. "아니, 아니요, 나쁘지 않아요." 생각과 다른 말을 하고 말았다.

서가의 다른 책들 위에 비스듬히 놓여 있던 책 한 권이 바닥에 떨어졌다. 《심리분석 개요》, 아빠가 선물한 책이었다. 프레데릭이 말했다.

"당신이 있으면 물건이 잘 떨어지네요."

나는 포기하고 싶은 마음보다 사랑하는 마음이 더 큰 사람을 볼 때처럼 그를 곁눈질로 힐끔거렸다. 그는 피곤해 보였다. 나는 정신이 또렷했지만 하품이 나오는 사람처럼 행동했다. "벌써 많이 늦었네요. 이를 닦아야겠어요."

"그렇게 해요." 프레데릭이 말했다. 나는 이를 닦으러 갔다. 그리고 돌아와 다시 그의 옆에 앉았다.

"그럼 나도 이를 닦아야겠어요."

"그렇게 해요." 내가 말했다. 프레데릭은 이를 닦으러 갔다. 그리고 돌아와 다시 내 옆에 앉았다.

"알래스카에게 저녁 약을 줘야 해요." 내가 말했다.

"그렇게 해요." 프레데릭이 말했다. 나는 알래스카가 식탁 밑 자신의 이불 위에 몸을 둥글게 말고 누워 있는 주방으로 갔다. 저녁 약을 간소시지에 집어넣은 다음 알래스카

앞에 놓았다. 그리고 돌아와 다시 프레데릭 옆에 앉았다.

"무슨 약이에요?"

"갑상선 기능저하증과 골다공증."

나는 이제 또 무엇을 할 수 있을지 곰곰이 생각했다.

"잠깐 젤마에게 전화를 해야겠어요. 거기 아직도 비가 세차게 내리는지 물어보려고요."

"그렇게 해요." 프레데릭이 말했다.

나는 생각했다. 사람이 어떻게 저리 아름다울 수 있을까? 불교에서는 항상 아무것도 하지 않는 것이 중요하다는 생각도 했다.

"그런데 나는 그동안 내내 당신에게 키스하지 않은 것밖에 한 일이 아무것도 없군요." 나는 그렇게 말한 뒤 전화기 있는 쪽으로 가기 위해 재빨리 일어섰다. 프레데릭이 내 손목을 꽉 잡았다.

"더 이상은 안 되겠어요." 그는 내 목을 잡고 내 얼굴을 끌어당겼다. 그리고 "언젠가는 끝을 내야 해."라고 중얼거렸다. 프레데릭은 내게 키스했고, 나는 프레데릭에게 키스했다. 마치 우리가 그러기 위해 창조된 것처럼.

프레데릭은 너무 긴 스웨터를 벗듯 야회복을 머리 위로 벗은 후 내가 입고 있는 젤마의 옷 단추를 풀기 시작했다.

다음 세대들이 단추 푸는 방식에서 소중한 결론을 이끌어낼 수 있다는 듯 프레데릭은 아주 집중해서 단추를 풀었다. 독일에서 일본까지 전 구간의 단추를 푸는 것처럼 시간이 아주 오래 걸렸다. 그것은 딱 막히는 증상에게 창문턱 우리 곁에 편안히 앉는 기회를 주었다. 딱 막히는 증상 때문에 나는 생각했다. 프레데릭이 전 구간의 단추를 풀면 곧 그의 앞에 벌거벗고 서게 되리라. 하지만 나는 지금까지 한 번도 어떤 사람 앞에 그렇게 벌거벗고 선 적이 없었다. 나는 늘 불을 끈 뒤 혹은 이불 속에서 옷을 벗으려고 신경을 썼다. 다 이유가 있었다. 다행히 사물을 말로 언급하면 그것이 사라질 수 있다는 데 생각이 미쳤다. 그래서 말했다.

"나는 당신의 절반만큼도 아름답지 않아요."

프레데릭은 마지막 단추, 젤마 옷의 맨 아래 단추를 풀었다. 그는 일어나 내 옷을 어깨에서 끌어내렸다. "당신은 세 배로 아름다워요." 그가 나를 번쩍 들어 침대에 눕혔다. 딱 막히는 증상은 원래 머물던 창턱에 그대로 남아 있었다.

이제 그는 모든 일을 확신을 가지고 했다. 이미 몇 년 동안 내 몸의 지도를 연구한 것처럼, 일본 그의 벽에 그런 지도가 걸려 있고, 오랫동안 그 지도 앞에 서서 모든 길을 정확하게 마음속에 새긴 것처럼.

나는 프레데릭 몸의 지도를 갖고 있지 않았다. 어디서부터 시작해야 할지 몰라서 그의 가슴과 배를 따라 손을 푸드덕거렸다. 프레데릭이 그런 내 손을 잡고 말했다.

"이제 당신은 아무것도 하지 말아요." 그는 내 어깨를 잡고 나의 상반신을 매트리스 위에 눌렀다.

"프레데릭?" 그가 입과 손으로 저 아래 어딘가에 깊숙이 머물 때 내가 속삭였다. 그의 입과 손은 자기 길을 찾을 필요가 없었다.

"예?" 방안에서 막 획기적인 어떤 발명을 했는데 내가 부적절한 순간 방문을 두드렸다는 듯 그가 대답했다.

"당신은, 그러니까 당신은 정말 놀라울 만큼 정밀하네요."

내 말에 그는 나를 올려다보았다. "그런 말은 오히려 면도기에 대해서 하지 않나요?"

프레데릭은 싱긋 웃으며 나를 바라보았다. 그의 눈은 이제 더 이상 청록이나 터키 옥빛이 아닌 검은색이었다. 어렸을 때 안경사가 어둠 속에 있거나 기쁠 때엔 동공이 커진다고 하던 말이 생각났다.

그가 내 위로 올라왔다. 내 목에 머리를 대고 내 가슴에 손을 댔다. 들이고 싶지 않은 어떤 사람이 바깥에서 문을 두드리기라도 하는 것처럼 가슴 안에서 심장이 방망이질을 쳤다. 내 심장은 대왕고래의 심장과는 비슷한 점이 하나도 없다는 생각이 들었다.

"당신은 왜 그렇게 침착해요?" 내 물음에 키스를 하던 프레데릭이 대답했다. "당신이 그렇게 예민하니까 내가 이렇게 침착한 거예요."

그는 손으로 내 목을 살짝 누르며 쓰다듬고 속삭였다. "당신은 아무것도 하지 말라고 했잖아요."

"아무것도 하지 않아요."

"아뇨. 내내 생각을 하고 있잖아요."

고개를 돌리자 입술이 그의 이마에 닿았다.

"당신은 생각을 하나도 안 해요?"

"예." 프레데릭이 내 목에 대고 대답했다. 그리고 내 갈비뼈와 골반 사이의 움푹 패인 곳에 손을 올려놓았다. "지금은 안 해요. 아마 내일 좀 할 거예요." 그가 중얼거리며 손바닥을 내 배꼽 밑에 올려놓았다. 이제 아무것도 안 하는 것을 끝내야 했다. 나는 그의 등을 두 팔로 얼싸안았다. "심지어 상당히 많은 생각을 할 거예요." 그가 속삭이고는 다리로 내 다리를 벌렸다. "하지만 지금은 안 해요, 루이제." 프레데릭이 속삭였다. 이미 내 귀엔 더 이상 아무 말도 들리지 않았다.

새벽 3시쯤 잠깐 잠이 깼다. 프레데릭이 내 곁에 엎드려 누워 있었다. 팔을 모아 머리에 괴고 얼굴은 내 쪽을 향한 채 자고 있었다. 나는 한동안 그를 물끄러미 바라보다가 집게손가락으로 그의 거칠거칠한 팔꿈치를 쓰다듬었다.

"모든 걸 잘 기억해둬." 나는 나직이 말했다. 나 자신에게, 저 멀리 창턱에 있는 딱 막히는 증상에게.

일어나 침대 가장자리에 앉았다. 밤사이 비가 들이쳤다는 생각이 잠깐 들었다. 하지만 방 한가운데 있는 웅덩이는 프레데릭의 야회복이었다.

침대 커버가 바닥에 떨어져 있었다. 커버는 오래 전에 미끄러져 떨어졌다. 나는 늙은 어부가 그물을 들어올리듯 커버를 천천히 들어올렸다. 시간이 한참 걸렸다. 내 팔은 90퍼센트의 물로 이루어져 있었다. 나는 사랑 때문에 흐물흐물해졌다.

내가 침대 커버를 들어올리는 동안 묵직한 안경사는 밤새 한 번도 움직이지 않고 침대에 엎드려 있었다. 그 시간에 엘스베트의 소파 위에서는 엘스베트와 팔름이 앉은 채 자고 있었다. 엘스베트가 먼저 잠들었는데 중간에 잠깐 잠이 깼다. "미안해요, 팔름. 하지만 당신의 모든 성경 구절과 해석들은 정말 피곤하네요." 그녀가 말했다. 팔름은 미소를 띠고 그녀를 바라보면서 대답했다. "괜찮아요, 엘스베트." 엘스베트는 다시 스르르 잠이 들었다. 팔름은 계속 더 설명하다가 자기도 그만 까무룩 잠이 들고 말았다. 반면 마를리스는 잠을 자지 않았다. 그녀는 창가에 서서 완두콩 통조림을 먹었다. 창가에 몸 전체를 드러내놓고 서 있었다. 밤에만 가능한 일이었다. 밤에는 귀찮게 구는 사람이 아무도 지나가지 않으니까. 마를리스는 내키지 않았지만 완두콩을 꾸역꾸역 위 속에 채워넣었다. 그녀의 몸이 수줍게 오늘 또 하루 종일 아무것도 먹지 않았음을 상기시켰기 때문이다. 완두콩 물이 턱에 흘러내리자 그녀는 손으로 입을 닦았다. 그동안 아빠는 모스크바의 동전 공중전화기 앞에 서서 손목시계를 보고 있었다. 그는 중부유럽의 시간을 보다가 수화기를 다시 내려놓았다. 그 시간에 엄마는 아이스크림 카페 위층 아파트에서 알베르토 곁에 누워 딸꾹질을 하고 있었다. 몇 시간 전 알베르토는 그녀에게 살림을 합치지 않겠느냐고 물었다. 그러자 엄마는 영원 이래 그런 일은 또다시 없을 만큼 오랫동안 크게 웃었다. 마치 살림을 합치는 것이 세상에서 가장 우스운 농담인 것처럼. 알베르토는 당연히 모욕감을 느꼈다. "알았어요. 이제 그만 다시 진정해요." 그가 말했지만 엄마는 다시 진정할 수 없었다. "미안해요. 당신과 아무 상관이 없어요. 그냥 미치도록 우스울 뿐이에요. 나도 왜 그런지 모르겠어요." 엄마는 잠을 자려고 했지만 딸꾹질 때문에 잘 수가 없었다. '살림을 합친다'는 말을 생각할 때마다 숨넘어갈 듯 다시 웃기 시작했다. 마침내 알베르토는 "이제 그만 됐어요. 나는 소파로 갈래요."라고 했다.

그때 젤마는 꽃이 그려진 누비이불을 덮고 누워 하마터면 오카피 꿈을 꿀 뻔했다. 다행히 마지막 순간 오카피가 아니라 기형적으로 생긴 소임이 드러났다. 소는 울헥의 어스름한 빛 속에서 그녀 옆에 서 있었다.

동물은 그런 것을 감지한다

오전에 초인종 소리에 잠이 깼다. 프레데릭은 사라지고 그의 야회복과 가방만 눈에 들어왔다. 나는 잠에 취한 채 문으로 가서 인터폰을 들었다. "좀 내려와 봐요. 짐 옮기는 거 도와줘요." 프레데릭이었다.

목욕가운이 없어서 프레데릭의 야회복을 걸치고 계단을 내려갔다.

프레데릭은 여섯 개의 상자에 둘러싸여 아파트 문 앞에 서 있었다. "당신, 타버린 생과자처럼 보이네요." 그가 말했다.

"당신은 아주 정상적으로 보여요." 내가 대꾸했다. 프레데릭은 보통 사람처럼 청바지와 스웨터 차림이었다.

나는 상자들을 가리켰다. "이게 다 뭐예요?"

"기우뚱한 책장은 절대 안 돼요. 당신을 위해 책장을 하나 샀어요."

우리는 복도와 계단을 지나 상자들을 들고 위로 올라왔다. 프레데릭이 내 뒤에 섰다. "이걸 대체 어떻게 운반했어요?" 내 물음에 프레데릭은 걸음을 멈추고 대답했다. "삶이 주는 모든 선물을 하나씩 집으로 옮기는 자는 깨달음을 얻느니라."

나는 몸을 돌려 그를 빤히 바라보았다.

"농담이에요. 용달차로 왔어요."

위로 올라오자 그가 시계를 보더니 말했다. "이제 가야해요. 당신 혼자 조립해야겠네요." 우리 중 누구도 내가 8년 동안 그 일을 하지 않으리라는 걸 알지 못했다.

공항은 차곡차곡 조심스럽게 쌓아놓았지만 마지막 순간 햇빛 속으로 나오려 발버둥치는 진실들로 북적거렸다. 여기저기서 마지막 포옹을 하는 사람들이 보였다. 나는 햇빛속에 나온 그들의 진실이 상상하던 것만큼 끔찍하지도 두렵지도 않아서 그들이 진심으로 포옹하는 것이길 바랐다. 하지만 가슴에 묻은 진실이 나오지 못하도록, 마지막 몇미터 앞에서 악취와 소란을 퍼뜨리지 못하도록, 그들은 있는 힘껏 포옹하는 것일지도 몰랐다.

우리는 전광판 앞에 서 있었다. 프레데릭은 가방을 내려놓고 나를 바라보았다. "돌려줄게요. 나중에 보낼게요." 그가 이야기했다. 택시비 123마르크를 말하는 것이었다.

우리는 자동차가 없다는 사실을 뒤늦게 깨달았다. 그래서 택시로 공항에 왔다. "이 거대하고 추한 짐승을 데리고 가야 하나요?" 택시 운전사가 알래스카를 보며 투덜거리자 프레데릭이 대답했다. "예, 그래야 해요. 거대하고 추한 짐승은 항상 같이 다녀야 합니다."

우리는 뒷좌석에 앉았다. 우리 사이에 앉은 알래스카는 뒷좌석의 반과 발치의 반을 차지한 채 웅크렸다. 프레데릭은 생각을 해보겠다고 했는데, 지금 그 생각을 하고 있었다. 나는 그런 그를 물끄러미 바라보았다.

택시를 타고 가는 내내 우리는 아무 말도 하지 않았다. 공항 진출로 바로 앞에서 프레데릭이 내 어깨를 감싸안았다. 그것은 또한 알래스카를 안았다는 것을 의미했다.

"왜 그렇게 침착해요?" 그가 물었다.

"당신이 그렇게 예민하니까 내가 이렇게 침착한 거예요." 정말이었다. 나는 예민하지 않았다. 그때까지는. 여기

지금 출국장에서 비로소 예민해졌다.

"아뇨, 돈은 돌려주지 않아도 돼요. 내게 책장을 선물했잖아요."

우리는 큰 소리를 내며 업데이트되는 전광판을 올려다보았다. 글자들이 덜그럭거리면서 차례로 떨어지더니 흐릿한 흑백으로 용해되었다. 우리를 포함해 주위에 있는 사람들 모두가 글자들이 다시 평정을 찾기를 기다렸다. 전광판이 앞으로 삶이 어떻게 이어질지 보여주기라도 할 것처럼 마법에 걸린 듯 모두 위를 올려다보았다. 이윽고 전광판의 글자들이 차분해지면서 앞으로 삶이 어떻게 전개될 것인지 알려주었다. 지금부터 5분간의 삶을, 그만의 방식으로 무뚝뚝하게. "5b 게이트." 프레데릭이 전광판을 읽었다.

출국장을 지나가는데 갑자기 알래스카가 줄을 끌어당겨서 하마터면 균형을 잃을 뻔했다.

알래스카는 우리를 향해 뛰어오는 한 남자 쪽으로 줄을 끌어당겼다. 나는 두 눈을 꼭 감았다. 한 번도 본 적 없지만 그 남자가 누구인지 바로 알 수 있었다. 그가 프레데릭에게 말을 걸었다.

"다짜고짜 말을 걸어서 미안합니다. 내 이름은 마쉬케 박사입니다. 심리분석가지요. 당신은 불교도시죠, 아닌가요?" 그는 프레데릭에게 손을 내밀었다. 그의 가죽재킷이 버스럭거렸다.

"예, 저는 불교도입니다." 프레데릭이 대답하다가 나를 보더니 덧붙였다. "적어도 저는 그렇다고 믿고 있지요."

"나는 불교에 대해 관심이 아주 많습니다. 혹시 선禪을 하시나요?"

프레데릭은 고개를 끄덕였다. 마쉬케 박사는 그에게서 눈을 떼지 못했다. 마치 말안장에 다는 자루를 바라보는 뢰더 씨처럼 황홀한 듯 그를 바라보았다.

나는 마쉬케 박사를 뚫어져라 보았다. 그의 머리카락은 붉은빛을 띠었는데 짧은 수염도 같은 색깔이었다. 니켈 안경을 끼고 있는 그는 대략 아빠와 같은 나이였다.

"마쉬케예요, 내 이름입니다." 그가 인사하며 내 손을 대충 흔들었다. 그리고 재빨리 다시 프레데릭 쪽으로 몸을 돌리려다가 내 얼굴을 빤히 쳐다보았다. "당신을 보니까 어떤 사람이 생각나는군요."

"우리 아빠요." 내가 대답했다.

"이럴 수가. 당신, 페터의 딸이로군요! 페터와 많이 닮았네요. 만나서 반가워요." 마쉬케 박사가 말했다.

알래스카는 도가 넘치게 기뻐했다. 아마 자신이 마쉬케 박사의 생각이기 때문이리라.

"알래스카는 마쉬케 박사의 생각이에요. 아빠의 세계여행도 그렇지요."

내가 프레데릭에게 설명하자 마쉬케 박사가 반박했다.

"아뇨, 그 반대입니다. 당시 나는 여러 번 가지 말라고 말렸어요. 그냥 당신 곁에 남아 있으라고 강력하게 권했다고요." 박사는 다시 프레데릭에게 몸을 돌렸다. "말해주세요. 유가행파 불교*에 대해 질문이 하나 있는데."

"절대 그럴 리 없어요. 전부 다 당신 머리에서 나온 생각이에요." 나는 화가 나서 쏘아붙였지만 마쉬케 박사가 아빠를 세계여행에 보낸 증거가 없다는 게 퍼뜩 떠올랐다. 젤마와 내가 그저 그렇게 생각했을 뿐이다. 사실은 그 반대일 수도 있었다.

"얼른 말씀하세요." 프레데릭이 재촉하자 마쉬케 박사가 헛기침을 하고 입을 열었다.

---

* 대승불교의 한 지파로 유식학파로도 불린다. 우리가 경험하는 이 세계는 단지 마음의 표상에 지나지 않으며, 바깥의 사물은 마음의 표상과 별개로 존재하는 것이 아니라고 주장한다.

"정확히 말해서, 팔식八識**에 대해 질문이 있습니다."

"알래스카가 왜 이러죠?" 내가 물었다. 마쉬케 박사를 반가워하는 움직임을 알래스카가 도무지 멈추지 않았기 때문이다.

"우리가 함께 즐거운 하루를 보냈거든요." 마쉬케 박사가 버스럭거리며 알래스카의 머리를 슬쩍 쓰다듬고는 계속했다. "정확히 말해서, 내 질문은 아뢰야식阿賴耶識***에 대한 거예요."

"저장창고 의식." 프레데릭이 말했다.

"맞아요." 마쉬케 박사의 얼굴이 환하게 빛났다.

"어떻게 함께 즐거운 하루를 보내셨어요?" 내가 물었다.

"알래스카가 여름에 나를 한 번 찾아왔어요. 우리는 하루 종일 함께 지냈지요."

알래스카가 사라지고 프레데릭이 나타났던 그날이 생각났다.

"알래스카가 박사님과 같이 있었다고요?"

프레데릭이 나를 빤히 바라보며 끼어들었다. "그러니까

** 불교의 한 지파인 법상종에서 여덟 가지 인식 작용을 이르는 말.
*** 팔식 중 여덟 번째 의식. 저장된 의식, 심층 기억, 무의식을 말한다.

그건 알래스카의 모험이었네요. 한데 당신 얼굴이 창백해요, 괜찮아요?"

나는 얼굴이 창백해졌다. 갑자기 사실이 정반대로 뒤집어지면 사람은 얼굴색이 바뀐다. "그런데 알래스카가 왜 하필 박사님에게 달려갔을까요?"

"페터가 그리워서요. 내 생각은 그래요. 나는 당신 아버지와 긴밀히 연결되어 있거든요. 동물은 그런 것을 감지하지요."

"저도 아빠와 긴밀히 연결되어 있어요."

"예, 하지만 그거 알아요? 심리분석은 아주 다른 방식으로 연결하지요." 마쉬케 박사의 대답이었다.

프레데릭이 내 등에 손을 올려놓았다. 꺼져요. 나는 마쉬케 박사 쪽을 보며 생각했다. 온 마음을 기울여 열심히. 프레데릭이 마쉬케 박사에게 말했다.

"유감스럽지만 이제 가야 합니다."

"하지만 아뢰야식은? 그런데 몇 시 비행기예요? 내 비행기는 30분 후에야 떠납니다."

나는 눈치 채지 못하게 슬쩍 프레데릭의 옆구리를 찔렀다. 그가 나를 바라다보더니 말했다.

"떠나기 전에 루이제에게 가르침을 주어야 합니다. 고결

한 지혜에 대해서. 이해하시죠?"

마쉬케 박사는 당연히 이해했다. "당신과 같은 전문가를 알게 돼서 정말 영광입니다. 이 길을 가기로 결심했다니, 정말 대단하십니다."

"이제 그만 좀 진정해." 나는 알래스카에게 하는 말인 양 그렇게 말했다. 여전히 마쉬케 박사 주위를 돌며 꼬리를 흔들던 알래스카는 이제 마쉬케 박사가 사라지는 쪽으로 줄을 끌어당겼다. 우리는 박사의 뒷모습을 바라보았다.

나는 나직이 말했다. "사실은 그 반대였어. 나는 도저히 이해할 수 없어."

우리는 안전구역으로 달려갔다. 그곳은 프레데릭만 지나갈 수 있었다. 마쉬케 박사와 저장창고 의식이 시간을 많이 빼앗는 바람에 우리에게 남은 시간은 고작 몇 분밖에 없었다. 프레데릭이 말했다.

"그거 알아요? 사실이 정반대로 뒤집어지면 다른 일도 그럴지 몰라요."

"이를테면?"

"어쩌면 당신은 칠대양七大洋*을 탐험하도록 만들어진 사람일지도 몰라요."

"책장, 다시 한 번 고마워요." 나는 다른 이야기를 하고 싶었다. 프레데릭이 말했다. "숨 쉬어요, 루이제."

"어디로요?"

"배로."

"그건 그렇고 이거 받아요." 나는 주머니에서 봉지 하나를 꺼내 내밀었다. 땅콩을 아주 많이 싸왔던 것이다.

"고마워요." 그는 머리카락이 없다는 것을 잊어버린 듯 손으로 머리를 쓸었다. "지금 결정되지 않은 문제가 많은 거 알아요."

나는 결정되지 않은 프레데릭의 문제를 볼 수 없었다. 내 문제는 무너질 위험이 있다고 붉게 표시된 곳처럼 내 발 앞에 버티고 있었다. 이를테면 '앞으로 어떻게 될까?' '우리는 지금 무엇을 할까?' 같은 문제들.

프레데릭이 계속했다. "지금 나는 한 가지도 해답을 모르겠어요. 당신이 유가행파 불교에 대해 질문을 하고 싶다면 다르겠지만." 그는 미소를 지으며 손으로 내 얼굴을 받쳐 들었다. "또다시 혼란스러워하는군요, 루이제."

---

* 세계의 모든 해양에 대한 별칭. 여러 의견이 있지만 북극해, 북대서양, 남대서양, 북태평양, 남태평양, 인도양, 남극해로 보는 것이 일반적이다.

정반대로 뒤집어진 사실이 많든 적든, 나는 절대 칠대양을 탐험하도록 만들어지지 않았다고 말하고 싶었다. 그게 아니라 특별히 당신을 위해 만들어졌다고. 하지만 그 말들역시 붉게 표시되어 있었다.

"당신, 그만 가야 해요." 내가 말했다.

"예."

"편안히 가세요."

"그러려면 우선 당신이 내 손을 놓아주어야 해요." 프레데릭이 웃었다.

"이제 갈 수 있어요." 내가 그를 놓아주며 말했다. 프레데릭이 유리문을 통과했다. 그의 등 뒤에서 문이 닫혔지만나는 문 사이에 발을 끼워넣을 수 없었다. 99퍼센트의 물로 이루어진 사람은 그러는 게 불가능하기 때문이다.

프레데릭이 떠나자 나는 알래스카의 목줄을 더 꽉 움켜쥐었다. 알래스카가 다시 줄을 끌어당겼기 때문이다. 뒤를돌아 손을 흔들던 프레데릭의 눈에 갑자기 놀라움이 서렸다. 내 뒤로 뇌우전선이 형성되기라도 한 듯 그가 내 머리위를 쳐다보았다. 뒤를 돌아보니 코앞에 마쉬케 박사가 서있었다. 박사가 말했다. "그는 다시 올 겁니다."

마쉬케 박사는 마치 상을 받아 세계적으로 화제가 된 학자처럼 엄숙하게 말했다. 하도 엄숙해서 그가 프레데릭을 가리키는지 혹은 우리 할아버지나 마르틴처럼 순수하게 해부학적으로 절대 다시 돌아올 수 없는 다른 어떤 사람을 가리키는지 잠시 확신이 서지 않았다.

"꺼져요." 내가 쏘아붙였다. 하루 종일 그 말만 하는 마를리스 생각이 났다. 지금까지 나는 누구에게도 그런 말을 한 적이 없었다.

마쉬케 박사는 달래려는 듯 싱긋 웃으며 나를 바라보았다. "편안히 화내세요. 한 번도 화내지 않는 사람은 자신의 모습을 새롭게 바꿀 수 없지요."

"꺼져요. 그리고 가죽재킷을 버스럭거리며 모두를 질리게 만드는 짓일랑 그만두세요." 내 말은 효과가 있었다.

나는 123마르크를 들여 알래스카와 함께 곧장 시내로 돌아왔다. 서점 앞에서 택시운전사에게 요금을 지불했다. 그어느 때보다 비용이 많이 든 하루였다. 농부 라이디히에게 들이닥친 집행관 생각이 났다. 집행관은 라이디히가 소유한 모든 물건에 붉은 딱지를 붙이면서 말했다. "이제 이 모든 것은 당신 것이 아닙니다."

위를 보세요

마을회관의 크리스마스 축제는 별 다른 소동 없이 순조롭
게 준비되어 오후에 열렸다. 성경 구절이 아주 많이 인용되
었는데도 팔름은 축제 내내 입을 다물었다. 오후가 다 가
도록 그는 딱 두 마디를 했을 뿐이다. "마르틴을 위하여."

매년 마을회관의 크리스마스 축제가 끝날 때마다 안경
사는 건배를 했다. "마르틴을 위하여." 마을 사람 모두가
저 위 하늘의 잔칫상을 올려다보며 외쳤다. 그 잔칫상에는
구름을 탄 마르틴이 주님의 음성이 들리는 곳에 앉아 우리
에게 손을 흔들고 있었다. 팔름은 포도주 잔이 아니라 구
스베리 주스 잔을 부딪치면서 그렇게 설명했다.

나중에 안경사와 팔름, 엘스베트가 함께 젤마의 집으로
왔다. 엄마는 젤마의 집을 온통 화환과 나뭇가지로 장식해

놓았다. 그래서 온 집안에 숲의 향기가 감돌았다. 우리는 온갖 방법을 다 써보았지만 크리스마스트리를 똑바로 세울 수 없었다. 그래서 우리가 노래를 부르는 동안 안경사가 트리를 잡고 있었다. 안경사는 방금 체포한 도주 위험 있는 범인인 양 트리의 꼭대기 쪽을 팔을 뻗쳐 꽉 붙잡았다.

우리는 〈오 기쁜 날〉*을 불렀다. 팔름이 그 노래를 원했다. 그는 이 세상이 끝난 것을 낮은 목소리로 크게 불렀다. 아빠는 방글라데시에서 전화를 걸었다. 우리는 수화기를 소파 탁자 위에 놓고, 아빠도 함께 노래를 불렀다.

노래를 마치고 촛불을 불어 끈 후 우리는 크리스마스트리를 벽에 기대놓았다. 불쑥 안경사가 말했다. "더 이상 비밀을 혼자 간직할 수 없습니다."

그때 젤마는 크리스마스 거위구이를 손에 들었고, 엘스베트는 접시 여섯 개를 들고 있었다. 엄마와 나는 팔름 옆 소파에 앉아 젤마의 달걀 리큐어 잔을 부딪치려던 참이었다. 모두 마법에 걸린 듯 동작을 딱 멈추었다. 우리는 생각했다. 이제, 이제 모두가 이미 오래 전에 아는 사실을 그가

---

*가장 유명한 독일 크리스마스 노래 중 하나. 이 세상이 끝나고 예수가 탄생한 기쁘고 복된 크리스마스를 찬양하고 있다.

털어놓는구나.

젤마는 크리스마스 거위를 든 채 뿌리가 박힌 듯 서 있었다. 붉게 표시된 곳을 방금 큰 걸음으로 성큼 넘은 것이 유감스럽다는 듯, 차라리 한가운데를 밟아 바닥에 쑥 빠져 버렸으면 좋겠다는 표정이었다.

안경사는 팔름에게 다가갔다. 팔름은 눈이 휘둥그레져서 그를 쳐다보며 물었다. "나요?"

"예, 당신요."

팔름은 자리에서 일어났다. 이제 모두 다시 움직일 수 있게 되었다. "베르너 팔름, 나는 당신의 망루를 톱으로 잘랐어요. 당신을 죽이려고. 정말 미안합니다." 안경사가 고백했다. 그의 손이 부들부들 떨렸다.

젤마는 안도의 한숨을 내쉬었다. 그녀의 마른 몸이 단하나의 날숨 같았다.

"하지만 아무 일도 없었잖아요. 게다가 12년 전 일이라고요." 엘스베트가 소리쳤다. 그녀는 아직도 접시들을 손에 들고 있었다.

"그래도요. 부디 용서해주세요." 안경사가 팔름을 보며 말했다. 그는 떨고 있었다. 우리는 안경사가 그 일을 그토록 무거운 마음의 짐으로 여기고 있는지 몰랐다.

팔름은 안경사를 올려다보았다. 안경사를 해독하려는 듯 그가 눈을 꼭 감고 말했다. "괜찮습니다. 더욱이 왜 그랬는지 이해가 되는걸요."

이제 안경사가 안도의 한숨을 내쉬었다. 그의 길고 마른 몸이 단 하나의 날숨 같았다. 금지된 것임을 알면서도 그는 하마터면 팔름을 끌어안을 뻔했다. 하지만 팔름이 손을 들고 말했다. "나도 당신들에게 할 말이 있습니다."

젤마는 크리스마스 거위를 창턱에 내려놓았다.

"그러니까 당신에게 할 말이 있어요, 젤마." 팔름은 팔을 등 뒤로 돌려 뒷짐을 지었다.

흔들리지 않는 사랑을 잔뜩 기대하던 다른 사람들은 이제 사랑이 아주 엉뚱한 방향에서 젤마에게 쏟아지는 것은 아닌지 생각했다. 팔름이 그녀를 남몰래 사랑했다는 사실이 밝혀지는구나. 팔름이 사랑을 고백하면 젤마는 어떻게 나올까? 그녀는 마르틴이 죽은 후 노루를 제외하고는 그의 뜻을 거절하지 못하지 않았는가. 나는 달걀 리큐어를 소파 탁자에 내려놓고 엄마의 손을 잡았다.

"나는 당신을 죽이려고 했어요, 젤마." 팔름이 나직하게 말했다. 그는 일요일에 신는 좋은 구두를 신은 자신의 발을 내려다보았다. "마르틴이 죽기 전에." 그가 잠시 위를 올려다보았다. "당신의 꿈 때문에. 그렇게 하면 아무도 죽지 않을 거라고 생각했어요."

모두 젤마를 뚫어져라 쳐다보았다. 그녀가 이 일을 그냥 넘길지 아니면 그동안 보였던 호의와 인내하며 들었던 성경 구절 해석 등 모든 것을 단번에 다 거부할지 가늠할 수가 없었다. 팔름은 그 모든 것을 각오한 듯했다.

젤마는 이 일을 그냥 넘겼다. "하지만 그러지 않았잖아요." 그녀가 팔름에게 다가가며 말했다.

"나는 총을 벌써 장전했었어요." 팔름이 털어놓았다.

젤마는 그의 어깨를 쓰다듬으려 했지만 그러면 안 되니까, 그의 어깨 위 몇 센티 허공을 쓰다듬고는 대답했다. "나를 쏘지 않아서 고마워요."

"나는 그렇게 어리석었어요. 불멸은 오직 주님 곁에만 있습니다." 팔름이 흐느껴 울었다.

"거위구이가 식어요. 살해 시도가 또 있었나요? 아니면 이제 그만 먹을까요?" 젤마가 얼른 말머리를 돌렸다.

"당연히 먹어야 해요. 그런데 페터가 아직 저기 누워 있네요." 엄마의 지적에 젤마가 소리쳤다. "맙소사." 그녀가 전화기 쪽으로 달려갔다. 아빠가 말했다. "하나도 이해하지 못했어요. 연결이 아주 나쁘네요. 노래를 다 부르셨어요?"

"그래. 모두 노래를 끝까지 다 불렀다." 젤마가 대답했다.

저녁 늦게 나는 알루미늄 호일에 싼 크리스마스 거위를 들고 알래스카와 함께 마를리스를 찾아갔다. 예전에 마를리스는 적어도 축제에는 참석했지만 이젠 그마저 거부했다.

날이 추웠다, 아주 많이. 나는 알래스카에게 말했다. "우리가 얼마나 아름다운 곳에서 사는지 한번 보렴. 맑음과 차가움과 어둠의 교향곡이구나."

프리트헬름이 춤추듯 경중경중 뛰어 지나갔다. 나직하게 〈매년 또다시〉*를 노래하고 있었다. 그가 모자를 벗자 나는 고개를 끄덕였다. 12년 전, 아빠는 공포에 질린 그에게 주사를 한 대 놓아주었다. 나는 그 주사가 혹시 수십 년에 걸쳐 행복과 만족을 분비하는 주사는 아닌지 혼자 물었다.

어차피 마를리스가 문을 열어주지 않을 것이 뻔했으므로 나는 곧장 집을 빙 돌아 비뚜로 닫힌 주방 창문으로 가서 소리쳤다. "메리 크리스마스, 마를리스. 거위구이를 조금 가져왔어요. 맛이 기가 막혀요."

---

* 가장 유명한 독일 크리스마스 노래 중 하나.

"먹고 싶지 않아. 꺼져."

나는 주방 창문 옆에 몸을 기대고 속삭였다. "이번에 언니는 놓친 것이 있어요. 팔름은 젤마를 죽일 뻔했고, 안경사는 팔름을 죽일 뻔했어요."

주방의자를 확 뒤로 미는 소리가 들렸다. "뭐라고?" 마를리스가 물었다.

"그러니까 오늘이 아니라, 그때요."

마를리스는 아무 말도 하지 않았다.

"일본에서 나를 찾아온 손님 기억나요? 몇 주일 전 여기 왔었잖아요. 그런데 그는 지금 아무 소식도 주지 않아요."

마를리스는 아무 말도 하지 않았다.

"나는 이 상황을 받아들여야 할 거예요. 아, 참, 나는 수습을 잘 마쳤어요. 언니가 줄곧 불평을 했지만 말이에요."

"네 추천은 개똥같아."

"아마 그래서 그가 소식을 주지 않는 것 같아요."

나는 거위구이를 창턱에 내려놓았다. 알루미늄 호일이 냄비에 어린 달빛처럼 반짝였다.

1월에 나는 안경사와 젤마와 함께 크라이스슈타트의 의사를 찾아갔다. 젤마의 관절 변형이 더 심해졌기 때문이다. 누구나 다 볼 수 있는 사실을 증명하기 위해 그녀의 손과 발, 무릎이 차례로 방사선 기계 아래 놓여졌다. 그녀는 꼼짝 않고 가만히 있어야 했다. 젤마는 눈을 꼭 감고 움직이지 않았다. 중간중간 사람이 와서 다음 촬영을 위해 그녀의 팔다리 위치를 새로 조정할 때도 눈을 뜨지 않았다. 젤마는 거기 앉아서 눈꺼풀 뒤 흑백의 잔상을 보고 있었다. 진짜진짜 마지막으로 뒤를 돌아보는 하인리히와 그의 정지된 미소가 보였다. 그동안 방사선 기계는 젤마의 정지된 몸 사진을 연한 잿빛으로 찍었다. 기계가 사진을 찍는 동안 젤마는 하인리히를 보면서 몸을 움찔하지 않으려고 조심했다.

안경사와 나는 방사선실 앞에 앉아 있었다. "세상의 반대편 끝에서 오는 편지를 받으려면 시간이 걸리는 법이야. 아마 그는 벌써 편지를 쓰고 있을걸." 안경사가 말하는데 젤마가 나왔다. 그녀는 구두주걱과 포크를 합성한 것 같은 물건을 손에 들고 있었다. 요즘 그녀는 팔을 머리까지 올리는 것도 힘들어했다. 손에 든 것은 헤어스타일을 정리하는 도구였다.

"네가 먼저 소식을 전할 수도 있어." 나중에 안경사의 차

안에서 젤마가 말했다. 그녀의 말이 옳았으므로 나는 다음 날 뢰더 씨에게 말했다. "청소 좀 하러 갈게요." 뢰더 씨는 고개를 끄덕였다. 나는 뒷방 문에 몸을 버틴 다음, 망가진 물건들을 넘어 접이식 탁자로 갔다. 그리고 어떤 고객이 준 헤이즐넛 리큐어 병의 마개를 열어 나를 격려하기 위해 절반 정도 마신 후 프레데릭에게 편지를 썼다.

나는 프레데릭이 이미 보냈을 편지를 아직 받지 못했다고 썼다. 정확히 말해서 편지가 일본에서 베스터발트까지 오는 것은 불가능하다는 점에 대해 아주 많은 문장을 썼다. 그런 편지는 긴 여행을 하는 동안 수많은 함정에 노출된다고, 게다가 언제나 인간의 실수가 끼어든다고. 프레데릭이 여름에 처음 보낸 편지가 일본에서 여기까지 도착한 유일한 편지임에 분명하다고.

커피 반 잔 정도의 헤이즐넛 리큐어를 세 번째로 마셨을 때 나는 '결코'와 '언제나'가 나오는 편지를 쓰기 시작했다. 나는 프레데릭이 내 전 인생의 방향을 틀어놓았다고 썼다. 처음 만난 순간부터 그를 사랑했다고, 그 어떤 것도 절대 그 사랑에 끼어들지 않을 거라고. 나는 불교가 생각을 깊이 한 것 같지 않다고 썼다. 우리가 어떤 사물을 보려고 하지 않으면 그것은 사라지지 않는다고 하는데 그 말은 맞지 않는다고. 내가 여러 주일 프레데릭을 보려고 하지 않았는데도 그가 완전히 사라진 것이 그 점을 증명하지 않느냐고. 헤이즐넛 리큐어 때문에, 특히 그 문장이 마음을 사로잡을 만큼 통찰력 있는 듯 여겨졌다. '당연히 젤마와 엘스베트, 안경사도 안부 전해달래요.'라는 말도 썼다. 안경사가 어제 다시 팔름과 함께 젤마 집의 무너질 위험이 있는 곳을 제대로 고치겠다고 결심했다는 말도 썼다. 벌써 몇 년째 그런 상태였는데도 새삼 안경사가 "이건 정말 아니야."라고 했다고. 그런데 내 생각엔 프레데릭이 소식을 전하지 않는 것도 정말 아니라고 썼다. 하지만 사실은 그 반대일지 모른다고. 어쩌면 그가 편지를 일곱 통이나 썼는데 안타깝게 한 통도 못 받은 것일 수 있다고. 이유는 위를 보라고.

나는 리큐어 병마개를 닫고 술병을 탁자 밑에 둔 다음, 제비꽃 사탕 네 개를 입에 넣었다. 뢰더 씨는 도처에 제비꽃 사탕의 작은 둥지를 마련해놓았다. 심지어 망가진 커피 머신 주전자 안에도 그런 둥지가 하나 있었다.

나는 어렵사리 문을 열고는 신간서적의 포장을 풀고 있는 뢰더 씨를 빙 돌아 카운터로 갔다. 카운터에 우표 전지 한 장이 있었다. 일본으로 편지를 보내려면 얼마가 드는지 나는 알지 못했다. 그래서 안전하게 봉투 전체에 우표를 다 붙였다.

안경사가 서점에 들어왔다. 원래 나를 데리러 온 것이지만, 내가 추천했다는 가내 수공업에 관한 책 한 권을 높이 들면서 그 책이 자신의 인생을 바꾸어 놓았다고 말했다. 뢰더 씨가 뒤에서 소리쳤다.

"이제 그만 됐습니다."

"매우 혼란스러워 보이는구나. 뭐 마셨니? 냄새가 난다. 잘 모르겠지만 제비꽃 리큐어를 마신 것 같구나."

차 안에서 안경사가 말했다. 차가 마을에 들어설 때 나는 부탁했다.

"우체통 앞에서 좀 세워주세요. 프레데릭에게 편지를 썼거든요."

"방금? 그런 상태로?"

"물론이에요."

"우선 좀 자고 나서 부쳐야 할 것 같은데. 아니면 먼저 젤마에게 보여주든가." 안경사가 제안했다. 우리는 중요한 편지는 언제나 젤마에게 먼저 보여주고 나서 부쳤다. 대금 독촉 편지를 고객에게 쓸 때면 안경사는 먼저 젤마에게 편지를 보여주며 물었다. "너무 무뚝뚝하지요?"

"너무 친절해요." 대부분의 경우 젤마는 그렇게 말했다.

"쓸데없는 소리 마세요. 나는 지금 부칠 거예요. 늘 조심하는 그 태도가 다 무슨 소용이에요." 나는 거만한 운전교습 강사처럼 안경사의 어깨에 팔을 두르고 소리쳤다. 그리고 덧붙였다. "자발성과 진정성이 가장 중요한 거예요." 아마 헤이즐넛 리큐어를 마시고도 완벽하게 발음할 수 있는 다른 두 단어를 찾는 편이 더 나았을 것이다.

나는 차에서 내려 우체통에 편지를 던져넣었다.

다음날 아침 7시에 나는 다시 우체통 앞에 서 있었다. 우체부가 우체통의 뚜껑을 열고 우편낭의 걸쇠를 잠갔다.

내가 말했다. "부탁인데 내 편지를 돌려줘."

일년 전 늙은 우체부가 은퇴하고 새로 채용된 우체부는 윗마을에 사는 쌍둥이 중 하나였다. "안 돼." 그가 대답했다.

나는 이미 30분을 우체통 옆에서 기다린 터였다. 춥고 머리가 지끈거렸다. 지금 팔름의 총을 갖고 있으면 얼마나 좋을까, 상상했다. 나는 총을 겨누며 말할 것이다. '편지를 내놔, 이 멍청아. 모두 내 명령을 따른다고.' 하지만 나는 이렇게 말했다. "부탁이야."

우체부가 입술을 비죽이며 웃었다. 그의 입에서 하얀 입김이 만들어낸 작은 구름이 흘러나왔다.

"대신 뭘 줄 건데?"

"내가 가진 걸 다 줄게."

"그건?"

나는 가방에서 지갑을 꺼냈다. "10마르크야."

우체부는 내 손에서 지폐를 확 낚아채 바지주머니에 집어넣었다. 그는 우편낭을 벌려 자기 배 앞으로 들면서 말했다. "마음대로 해."

나는 우편낭 위로 몸을 숙였다. 우편낭은 편지 몇 통을 담기에는 지나치게 크고 깊었다. 나는 뻣뻣한 손가락으로 편지를 헤집었다. 우체부가 말했다.

"해피 뉴이어, 루이스헨."

다음날 아침, 내 우편함에 프레데릭의 편지가 들어 있었다. 푸른 항공우편 봉투였다. 나는 봉투를 복도 전등에 비추어보았다. 하지만 이번에는 더 두꺼운 종이에 쓴 편지가 들어 있어서 내용이 보이지 않았다. 업데이트되는 공항 전광판의 글자들처럼 단어들이 흐릿하게 보였다.

사랑하는 루이제

이제야 소식 전해서 미안해요. 일이 많았어요(아마 상상하기 어렵겠지만 사실이에요). 이 시기에는 항상 많은 손님이 찾아오는데 내가 그들을 담당해야 하거든요. 나는 그들에게 모든 것을 설명하지요. 수도원에서는 어떻게 먹어야 하고, 어떻게 앉아야 하며, 어떻게 걸어야 하는지, 또 언제 침묵하고 잠은 얼마 동안 자야 하는지. 심각한 사고를 당하고 난 후에 그렇듯이 수도원에 오면 모든 것을 새로 배워야 하지요.

당신 생각을 많이 했습니다. 당신 집에 갔을 때 좋았어요. 힘들기도 했고요. 나는 그렇게 많은 사람들과 그렇게 오랫동안 같이 있는 것에 익숙하지 않거든요. 여기 세계의 반대편에서는 말을 많이 하지 않지요.

당신도 예상하겠지만, 나는 당신에게만큼 누군가에게 그렇게 가까이 다가가는 것도 익숙하지 않아요.

그런데 가까이 다가간다는 것은 대단한 일이에요. 당신은 내게 수수께끼였어요, 루이제. 당신은 이따금 아주 대담하게 행동해서 막 닫히려는 문에 불쑥 발을 끼워넣지만 어느새 다시 혼란스러워 해요. 그러면 나는 당신이 김이 뿌옇게 서린 유리창 뒤에 있는 것 같은 느낌이 들어요. 뒤에 무엇이 숨겨져 있는지 짐작만 하는 그런 유리창 말이에요.

당신과 당신들 옆에 있을 때 나는 계속 당신에게 반했어요. 적어도 내가 당신에게서 볼 수 있는 것에 반했지요 (위의 유리창 이야기를 보세요).

하지만 그런 사랑은 변화되어야 합니다. 우리는 서로 어울리지 않기 때문이에요, 루이제. 나는 일본에서의 이 삶을 살기로 결심했어요. 그것은 아주 긴 길이고, 나는 그것을 위해 내가 가진 용기를 다 그러모아야 했지요. 정말 낭만적이지 않게 들리겠지만, 나는 모든 것을 뒤죽박죽으로 만들고 싶지 않아요. 모든 것이 제자리에 있는 것, 그것이 내겐 아주 중요해요.

내 자리는 여기예요, 당신 없이.

당신이 모든 것에 대해, 그러니까 우리에 대해 어떻게 생각하는지 모르겠어요. 우리가 서로 어울리지 않는다는 것에 대해 동의할 수 있어요?

당신의 프레데릭

나는 손에 편지 외에 아무것도 들고 있지 않았다. 하지만 대문을 열고 천천히 서점으로 걸어가는데 편지가 아주 무거운 짐처럼 여겨졌다. 마치 유리창 뒤에 있는 것처럼, 나는 생각했다. 들판, 목장. 미친 하셀네 농장. 풀밭, 숲.

첫 번째 망루. 들판. 숲. 풀밭. 목장, 목장.

　나는 하루 종일 편지를 들고 다녔다. 서점을 나와서 안경사와 만나기로 약속한 선물가게가 있는 간선도로까지 편지를 들고 갔다. 눈앞에 프레데릭의 말밖에 보이지 않았기에 나는 인도 한가운데 우뚝 서 있는 마쉬케 박사와 쾅 부딪히고 말았다.

　"아이쿠. 하지만 만나서 반갑네요." 박사는 손을 허리에 받치고 자신이 막 생산한 제품인 양 나를 꼼꼼히 뜯어보았다. "정말 믿을 수 없군요. 당신은 아버지와 붕어빵이에요."

　나는 건너편 선물가게 쪽을 쳐다보았다. 안경사는 벌써 와서 기다리고 있었다. 엽서 진열대 뒤쪽에서 연기가 모락모락 솟아올랐다.

　마쉬케 박사는 자신이 프레데릭에게 하려던 온갖 질문에 대해 설명하기 시작했다. 아무것도 하지 않는 것과 집착을 버리는 것, 하나가 아닌 것과 둘이 아닌 것에 대해서 말했다. '아니다'가 넘쳐나는구나, 하고 생각하면서 박사의 말을 건성으로 들었다. 나는 김이 뿌옇게 서린 창문 뒤에 있는 것 같았다. 마쉬케 박사와 부딪혔을 때 덜커덩 하는 소리가 나지 않은 것이 이상했다.

갈 데가 있다고 몇 번이나 말해도 마쉬케 박사는 그치지 않았다. 그는 마를리스가 모퉁이를 돌아 튀어나오기 전까지 말하고 또 말했다. 나는 마를리스에게 물었다.

"여기서 대체 뭐해요? 또 무슨 불평을 했어요?"

날씨가 그리 춥지 않은데도 마를리스는 이마 깊숙이 내려오는 모자를 쓰고 목도리까지 두르고 있었다. 목도리는 젊음을 유지한 그녀의 얼굴 아래 부분을 다 가렸다.

무엇이 마를리스의 젊음을 유지시키는 걸까? 나는 혼자 물었다. 어쩌면 그녀의 모든 날이 완전히 똑같기 때문일지도 모른다는 생각이 들었다. 그래서 시간이 그녀의 얼굴 위로 흐를 필요가 없다고 판단했을 수 있다.

마를리스는 들고 있던 길쭉한 꾸러미를 총처럼 마쉬케 박사를 향해 조준하면서 입을 열었다. "막대 자물쇠를 하나 샀어."

"그런 게 이미 하나 있잖아요." 내가 대꾸했다.

마를리스는 이미 대문에 자물쇠를 네 개나 채웠다. 대문 하나가 어떻게 그렇게 많은 자물쇠의 무게를 견딜 수 있을까? 나는 혼자 물었다. 프레데릭의 편지로 인해 마를리스의 안전 자물쇠들 아래서 우지끈 부서지는 문이 상상되고, 그러자 너무 슬퍼져서 하마터면 울음을 터뜨릴 뻔했다.

마를리스가 말했다. "자물쇠는 아무리 많아도 결코 충분하지 않아. 이제 집에 돌아가는 길이야."

마쉬케 박사는 둘둘 싸맨 마를리스를 베일 쓴 미녀를 보듯 황홀한 눈빛으로 바라보았다. 그가 말했다. "그렇게 하세요. 프랑스 철학자 블레즈 파스칼은 언젠가 말했지요. '인간의 모든 불행은 단 한 하나, 조용히 방안에 들어앉아 있을 수 없는 데서 기인한다'고."

마를리스는 팔 아래 꾸러미를 끼우고 빙긋 미소 지었다. 지금까지 나는 그녀가 미소 짓는 모습을 한 번도 본 적이 없었다. 그것이 해부학적으로 가능한 것인지도 몰랐다. "옳은 말이에요." 마를리스가 대답했다. 지금까지 그녀는 단 한 번도 어떤 것이 옳다는 말을 한 적이 없었다.

"이제 저도 가봐야 해요." 내가 몸을 돌렸다. 마쉬케 박사는 내 소매를 꽉 붙잡았다. 그의 가죽재킷이 버스럭거렸다. "집에 머무르세요. 그런데 당신 아버지가 왜 항상 여행을 하는지 알고 있어요?"

나는 건너편 엽서 진열대 쪽을 쳐다보았다. 진열대 뒤에서 안경사가 담배를 한 대 더 꺼내 불을 붙이고 있었다. 내가 물었다. "낯선 사람들과 박사님 환자 이야기를 해도 돼요? 그런 건 금지돼 있지 않나요?"

"나는 당신 아버지를 환자라기보다 친구로 여기고 있습니다. 하지만 당신에게 내 견해를 강요하고 싶은 생각은 없습니다." 마쉬케 박사가 맘에도 없는 말을 늘어놓았다. 흔들리지 않고 계속 떠들었기 때문이다. 그가 니켈 안경을 밀어올리면서 계속했다. "그러니까 나는 이렇게 믿고 있습니다. 그는 자신의 아버지를 찾기 위해 쉼 없이 여행하는 거예요."

"뭐라고요? 그의 아버지는 죽었잖아요." 마를리스가 끼어들었다.

"그 점이 실용적인 겁니다. 그래서 그를 도처에서 찾을 수 있는 거예요." 마쉬케 박사는 엄숙하게 우리를 바라보았다. 예전에 역도 세계챔피언 흉내를 내고 박수갈채를 기다리면서 나를 바라보았던 마르틴처럼 그렇게.

건너편 엽서 진열대 뒤에서 담배를 끄는 기척이 들렸다. 담배꽁초를 밟는 안경사의 발이 잠깐 보였다. 내가 말했다. "이제 가야 해요. 마를리스, 우리 차를 타고 같이 집에 갈래요?"

"너무 무리한 부탁이야." 마를리스는 딱 잘라 거절하고 꾸러미를 어깨에 메고 가버렸다.

마쉬케 박사가 물었다. "당신의 불교도 주소를 좀 줄 수 있을까요?"

"너무 무리한 부탁이네요." 나는 그렇게 대꾸한 뒤 편지를 들고 도로를 건너 안경사에게 달려가 그의 품에 와락 안겼다.

저녁 늦게 나는 젤마와 엘스베트, 안경사와 함께 우리 집 앞 계단에 앉았다. 우리는 계단 위에 젤마의 소파 덮개를 펼쳐놓았다. 안경사가 오늘 특히 많은 별똥별을 볼 수 있다는 소식을 어디서 읽었던 것이다.

젤마와 안경사, 엘스베트는 안경을 쓴 채 머리를 맞대고 프레데릭의 편지에 몸을 숙이고 있었다. 편지를 해독하기 어려운 듯 오래오래. 내가 말했다.

"나는 동의하지 않을 거예요. 이게 대체 얼마나 멍청한 생각이에요? 나는 사랑을 변화시키는 것도 할 수 없어요. 그 사람은 어떻게 그런 생각을 하는 걸까요?"

안경사는 자리에서 일어나 주방에서 불교 책 한 권을 가져왔다. 동의를 거절할 때 도움이 되는 문장을 책 속에서 찾을 수 있기를 바랐기 때문이다.

그는 안경을 쓰고 책장을 넘기더니 말했다. "인생에서는 특히 중요한 것이 한 가지 있다. 그것은 세상과 친밀한 관계를 맺는 것이다. 세상과 친밀한 관계라." 안경사는 같은 말을 되풀이했다. "세상과 친밀한 관계, 아름답지 않니?" 그는 이미 밑줄을 쳤음에도 또다시 밑줄을 쳤다.

엘스베트는 몽 쉐리 하나를 입에 넣고 말했다. "우리는 그에게 사랑을 억지로 떠맡길 수 있어." 그녀는 사랑을 변화시킬 수 없다면 프레데릭을 변화시켜야 한다고 생각했다. "아주 많은 방법이 있어. 이를테면 손톱 조각을 포도주 잔에 넣고 저어 마시게 할 수 있지. 그걸 마신 사람은 사랑 때문에 거의 미쳐버리거든. 눈치 채지 못하게 수탉의 혀를 음식에 섞어도 같은 효과를 볼 수 있단다. 혹은 올빼미 뼈로 만든 목걸이를 목에 걸어줄 수도 있지." 엘스베트는 곰곰이 생각했다. "어쩌면 카나리아 뼈도 괜찮을 거야. 내 생각엔 핍지 뼈도 괜찮을 거 같다." 핍지는 엘스베트의 카나리아였는데 오늘 오전에 죽었다. 그녀는 몽 쉐리 하나를 더 먹으며 말을 이었다. "프레데릭에게 잃어버렸다가 찾은 빵을 먹으라고 줄 수도 있어. 그럼 그는 기억을 잃어버리거든. 분명 자신이 아무것도 뒤죽박죽으로 만들고 싶지 않았다는 것도 잊을 거야."

나는 알래스카의 저녁 약을 둥그런 간소시지에 집어넣듯이 프레데릭에게 사랑을 억지로 떠맡기는 장면을 상상해보았다. 엘스베트가 이야기를 계속했다.

"은숟가락으로 마편초를 캐서 몸에 지니고 다닐 수도 있어. 그럼 그 사람은 모든 이의 사랑을 받거든. 그러니까 특별한 사람의 사랑도 받는다는 말이지." 엘스베트의 무릎에는 짙은 장미 색깔 종이쪽지가 많이 놓여 있었다. 그녀는 구겨진 그 쪽지들을 들여다보면서 계속했다. "당연히 문제는 이 모든 방법이 효과를 내려면 그가 여기 있어야 한다는 거야. 하지만 그것도 해결할 수 있어. 빗자루 세 개를 오븐에 집어넣으면 손님이 찾아오거든. 그러니까 특별한 손님도 오는 거지."

"별똥별이다." 젤마가 말했다. 우리는 위를 올려다보았다. 엘스베트가 단언했다. "그런데 별똥별 얘기는 다 사기야. 그건 전혀 도움이 안 돼."

"내 생각에 해결책은 딱 하나밖에 없다. 동의하지 않겠다면 헤어지는 수밖에 없어." 젤마의 말에 안경사가 헛기침을 하고는 의견을 냈다. "솔직히 말해서 나는 이 모든 일과 관련해 최종 결정이 내려졌다고는 생각하지 않아요."

"하지만 우리 모두 그에게 반했잖아요." 엘스베트의 말에 젤마가 인정했다. "그랬지요. 하지만 어쩔 수 없어요."

안경사는 책을 들여다보며 말했다. "우리는 모두 시간에

서 바깥쪽으로 뒤집힌 존재에 불과하다는 걸 아세요?"

"그게 이 문제와 무슨 상관이 있어요?" 엘스베트가 종이 쪽지들을 빈 화분에 넣으면서 물었다.

그리고 아무도 더 말을 하지 않았다. 우리는 묵묵히 하늘을 올려다보았다. 하늘에서 아무 쓸모없는 별똥별 다섯 개가 더 떨어지고 있었다.

위를 올려다보지 않은 사람은 엘스베트밖에 없었다. 그녀는 나를 빤히 바라다보았다. 멍청한 동의 때문에, 상상할 수도 없는 변화 때문에 내 눈에 다시 눈물이 어리는 것을 보았다.

우리는 사랑을 가지고 온갖 것을 할 수 있었다. 정도의 차이는 있지만 사랑을 꼭꼭 숨길 수 있었다. 사랑을 뒤에 끌고 다닐 수도 있었다. 사랑을 높이 들거나, 사랑을 가지고 전 세계 모든 나라를 돌아다닐 수도 있었다. 꽃다발에 차곡차곡 쌓아 넣을 수도, 땅에 파묻거나 하늘에 날려보낼 수도 있었다. 사랑은 그 모든 것과 함께 했다. 사랑이 본래 그렇듯이 인내심을 가지고 유연하게. 하지만 우리는 사랑을 변화시킬 수는 없었다.

엘스베트는 내 이마에 흘러내린 머리카락을 조심스레 쓸어올려 주었다. 그리고 내 어깨에 팔을 두르고 나직하게 속삭였다. "박쥐의 심장을 먹으면 그 어떤 것도 그 사람에게 상처를 입힐 수 없단다." 그러더니 그녀가 벌떡 일어나 말했다. "이제 가봐야겠어요. 내일 새벽에 시내에 나가봐야 해요." 몰리히 앤드 쉭 상점이 내일 창고 바겐세일을 시작했던 것이다.

"내일 봐요." 우리는 인사했다. 굽이 닳은 구두를 신은, 잠시 뒤집힌 시간이었던 엘스베트는 몸을 돌려 멀어졌다. "수탉의 혀를 구할 수 있는지 알아봐야겠어." 그녀가 혼자 말하는 소리가 들렸다.

젤마가 내 등을 쓰다듬었다. "재빨리 도망칠 수도 있단다, 루이제."

젤마와 안경사는 내 머리 저 너머를 바라보았다. 두 사람은 사랑은 변화시킬 수 없다는 것을 잘 알고 있었다.

더 자세한 것은 알 수 없다

그 밤, 나는 도저히 동의할 수 없다는 것을 똑똑히 깨달았다. 그래서 어떻게 하면 재빨리 도망칠 수 있는지 혼자 물었다. 다음날 아침, 서점에서 주문한 책들을 고객들의 알파벳 이름 순서로 서랍에 정리할 때도 혼자 물었다.

뢰더 씨가 내 어깨를 툭툭 치며 말했다. "언제부터 A 앞에 F가 왔지요?"

그때 서점 문이 벌컥 열리며 안경사가 들이닥쳤다. "엘스베트가 사고를 당했다."

그가 그 말을 한 후 잠시 멈추었던 시간이 미친 듯이 질주하기 시작했다. 젤마와 안경사와 함께 크라이스병원으로 달려갈 때 우리 옆에서 미친 듯이 내달리던 시간은, 우리가 병원 복도에 앉아 기다릴 때 속도를 한없이 줄여 느리게 흘렀다. 우리는 저마다 베이지색 자판기커피를 들고 있었다. 하지만 컵을 똑바로 쥔 사람은 아무도 없었다.

의사들이 분주하게 오갔다. 리놀륨 바닥을 걷는 그들의 발자국 소리가 어린아이의 딸꾹질 소리처럼 들렸다. 우리 세 사람은 계속 튕기듯 일어났는데 그때마다 아직 자세한 것은 알 수 없다는 말만 들었다.

"나는 어젯밤 아무 꿈도 꾸지 않았어요." 젤마가 말했다. 안경사와 내가 몇 시간 전부터 하지 않았던 질문에 대답한 것이다. 나는 그렇게 나쁘지는 않을 거라 생각하고 믿으려 애썼다. 하지만 쉽지 않았다. 엘스베트는 버스 앞으로 달려들었기 때문이다. 크라이스슈타트의 노선 버스였다. 어떻게 나쁘지 않을 수 있겠는가.

절망한 버스운전사는 전속력으로 달리는 버스 앞에 땅에서 솟아난 듯 엘스베트가 갑자기 나타났다고 진술했다. 주위에 있던 사람들은 그녀가 도로로 뛰어들었다고 말했다. 오른쪽도 왼쪽도 보지 않은 채 손에 든 종이만 집중해서 보고 있었다고. 주위에 있던 한 남자가 엘스베트로부터 한참 떨어진 아스팔트 위에서 펄럭거리는 종이를 주웠다. 삐뚤빼뚤한 글씨로 쓴 엘스베트의 목록이었다.

포도주

수탉의 혀, 호이벨에게 물어볼 것

핍지의 뼈를 삶을 것

마편초

박쥐의 심장

빗자루

날이 어둑어둑해지는데 아직도 더 자세한 것은 알 수 없다는 말만 들려왔다. 안경사가 벌떡 일어났다.

"팔름에게 전화해야겠어요." 그가 말했다. 앞뒤 없이 불쑥, 결연한 어조로. 꼭 팔름이 상을 받은 의사임을 이제야 깨달았다는 듯이.

젤마가 의아한 표정으로 그를 올려다보았다.

"엘스베트를 위해 기도해달라고요?"

"아뇨. 그가 동물에 대해 잘 알기 때문이에요." 안경사의 대답이었다.

전화를 받은 팔름은 당장 자신의 차에 올라탔다. 저 멀리 비바람에 무너져가는 커다란 성으로 차를 몰았다. 그가 술에 취하지 않았던 얼마 되지 않은 날에 마르틴과 함께 구경했던 성이었다.

젤마와 내가 자판기커피를 움켜쥐고, 안경사가 병원 입구에서 연이어 줄담배를 피우는 동안, 팔름은 차를 주차한 뒤 트렁크에서 손전등 하나를 꺼내 허리춤에 꽂았다. 팔름은 좋은 전등을 갖고 있었다. 빛에 대해 훤히 알고 있었으니까.

그는 잠기지 않은 문을 찾았으나 소용없었다. 탑 뒤쪽에 비바람을 맞아 망가진 듯 보이는 낮은 문이 있었지만 안타깝게도 문에 달린 맹꽁이자물쇠가 아주 튼튼했다. 그는 문을 흔들기 시작했다.

마르틴이 죽자 분노가 팔름에게서 왈칵 쏟아져 나왔다. 분노와 함께 그의 힘도 쏟아져 나왔다. 팔름의 내면에서 힘과 분노는 뒤엉켜 있었기 때문이다. 팔름은 주위를 둘러보며 헛기침을 했다.

"제발 열려, 문아." 그는 말하면서 문을 흔들었다. 하지만 좋은 문이었다. 비바람에 다 망가진 것처럼 보여도 좀처럼 흔들리지 않았다. '좀 더 일찍 신경을 썼어야지.' '더 여러 번 왔어야지, 이 무력한 사냥꾼아.' 그렇게 말하는 것 같았다. 팔름은 세게, 점점 더 세게 문을 흔들기 시작했다. 범인의 어깨에 올라탄 〈범죄 현장〉의 경감처럼, 범인이 유괴한 희생자를 어디 숨겼는지 털어놓지 않아서 돌아버린 경감처럼. "그만 포기해, 이 빌어먹을 것아." 팔름의 목소리가 그르렁댔다. 이제 그의 목소리는 그렇게 크게 소리치는 것에 익숙하지 않았다. "당장 열려, 이 개자식아. 안 그러면 총을 쏴 부숴버릴 테다." 그가 으르렁댔다. 자물쇠는 아직도 견디고 있었지만 와지끈 문이 두 쪽으로 부서졌다.

팔름은 숨을 내쉬고 재킷소매로 이마를 닦았다. 손전등을 켜고 부서진 문의 잔해를 넘어 저 맨 꼭대기 탑까지 계단을 뛰어 올라갔다. 그리고 바지주머니에 손을 넣어 아주 작고 예리한 칼이 있는지 확인했다.

한 시간 후, 우리가 아직도 기다리고 있는데 팔름이 병원 복도를 따라 뛰어왔다. 의사도 우리를 향해 걸어왔다. 다른 쪽에서. 의사는 서두르지 않았다. 시간이 완전히 멈추기 전에 시간을 좀 벌어보려는 듯 천천히 걸어왔다.

숨이 턱에 찬 팔름과 느릿느릿한 의사가 동시에 도착했다. 젤마와 안경사, 나는 벌떡 일어났다. 보이지 않는 누군가가 '일어나세요.' 했기 때문이다.

"그녀는 이겨내지 못했습니다."

의사의 말에 젤마는 손으로 입을 막았다. 안경사는 의자에 도로 풀썩 주저앉아 손으로 얼굴을 감쌌다. 팔름이 주먹을 폈다. 그의 손은 피투성이였다.

팔름의 손에서 작은 고깃조각이 리놀륨 바닥에 툭 떨어졌다. 의사의 하얀 구두 바로 옆이었다. 의사는 끼악, 이상한 소리를 토했다. "세상에, 이게 대체 뭐예요?" 의사가 소리쳤다. 그가 어찌 알 수 있겠는가. 누가 그것이 박쥐의 심장임을 한눈에 알아보겠는가.

엘스베트의 장례식 날에는 비가 내렸다. 프레데릭이 나를 찾아왔던 날처럼 억수같이 내렸다. 엘스베트의 무덤 주위에 펼쳐진 검은 우산들은 저 위에서 보면 거대한 잉크 얼룩처럼 보였다.

젤마의 손은 내 손을 잡고 있었다. 그녀의 어깨가 움찔흔들렸다. 그녀는 흐느껴 울었다. 나는 그녀의 귀에 대고속삭였다. "엘스베트는 언젠가 무덤 위에 비가 내리면 묻힌 사람에게 좋다고 말했어요." 젤마는 나를 바라다보았다. 그녀의 젖은 얼굴이 부어 있었다. "하지만 이렇게 억수같이 퍼붓는 비는 아니지."

빗방울이 관 뚜껑의 장식들 위로 타닥타닥 떨어졌다. 젤마는 사치스럽게 꾸민 관을 고집했다. 엘스베트가 살아 있을 때 항상 외모를 화려하게 꾸몄으니까 그래야 한다고. 장의사가 관 가격을 불렀을 때 안경사는 조금 깎아줄 수 있는지 물었다. 그러자 장의사는 의기양양하게 관을 살 때 흥정하면 안 된다고 대꾸했다. 안 그러면 죽은 사람이 안식을 찾지 못한다고. "엘스베트가 알려준 거예요." 그가 말했다.

정확히 말해서 엘스베트의 집은 이미 오래 전에 그녀의 집이 아니었다. 집은 크라이스슈타트의 은행 소유였다. 엘스베트가 죽은 지금 그 집은 가능하면 빨리 엘스베트에 대해 아무것도 모르는 상태로 돌아가야 했다.

엘스베트의 집을 치울 때 아빠도 거들었다. 그는 어떤 황무지에서 돌아왔는데 바로 다른 황무지로 떠날 예정이었다. 알래스카는 계속 일을 방해했다. 상자를 들고 있는 아빠의 주위를 껑충껑충 뛰어다녀서 그를 비틀거리게 만들었다.

엘스베트의 앨범을 싸다가 엘스베트와 하인리히, 젤마가 젊을 때 찍은 흑백사진들을 발견했다. 잘 아는 사진이었다. 엘스베트가 마르틴과 내게 자주 보여주었기 때문이다. 젤마와 하인리히의 사진이 하나 있었다. 두 사람은 텅 빈 공터를 가리키고 있었다. 그 위에 훗날 우리 집이 세워 질 예정이었다. 마르틴과 나는 엘스베트와 젤마가 한때 그렇게나 젊었다는 것을 도무지 이해할 수 없었다. 우리 할아버지가 언젠가 이 세상에 있었다는 것도, 우리 집이 아직 없었다는 것도 이해할 수 없었다.

엄마도 일을 거들었다. 엄마와 아빠는 짐 나르기 시합을 하는 것처럼 보였다. 아빠가 상자 두 개를 한꺼번에 들면, 엄마는 세 개를 들었다. 엄마가 상자 세 개를 들면, 아빠는 네 개를 번쩍 들었다. 마침내 엄마가 상자 다섯 개를 한꺼번에 들려고 했을 때 맨 위쪽 상자가 정원에 굴러 떨어졌다. 상자 뚜껑이 열리면서 해바라기처럼 노란 공책들이 엘스베트의 잔디밭에 떨어졌다. 공책 하나가 활짝 펼쳐졌다.

잡화점 주인이 엘스베트의 다리미를 내려놓고 공책을 집어들었다. "레나테와의 섹스는 나를 정신 못 차리게 만든다." 그가 읽었다. "이게 대체 무슨 소리지?"

안경사가 잡화점 주인의 손에서 공책을 낚아채 탁 닫으며 말했다. "아무것도 아니에요. 아무것도."

안경사는 공책들을 차곡차곡 쌓은 뒤 그 위에 마른 나뭇잎을 올려놓고 재킷주머니에서 라이터를 꺼내 불을 붙였다. 불꽃이 해바라기처럼 노란 공책들, 빼곡하게 적힌 종이들을 훑는 동안 그는 하늘을 올려다보며 속삭였다. "봐요, 엘스베트. 레나테는 곧 먼지가 될 거예요."

젤마가 엘스베트의 집에서 나왔다. 그녀는 하루 종일 침착했다. 담담하게 힘 닿는 한 짐을 포장하고 바깥으로 옮기는 일을 거들었다. 하지만 언제나처럼 전화기 탁자 옆에 놓인 엘스베트의 슬리퍼를 비닐봉투에 넣는 순간 그만 평정을 잃고 말았다.

젤마는 휠체어를 밀었다. 휠체어 좌석에는 엘스베트의 일회용 병들이 놓여 있었다. 병마다 무엇에 쓰는지 짐작도 할 수 없는 가루와 약초들이 들어 있었다. 잠시 머뭇거리던 젤마가 병의 내용물을 안경사의 발치에 있는 모닥불에다 쏟아버렸다. 사랑의 근심과 변비를 없애는 약, 죽은 다음에도 죽고 싶지 않은 사람들을 물리치는 약, 치통을 없애는 약, 발에 땀이 많이 나는 사람을 위한 약, 파산과 담석을 막아주는 약, 회복을 도와주는 밤잠을 자게 해주는 약, 사랑할 수 없는 사람을 사랑하게 해주는 약……. 모두 다 쏟았다. 젤마가 말했다.

"엘스베트가 없으면 죄다 아무 소용이 없어."

젤마는 엘스베트의 앨범과, 엘스베트가 운전할 때마다

배와 핸들 사이에 놓았던 담요, 그리고 슬리퍼를 가졌다. 그녀는 지난밤 엘스베트의 장례식이 끝난 후 내가 잠을 이루지 못했던 거실 소파 밑에 슬리퍼를 두었다.

나는 전등을 켜고 슬리퍼 한 짝을 손에 들었다. 본래 색깔이 어땠는지 알 수 없었다. 몇 년에 걸쳐 엘스베트의 슬리퍼에 그려진 지도를 보았다. 골이 패인 비스듬한 고무창과 엘스베트의 발바닥 경화로 인해 안쪽으로 휜 모양, 엘스베트의 발꿈치가 만든 검고 빛나는 움푹 팬 곳을 들여다보았다.

나는 재빨리 도망치지 않았다. 엘스베트의 슬리퍼를 소파 밑 다른 물건들 옆에 도로 갖다놓았다. 그리고 종이를 찾아서 썼다. '이것으로 나는 우리가 서로 어울리지 않는다는 것에 동의해요.' 다른 사람들이 결혼 서약에 서명하듯이 나는 엄숙하게 그렇게 썼다.

제3부

무한히 넓은 곳

여행을 다니는 동안 아빠는 젤마의 생일 때마다 자신이 머무르는 나라의 사진집을 선물했다. 이제 젤마는 이 사진집을 전처럼 펴보지도 않은 채 서가에 꽂아놓지 않았다. 꼼꼼히 살펴보고 모든 것을 마음에 새겨두었다. 그녀는 아들이 본 것을 상상하고 싶어 했다.

생일날 손님들이 모두 떠나면 젤마는 언제나 새 사진집을 들고 안락의자에 앉고, 안경사는 그녀의 맞은편 붉은 소파에 자리를 잡고 앉았다. 사진집은 설명이 대부분 영어로 쓰여 있었는데 마르틴과 나를 위해 노래를 번역해준 이후 안경사는 그 분야의 전문가로 간주되고 있었다. 그는 설명을 읽는 젤마를 바라보거나 불어대는 바람에 가지가 흔들리는 창문 앞 늙은 전나무를 바라보면서 기다렸다. 알이 작은 젤마의 안경 너머로 그녀의 눈을 바라보며 그녀가 눈을 들어 모르는 단어를 말할 때까지 기다렸다. 그는 그 단어의 의미를 알고 있었다.

일흔두 번째 생일날, 젤마는 무릎에 뉴질랜드 사진집을 놓고 안락의자에 앉았다. 지난번 생일 때 받은 사진집의 포장을 불과 며칠 전에 푼 듯한 느낌이었다.

나이 들수록 시간이 더 빨리 흐른다는 말은 맞는 듯했다. 현명하지 않은 처사라는 생각이 들었다. 젤마는 시간 감각이 자신과 함께 나이 들어가고 조금 마비되기를 바랐지만 사실은 그 반대였다. 그녀의 시간 감각은 경주마처럼 행동했다.

"'*New Zealand's amazing faunal biodiversity*'가 무슨 뜻이에요?" 젤마가 물었다. 안경사는 '동물의 놀라운 종적 다양성'이라고 했다. 저 아래 마을에서는 잡화점 주인이 장기 보존이 가능한 우유팩을 맨 뒤쪽 진열대에서 맨 왼쪽 진열대로 옮겨 정리하고 있었고, 우리를 방문하러 온 아빠는 제노바의 벨벳 스카프를 가져왔다. 나는 프레데릭에게 편지를 썼고, 프레데릭은 내게 편지를 썼다. 시장의 돼지가 도망을 쳤고, 안경사는 그 돼지를 다시 붙잡았다.

그동안 울헥의 활엽수들은 나뭇잎을 떨어뜨리기 위해 이 파리의 초록색을 거두어들였다. 곧바로 폭설이 내려 잡화점 주인의 창고 지붕이 망가졌다. 눈은 무거웠지만 젤마의 시간 감각으로는 바로 다음 순간 녹아버린 것 같았다. 울헥의 나무들은 순식간에 새로운 나뭇잎을 마련했고, 순식간에 젤마는 다시 일흔세 살 생일을 맞아 아르헨티나 사진집을 무릎에 놓고 앉았다.

"'*untamed nature*'가 무슨 뜻이에요?" 그녀가 물었고, 안경사는 '길들지 않은 자연'이라고 말했다.

나는 프레데릭에게 편지를 썼고, 프레데릭은 내게 편지를 썼다. 내가 동의했음에도 불구하고, 아니 어쩌면 내가 동의했기 때문에 우리는 서로 편지를 주고받았다. 우리 편지는 지구의 반 바퀴를 돌아야 하고 기술적인 문제와 인간적인 실수에 노출되어 있었지만 어김없이 상대방에게 도착했다. 물론 시차를 두고서. '우체부로 일하는 윗마을의 쌍둥이가 갓 태어난 새끼 고양이들을 자루에 넣어 아펠바흐에 빠뜨려 죽였어요.'라고 내가 프레데릭에게 썼더니 2주일 후 그의 대답이 왔다. '고양이들을 익사시키면 지독히 나쁜

업*을 쌓게 되지요.' '우리, 전화를 좀 할 수 없나요?' 내가 프레데릭에게 썼더니 예상대로 그는 전화는 아주 번거롭다고 대답했다.

해부학적으로 불가능했지만 나는 사랑을 변화시키려고 노력했다. 적어도 조망이 가능하고 마음대로 다룰 수 있는 사랑으로 변화시키려고. 그것 역시 번거롭기는 매한가지였다. 다만 프레데릭의 얼굴을 볼 수도 없고 그와 대화할 수도 없기 때문에 시간이 가면서 조망을 확보한 척할 수는 있었다.

안경사는 줄기차게 프레데릭과 어떻게 되었느냐고 물었다. 내가 "우리는 서로 편지를 주고받아요."라고 하자 안경사는 그건 질문에 대한 대답이 아니라고 했다. "그래도 너는 그를 사랑하는구나." 인쇄된 작은 글씨를 볼 때마다 눈이 아파서 시력을 검사해보려고 등받이 없는 그의 진찰의자에 앉아 있는데 그가 말했다.

"아니요. 이젠 아니에요."

---

* 불교에서 중생이 몸과 입과 뜻으로 짓는 선악의 소행, 혹은 전생의 행실로 말미암아 현세에 받는 응보를 말한다.

내가 대답하자 안경사 뒤의 시력검사표가 뚝 떨어졌다. 안경사는 뒷방으로 가서 새 시력검사표를 가지고 왔다. "특별히 너를 위해 만들었다." 그가 말했다. 검사표 위에는 이렇게 적혀 있었다.

모험을 하도록 태어났다고 해도
그 모험을
항상
스스로 선택할
수는
없다

나는 몸을 앞으로 숙이고 말했다. "안경이 필요하네요."

뢰더 씨는 '푸른 바다의 미풍'을 알래스카에게 뿌렸고, 마를리스는 잡화점 주인에게 냉동 야채에 대해 불평했으며, 아빠는 우리를 방문하러 왔다. 아빠는 점점 더 하인리히를 닮아갔다. 아빠 얼굴의 비율이 땅덩어리처럼 천천히 움직여 할아버지 얼굴 쪽으로 이동하고 있었다. 아빠는 자기 코를 만지면서 중얼거렸다. "정말 이상해요. 지금 나는 세상을 떠날 때의 아버지보다 훨씬 나이가 많아요." 나의 스물다섯 번째 생일날 케이크 위에 빽빽이 꽂힌 초를 보며 안경사가 말했다. "진심으로 축하한다. 초를 케이크에 다 꽂을 수 있는 걸 기뻐하렴. 내 경우엔 아마 제과점 절반이 필요할 거다."

"눈을 감아." 젤마가 말하더니 내 목에 푸른 보석 목걸이를 걸어주었다. 안경사가 거들었다. "그런데 보석은 청록색이란다."

"감사합니다." 내가 인사했다.

프레데릭은 이렇게 썼다. '진심으로 축하해요, 루이제. 나는 누군가가 우리를 같은 식탁의 양쪽 끝에 앉힌 것 같다는 느낌이 들어요. 그 누군가가 부디 우리에게 좋은 의도를 갖고 있기를. 물론 그 식탁은 길이가 9,000킬로미터이지요(이 정도 크기라면 연회석이라고 할 만하지요). 우리는 서로 얼굴을 볼 수 없지만 당신이 다른 쪽 끝에 앉아 있다는 걸 나는 알 수 있어요.'

안경사는 나를 빤히 쳐다보더니 다시 강조했다. "보석은 청록색이란다."

나는 대답했다. "그만하세요. 무슨 말인지 이해했어요."

"'*the impressive Greenland ice deposits*'가 무슨 뜻이에요?" 그 다음 생일날 젤마가 물었다. 안경사는 '그린란드의 인상적인 빙하'라고 알려줬다.

팔름은 성경 구절을 인용했고, 안경사는 (자갈과 알래스카, 오렌지주스와 알래스카처럼) 서로 상관없는 것들을 연결했다. 마를리스는 안 그래도 불투명해서 안이 들여다보이지 않는데도 현관 유리에 포장지를 덧붙였다. 여러 해 전 프레데릭이 선물한 서가는 여전히 포장을 풀지 않은 채였다. 나는 그 서가를 방의 한 구석에서 다른 구석으로 옮겨 놓았다. 시장 딸과 농부 호이벨의 증손자는 여섯 번째 아이를 낳았으며, 나는 안경을 썼다. 그리고 개기일식이 일어났다.

안경사는 평생 그렇게 많은 고객을 맞이한 적이 없었다. 크라이스슈타트와 다른 마을들에서 태양 안경이 동나버리자 사람들이 몰려온 것이었다. 나는 안경사를 도와 같이 안경을 판매했다. 안경사는 고객들을 상대하느라 뺨이 붉어지고 목이 쉬었다. 우체부가 아닌 윗마을의 쌍둥이는 자신의 안경을 80마르크에 되팔려 했지만 아무도 상대하려 하지 않았다.

우리는 울헥에서 개기일식을 구경했다. 온 마을 사람들

이 다 모였다. 시장은 단체사진을 찍었다. 해가 어두워지기 시작하자 팔름이 안경을 벗고 아무 보호장치 없이 둥그런 어둠을 똑바로 올려다보았다. "대체 뭐 하는 거예요?" 젤마는 깜짝 놀라서 소리치며 손으로 팔름의 눈을 가렸다. "안경은 빛을 전혀 통과시키지 않아요." 팔름이 설명하자 젤마가 말했다. "그러라고 쓰는 거잖아요." 하지만 젤마의 손이 구부러져서 팔름은 그녀의 손가락 사이로 다 볼 수 있었다. 시간이 한 세기에서 다음 세기로 넘어갔다. 젤마가 말했다.

"내가 이걸 경험하다니. 시간이 앞으로도 이렇게 미친 듯이 흐르면 다음 세기도 볼 수 있을지 모르겠구나."

나는 프레데릭에게 '세기가 바뀌면 중력이 사라질까 두려워요.'라고 썼다. 우리는 마을회관에서 축제를 열었고, 안경사와 잡화점 주인은 쉴새없이 폭죽을 공중에 쏘아댔다. 저 위에서 보면 우리 마을은 조난당한 배처럼 보였다. 건물 뒤 화장실 옆에서 나는 우체부인 쌍둥이에게 키스를 했다. 그의 나쁜 업에도 불구하고 순전히 '빨간 모자 샴페인' 탓에 모든 것이 빙글빙글 돌았기 때문이다. 하지만 그가 "루이제, 네 몸은 진짜 폭죽 같다."라고 하자 당장 키스를 중단했다.

중력은 사라지지 않았고, 아무것도 달라지지 않았다. 다만 젤마의 드라마에서 수십 년 동안 멀리사를 연기했던 여배우가 새 배우로 교체되었을 뿐이다. 젤마는 화가 나서 콧방귀를 뀌는 것으로 응수했다. 그러고 나서 그녀가 나를 빤히 쳐다보며 말했다. "무슨 일이 일어나야 해."

"무슨 일요?" 내가 물었다.

"그 상냥한 젊은이와 외출하렴. 너하고 직업학교를 같이 다닌 젊은이 말이야. 그런데 이름이 뭐였지?"

"안드레아스요."

젤마는 안경사에게 '*enormous population density*'가 무슨 뜻이냐고 물었고, 안경사는 '대단히 높은 인구밀도'라고 했다. 뉴욕에 관한 내용이었다. 안경사는 허리에 붙일 파스를 샀고, 잡화점에 물건을 대는 사람은 잿빛 덮개를 덮은 카트를 가게 앞으로 밀고 갔다. 우리를 방문하러 온 아빠는 내게 초승달처럼 휘어진 칼을 선물했고, 나는 그것을 뢰더 씨에게 다시 선물했다. 우체부가 아닌 윗마을의 쌍둥이는 미친 하셀네 농장에 불을 질렀지만 잡히지는 않았다. 젤마와 나는 아펠바흐 옆 나무 앞에 한참 서서 스스로에게 물었다. 혹시 엘스베트가 옳은 것은 아닌지, 나무줄기를 휘감은 담쟁이덩굴이 정말 구원에 이르는 길을 휘감고 올라가는 사람은 아닌지, 만약 그렇다면 그 사람은 누구인지. 안경사는 전 세계의 사진집을 보낼 때 붙인 우표며 일본에서 보낸 편지의 우표며, 이렇게 멋진 우표들이 있는데 우리가 아는 사람들 중 우표 수집하는 이가 아무도 없어서 애석하다고 말했다.

우리 집 앞 계단에서 나는 호이벨의 아이들 중 하나에게 신발끈 묶는 법을 가르쳐주었다. 프리트헬름은 명상의 집 미망인과 결혼했는데 그의 강력한 희망에 따라 우리는 호적사무소 앞에서 〈오, 너, 아름다운 베스터발트여〉를 합창했다. 결혼식 피로연 중에 우체부인 쌍둥이가 지금 자유롭다면서 키스를 계속 더하지 않겠느냐고 물었다. 겨울에 팔름은 발명을 하나 했다. 성경 구절을 들고 젤마에게 오던 팔름은 젤마가 내 팔에 매달려 집 앞 눈 덮인 비탈을 내려가면서 계속 미끄러지는 모습을 보았다. 그는 생각에 잠겨 고생하는 그 모습을 물끄러미 지켜보다가 다시 돌아갔다. 그리고 저녁에 채소를 가는 강판 두 개를 들고 다시 나타났다. 팔름은 꽃다발 묶는 철사로 젤마의 겨울 신발 바닥에 강판을 단단히 고정시켰다.

"천재적이에요, 팔름." 우리가 말했다. 2주일 후 프레데릭이 '천재적이에요.'라고 썼다. 우리는 하마터면 팔름의 어깨를 두드릴 뻔했지만 그것은 하면 안 되는 일이었다.

"무한히 넓은 곳." 젤마가 무릎에 오스트레일리아 사진집을 놓고 안락의자에 앉아 'vastness'가 무슨 뜻이냐고 묻자 안경사가 대답했다.

젤마는 휠체어를 울헥 위로 밀고 올라갔고, 마를리스는 추천 서적에 대해 불평했으며, 팔름은 성경 구절을 인용했다. 안경사가 조심스럽게 그 사이 성경을 다 인용하지 않았느냐고 묻자 팔름은 이렇게 대답했다. "이미 오래 전에 다 했습니다. 하지만 성경은 한 구절 한 구절이 수천 가지 의미로 해석될 수 있지요." 그리고 어느 날 밤, 우체부가 아닌 윗마을 쌍둥이가 서점에 침입했다.

그는 뢰더 씨가 아직 서점에 남아 계산대 밑에 무릎을 꿇은 채 컴퓨터 모뎀을 연결하려 애쓰리라는 걸 예상하지 못했다. 뢰더 씨는 눈치 채지 않게 살금살금 기행문학 코너로 기어가 초승달처럼 휘어진 아빠의 칼로 윗마을 쌍둥이를 몰아붙여 경찰이 올 때까지 기다렸다. 그 후 뢰더 씨는 훨씬 더 침착해졌고 늘 반란을 일으키던 눈썹도 차분하게 가라앉았다. 욕을 덜 했으며, 더 이상 서가 사이를 쿵쿵

거리며 염탐하고 다니지 않았다. 그는 대단한 일을 했다는 자부심에 차서 큰 걸음으로 위풍당당하게 천천히 걸어다녔다.

'당신 동네에서는 항상 무슨 일이 일어나는군요.' 프레데릭이 썼다. 나는 혹시 요즘 이메일을 하지 않느냐고 물었다. 그러면 좀 더 빠르게 서로 연락을 할 수 있다고, 안 그러면 모든 것이 항상 그렇게 시간이 걸린다고. 얼마 후 프레데릭은 당연히 이메일을 하지 않는다고 대답했다. '그건 그렇고 나는 중력이 아직도 남아 있어서 새삼 기뻐요. 우리도 그대로 있어서 기쁘고요.' 그는 이렇게 썼다.

엄마는 시를 쓰기 시작했는데 크라이스 신문의 서정시 경연에서 2등상을 받았다. 팔름이 올라가지 않았을 때 그의 망루가 부서졌다. 놀랍게도 안경사가 톱질하지 않은 기둥들이 부러졌다. 톱질한 기둥들은 여전히 멀쩡했다. 안경사와 엘스베트가 워낙 수선을 잘 해놓았던 것이다.

안경사는 호이벨의 셋째 아이에게 우표수집 앨범을 선물했다. 그리고 시장이 세상을 떠났다. 시장은 5월주*에 화

---

* 5월제에 꽃 또는 리본으로 장식하여 광장에 세우는 기둥. 그 주위를 돌며 춤을 춘다.

환을 고정하려고 사다리에 올라갔다가 심장이 멈추는 바람에 떨어져 죽었다. 시장 부인은 젤마에게 "나한테 오카피 꿈을 꾸었다고 말하지 마세요."라고 했다. 젤마는 그런 말을 하지 않았다.

"'*enchanting oasis towns*'가 무슨 뜻이에요?" 젤마가 이집트 사진집을 무릎에 놓고 물었다. 안경사는 '매혹적인 오아시스 도시들'이라고 했다.

프리트헬름은 노래를 부르며 마을을 돌아다니다가 사람을 만날 때마다 모자를 벗었다. 안경사는 시력검사기에 머리를 박고 자신이 점을 보았다고 표시했다. 우리를 방문한 아빠는 내게 베니스 곤돌라 포스터를 선물했다. 번쩍거리는 포스터는 얼마나 보기 흉한지 나는 혹시 그가 베니스가 아니라 선물가게에서 포스터를 산 것은 아닌지 혼자 물었다. 뢰더 씨는 아이스크림 카페에서 크라이스 신문과 인터뷰를 했다. 그는 '불타는 유혹' 컵을 놓고 영웅다운 기백에 대해 이야기했다.

나는 젤마를 안심시키기 위해 직업학교를 나온 안드레아스와 크라이스슈타트의 이탈리아 레스토랑에 갔다. 그 후 안드레아스와 함께 내 아파트에 왔는데 의자와 소파에는 온통 옷가지와 신문이 널려 있었다. 안드레아스가 올 것을 예상 못해 청소를 안 했기 때문이다. 안드레아스는 포장을 풀지 않은, 구석에 있는 서가 위에 앉으려고 했다. 나는 "잠깐, 거긴 안 돼요."라고 했다.

"그럼 어디 앉아요?" 안드레아스가 물었다. 그를 어디 앉혀야 할지 나는 알 수 없었다.

알래스카는 엉덩이 수술을 받아야 했다. 수의사는 알래스카가 어쩌면 수술을 견뎌내지 못할 수도 있다며 마음의 준비를 시켰다. 이론적으로 그때까지 생존할 수 없다는 단순한 이유 때문이었다. 수술 전날 밤, 나는 프레데릭에게 편지를 썼다. '모든 것이 다 잘 됐어요. 알래스카는 수술을 멋지게 견뎌냈고 다시 아주 명랑해요.' 수술하는 날, 아빠는 하필이면 알래스카에서 30분 간격으로 전화를 걸어 더 자세한 것을 아는지 물었다. 수의사가 전화할 수 있게 통화를 하지 말아야 한다고 하자 아빠는 비로소 전화를 멈추었다.

알래스카는 죽지 않았다. 알래스카는 중간에 죽지도 않고 수많은 자기 생의 또 다른 한 생을 시작했다. 크리스마스 날 내가 거위구이를 마를리스의 대문 앞에 놓고 몸을 돌리려는데 마를리스가 철컹철컹 다섯 개의 자물쇠를 열고 문을 빠끔 열었다. 그녀가 물었다.

"모든 사람이 차라리 항상 집안에 들어앉아 있어야 한다고 한 사람이 누구지?"

"블레즈 파스칼이요."

"아니, 그 사람 말고."

"아, 마쉬케 박사예요." 내가 말했다.

잡화점 주인은 커피 자동판매기를 마련해 '들고 갈 수 있는 커피'라고 적힌 종이를 가게 문에 걸었지만 곧 떼어냈다. 아무도 그런 커피를 사려고 하지 않았기 때문이다. 시장 미망인이 물었다. "커피를 들고 대체 어디를 가라는 거야?"

젤마의 드라마에서 멀리사는 매튜의 이복동생과 함께 매튜를 속였다. 젤마는 그런 그녀를 절대 용서하지 않을 것이다. 나는 안드레아스를 어디에 앉혀야 할지 알지 못했지만 그와 하나가 되었다. 그냥 그렇게 되었다. 안드레아스와 처음 키스하고 바로 프레데릭에게 편지를 썼다. 어떤 사람과 사귀게 되었다고, 아주 상냥한 사람이며 어쩌면 그와 결혼할지 모른다고. 나는 프레데릭의 반응에 화가 났다. 평소 내가 말한 모든 것에 대응을 하던 그가 다음 편지에서 안드레아스 이야기에 아무 대응도 하지 않은 채 지붕

위의 이끼와 들일, 명상과 사원에 온 손님들 이야기만 늘 어놓았기 때문이다. 그는 마지막 페이지의 맨 아래 끝에 이렇게 썼을 뿐이다. '추신. 아, 그렇군요. 어쨌든 축하합니다.' 안드레아스는 아주 상냥했다. 모두 같은 생각이었다. 우리는 관심사가 비슷했다. 모두 같은 생각이었다. 안드레아스 역시 서점 직원이었기 때문이다. 이제 누가 프레데릭과 어떻게 되었느냐고 물으면 나는 잘 되지 않았다고 대답했다.

"모험을 하도록 태어났다고 해도 그 모험을 항상 스스로 선택할 수는 없지요." 내가 말했다.

"그런 뜻이 아니었다, 루이제." 안경사가 대답했다.

아빠가 방문한 후 뢰더 씨는 기행문학이 진열된 서가 쪽 벽을 오랫동안 바라보았다. 거기에는 맞춤 못으로 고정한 붓다, 모로코 가면, 큼지막한 그린란드 원석 목걸이, 페루 리마의 양탄자, 뉴욕의 자동차 번호판, '하드록카페 베이징'이라고 적힌 티셔츠가 들어 있는 액자, 초승달처럼 휘어진 칼, 켈트 십자가, 말안장에 다는 자루, 칠레 레인스틱*,

---

* 선인장으로 만든 타악기. 빗소리 같은 소리가 난다.

베니스 곤돌라 포스터, 디제리두*가 걸려 있었다. "그 사이 우리는 기행문학보다 오히려 기행문학 장식품을 더 많이 소장하게 되었군요." 뢰더 씨가 말했다. 그는 자신이 언젠가 이 세상에 없을 때 혹시 서점을 인수할 생각이 있느냐고 물었다. 나는 "사장님은 아직 계시잖아요."라고 했다.

2주일 후 프레데릭이 편지에 썼다. '멋진 제안이네요. 하지만 정말 그럴 생각이에요? 나는 당신이 본래 칠대양을 탐험하도록 태어난 사람이라고 생각합니다.'

나는 서점으로 가는 길에 그 편지를 읽었다. 당장 몸을 돌려 아파트로 다시 뛰어가 프레데릭에게 답장을 썼다. 당신은 누가 어떤 삶을 살도록 태어났는지 판단할 자격이 없다고. 결국 당신은 실제의 삶을 떠나 이끼 낀 사원 지붕으로 가지 않았느냐고, 거기에서는 이러니저러니 말할 수 있다고. 프레데릭이 지난 편지에서 다시 나의 모호함 이야기를 끄집어냈기 때문에 한 번도 거기 있지 않은 사람은 어떤 것이 명확히 보이는지 여부도 판단할 수 없다는 말도 썼다. 그렇게 쓰는 동안 이미 나는 내 말이 얼마나 틀렸는지 깨달았다. 프레데릭과 나는 9,000킬로의 거리를 뛰어넘

---

* 오스트레일리아 원주민의 기다란 피리처럼 생긴 목관악기.

어 서로를 아주 잘 볼 수 있었다. 어쩌면 우리는 가까이서 보는 것보다 더 잘 볼 수 있는지도 몰랐다.

'사랑하는 루이제, 당신이 생각하는 실제의 삶이 무엇인지 알고 싶습니다.' 2주일 후 프레데릭이 대답했다.

"'*scenic and craggy*'가 무슨 뜻이에요?" 젤마가 아일랜드 사진집을 무릎에 놓고 물었다. "'그림같이 아름답고 험준한 바위투성이의'라는 뜻이에요." 젤마의 거실 유리창 앞 컴컴한 어둠 속에 서서 안경사가 대답했다. 창문에 비친 자신의 모습밖에 아무것도 보이지 않았다. "내 얼굴처럼 주글주글 골이 패어 있다는 뜻이에요."

마치 다음 세대를 위해 일하는 것처럼 젤마는 빨래를 아주 신경 써서 널었다. 마를리스는 보는 사람이 아무도 없는 밤중에 창문 앞에 선 채 통조림 완두콩을 그릇에 덜지도 않고 바로 먹었다. 그리고 마을에서는 다시 수도관이 파열되거나 세입자에게 부대비용을 청구해야 하는 일이 생기기 전까지 앞으로 더 감사하며 살고, 앞으로 작은 일에도 감사하겠다고, 혹은 그냥 자신이 존재하는 것에 감사하겠다고 누군가가 결심했다.

여름이 얼마나 뜨거웠는지 아펠바흐의 물이 다 말라버

렸다. 물이 마르자 안경사는 오후 내내 호이벨네 아이들과 함께 아펠바흐를 껑충껑충 건너뛰었다. 서른 살 생일날, 안드레아스는 내게 바다 여행 쿠폰을 선물했다. 그는 나중에 서점을 함께 인수하자고 제안했다. 살림을 합칠 수 있다는 말도 했다. 내 침대 위에서 그가 제안을 할 때 전화벨이 울렸다. 나는 복도로 뛰어가 수화기를 들었다. 세상의 반대편 끝에서 걸려온 전화인데도 잡음이 전혀 없었다. 아주 깨끗했다. 프레데릭이 말했다.

"나예요. 생일 진심으로 축하해요."

그의 목소리를 8년 만에 처음으로 들었다. 나는 눈을 감았다. 눈꺼풀 뒤에서 울헥에 있는 흑백의 프레데릭을 보았다. 그는 다른 흑백의 승려들 사이에 서 있었다. 나의 눈꺼풀 뒤에서 그의 원래 밝은 눈은 아주 짙었다. 그가 거기 서서 말했다. "그런데 나는 프레데릭입니다."

나는 그의 전화를 받을 준비가 되어 있지 않았지만 딱 막히는 증상은 벌써 준비를 하고 기다렸다. 딱 막히는 증상은 훌륭하게 준비를 했다. 8년 동안.

"고마워요. 하지만 지금 때가 아주 좋지는 않네요." 내가 말했다.

잠시 침묵하던 프레데릭이 입을 열었다. "여기서 전화하

는 것이 얼마나 번거로운지 상상도 못 할 거예요. 적어도
짧게나마 당신이 어떻게 지내는지 말해줘요."

"잘 지내요." 그리고 다시 침묵이었다. 잠시 후 프레데릭
의 목소리가 들렸다. "고마워요. 나도 잘 지내요. 다만 나
는 항상 배가 고파요."

"좋네요." 내가 짧게 대답했다. 프레데릭이 알렉산더와
는 어떻게 지내냐고 물었다. "안드레아스예요." 그러면서
나는 이제 정말 전화를 끊어야 한다고 덧붙였다.

"루이제, 그렇게 까칠하게 굴지 말아요. 나는 그저 소식
을 좀 듣고 싶었을 뿐이에요."

"좋아요." 나는 대답했다. 딱 막히는 증상은 '아주 좋아
요.'라고 했다. 나는 수화기를 내려놓고 안드레아스 곁에
누웠다. 밤새 한숨도 자지 못했다. 오직 프레데릭이 소식
을 좀 듣고 싶어 했기 때문에. 2주일 후 프레데릭이 썼다.
'전화하기가 번거로운 것은 나 때문만은 아니에요.'

얼굴에 골이 깊게 패인 안경사에게 젤마는 서서히 은퇴
할 생각을 해야 하지 않느냐고 물었다. 하지만 젤마와 나
이가 거의 같은, 그러니까 일흔일곱 살이 거의 다 된 안경
사에게 부족한 것이라고는 추간판 탈출을 막는 정상적인
허리 근육밖에 없었다. 그는 제안을 단호하게 물리쳤다.

"나는 죽을 때까지 일할 거예요. 그러고 싶어요. 보게 될 거예요, 젤마. 나는 머리를 시력검사기에 박고 죽을 거예요." 꼭 그렇게 될 것이다. 여러 해가 지난 다음에. 다만 젤마가 그걸 보게 될 거라는 말은 맞지 않았다.

"'merciless drought'가 무슨 뜻이에요?" 젤마가 펼쳐진 나미비아 사진집을 높이 들면서 물었다. "무자비한 가뭄. 당신도 볼 수 있잖아요." 안경사가 대답했다.

안경사는 바라보지 않은 것은 사라지지 않는다는 문장을 여전히 들고 다녔지만 그 문장을 설명할 수 있는 사람은 아무도 없었다. 프레데릭은 '나도 그 문장을 이해할 수 없다고 전해줘요.'라고 썼다. 잡화점 주인은 프레데릭과 어떻게 되었느냐고 물었고, 안경사는 젤마 집의 무너질 위험이 있는 곳을 제대로 고쳐야 한다고 한 번 이상 생각했다. 수십 년 전부터 죽 그런 상태였는데도 이건 정말 아니라면서. 하지만 안경사는 그 생각을 또다시 잊어버렸다. 다시 미망인이 되는 편이 더 좋았기 때문에, 명상의 집 미망인은 프리트헬름 곁을 떠났다. 시장 미망인은 크라이스슈타트에 사는 딸네 집으로 들어갔다. 그리고 호이벨의 셋째 아이가 사라졌다.

온 마을 사람이 아이를 찾아다녔다. 집과 마구간, 헛간을 다 뒤졌으며 울헥도 뒤졌다. 아이의 이름은 마르틴이었다. 마르틴을 기려 마르틴이 된 아이는 열 살이었다.

우리가 지난밤에 꿈을 꾸었는지 묻자 젤마가 대답했다. "아니, 아니야. 분명히 그런 일은 없었어."

우리는 모두 관습적인 죽음이 아니라 아주 엉뚱한 죽음을 두려워했다. 어딘가에서 문이 벌컥 열려 호이벨네 아이의 목숨을 앗아갈 수 있었다. 하지만 호이벨네 아이는 세 시간 후 무사히 집으로 돌아왔다. 아이는 죽은 시장의 예전 외양간 맨 뒤쪽 망가진 착유기 옆에 숨어 있었다. 우리는 아이의 곁을 여러 번 지나쳤다. 숨어 있던 아이는 공포에 질린 우리의 외침을 듣고 우리의 두려움을 오롯이 느낀 후 그만 나올 용기를 잃었던 것이다.

어느 날 아침, 안드레아스가 크라이스슈타트로 가기 전에 내 이마에 키스를 했다. 그동안 거의 다 바뀐 사람들이 젤마의 드라마에서 하듯이 가볍게 키스했을 때 나는 그를 떠나야겠다고 말했다. 안드레아스는 배낭을 내려놓고 나를 빤히 바라다보았다. 오래 전부터 예상했다는 듯 놀란 기색이 전혀 없었다. "그런데 왜요?" 그럼에도 그는 묻고 자신이 세웠던 계획들을 나열했다. "왜요?" 그가 다시 물었다. 더 좋은 생각이 떠오르지 않아서 나는 이렇게 대답했다. "나는 칠대양을 탐험하도록 태어난 사람이니까요."

안드레아스는 내 책상 위에서 바다 여행 쿠폰을 집어들었다. 그가 선물한 쿠폰은 여전히 사용하지 않은 채였다. 그가 말했다. "어느 바다든, 한곳도 갈 생각이 없었잖아요."

그리고 가버렸다. 그가 문을 닫을 때 나는 문 사이에 발을 끼워넣지 않았다.

머리가 어질어질했다. 나는 흘러가는 상황에 개입해 방향을 돌려놓은 적이 거의 없었다.

이제 뭘 해야 할지 곰곰이 생각하던 나는 어느새 아침식사 때 썼던 나이프를 들고 9년째 포장을 풀지 않은 서가 앞에 서 있었다. 나이프로 포장을 뜯었다. 조립설명서는 26페이지나 되었고 나는 하나도 이해할 수 없었다. 그럼에도 설명서를 들고 조립을 시도했다. 조립하면서 내가 생각하는 실제의 삶이 무엇이냐고 물었던 프레데릭의 편지를 생각했다. 나는 마르틴과 그가 기대섰던 흐릿한 창문, 그의 머리에 차분히 붙어 있으려 하지 않던 머리카락을 생각했다. 눈을 감고 집중해서 생각했다. 엘스베트의 수국처럼 생긴 수영모자를 생각했고, 제비꽃 향내가 나는 뢰더 씨의 숨결을 생각했다. 나무껍질 같은 젤마의 피부를 생각했고,

알베르토의 아이스크림 카페 탁자를 생각했다. 그 카페에서 나는 설탕봉지에 적힌 별자리 운세를 처음으로 술술 읽어서 '은밀한 사랑' 중간 컵을 받았다. 알래스카 생각도 했다. 내가 집에서 나갈 때 알래스카가 고개를 드는 모습, 일어나 같이 가는 것이 이익이 될지 곰곰이 생각하다 대부분 이익이 된다고 판단하는 알래스카의 모습을 생각했다. 평생 무슨 일이든 도와주려고 대기하는 안경사를 생각했다. 팔름 생각도 했다. 예전 팔름의 사나운 눈초리와 지금 팔름을 생각했다. 팔름이 고개를 끄덕이고 침묵하고, 고개를 끄덕이고 침묵하는 모습을 생각했다.

나는 기차역의 시계를 생각했다. 그 시계 밑에서 안경사는 우리에게 시간과 시차에 대해 가르쳐주었다. 세상의 모든 시간을 생각했고, 나와 상관이 있는 동일 표준시를 사용하는 모든 지역을 생각했으며, 아빠의 손목에 있는 두 개의 시계를 생각했다. 그것이 실제의 삶이라고, 드넓은 삶 전체라고 생각했다. 17번째 항목까지 조립한 후 나는 설명서를 구겨버리고 설명서 없이 계속 조립했다. 마침내 비교적 반듯한 서가가 거기 서 있었다.

나는 서점으로 가는 길에 아이스크림 카페에 들렀다. "무엇을 줄까?" 알베르토가 묻자 나는 대답했다. "엄청나게 큰 사랑 아주 큰 컵요."

젤마의 여든 살 생일선물은 아이슬란드 사진집이었다. 젤마는 안경사에게 아무 질문도 하지 않았다.

안경사는 젤마가 아이슬란드 사진집을 받은 것을 기뻐했다. 아이슬란드가 젤마의 마음에 들리라는 걸 알았기 때문이다. 아이슬란드는 편안하고, 그곳 사람들은 엉뚱한 것을 믿고 있었다. 아마 엘스베트의 마음에도 들었을 것이다.

"아무 질문도 하지 않네요." 안경사가 말했다.

"읽지도 않았어요. 너무 흥분 돼서." 젤마가 미소를 띠고 그를 바라보며 대답했다.

젤마는 입술에 립스틱을 바르고, 눈썹에 마스카라를 칠했다. 뺨이 발그레한 그녀는 믿을 수 없을 만큼 젊어 보였다.

저 아래 거리에서 첫 손님들이 오는 기척이 들렸다. 여든 살 생일에는 온 마을 사람들이 다 오기 때문이다. 젤마는 탁 소리 나게 사진집을 덮었다.

노루를 쫓다

"어때요? 생각해봤어요?" 문을 지나 서점 뒷방에 억지로 몸을 들이밀면서 뢰더 씨가 물었다.

"아니요. 사장님은 아직 여기 계시잖아요."

내가 대답하자 뢰더 씨는 발끝으로 서서 흔들거렸다. 그가 심각한 표정으로 나를 바라보며 말했다. "그럼 할 수 없지요. 나무에 톱질을 시작해 나무가 기울면 '나무가 바닥에 쓰러져야 비로소 진짜 넘어진 거야.'라고 말할 수 없는 거예요. 나무는 이미 넘어지고 있다고요."

"혹시 건강이 안 좋으세요?"

"아무튼 나는 꼿꼿한 걸음으로 예순다섯 살을 향해 가고 있어요. 그리고 이 나이엔 톱질이 시작될 수 있는 겁니다."

뢰더 씨가 중얼거렸다. 그의 말이 옳았다. 하지만 그렇다고 그가 예순다섯 살을 훌쩍 넘기리라는 사실이 달라지는 것은 아니었다. 심지어 뢰더 씨는 백한 살을 향해 갈 것이다. 그것도 여전히 꼿꼿한 걸음으로. 그렇게 나이가 들어 어느 날 크라이스 신문이 그에게 녹슬지 않는 건강의 비결이 무엇이냐고 물을 것이고, 뢰더 씨는 이렇게 대답할 것이다. "제 생각엔 제비꽃 사탕인 것 같습니다."

"뢰더 씨, 며칠 휴가를 써야 할 것 같아요." 내가 말했다.

"일본에서 손님이 오나요?"

"아니요. 할머니 건강이 별로 좋지 않아서요."

"아, 당연히 쓸 수 있습니다. 아직 뵙지는 못했지만 할머니께 안부 전해주시고요."

몇 주일 전 일이었다. 젤마는 휠체어를 타고 잡화점 앞에서 나를 기다리고 있었다. 무거운 세탁세제를 운반하던 배달차 때문에 차 대는 곳이 망가졌기 때문이다. 그녀 옆 쇼윈도 벤치에 빵 봉지가 놓여 있었다. 젤마는 그것이 새로 부임한 시장 부인의 것임을 알지 못했다. 시장 부인은 안경사와 콘택트렌즈를 쓰는 것이 좋은지 여부를 놓고 장황한 대화에 빠져 빵을 까맣게 잊고 있었다. 젤마는 배가 고팠고, 쇼핑은 오래 걸렸다. 그녀는 봉지를 열고 건포도

빵을 꺼내 한 조각 떼어낸 다음, 봉지를 얼른 제자리에 놓았다.

얼마 되지 않아 젤마는 사람들의 이름을 처음으로 기억하지 못했다. "멀리사와 매튜의 아들 이름이 뭐지? 왜 끔찍한 마약 이야기에 연루된 사람 말이야." 이를테면 그녀는 그렇게 물었다. 하지만 우리가 이름을 말하려고 하면 재빨리 소리치는 것이었다. "말하지 마!" 그녀 스스로 생각해내고 싶었기 때문이었다. 혹은 가까운 다른 사람이 이름을 기억하면 그것으로 됐다고 생각했기 때문이다.

그녀는 사람들의 생일과 의사에게 가는 날짜도 기억하지 못했다. 내가 물었다. "혹시 최근에 잃어버렸다가 찾은 빵을 드셨어요?"

"아니." 젤마가 무심하게 대답했다. 그게 엘스베트가 들려준 말이라는 것도 벌써 잊어버린 것이다.

젤마는 엘스베트가 그녀의 일흔 살 생일날 선물한 귀고리 한 짝도 잃어버렸다. 다소 큰 가짜 진주 귀고리였다. 귀고리가 없어진 것을 확인한 젤마는 울음을 터뜨려 30분 동안 그치지 않았다. 처음에 나는 그녀가 귀고리 때문에 우는 게 아니라고 생각했다. 힘이 빠지는 것 때문에, 엘스베트 때문에, 인생을 살면서 곁에서 사라지는 모든 사람들 때문에 운다고 생각했다. 하지만 젤마에게는 비유를 이해하는 감각이 없었다. 그녀는 그냥 귀고리 때문에 우는 것이었다.

그녀가 이상한 말을 하기 시작했다. 안경사와 내가 휠체어를 울헥 위로 밀고 올라갔을 때 그녀가 말했다. "숲이 내 안으로 기어 들어와요. 그거 알아요? 숲은 내 생각을 생각하고 있어요."

안경사와 나는 젤마가 무슨 말을 한 것이 아니라 숲이 크게 수런거렸다는 듯이 그 말을 무시했다.

요즘 젤마는 '결코'와 '언제나'가 나오는 말을 많이 했다. 인생을 다 살고 그 지점에서 언제나 있었던 것과 결코 없었던 것에 대해 사실상 판단을 내리는 사람처럼.

"나는 여기를 정말로 벗어난 적이 결코 없었지." 울헥에서 집으로 돌아왔을 때 그녀가 자기 집 옆구리를 쓰다듬으며 말했다. 또 아침에 빵에 나무딸기 잼을 바르면서 중얼거렸다. "나는 나무딸기 잼을 언제나 아주 좋아했지."

사람들의 생일과 기일을 옛 달력에서 새 달력으로 옮겨 적으며 젤마가 말했다. "사람이 평생 자신의 기일을 지나서 사는 게 이상하지 않아요? 나는 그동안 겪은 수많은 6

월 24일이나 9월 8일, 혹은 2월 3일 중 어느 한 날에 죽을 거예요. 그렇게 분명하게 이해하면 대단한 일 아니에요?"

"흠." 우리의 반응이었다.

"우리가 죽으면 어떤 감각이 맨 먼저 사라질까요? 여러 번 혼자 묻지 않나요? 촉각일까요? 아니면 시각일까요? 어쩌면 맨 먼저 냄새를 맡지 못할지도 몰라요. 혹은 모든 감각이 한꺼번에 다 없어질까요?"

뒤틀린 손으로 가느다란 실에 매달려 있는 안경사의 재 킷단추를 단단히 꿰매려고 헛되이 애를 쓰면서 젤마가 물었다. 우리는 이렇게 대답했다.

"아니요. 우리는 그런 걸 혼자 물은 적이 없어요."

안경사가 일을 마친 나를 서점 앞에서 태워 함께 마을로 갈 때, 젤마가 뒷좌석에서 불쑥 물었다. "사람이 죽을 때 인생이 그 사람 앞을 지나간다는데 그 말이 옳다고 생각해요?"

나는 어깨를 으쓱했다. 젤마가 자동차 뒷좌석에 타고 있는지도 몰랐다. 젤마가 계속했다. "나는 그게 죽음이 편집한 슬라이드 필름쇼 같을 거라고 생각해요. 인생 전체를 다 보여줄 수 없으니까 선택을 해야겠지요. 선택이 어떤 기준에 따라 이루어질까요? 인생에서 가장 중요한 장면은 뭘까요? 그러니까 내 말은, 죽음의 입장에서 볼 때 가장 중요한 장면은 어떤 것일까요?"

"여기 이 장면은 최종 선택 후보에 들어가지 않을 거 같아요." 내가 말했다. 안경사는 "이제 그만해요, 젤마."라고 다독였다.

젤마는 우리와 죽음에 대해 이야기하고 싶어 했지만 우리는 자꾸 외면했다. 마치 죽음이 좋지 않게 처신해서 사람들이 무시하는 먼 친척인 것처럼.

나는 백미러로 젤마를 살펴보았다. 젤마는 빙그레 미소 짓고 있었다. "두 사람, 꼭 아이처럼 구는군요. 눈을 가리면 아무도 자기를 볼 수 없다고 믿는 아이 같다고요."

젤마의 소파에서 잠이 든 나는 새벽 3시 30분에 깨었다. 젤마의 침실로 갔다. 그녀의 침대는 비었고 이불이 바닥에 떨어져 있었다.

젤마는 주방에 있었다. 꽃무늬 잠옷을 입고 식탁에 앉아 있었다. 포장을 풀지 않은 몽 쉐리 일곱 개가 발치에 흩어지고, 여덟 번째 몽 쉐리가 그녀의 손에 들려 있었다. 그녀가 말했다. "이제 이걸 먹을 수 없구나. 손이 굳어버린 것 같아."

나는 달려가 그녀를 끌어안았다. 의자에 앉아 있는 사람을 포옹하는 어설픈 자세로 젤마의 마른 윗몸을 뒤에서 감싸듯 안았다. 꼭 하임리히 법*을 실시하는 것처럼.

"루이제, 얼마 남지 않은 것 같구나." 젤마가 낮게 중얼거렸다. 나는 눈을 감았다. 눈처럼 귀에도 닫을 수 있는 덮개가 있었으면. 젤마는 몸을 돌려 내 어깨에 손을 올려놓았다. 그리고 나를 좀 더 잘 보기 위해 나를 조금 밀어냈다. 그녀가 물었다. "이제 그만 끝내도 된다는 것에 동의해줄래, 내 사랑하는 아가?"

초승달처럼 휘어진 칼이 뱃속을 헤집으면 대략 이런 느낌일 것 같았다.

젤마는 내 얼굴을 어루만졌다. 잠깐 프레데릭 생각을 했다. 나는 한밤중 아주 조용한 젤마의 주방에서 지나치게 큰 소리로 말했다. "당신들은 모두 헛소리를 하고 있어요. 나는 항상 말도 안 되는 것에 서명을 해야 하고요."

"그런 부탁을 받은 걸 기뻐하렴. 그런 일은 보통 동의가 없어도 유효한 법이거든."

---

* 음식물이 목에 걸려 기도가 막혔을 때의 응급처치 법. 창시자인 헨리 하임리히 박사의 이름을 땄다. 방법은 환자를 뒤에서 양팔로 감싸듯 안은 뒤 한 손은 주먹을 쥐고 다른 손은 주먹을 감싼 후, 주먹을 환자의 명치와 배꼽 중간에 대고 음식물이 나올 때까지 반복하여 위쪽으로 당기듯 밀어 올리는 것이다.

나는 젤마의 눈을 들여다보았다. 그제야 그녀의 눈꺼풀 뒤에서 뭔가 불길한 일이 일어났음을 눈치 챘다. "오카피 꿈을 꾸셨군요." 내가 속삭였다.

젤마는 빙그레 웃고 마치 열을 재듯 내 이마에 손을 올려놓았다. "아니야." 그녀가 대답했다.

"거짓말이잖아요. 왜 그러세요? 나한테 차분히 말할 수 있잖아요." 나는 전혀 차분하지 않은 목소리로 그렇게 말했다.

"많이 생각해봤지만 이제 내 인생에서 제대로 돌려놓을 수 있는 건 하나도 생각나지 않는구나." 젤마는 내 무릎을 쓰다듬으며 말했다. 그리고 창문 옆 바닥의 붉게 표시된 곳을 가리키며 계속했다. "어쩌면 저기 저 곳은 제외해야겠지. 하지만 나는 진심으로 네 인생을 제대로 돌려놓는데 힘을 보태고 싶었단다, 루이제."

"내 인생은 아무 문제도 없어요." 내가 말하자 벽에 걸려 있던 마크라메 올빼미가 내 발 앞에 툭 떨어졌다. 매듭 올빼미는 잡화점 안주인이 젤마에게 선물한 것이었다.

젤마는 올빼미를 내려다보다가 다시 나에게로 시선을 돌렸다. "이제 알겠니?" 그녀가 물었다.

"아니요." 나는 대답했다. 거짓말이 아니었다.

"까 줘." 젤마가 몽 쉐리를 내밀면서 부탁했다.

새벽 4시 30분쯤 그녀가 다시 침대로 돌아갔을 때 초인종이 울렸다. 대문 앞에 안경사가 서 있었다. 그는 이불을 어깨에 메고 팔에는 둥글게 만 에어매트리스를 끼고 있었다. 그가 말했다. "느낌이 좋지 않아서 왔다."

안경사는 소파 옆에 누웠다. 우리 세 사람은 잠이 들었다. 우리가 자는 동안 프레데릭은 편지를 썼다. '루이제, 연락 좀 줘요. 느낌이 좋지 않아요.' 나는 그것을 2주일이 지나서 읽었다.

그날 아침, 젤마는 열이 좀 있었다. 그녀의 눈이 번쩍거렸다. 나는 안경사를 침실 문 앞으로 끌고 와 말했다.

"의사를 불러야 할 거 같아요."

"안 돼. 절대 부르지 마. 의사를 부르면 두 사람과 아무 말도 하지 않을 거야." 젤마가 침실에서 소리쳤다.

안경사와 나는 서로 얼굴을 쳐다보았다.

"죽을 때까지 안 할 거라고." 젤마가 소리치고는 숨을 가쁘게 몰아쉬었다.

전화벨이 울렸다. 아빠이기를 바랐는데 정말 아빠였다.

나는 서둘러 알렸다. "오셔야 해요. 젤마의 상태가 좋지 않아요." 틀린 말이었다. 젤마의 상태는 전혀 나쁘지 않았다. 하지만 나는 그녀의 상태가 놀랄 만큼 좋다고, 그러나 그녀가 죽을 거라고 말할 수 없었다. 아빠가 말했다.

"다음 비행기로 갈게. 나는 지금 콩고 킨샤사에 있다."

내가 젤마의 거실에서 아빠와 통화하는 동안 크라이스 슈타트의 내 아파트에서는 전화벨이 울리고 있었다. "루이제, 제발 연락해요." 프레데릭이 자동응답기에 대고 말했다. 자동응답기가 그를 내쫓았다. 프레데릭이 말했다. "전화하는 건 정말 번거롭네요. 이 망할 자동응답기 역시 못지않게 번거." 자동응답기가 그를 내쫓았다. "걱정이 돼서 전화해요." 프레데릭이 말하기 시작하자 자동응답기가 그를 내쫓았다. 금속성을 띤 여자 목소리가 말했다. "연결되었습니다. 연결되었습니다." 이제 프레데릭은 그것으로 충분했다. 자동응답기가 말했다. "메시지 종료. 메시지 종료. 메시지 종료."

점심 때 엄마는 젤마가 늘 맛있게 먹던 치킨수프를 만들었다. 하지만 젤마는 더 이상 먹으려고 하지 않았다. 잡화점 주인은 비닐봉지 한 가득 몽 쉐리를 가져왔다. 껍질을 미리 하나하나 다 까서 가지고 왔지만 젤마는 그것마저 상냥하게 거절했다.

이른 저녁, 나는 차고로 갔다. 화요일이었고, 노루를 쫓아야 했기 때문이다. 저 위 숲 가장자리 풀밭에 정말 노루가 서 있었다. 그 노루는 노루의 여러 세대를 거치면서 더 이상 원래의 노루가 아니었다. 나는 차고 문을 열고 재빨리 쾅 소리 나게 닫았다. 그 일을 하고 또 하고 또 했다. 노루가 이미 사라졌는데도 계속 노루를 쫓았다. 돌연 팔름이 내 뒤에 서 있었다. 그가 말했다.

"노루 걱정은 하지 않아도 돼."

나는 마지막으로 차고 문을 쾅 닫은 뒤 가슴에 성경을 품고 선 팔름을 쳐다보았다. 그가 물었다.

"좀 어떠시니?"

"좋으세요. 하지만 시간이 얼마 남지 않은 거 같아요. 같이 가실래요?"

팔름은 나를 따라 집 쪽으로 오다가 계단 앞에서 돌연 걸음을 멈추었다. 내가 몸을 돌려 재촉했다. "어서요."

하지만 팔름은 집안에 존재하는, 아직 무너지지 않았지

만 무너질 위험이 있는 곳들을 두려워하는 듯 그대로 서 있었다. 몇 시간 동안 그렇게, 이 세상 그 누구보다 더 처절하게 버림받은 사람처럼. 그는 끝내 안으로 발을 들이지 않았다.

"더워." 젤마가 말했다. 침실 창문을 조금만 열고 싶었지만 창문이 고장나 그럴 수 없었다. 그래서 창문을 연 뒤 활짝 열리지 않도록 창 앞에 사진집을 세웠다. 바람이 많이 불었다.

안경사는 젤마의 침대 가장자리에 앉았다. 마르틴이 죽은 후 대왕고래 이야기를 하고 처음으로 다시 앉는 것이었다.

그 후 방안은 달라진 것이 없었다. 베이지색 인조가죽으로 테를 두른 알람시계와 너무 큰 시계 소리, 커다란 꽃이 그려진 누비이불, 아무 걱정이 없는 듯 보이는 목동 그림의 토실토실한 어린 양들, 주석과 젖빛 유리로 만들어진 요정 모자처럼 생긴 침대 옆 탁자등……. 모든 것이 그대로였다. 안경사는 또다시 그 모든 것에 눈길을 주지 않았다. 만약 그가 방안의 풍경을 보았다면 그의 눈에 그 모두는 숭고한 아름다움을 지닌 것으로 보였으리라. 만약 그가 그것들을 바라보았더라면, 젤마만을 바라보지 않았더라면.

젤마가 말했다. "뭘 좀 읽고 싶어."

나는 가능한 모든 책과 사진집을 다 가져왔지만 그녀가 원하는 것은 하나도 없었다. "도대체 뭘 읽고 싶으신데요? 뭐든지 내가 다 구해올 수 있어요." 내가 묻자 젤마가 말했다. "모르겠어."

안경사가 갑자기 벌떡 일어났다. "잠깐 다녀올게."

나는 팔름이 어떻게 있나 보려고 안경사를 따라 대문으로 갔다. 하지만 팔름은 사라지고 없었다. 나는 비탈길을 서둘러 내려가는 안경사의 뒷모습을 바라보았다. 그가 혹시 박쥐의 심장을 가지고 돌아오는 것은 아닌지 혼자 물었다. 하지만 젤마에게 상처를 입힐 수 있는 것은 이제 아무것도 없었다.

안경사는 커다란 가방 두 개를 들고 다시 나타났다. 내가 문을 열어주자 그는 말없이 짐을 끌고 내 곁을 지나서 복도를 지나고 거실을 지나 젤마의 침대까지 갔다.

젤마의 집으로 돌아오는 내내 내면의 목소리들은 미친 듯이 날뛰었다. 벌써 오랫동안 없던 일이었다. 목소리들이 안경사의 내면에서 난동을 일으켰다. "당신, 미쳤어?" 바람이 안경사의 머리카락을 움켜잡고 무거운 가방들이 그의 정강이를 때리는 동안 목소리들이 소리를 질렀다. 조심스럽게 자제하며 잘 지내오지 않았느냐고, 두려움은 좋은 조언자라고, 목소리들은 새된 소리로 외쳤다. 지금 마지막 순간, 안경사가 줄곧 가슴에 묻어둔 사랑, 수십 년 동안 햇빛을 보지 못한 사랑을 털어놓으면 무조건 불행하게 끝날 거라고 했다. "하지 마!" 그들이 공포에 질려 소리쳤다. 안경사가 가방을 젤마의 침대 앞에 내려놓고 열 때도 그들은 여전히 외치고 있었다. "하지 마!"

가방은 가장자리까지 종이로 꽉 차 있었다. 안경사는 미소를 띠고 젤마를 바라보면서 말했다. "이게 다예요."

사랑하는 젤마, 잉에와 디터의 결혼식을 보면서 이제 그만 털어놓고 싶은데

사랑하는 젤마, 루이제가 글을 얼마나 빨리 배우는지 정말 대단해요. 우리가 아이스크림 카페에 앉아 '은밀한 사랑' 중간 컵을

사랑하는 젤마, 정말 마를리스가 돌았다고 생각해요? 미친 하셀처럼? 내 말은, 마를리스가 심리적으로 병들었다고 생각하느냐고요? 나는 오늘 다시 혼자 물었어요. 그런데 돌았다는 것은. 아마 당신도 나를 미쳤다고

생각할 거예요. 내가 지금 당신에게

　사랑하는 젤마, 오늘 마르틴이 죽은 지 일주기가 되네요. 당신 말이 옳아요. 우리는 어떻게든 팔름이 살아가도록 끌고 가야 해요. 그런데 끌고 간다는 것은, 나를 살아가도록 끌고 가는 것은

　사랑하는 젤마, 오늘 개기일식은 정말 장관이었어요. 그런데 어둠이란. 당신은 내게 그 정반대

　사랑하는 젤마, 오늘 점심 때 자세히 논의했듯이 나는 루이제가 안드레아스를 사랑한다고 믿지 않아요. 그런데

　젤마는 종이를 한 장 한 장 가방에서 꺼냈다. 읽는 내내 그녀는 편지에서 눈을 들지 않은 채 안경사의 손을 잡고 있었다. 젤마가 사진집을 자세히 연구하다가 이해하지 못하는 단어를 질문하길 기다리는 것처럼 그는 그녀 옆에 앉아 있었다.

　"'무조건'이 무슨 뜻이에요?" 젤마가 물었다.

　안경사는 웃음을 터뜨렸다. "'무조건'은 '무조건'이라는 뜻이에요."

"내 인생이 내 앞을 스쳐 지나가는구나." 젤마가 읽으면서 중얼거렸다. 우리는 이제 거기까지 간 줄 알고 깜짝 놀랐다. 하지만 그녀가 안심시켰다. "아니, 아니요. 내 말은, 편지에서 그렇다고. 이 편지들에서 인생이 내 앞을 스쳐 지나간다고요."

젤마는 더 이상 읽을 수 없을 때까지 편지를 읽었다. 그리고 머리를 베개에 내려놓고 안경사를 빤히 바라다보며 속삭였다. "읽어줘요."

안경사는 자정까지 편지를 읽어주느라 목이 쉬어버렸다. 그가 말했다. "좀 쉬어야겠어요, 젤마."

젤마는 번쩍거리는 눈으로 안경사를 물끄러미 바라다보았다. 그리고 안경사를 자기 쪽으로 끌어당겨 그의 귀에 입을 갖다 대고 속삭였다.

"마지막에 이렇게 많은 첫 시작을 선물해줘서 고마워요. 한평생 말을 안 해준 것도 고마워요. 안 그랬으면 우린 평생을 함께 하지 못했을지도 몰라요. 그런 인생을 한번 상상해봐요."

"차라리 나는 상상하지 않겠어요."

안경사가 대답했다. 그의 눈도 번쩍거렸다. 안경사에게

도 열이 있었다. 하지만 그 열은 잴 수 없는 열이었다.

"나도요. 절대 상상하고 싶지 않아요."

젤마가 속삭였다. 사진집이 더 이상 창문을 버티지 못했다. 창문이 벌컥 열리면서 바람이 쏟아져 들어왔다. 바람은 커튼을 잡아당기고 가방 옆에 있는 종이더미 사이를 지나가며 첫 시작을 모두 공중에 흩날려버렸다.

"신선한 공기를 좀 쐬어야겠다." 한 시간 후 젤마가 잠이 들자 안경사가 말했다. 바람을 쐬러 나가기 전에 그는 먼저 주방으로 갔다.

거기 젤마의 냉장고 위 게시판에 프레데릭의 전화번호가 아직 꽂혀 있었다. 안경사는 숫자가 전화번호가 아닌 다른 무엇인 양 뚫어져라 쳐다보았다. 그리고 번호가 적힌 쪽지를 잘 접어 가슴 주머니에 넣었다.

집으로 돌아가는데 젤마에게 갈 때보다 마음이 한결 가벼웠다. 안경사는 종이가 가득 든 가방 두 개와 공포에 질린 목소리들을 데리고 젤마에게 갔지만 지금은 달랑 종이쪽지 하나만 들고 집으로 향했다. 가방을 가지러 처음 집으로 돌아갈 때 안경사를 잡아당겼던 바람도 잠잠해져 있었다.

집에 도착하자 그는 전화기와 번호를 들고 정확히 한 사람이 누울 수 있는 침대에 앉았다. 그리고 여덟 시간을 계산한 후, 거의 한없이 이어지는 숫자들을 눌렀다. 첫 번째 승려가 수화기를 들기까지 거의 무한한 시간이 흘렀다. 여섯 명의 승려가 수화기를 들고 나서 드디어 안경사가 원하는 승려가 수화기를 들었다. 프레데릭의 목소리가 들렸다.

"여보세요?"

"안녕하세요, 프레데릭. 디트리히 한베르크입니다."

전화선의 반대편 끝에서 잠시 침묵이 흘렀다. "실례지만 누구신지요?" 마침내 프레데릭이 물었다.

"안경사예요."

"아, 그래요? 죄송합니다. 정말 반가워요. 어떻게 지내세요?"

"잠깐 들를 수 있어요?" 프레데릭이 세상 반대편 끝이 아니라, 이웃마을에 있는 것처럼 안경사가 물었다.

"물론입니다." 프레데릭이 대답했다.

나는 젤마의 침실 창턱에 앉았다. 갈대 피리를 든, 아무 걱정 없는 목동을 올려다보면서 혼자 물었다. 젤마는 정확히 지난밤 몇 시에 오카피 꿈을 꾸었을까? 최선의 경우 몇 시간이 남았을까?

젤마는 잠시 잠에서 깨어 나를 물끄러미 올려다보았다. 그녀가 똑바로 누워서 이불을 턱까지 끌어당겼다. 그녀의 눈은 아까보다 더 열에 들떠 있었지만 명랑해 보였다.

"지금까지 모든 것이 다 아주 매끄럽게 잘 되고 있구나." 마치 5월 축제 준비 이야기를 하는 것처럼 그녀가 말했다.

세상과의 친밀한 관계

안경사는 젤마에게 다시 돌아왔다. 밤 1시 30분이었다. 우리 집에 도착하기 바로 직전 그는 깜깜한 어둠 속 시야의 가장자리에서 어떤 움직임을 감지했다. 왼쪽, 아펠바흐가 가로질러 흐르는 풀밭 쪽을 바라보았다. 저 뒤쪽 작은 다리 위에 어떤 형상이 서 있었다. 안경사는 울타리를 따라 그 형상 쪽으로 걸어갔다.

팔름이었다. 안경사는 다리에 올라가 팔름 앞에서 걸음을 멈추었다. 팔름은 무표정한 눈으로 팔을 축 늘어뜨리고 거기 서 있었다. 한 손에는 성경을 들고, 다른 손에는 절반쯤 빈 위스키 병을 들고서.

팔름은 오랜 세월 술을 마시지 않았다. 안경사는 팔름이 술을 마시면 더 커 보인다는 사실을 까맣게 잊고 있었다.

술에 취한 팔름은 덩치가 더 커졌다. 그의 어깨와 손, 얼굴이 더 커졌다.

안경사는 조심스레 손을 뻗었다. 팔름이 움찔 뒤로 물러나면서 그의 손에서 성경이 떨어졌다. 성경은 다리 가장자리에 떨어졌다. 안경사는 발을 앞으로 뻗어 성경을 다리 가운데로 밀어놓았다.

원래 졸졸 흐르는 수준이던 시냇물이 안경사의 귀에 사납게 포효하고 있었다. 오늘 밤 아펠바흐는 노도처럼 흐르는 강물이었다. 사납게 포효하는 시냇물 때문에 안경사는 팔름의 울음소리를 듣지 못했다. 하지만 그가 우는 모습을 보았다. 돌연 예전처럼 붉고 크고 사나워진 팔름의 얼굴에 눈물이 흐르고 있었다.

안경사는 심호흡을 했다. 그리고 한 걸음 앞으로 나가 팔름의 겨드랑이 밑에 팔을 끼웠다. 팔름이 비틀 뒤로 물러났지만 안경사는 있는 힘을 다해 그를 끌어당겼다. 팔름은 살짝만 건드려도 산산이 부서져 먼지가 될 것 같았지만 그렇다고 그냥 손놓고 있을 수는 없었다. 여기, 지금, 거세게 흐르는 아펠바흐 냇가에서 안경사는 위험을 무릅써야 했다.

팔름은 산산이 부서지지 않았다. 안경사는 그를 번쩍 들었다. 팔름의 무거운 머리가 그의 어깨 위에 툭 떨어졌다. 팔름에게서 술과 땀이 뒤섞인 고약한 냄새가 났다. 팔름은 흐느껴 울고 있었다. 그의 윗몸 전체가 부들부들 떨렸다. 용을 쓰는 안경사의 몸도 같이 떨렸다. 안경사의 오른쪽과 왼쪽에 축 늘어져 있던 팔름의 팔이 올라가 안경사를 얼싸안았다. 술병이 팔름의 손에서 미끄러져 다리 위에 떨어졌다. 땀에 젖은 팔름의 머리카락이 안경사의 목덜미에 스치고, 팔름의 어깨가 그의 코 부근을 눌러 안경을 이마로 밀어올렸다.

안경사는 거의 1분쯤 팔름을 공중에 들고 있었다. 더는 그럴 수 없을 때쯤 그는 팔름을 풀어주지 않고 바닥에 내려놓았다. 팔름도 안경사에게서 떨어지려고 하지 않았다. 팔름을 안은 채 안경사는 먼저 무릎을 꿇고 이윽고 바닥에 앉았다.

그들은 오랫동안 그렇게 앉아 있었다. 안경사는 다리를 쭉 뻗은 채 다리 난간에 기대 있었고, 팔름은 윗몸을 안경사의 가슴에 비스듬히 기대고 있었다. 팔름은 눈을 감고 꼼짝도 하지 않았다. 안경사는 엉덩이의 반을 팔름의 성경 위에 걸치고 비스듬히 앉아 있었다. 추간판에는 치명적인 자세였지만 팔름이 놀라지 않게 자세를 바꿀 가능성은 없어 보였다.

안경사는 팔름의 머리카락을 쓰다듬었다. 발치에 위스키 병이 보였다. 별 어려움 없이 바로 상표를 읽을 수 있었다. 그제야 안경사는 주위가 놀랄 만큼 밝은 것을 알아차렸다. 달이 비치고 있었다. 예전에 팔름이 그 운행궤도를 훤히 알던 달이.

세상을 창조한 사람은 너였다

그리고 일이 더는 매끄럽게 진행되지 않았다. 상태가 불안해진 젤마는 침대 위에서 이리저리 뒤척였다. 나는 열을 내리기 위해 냉찜질팩을 만든 뒤 젤마의 종아리에 젖은 수건을 대주려고 했다. 그녀가 그것을 떼어내려고 버둥거리는 통에 그녀의 침대 위에 놓여 있던, 서두만 있는 편지들이 눅눅해졌다.

알래스카는 젤마의 침대 발치에 앉아 있었다. 내가 분주하게 젤마의 침대 가장자리에 앉았다가 다시 이리저리 뛰어다니는 모습을 알래스카는 물끄러미 바라보았다. 마치 중요한 질문이 있는데 할 수 없어서 안타깝다는 표정으로.

안경사가 돌아왔다. 나는 그의 모습이 엉망이라는 사실을 알아차리지 못했다. 오직 젤마만 보고 있었기 때문이다. 우리는 그녀의 침대 가장자리에 앉았다가 뭔가 하기 위해 계속 튕기듯 일어났다. 하지만 우리가 할 수 있는 건 아무것도 없었다. 시간 감각이 사라졌다. 어쩌면 밤 2시였을지 모른다. 어쩌면 시간이 앞으로 혹은 뒤로 밀려났을 수도 있었다. 우리는 정확한 시간을 알지 못했다.

젤마의 눈이 흐려졌다. 어쩌면 우리는 눈 색깔을 맨 먼저 잃어버리는 것인지도 모른다. 그녀는 잠들었다가 다시 깨어났다. 마치 거기 달라붙으려는 듯 그녀의 손이 침대 옆구리를 움켜쥐었다. 그녀가 불현듯 당황한 표정으로 우리를 바라보았다. 우리가 누구인지 모르는 것 같았다. 그녀가 말했다. "부탁인데 내 아들과 말하고 싶어요."

나는 손으로 입을 막고 울기 시작했다. 지금 다른 사람이 될 수 있다면, 젤마를 당장 그녀의 아들과 연결해줄 수 있는 비서가 될 수 있다면, 모든 것을 다 내줄 수 있을 것 같았다.

동이 트기까지 네 시간 동안 젤마는 침대에서 뒤척였다. 네 시간 동안 우리를 알아보지 못하던 그녀가 다시 우리를 알아보았다. 우리를 알아본 마지막 순간, 그녀가 내 손을 잡았다. 예전처럼 나는 그녀의 팔목에 손가락을 댔다. 젤마의 맥박이 빠르게 뛰었고, 세상이 빠르게 돌아가고 있었다. 하지만 곧 딱 멈추게 되리라.

젤마는 내 목에 손을 올려 자신의 가슴께로 끌어당겼다. 그녀의 잠옷이 축축했다. 그녀가 내 머리카락을 쓰다듬었다. 내가 속삭였다.

"할머니는 세상을 창조하셨어요."

"아니, 세상을 창조한 사람은 너였다."

그것이 그녀의 마지막 말이었다.

하인리히, 마차가 부서지는 것 같아

젤마는 울헥에 서 있었다. 발목까지 내려오는 꽃무늬 잠옷을 입고 풀밭에 서서 자신의 늙은 발을 내려다보았다. 꿈에서 보통 오카피와 함께 거기 서 있을 때처럼 거기 그렇게 서 있었다. 오카피 꿈은 곧 가까운 사람의 목숨이 끝난다는 것을 의미했다. 하지만 오카피는 없었다. 주위 그 어느 곳에도 없었다. 다만 나무와 들판, 여기서 항상 부는 바람이 있을 뿐이었다.

오카피도 없는데 왜 나를 여기 세워놓았을까? 혼자 묻는데 나무들 사이에서 누가 걸어나왔다. 아무 소리 없이 그냥 관목 숲에서 나왔다. 그가 가까이 다가왔다. 그가 누구인지 알아차리자 젤마는 온 힘을 다해 그를 향해 달려갔다. 젊은 채로 머무는 시간 감각처럼 자신이 빨리 달릴 수 있는 것이 전혀 이상하지 않았다.

그녀는 갑자기 우뚝 멈춰섰다. 아무리 안기고 싶다고 해도 50년이 훌쩍 넘는 세월이 흘렀는데 다짜고짜 품에 안길 수 없다는 생각이 들었기 때문이다. 그러면 그가 산산이 부서져 먼지가 될 수도 있었다. 하인리히가 말했다.

"당신이군요. 때가 됐어요."

지난 수십 년 동안 젤마의 눈꺼풀 뒤 잔상에서 언제나 밝았던 하인리히의 머리카락이 현실에서와 똑같이 까맣고, 그의 눈 색깔은 다시 밝았다. "당신, 색깔이 돌아왔네요." 젤마는 말하다 잠시 침묵한 후 덧붙였다. "당신은 아주 젊네요."

"유감스럽지만 피할 도리가 없었어요."

하인리히가 대답했다. 젤마는 자신을 내려다보았다.

"나는 늙었어요."

"다행히 그렇죠."

그는 대답하며 싱긋 미소를 지었다. 몸을 돌려 젤마에게 진짜진짜 마지막으로 손을 흔들던 그날과 똑같이. "걱정하지 말아요. 우리는 곧 다시 만날 거예요. 나는 알아요, 젤마. 정확히 안다니까요."라고 했던 그날과 똑같이. 하인리히가 말했다.

"시간이 조금 더 오래 걸렸어요."

젤마는 위를 올려다보았다. 개기일식 때와 비슷하게 햇빛이 어딘지 은빛을 띠었다.

그녀는 하인리히에게 가까이 다가갔다. 도움을 요청한 적이 한 번도 없었던 그녀가 물었다. "나 좀 도와줄래요? 여기서 좀 나가게 도와줄래요?"

그녀는 마치 하인리히에게 외투 벗는 것을 도와달라고 하듯 그렇게 물었다.

하인리히는 팔을 활짝 벌렸고, 젤마는 그 안으로 뛰어들었다. 그녀는 하인리히의 여전히 젊은 몸을 끌어안았고, 하인리히는 80년 넘게 산 젤마의 몸을 끌어안았다. 예전에 그녀를 끌어안을 때처럼 꼭 끌어안았다. 젤마는 이제 자신의 몸에서 하인리히의 몸이 닿았던 부분만 느낄 수 있었다. 이를테면 젤마는 오른쪽 어깨를 더 이상 느낄 수 없었다. 마르틴이 죽은 후 밤이고 낮이고 나를 둘러메고 다닌 후 오른쪽 어깨의 감각이 없어졌다. 지금은 달랐다. 이제 어깨는 마비된 것 같지 않았다. 그냥 어깨가 더 이상 없는 것 같았다.

"어깨를 더 이상 느낄 수 없어요." 젤마가 하인리히의 목에 매달려 말했다. 그의 목에서 예전과 똑같이 박하 향과

필터 없는 카멜 담배 냄새가 났다.

"원래 그런 거예요." 하인리히가 다독였다. 그의 입이 그녀의 목에 있었다. "원래 그런 거예요, 젤마." 그의 손이 그녀의 등과 머리카락, 팔을 쓰다듬었다. 젤마는 바르르 떨었다. 그것은 떨리는 곳이 없는 떨림이었다. 그녀는 정확히 어디가 떨리는지 알 수 없었다. 그냥 떨렸다.

그리고 하인리히가 그 말을 했다. 다섯 살 때 울헥의 나무 위에 올라가 겁에 질려 있던 나에게 젤마가 해주었던 그 말을. 젤마는 여기서 그 나무를 똑똑히 볼 수 있었다. 그때 나는 어떻게 다시 내려와야 할지를 알지 못했다. 젤마는 발끝으로 선 채 팔을 위로 뻗어 나를 꽉 붙잡고는 나뭇가지를 부둥켜안고 있는 내게 말했다.

"손을 놔. 내가 붙잡았으니까."

오카피 존스토니

'사랑하는 프레데릭, 젤마가 세상을 떠났어요.' 젤마가 죽은 날 오전 나는 그렇게 쓰려고 했다. 하지만 '사랑하는 프레데릭'까지 쓰고 그만두었다. 아빠가 그 사실을 알지 못하는 마당에 프레데릭에게 그 사실을 먼저 알릴 수는 없는 노릇이었다. 그 때까지는 그 누구도 젤마가 죽었다고 여기저기 말할 수 없었다.

아빠에게 사실을 알리기에 적합한 사람은 내가 아니라는 생각이 들었다. 엄마가 그 일을 해야 할 것 같았다. "당연하지." 엄마는 그렇게 말했지만 젤마가 죽은 날 오후 아빠가 전화했을 때 그 자리에 없었다. 젤마의 장례식 준비를 하느라 바빴던 것이다. 따라서 나 스스로 적합한 사람이 되는 것 외에 다른 도리가 없었다.

전화벨이 울리자 눈앞에 아빠의 모습이 떠올랐다. 아빠는 아득히 먼 어느 공중전화기 앞에 서 있었다. 연결이 나빠서 그는 '젤마'와 '세상을 떠났다'는 말 외에 아무것도 알아들을 수 없었다. 아빠가 말했다.

"나다. 좋은 소식이야, 루이스헨. 사실 벌써 비행기표를 구했단다."

"아빠."

"내 말 잘 들리니? 너한테 꼭 해야 할 말이 있어."

"나도 할 말이 있어요."

아빠가 힘주어 말했다. "루이제, 그러니까 내가 오카피를 봤단다. 진짜 오카피를 봤다고. 여기 열대 우림에서. 믿을 수 없을 만큼 아름다운 동물이더라."

아빠가 울음소리를 듣지 못하도록 나는 수화기를 들지 않은 손으로 입을 막았다. 넘어지고 있는 나무를 바라보면서 '저 나무는 바닥에 쓰러져야 비로소 마침내 넘어진 거야. 그때까지는 시간이 있어.'라고 생각하는 사람이 된 기분이었다. 아빠가 설명했다.

"오카피의 완전한 이름은 '오카피 존스토니'야. 오카피를 발견한 해리 존스토니의 이름을 딴 것이지. 너, 그거 아니? 그는 오카피를 발견하지 않았어! 평생 오카피를 한 번도

406 오카피를 보았다

본 적이 없다니까. 오카피의 일부를 보았을 뿐이지. 머리뼈와 가죽을 봤을 뿐이라고. 온전한 오카피는 한 번도 직접 본 적이 없단다."

"아빠." 나는 입을 막은 손가락 사이로 말했다. 그리고 생각했다. 아빠, 이제 조용히 해야 해요. 이제 바깥세상을 받아들여야 해요.

"대단하지 않니?" 아빠가 물었다. "젤마는 오카피를 발견한 사람보다 온전한 오카피를 평생 더 많이 본 거야. 어쩌면 오카피를 발견한 사람은 본래 젤마라고 할 수 있을지도 몰라." 아빠가 말하고 웃음을 터뜨렸다. "젤마는 어떻게 지내니? 나는 내일 저녁 도착할 거야."

나는 입에서 손을 떼고 말했다. "지난밤 돌아가셨어요."

잠시 쏴쏴 하는 소리만 들렸다. 그 말을 들어야 하는 곳과 그 말을 한 곳이 서로 아득히 멀 때 나는 소리였다.

"아니야." 아빠의 손에서 수화기가 떨어지고 다시 집어 드는 소리가 들렸다. 아빠가 나직한 목소리로 중얼거렸다. "하지만 나는 내일 저녁 도착할 거야. 내일 저녁 도착할 거라고."

그렇게 여기 누우면

나는 젤마의 식탁에서 편지를 썼다. '사랑하는 프레데릭, 젤마가 세상을 떠났어요. 그녀는 당신을 많이 좋아했어요. 유일하게 좋아하지 않은 점은 시차였지요. 어쩌면 우리는 정말 서로 어울리지 않을지도 몰라요. 나쁘지 않은 거예요. 오카피는 서로 어울리지 않는 것들이 합쳐져 있지만 그럼에도 불구하고 믿을 수 없을 만큼 아름다운 동물이거든요.' 더 이상 쓸 수가 없었다. 안경사가 앞에 서서 말했기 때문이다. "시간이 됐다."

안경사와 나는 복도에 있는 젤마의 벽거울 앞에 섰다. 나는 검은 옷을 입었고, 안경사는 세월이 가면서 점점 더 헐렁해지는 좋은 양복을 입었다. 안경사는 '이달의 직원'이라고 적힌 명찰을 뒤집어 달고 있었다. 울어서 부은 눈으로 거울 속에서 나를 바라다보며 그가 물었다. "이렇게 해야겠지? 재밌지 않니?"

"예. 아주 재미있어요." 나는 내내 울어서 온 얼굴에 번진 마스카라를 닦아내려고 애쓰며 대답했다.

젤마의 장례식 날에는 비가 내렸다. 보슬비가. 온 마을 사람들이 다 모이고, 이웃마을에서도 절반이 왔다. 엄마는 화환을 만들었다. 크라이스슈타트에서 온 목사가 짧은 추도사를 하는 동안 엄마와 아빠는 손을 잡고 있었다. 장례식에서 오랫동안 자신을 사랑했던 사람의 손을 다시 잡는 것은 당연하기 때문이다. 그들이 더 이상 사랑하지 않는다는 사실은 장례식의 진행에 별다른 문제가 되지 않았다.

알래스카는 언제나처럼 아빠를 만난 것을 도가 넘치게 기뻐했다. 도무지 진정하려고 하지 않았다. 계속 꼬리를 흔들어대며 아빠에게 펄쩍펄쩍 뛰어올랐다. 하지만 알래스카가 동물이기 때문에 진정한 기쁨이 때로는 부적절하다는 것을 이해시킬 수 없었다.

나는 팔름과 안경사 사이에 서 있었다. 팔름은 솔로 박박 문질러 닦은 듯한 모습이었다. 얼굴은 붉고 금발 머리카락은 머리에 착 달라붙었지만 그 중 한 다발이 삐죽 솟아 있었다. 젤마의 무덤에 다가가는 것은 쉽지 않았다. 마치 강을 거슬러 올라가는 것 같은 느낌이었다. 팔름은 무덤에 장미를 던졌고, 안경사와 나는 흙을 던졌다.

　　나중에 마을 사람들이 마을회관에 다 모였다. 나는 사흘 동안 쉼 없이 핫케이크를 구웠다. 입석 테이블에 핫케이크를 잘라 쌓아놓았는데 촉촉해야 할 케이크가 너무 바삭하게 구워져서 부끄러웠다. 잡화점 주인이 내 어깨를 두드리며 위로했다. "속상해하지 마라. 젤마가 죽었어. 우리가 모두 이렇게 맛없는 음식을 입에 넣어야 맞는 거야."

　　엄마가 아빠와 함께 입석 테이블 앞에 서 있는데 알베르토가 다가왔다. 알베르토는 엄마 옆에 서서 그녀의 어깨를 감싸안았다. 나는 아빠를 쳐다보았다. 그를 오랫동안 사랑했던 사람이 이제 더 이상 그를 사랑하지 않는 것은 아직 메우지 않은 무덤 앞에서만 사소한 문제인 것 같았다.

　　나는 벽 앞에 놓인 접이식 의자를 가져와 안경사 옆에 앉았다. 안경사의 왼쪽에는 팔름이 앉아 있었다. 팔름이 손에 쥔 컵에 오렌지주스가 아닌 다른 것이 들어 있는지 우리는 알지 못했다. 나는 안경사의 어깨에 몸을 기댔고, 안경사는 내 머리에 뺨을 기댔다. 우리는 여름 내내 우리 집 굴뚝에서 잠을 잤던 두 마리 작은 올빼미처럼 보였다.
내가 말했다.

"이제 우리는 철저히 혼자가 되었네요."

안경사는 나를 감싸안고 자기 쪽으로 끌어당겼다. "'우리'라고 말할 수 있는 한 아무도 혼자가 아니란다." 그가 나지막이 말했다. 그리고 내 머리에 입을 맞추며 덧붙였다. "바람을 좀 쐬고 오마, 괜찮지?" 나는 고개를 끄덕였다. "가자, 알래스카." 안경사의 말에 알래스카가 일어났다. 그렇게 늙고 커다란 것이 완전히 일어나려면 한참 시간이 걸렸다.

안경사는 알래스카와 함께 마을 끝자락으로 갔다. 거기서 울헥으로 올라가 숲속 바닥에 드러누웠다. 좋은 양복 차림으로 그는 축축한 낙엽 위에 누웠다. 알래스카가 그의 옆에 누웠다. 안경사는 머리 뒤에 손깍지를 끼고 나뭇가지와 우듬지가 그림을 그린 하늘을 올려다보다가 보슬보슬 내리는 비에 눈을 깜빡거렸다.

안경사는 자신과 다른 모든 사람들에게 들려주었던 문장을 또다시 생각했다. '우리가 어떤 것을 바라보면 그것은 우리의 시야에서 사라질 수 있다. 하지만 우리가 그것을 보려고 하지 않으면 그것은 사라지지 않는다.' 내면의 목소리도 그 문장을 설명하려고 들지 않았다. 왜 그런지 이유도 설명하지 않았다. 이제 목소리들이 말했다. "그렇게 여기 누우면 너는 정말 죽을 수도 있어. 어차피 아무 차이도 없지만."

안경사는 벌떡 몸을 일으켰다. 어찌나 갑작스럽고 정형외과상 잘못된 자세로 벌떡 일어났는지 등 아래쪽에 찌르는 듯한 통증이 흘러내렸다. 그가 소리쳤다.

"드디어 알았어."

알래스카도 몸을 일으켰다. 아마 지금이 엄숙한 순간임을 눈치 챘기 때문이리라. 안경사가 말했다.

"구분하는 것이 문제야. 바라보는 것은 구분한다는 걸 의미해." 그는 알래스카의 머리를 톡톡 두드렸다. "알래스카, 좀 더 일찍 깨달을 수도 있었을 텐데, 직업 때문에라도 말이지. 자, 정신 똑바로 차리고 잘 들어. 우리가 어떤 것을 주위의 다른 것과 구분하려고 하지 않으면 그 어떤 것역시 사라지지 않아. 구분되지 않기 때문이지. 다른 것에서 따로 떨어져 분리되지 않으면 그것은 언제나 있는 거야." 어찌나 흥분했던지 알래스카에게 실제로 "이해하겠니?" 하고 물었다. 그리고 알래스카가 대답을 하지 않는 것을 의아하게 여겼다. 알래스카가 마땅히 이렇게 대답해야 한다

고 생각했던 것이다. '물론이지요. 완전히 이해했어요. 어서 계속해보세요.'

내가 보려고 하지 않으면 젤마는 사라지지 않아, 안경사는 생각했다. 마음 같아서는 당장이라도 젤마에게 달려가고 싶었다. 그녀에게 그 이야기를 해주기 위해서.

틀린 말을 하면 물건이 떨어진다

"뭘 해줄까? 혹시 아이스크림 먹고 싶니?" 마을 사람들이 마을회관을 떠난 후 엄마가 물었다.

"고맙지만 괜찮아요. 산책 좀 하고 올게요."

나는 그렇게 말하고 마을의 맨 끝자락, 마를리스에게 갔다. 마를리스는 장례식에 참석하지 않았다. 그녀에게 무슨 일이 생겼는지 걱정스러웠다. 젤마의 장례식 참석을 망설일 이유가 전혀 없다고 믿었기 때문이다.

나는 마를리스의 정원을 지나고 눅눅해진 편지들을 지나 벌집을 빙 돌아갔다. 초인종을 누르지 않고 곧장 집 뒤쪽, 여전히 비뚜로 닫혀 있는 주방 창문 쪽으로 갔다. 집 안을 살짝 들여다보는 순간, 가슴이 미친 듯 방망이질치기 시작했다. 나는 얼른 눈을 돌려 가슴에 손을 올리고 스스로를 다독였다. 진정해. 진심이 아닐 거야. 다시 집안을 들여다보았다.

마를리스는 스웨터와 바지 차림으로 주방의자에 앉아 있었다. 팔름의 엽총을 손에 들고, 턱을 총구에 대고서.

나는 창문 틈으로 말했다. "마를리스, 설마 진심은 아니지요."

내 목소리를 듣고도 마치 내가 몇 시간 전부터 거기 서 있었던 양 그녀는 전혀 놀라지 않았다.

"마를리스? 내 말 듣고 있어요? 이미 충분히 많은 사람이 죽었어요. 죽음이 너무 흔하다고요. 강력하게 충고하는데 죽음의 품에 뛰어드는 짓 따위는 하지 말아요."

"네 추천은 언제나 개똥이었어." 마를리스가 말했다. 그녀는 자신의 고모, 늘 기분이 나쁘고 도저히 참아줄 수 없는 고모가 목을 맸던 못 바로 아래 앉아 있었다.

"팔름의 총은 어떻게 손에 넣었어요?"

"팔름은 곤드레만드레 취해서 잠이 깊이 들었어. 아마 내가 집안을 다 털어가도 몰랐을걸. 이제 그만 꺼져. 언젠가는 끝을 내야 해." 마를리스는 잠시 나를 쳐다보았다. 예전 팔름의 눈처럼 사나운 눈초리였다.

나는 생각했다. 당연하지. 언제나 슬픈 마를리스라면 언젠가 끝을 내야지. 언제나 아무도 방문하지 못하도록 온 힘을 기울여 애쓴다면 언젠가 끝을 내야지. 주위에서 그 어떤 것도 찾아내지 않으면. 아무것도, 책 추천도 냉동식품도 선물가게의 어떤 품목도 마음에 들지 않으면. 모든 것이 늘 색이 바라 흐릿하면 언젠가 끝을 내야지.

나는 항상 시간이 마를리스 곁을 스쳐 흘러간다고 생각했다. 마를리스의 나날이 흔적 없이 늘 똑같으니까. 하지만 틀린 생각이었다. 시간은 그녀를 위해 아주 잘 흘러가고 있었다. 좋지 않은 것은, 시간이 그렇게 완벽하게 아무 이유 없이 그냥 흘러간다는 것이었다. 나는 비뚜로 닫힌 창문에 머리를 기댔다. "들어가게 해줘요."

"꺼져. 그냥 꺼지라고."

마르틴과 내 추억의 문집에 써준 마르틴의 글이 생각났다. 마르틴은 마지막 페이지까지 다 넘겨본 후, 단정한 아이 글씨로 이렇게 썼다. '아무도 앨범에서 떨어지지 않도록 나는 뒤쪽에 단단히 뿌리를 내리리라.' 누군가는 마를리스에게 신경을 써야 한다며 엘스베트가 우리를 그녀에게 보냈을 때 마르틴은 마를리스에게 자신의 글을 보여주며 말했다. "꼭 누나처럼, 맞지요? 누나도 뒤쪽에 뿌리를 내리고 있잖아요."

마를리스는 그 말을 이해하지 못했다. 하지만 마르틴은 마를리스가 마을의 끝자락에 살아야 하고 그렇게 참기 힘든 사람이 되어야 한다고 굳게 믿었다. 그녀는 뒤쪽에서 우리를 습격할 수도 있는 강도들을 막아주기 위해 창조되었기 때문이다.

당시 나는 마를리스에게도 내 문집에 글을 써달라고 부탁했다. 그녀는 마지못해 문집을 펼치고 안경사의 글을 훑어보았다. '바위는 깨뜨릴 수 있고, 산은 지나칠 수 있네. 하지만 너를 잊는 일은 결코 없으리.' 그녀는 아빠의 글도 훑어보았다. '갈색 곰은 시베리아에 있고, 아프리카 그곳엔 누가 있네. 흑돼지는 시칠리아에 있고, 내 가슴 속에는 오직 너 하나뿐이라네.' 그녀는 엘스베트의 글을 훑어보았다. '즐겁게 살아라, 기쁘게 살아라, 귀리 짚 속의 몹스처럼'*. 잡화점 주인의 글도 훑어보았다. '너는 늘 멀리서 방황하려고 하는가? 보라, 좋은 것은 가까이 있느니! 오직 행복을 붙잡는 것을 배우라. 행복은 언제나 거기 있기 때문이라.' 엄마의 글도 훑어보았다. '사랑만이 다른 사람에게 선물하

---

*독일 민요 제목. 몹스는 불도그처럼 생긴 못생긴 개인데 늘 만족하고 즐거운 개로 여겨진다.

면서 스스로 부유해지는 비밀을 이해한다.' 그녀는 젤마의 글도 훑어보았다. '날마다 일요일은 아니다. 날마다 포도주가 있는 것은 아니다. 하지만 너는 날마다 정말 즐겁고 명랑해야 한다.' 드디어 마를리스는 빈 페이지를 발견하고 연필로 '안녕 M.'이라고 썼다.

"마르틴은 언니가 우리 모두를 구해준다고 믿었어요."

내가 나직하게 말하자 마를리스가 소리쳤다.

"끝내주게 들어맞는구나. 특히 마르틴에게. 그리고 젤마에게."

"하지만 젤마는 여든 살이 넘었어요."

"그녀는 나를 가만히 내버려뒀어." 마를리스가 대답했다. 잠시 목이 메자 그녀는 헛기침을 하고 계속했다. "젤마는 너희들 중 유일하게 나를 가만히 내버려뒀다고."

"그녀는 앞으로도 계속 그럴 거예요."

"꺼져. 벌써 죽음이 보여. 죽음이 나를 향해 오고 있다고." 마를리스가 소리쳤다. 이제 그만하면 충분했다.

"좋아요, 마를리스. 언젠가 끝을 내야지. 언니 말이 전적으로 옳아요."

마를리스의 커튼 봉이 떨어졌다. 왼쪽 고리가 풀린 커튼봉은 창문 앞에 비스듬히 걸려 있었다.

나는 물건이 너무 자주 떨어진다고 생각했다. 제대로 고정되지 않은 물건이 아주 많다고. 문득 젤마의 말이 생각났다. 내 인생은 아무 문제없다고 했을 때 그녀의 주방 벽에서 마크라메 올빼미가 뚝 떨어졌다. 그때 젤마는 "이제 알겠니?"라고 물었다.

마를리스는 창밖을 뚫어져라 바라보았다. 나는 떨어진 커튼 봉 때문에 그러는 줄 알았다. 하지만 아니었다.

"진짜야. 죽음이 나를 향해 곧장 오고 있다니까." 그녀가 말했다.

나는 몸을 돌려 마를리스의 시선을 좇았다. 길고 검은 옷을 입은 남자가 정원을 지나 우리를 향해 곧장 걸어오고 있었다. 한 걸음 뒤로 물러나다가 벽에 부딪혀 비틀거리며 내가 말했다. "죽음이 아니에요. 프레데릭이에요."

그는 몇 발자국 앞에서 걸음을 멈추었다. "좋지 않은 때 온 건가요?"

"프레데릭."

그가 싱긋 미소를 지었다. "나예요. 안경을 썼네요."

"프레데릭." 나는 다시 이름을 불렀다. 이름을 자꾸 부르면 그의 실체가 더 뚜렷해진다고 믿는 것처럼.

"느낌이 좋지 않았어요. 안경사 아저씨가 전화하시자마

자 바로 길을 떠났어요." 마치 이웃마을에서 온 듯 그가 말했다.

"여기까지……."

"그래요. 그게 전화하는 것보다 덜 번거롭거든요. 루이제, 젤마가 세상을 떠나서 정말 유감이에요."

나는 그에게 다가가려고 했지만 움직이기가 겁이 났다. 창문에서 1센티라도 떨어지면 마를리스가 방아쇠를 당길 것 같았기 때문이다.

"나는 여기 서 있어야 해요."

"그러지 마." 마를리스가 소리쳤다.

프레데릭이 내 쪽으로 걸어왔다. 10년 전과 똑같아 보였다. 다만 싱긋 미소 지을 때 섬세한 주름이 새로 드러났다. 나는 머리로 뒤쪽 창문을 가리켰다. 프레데릭은 집안을 들여다보았다.

마를리스가 소리쳤다. "들여다보지 말아요. 여기 일은 당신과 아무 상관이 없다고."

"사람을 불러올까요?" 프레데릭이 깜짝 놀라서 물었지만 내게는 젤마 외에 생각나는 사람이 없었다.

"내가 여기 서 있는 한, 하지 않을 거예요. 그래서 내가 여기 있는 거예요."

"하지만 언제까지나 우리가 여기 서 있을 수는 없어요."

나는 그가 '우리'라고 말해서 기뻤다. 나는 그의 손을 잡았다.

내가 마르틴에게 젤마의 꿈을 믿지 않는다고 했을 때 기차역 선로의 붉고 하얀 표지판이 철커덩 떨어졌다. 또 "그래도 너는 그를 사랑하는구나." 하는 안경사의 말에 내가 "아니요. 이젠 아니에요."라고 했을 때 시력검사표가 벽에서 뚝 떨어졌다.

나는 반쯤 떨어진 커튼 봉 뒤에 지워진 듯 앉아 있는 마를리스를 보았다. 그녀는 자세를 바꾸지 않았다. 턱을 총구에 대고 방아쇠 부근을 손으로 잡고 거기 앉아 있었다. 마를리스는 나를 들여보내지 않을 것이다. 자물쇠 다섯 개 중 단 하나도 풀지 않을 것이다. 집밖으로 나오지도 않을 것이다. 내 추천은 항상 개똥이었으니까.

마를리스를 다른 방식으로 나오게 해야 한다고 생각했다. 모험을 하도록 태어났다고 해도 그 모험을 항상 스스로 선택할 수는 없다는 생각도 했다. 나는 심호흡을 하고 말했다.

"프레데릭, 당신이 들러줘서 정말 좋아요. 하지만 지금 때가 그렇게 좋지는 않네요."

스카치테이프로 고정한 디퓨저 스틱이 마를리스 뒤쪽 벽에서 떨어졌다. 스틱은 소리 없이 떨어졌다.

"뭐예요?" 프레데릭이 말하며 내 손을 놓으려고 했지만 나는 그의 손을 꽉 잡았다.

"우리는 서로 전화를 걸 수 있어요, 때에 따라서. 나와 전화하는 것은 언제나 당신에게 큰 즐거움이었지요."

마를리스가 어릴 때 그녀의 고모를 위해 만들었던 자수 그림이 바닥에 떨어지면서 액자 유리가 산산조각 났다. 마를리스가 흘깃 보고는 다시 머리를 엽총 위에 올려놓았다.

프레데릭은 나를 뚫어져라 쳐다보았다. 세상을 이해할 수 없고 그래서 세상과 거리를 두려는 사람처럼. 그대로 있어요, 지금 가지 말아요, 나는 생각했다. 온 마음을 기울여 열심히.

마를리스가 말했다. "허튼소리 집어치고 꺼지라니까."

"마를리스는 나의 가장 친한 친구예요."

아무것도 떨어지지 않았다.

이번에는 더 힘주어서 다시 한 번 말했다. "마를리스는 나의 가장 친한 친구예요." 움찔하는 것도 없었다.

"프레데릭, 당신은 정말 지독하게 추근대는 사람이에요." 마를리스 뒤 레인지 위에 걸려 있던 프라이팬들이 우당탕 떨어졌다. 마를리스는 소스라치게 놀라 뒤를 돌아보았다. 나는 프레데릭의 손을 있는 힘을 다해 꽉 잡았다. "나는 우리가 서로 어울리지 않는다고 마음 깊이 믿고 있어요." 마를리스의 찬장이 그 안에 들어 있는 완두콩 통조림들과 함께 쿵 쓰러졌다. 마를리스는 엽총을 떨어뜨리고 펄쩍 뛰어 일어났다. 줄곧 마를리스를 보다가 나를 보다가 하던 프레데릭은 이제 오직 나만 바라보았다. 나를 뚫어져라 쳐다보던 그는 물건이 다시 떨어질 때마다 잠시 움찔했지만 내게서 눈을 돌리지는 않았다. "지금까지 내가 당신처럼 전혀 사랑하지 않았던 사람은 없었어요." 지저분한 그릇들과 함께 선반이 와장창, 귀가 먹먹할 만큼 큰 소리를 내며 넘어졌다. "나는 생크림을 얹지 않은 '은밀한 사랑' 작은 컵을 먹고 싶어요." 마를리스의 고모가 목을 맸던 못에 걸린 전등이 떨어지면서 유리 파편이 사방에 날렸다. 대문에 너무 많은 자물쇠를 채운 마를리스는 창문으로 달려가 창문을 열고 커튼 봉 밑으로 기어서 밖으로 나왔다.

무작정 숲속으로 도망치려던 그녀가 스웨터와 바지 차림으로 우리 곁에 섰다. 그녀는 온 몸을 사시나무 떨듯 부들부들 떨면서 물었다. "대체 무슨 일이 일어난 거야? 왜 지금은 다시 멈춘 거지?"

"내 말 들었어요, 프레데릭?" 내가 물었다.

"예. 나는 당신이 나를 그렇게 사랑하는지 몰랐어요. 아무튼 그런 방식으로 사랑하는지는 몰랐네요." 대답하는 그의 얼굴이 창백했다.

자기 몸을 팔로 감싸안은 채 마를리스가 끼어들었다. "나는 벌써 알았는데."

"신선한 공기를 좀 쐬어야겠어요." 프레데릭이 말했다. 그리고 한 마디도 더하지 않고 몸을 돌리더니 풀밭을 비스듬히 가로질러 숲 쪽으로 걸어갔다.

나는 그의 뒷모습을 바라보았다. 해부학적으로 들 수 없는 물건을 번쩍 든 것 같은 기분이었다. 내가 말했다.

"마를리스, 가요. 같이 가서 바지를 가져오는 게 좋겠어요. 신발도."

"나는 들어가지 않을 거야. 너도 가지 마." 그녀가 나를 말렸다.

"좋아요." 나는 그녀의 대문 앞 계단참에 놓인 고무장화를 가져왔다. "신어요." 내가 권하자 그녀는 내 어깨에 한 손을 짚고 맨 발을 고무장화에 집어넣었다.

"이제 함께 안경사를 찾으러 가요." 나는 마를리스의 어깨에 팔을 두르며 말했다.

"손 치워." 마를리스는 그러면서도 같이 갔다.

어스름이 내리는 저녁, 길을 따라 풀밭을 지나가며 내가 이야기했다. "이제 함께 안경사를 찾으러 가요. 그리고 젤마 집에 가서 뭐 좀 먹을 거예요. 마를리스, 오늘밤 거기서 자요. 나도 잘 거예요. 프레데릭도. 그 사람은 분명 돌아올 거예요. 지금은 단지 혼자 있고 싶을 뿐이에요. 안경사 아저씨도 젤마 집에서 잘 수 있을 거예요. 우리는 거실에 커다란 매트리스 숙소를 만들 거예요. 아마 젤마가 좋아할 거예요. 베개가 충분한지 모르겠네요. 아빠는 위층에서 자고, 엄마는 알베르토 집에서 잘 거예요. 나는 감자튀김을 만들고요. 내가 잘 하는 요리지요. 소파 쿠션을 베개로 쓸 수도 있을 거예요. 프레데릭은 분명 곧 돌아올 거예요. 팔름에게도 잠깐 들를 생각이 있는지 물어볼까요? 마를리스, 감자튀김 좋아해요? 팔름은 대체 어디 있을까요? 어쩌면 잡화점 아저씨도 들를지 몰라요. 마를리스, 추워요? 잡화점 아저씨가 포도주를 가져올 수 있을 거예요. 팔름 때문에 좋지 않을지 모르지만. 그런데 팔름은 대체 어디 있을까요?"

팔짱을 끼고 내 옆에서 비틀비틀 걸어가던 마를리스가 한마디 내뱉었다. "제발 입 좀 다물어줄래?"

프레데릭

프레데릭은 밤이 돼서야 돌아왔다. 나는 주방에서 그를 기다리고 있었다.

"대체 어디 있었어요?" 내가 물었다. 그때 알래스카가 그랬듯이 어쩌면 마쉬케 박사를 만나러 갔을지 모른다는 생각이 얼핏 들었다.

프레데릭은 말없이 차갑게 식은 감자튀김 세 접시를 먹었다. 위층에서 서성이는 아빠의 발걸음 소리 외에 아무 소리도 들리지 않았다. 아빠는 젤마의 장례식이 끝나자마자 바로 위층에 틀어박혔다. 알래스카 말고는 아무도 아빠를 보러 올라갈 수 없었다. 드디어 알래스카는 무의식의 창고에서 꺼낸 다루기 힘든 아픔이 되었다. 몇 년 전 마쉬케 박사는 그 아픔 때문에 알래스카를 만들어냈다. "좀 어떠시니?" 나는 알래스카가 누군가와 함께 산책하기 위해 아래층으로 내려올 때마다 그렇게 물었다. 알래스카는 이번에는 비밀 엄수 의무를 반드시 지키겠다는 듯 나를 빤히 쳐다보았다.

프레데릭은 자신이 먹은 접시를 씻은 후 나를 따라 복도를 지나 거실로 갔다. 거실 문 바로 앞에서 그가 내 손목을 꽉 잡았다. 내가 몸을 돌리자 그가 말했다.

"당신은 항상 모든 것을 뒤죽박죽으로 만들어놓는군요."

나는 그를 바라보았다. 프레데릭의 눈은 분노에 차 있었다. 내 손목을 잡은 그의 손에 힘이 많이 들어가 있었다.

내가 말했다. "항상은 조금 과장이네요. 우린 이제 겨우 세 번째로 만나는 거예요."

당연히 그건 중요하지 않았다. 마치 보이지 않는 유령이 소중한 물건을 떨어뜨리듯 서로 만나지 못하는 사람들은 아주 먼 곳에서 진행되는 인생을 마구 헤집고 돌아다니며 무질서를 야기할 수 있었다. 더욱이 프레데릭과 나는 10년 동안 적어도 일주일에 한 번은 편지를 썼다.

프레데릭은 잡았던 내 팔을 놓고 거실 문을 열었다. 안경사와 나는 커다란 매트리스 숙소를 만들었다. 매트리스 세 개를 소파 옆 바닥에 깔고, 안경사는 소파 위에 대자로 벌렁 드러누웠다. 가운데 매트리스에서 마를리스가 자고 있었다. 젤마의 누비이불로 몸을 둘둘 감고 있는 그녀는 커다란 꽃무늬 애벌레처럼 보였다. 그녀는 코를 골았다.

마를리스가 자리에 눕기 몇 시간 전, 안경사는 푸르고 하얀 줄무늬 잠옷을 입고 그녀 옆에 쪼그리고 앉아 그녀가 몸에 이불을 둘둘 감는 모습을 바라보았다. 그가 말했다. "또 그런 짓 할래, 마를리스? 그런 짓을 할 기미가 조금이라도 보이면 우리는 5분마다 불쑥불쑥 네 집에 들러 어떻게 지내냐고 물을 거야." 안경사는 사악한 조르기 귀신처럼 보이려고 애쓰며 마를리스에게 몸을 숙여 계속했다. "우리는 절대 널 가만히 내버려두지 않을 거야. 네 자물쇠를 다 풀어버리고, 우편함의 벌집도 연기를 피워 없앨 거야. 그리고 이제부터……." 안경사는 이쯤에서 감정을 억눌러야 했다. "넌 매일 밤 우리 가운데 한 사람 집에서 자야 해." 그는 코끝이 거의 마를리스의 상한 머리카락에 닿을 때까지 몸을 더 깊이 숙였다. "정확히 말하면, 너는 우리 가운데 한 사람과 살림을 합쳐야 해."

마를리스가 소스라치게 놀라 벌떡 일어나는 통에 안경사는 아슬아슬하게 고개를 뒤로 젖혔다. 마를리스가 소리쳤다. "절대 안 돼요."

"그럼 됐다." 안경사는 그렇게 말하고 소파에 편안히 누웠다.

나는 마를리스의 오른쪽에 누웠고, 프레데릭은 그녀의 왼쪽에 누웠다. 소파에 누워 있던 안경사가 일어나 앉아 안경을 집어들었다. 그가 말했다.

"우리 잠자리를 이렇게 배치하다니, 정말 대단해요, 프레데릭. 그런데 나는 드디어 사라지는 것에 대한 문장이 무슨 뜻인지 알아냈어요. 짧게 설명해도 될까요?"

"그럼요. 듣고 싶습니다."

프레데릭이 나직하게 대답했다. 안경사는 바라본다는 것은 구분하는 것을 의미한다고 했다. 어떤 것을 다른 모든 것과 구분하려고 하지 않으면 그것은 사라지지 않는다고. 프레데릭은 고개를 끄덕였지만 아무 말도 하지 않았다. 안경사는 그를 자세히 뜯어보았지만 프레데릭도 문장을 이해한 건지 가늠할 수가 없었다. 어쩌면 안경사는 이 세상에서 유일하게 그 문장을 이해한 사람일 수도 있었다. 오직 안경사에게만 이해받고 고마워하는 문장과 더불어 아득히 먼 아주 작은 어느 행성에 단둘이 사는 듯, 안경사는 잠시 심한 외로움을 느꼈다.

프레데릭은 마음이 온통 딴데 쏠린 것 같았다. 얼마나 넋이 나간 듯 보이는지 안경사는 프레데릭이 밤사이 아예 정신줄을 놓지나 않을까 걱정이 됐다. 그는 프레데릭이 베개를 흔들어 부풀게 할 때까지 기다렸다가 말했다.

"괜찮다면, 내일 내가 당신 머릿속의 목소리들을 살펴볼 수 있습니다. 일본에서 들여온 아주 새롭고 획기적인 방법이 있거든요."

프레데릭은 싱긋 미소 지으며 대답했다. "그렇게 나쁘진 않습니다."

언제쯤인가 안경사가 잠이 들었다. 이제 프레데릭과 나를 제외하고 모두 잠들었다. 나는 마를리스 너머로 프레데릭이 아직 잠들지 않았음을 들을 수 있었다.

나는 일어나서 마를리스를 지나 그가 있는 쪽으로 갔다. 프레데릭의 머리는 열린 젤마의 침실 문 바로 옆에 놓여 있었다. 나는 침실 문을 닫고 그 문에 몸을 기댔다. 프레데릭이 나에게 시선을 돌리지 않은 채 나직이 소곤거렸다.

"당신은 전혀 흐릿하지 않아요, 루이제. 이제 나는 당신을 아주 똑똑히 볼 수 있어요."

"당신은 흐릿해요." 내가 속삭였다. 프레데릭은 고개를 끄덕이고 까까머리를 쓰다듬었다. "게다가 딱 막혀 있지요." 그가 말했다.

프레데릭에게 처음 전화하던 때가 생각났다. 그는 내가 딱 막히는 증상에서 벗어나도록 도와주었었다.

나는 속삭였다. "당신 이름은 프레데릭이에요. 헤센 출신이고요. 지금 서른다섯 살이지요. 당신은 일본의 한 불교사원에서 살아요. 그곳의 승려 가운데 몇 분은 나이가 아주 많아서 붓다와 개인적으로 아는 사이일 수도 있지요. 그들은 당신에게 어떻게 청소하고, 어떻게 앉고, 어떻게 걷고, 어떻게 씨를 뿌리고 거두는지, 어떻게 침묵하는지 가르쳐주었어요. 당신은 항상 어떤 일을 해야 하는지 알고 있지요. 당신은 본래 잘 지내요. 무엇보다 당신은 자기 생각과 마주하는 방법을 알고 있어요. 여기 그 누구도 당신만큼 잘 다룰 수 없는 재주지요. 당신은 '바다에서 천 년, 산에서 천 년'을 일본어로 말할 수 있어요. 당신은 항상 배가 고프지요. 또 물건이 비스듬히 기울어 있으면 잘 견디지 못해요. 당신에게는 모든 것이 제자리에 있는 게 아주 중요해요. 당신은 9,000킬로미터 멀리 떨어져 있어요. 당신은 나와 함께 한 연회석에 앉아 있어요."

프레데릭이 머리 뒤에서 손을 빼내 나를 끌어당기고는

내 이마에 자기 이마를 댔다. 그가 천천히 말했다. "나도 당신을 사랑해요, 루이제. 그것도 아주 오래 전부터. 어쩌면 꽉 찬 천 년은 아닐지 모르지만 그 가까이 되지요. 세상의 반대편 끝에서는 간단한 거예요. 지금 나는 인생 전체가 거꾸로 뒤집힐까 두려워요." 그가 나를 빤히 바라보았다. 세상에서 가장 지친 사람처럼 보였다. 그가 속삭였다. "세 번이면 항상이라고 할 수 있는 거예요. 내 말 믿어도 돼요."

몸을 이불로 둘둘 감고 잠들었던 마를리스가 벌떡 일어나 크게 소리쳤다. "좀 조용히들 할 수 없어." 그 바람에 안경사도 잠에서 깼다. "벌써 아침인가?" 그가 안경을 더듬더듬 찾으며 물었다.

"아니요. 아직 밤이에요."

내 말에 마를리스는 매트리스에 다시 벌렁 드러누웠고, 안경사는 한참 위치를 조정하다가 똑바로 누웠다. 프레데릭은 그의 머리 위쪽 소파 탁자의 등을 껐다. 우리는 서로 얼굴을 볼 수 없었지만 서로를 바라보았다. 그가 속삭였다. "나는 이제 잘 거예요. 사흘 동안 한숨도 못 잔 거 같아요."

그는 내게 등을 돌리고 누웠다. 인생의 방향이 막 거꾸로 뒤집히려 하는데도 잠을 자다니, 이것도 사원에서 배운 재주로구나 하는 생각이 들었다. 나는 젤마의 침실 문에 등을 기댄 채 눈이 어둠에 익숙해지고, 프레데릭이 한 말에 익숙해지기를 기다렸다. 이윽고 프레데릭이 잠드는 소리가 들렸다. 이제 그는 마를리스와 똑같이 이불로 몸을 둘둘 감고 있었다. 다만 꽃이 덜 그려져 있었다. 나는 밤새 여기, 프레데릭과 밖으로 드러난 사랑 옆에 앉아 있고 싶었다. 언제쯤인가 잠든 안경사의 손이 소파에서 툭, 프레데릭의 까까머리에 떨어져 내내 거기 머물렀다.

우리는 아침에 일어나 젤마의 주방으로 갔다. 불현듯 여기서 우리를 맞아주는 젤마가 없다는 사실이 낯설게 느껴졌다. 안경사가 말했다. "내 시력검사기 안으로 들어가고 싶은 마음이 간절하구나."

"나는 산책하러 가고 싶어요. 다른 분들은요?"

나는 이렇게 말하며 마를리스와 프레데릭을 번갈아 보았다. 야회복을 입은 프레데릭은 주방 문틀에 기대서 있었고, 누군가가 어디에 세워야 할지 몰라 임시방편으로 세워둔 듯 마를리스는 식탁 앞에 엉거주춤 서 있었다.

마를리스가 팔짱을 끼고 대답했다. "나는 아무것도 하지 않을래."

안경사는 눈을 부릅떴다. 마를리스가 밤사이 새로운 인간이 되었을 거라는 어렴풋한 희망을 품었기 때문이다. 마지막 순간 총을 발사하지 않았으면 어쨌든 인생이 새로 시작되는 거니까. 그럼 당장 사과나무 가지에서 아른거리는 햇빛의 유희 같은 작은 일에 기뻐할 거라고 생각했다. 하지만 수도관이 파열되거나 세입자에게 부대비용을 청구해야 하는 짜증나는 일이 생긴 사람처럼 마를리스는 전과 똑같아 보였다. 마지막 순간 아슬아슬하게 죽음에서 벗어났지만, 예전 자신의 모습을 벗어나지는 못한 것이다. 총구를 들이대기까지 했으면서도 여전히 변화를 거부하는 사람이 있음을 안경사는 미처 예상하지 못했다. 그래서 그는 약간 뾰족하게 대꾸했다. "'아무것도'는 이제 없어, 마를리스. 그건 말하자면 없어졌다고."

마를리스는 적의에 불타는 눈으로 안경사를 노려보았다. 안경사도 마주 노려보았다. 프레데릭이 문틀에서 몸을 떼고 말했다. "나는 지금 청소를 하고 싶어요. 그래도 될까요?"

예전에 젤마의 주방은 반짝반짝 아주 깨끗했다. 손이 뒤틀린 후 젤마는 청결함에 신경을 쓸 수 없었고, 다른 사람의 도움을 받는 것도 원하지 않았다. 그래서 바닥은 얼룩

덜룩하고, 식탁 다리 주변에는 발에 밟힌 부스러기로 테두리가 생겼다. 주방의자 밑에는 먼지 덩어리가 늘어갔고, 벽걸이장과 냉장고의 손잡이 주위에는 거뭇거뭇한 얼룩이 생겼다. 가스레인지 버튼과 찬장 유리문 주변에는 지문이 잔뜩 찍혀 있었다. 내가 말했다.

"당장은 안 돼요. 우선 아침을 좀 먹고 싶지 않아요? 당신은 항상 배가 고프잖아요."

안경사는 나와 마를리스의 소매를 끌고 주방에서 나왔다. 그가 복도에서 타일렀다. "그냥 내버려 둬. 청소하는 게 그에게 좋을 거야." 그는 젤마의 옷장에서 자기 외투를 꺼내며 말했다. "'모든 깨달음은 바닥을 닦는 것에서 시작하고 끝난다.' 어쩌면 그는 나중에 서로 어울리지 않는 것을 연결해서 생각할 수도 있어." 안경사는 젤마의 벽 거울 속에서 나를 보며 미소 지었다. "그럼 너는 그것을 네 마음 내키는 대로 바닥에 떨어뜨릴 수 있지." 그가 내 어깨를 쓰다듬으며 말했다. "나중에 보자."

마를리스는 나와 함께 갔다. 그것만 해도 안경사가 잘못 짚었음을 증명했다. 왜냐하면 지금까지 마를리스와 산책한 사람은 한 명도 없었기 때문이다. 그녀는 젤마의 옷, 젤마의 블라우스와 젤마의 외투를 입고 있었다. 나는 울헥에 들어서면서 망설였다. 젤마가 없는 울헥을 걸은 적이 없었기 때문이다. 마를리스가 옆에서 나를 쳐다보았다. "내가 먼저 갈게." 마치 앞에서 공격하는 범인을 물리칠 필요가 있다는 듯 그렇게 말했다.

마을을 바라볼 수 있는 울헥의 한가운데까지 오자 그녀가 걸음을 멈추었다. 그리고 자기 집을 바라보면서 중얼거렸다. "지진이 났어. 내 집에서만 일어난 지진이." 그녀는 나를 빤히 쳐다보며 말을 이었다. "대단하지 않니?"

나는 고개를 끄덕였다. 우리는 명상의 집까지, 그리고 그 집을 지나서 더 걸었다. 마를리스가 원하는 대로 우리는 앞뒤로 서서 걸으며 한 마디도 하지 않았다.

그동안 프레데릭은 주방 한가운데 서서 여러 번 심호흡을 했다. 이제 드디어 조용해졌다. 얼마나 조용한지 젤마의 침실에 있는 여행용 알람시계의 째깍거리는 소리가 들리는 것 같았다. 한 번도 여행을 떠난 적이 없는 여행용 알람시계는 아마 자신의 실패한 생을 사람들에게 알리기 위해 그렇게 크게 째깍대는 것인지도 몰랐다.

프레데릭은 주방을 청소하기 시작했다. 나이프와 포크,

스푼, 프라이팬과 냄비, 대접 등 모든 그릇과 젤마의 찬장에 들어 있는 저장품을 다 밖으로 꺼냈다. 그리고 차고에서 사다리를 가져와 전등갓의 겉과 안을 닦았다. 갓 안에 나방 세 마리가 죽어 있었다. 프레데릭은 나방을 조심스레 꺼내 손에 들고 나가 정원에 묻어주었다.

찬장의 위와 안, 바깥을 다 닦았다. 냉장고 저 안쪽과 가스대 안까지 몸을 들이밀고 닦았다. 주방의자에서 종이 더미와 안경사의 불교 책, 내버려둔 물품 구입목록, 젤마가 유리한 가격의 상품에 가위표를 해놓은 광고 전단지를 치웠다. 그런 물건들 사이에 편지 하나가 끼워져 있었다. 그는 편지를 읽었다.

사랑하는 프레데릭, 젤마가 세상을 떠났어요. 그녀는 당신을 많이 좋아했어요. 유일하게 좋아하지 않은 점은 시차였지요. 어쩌면 우리는 정말 서로 어울리지 않을지도 몰라요. 나쁘지 않은 거예요. 오카피는 서로 어울리지 않는 것들이 합쳐져 있지만 그럼에도 불구하고 믿을 수 없을 만큼 아름다운 동물이거든요.

프레데릭은 편지를 접어 야회복 주머니에 넣었다. 그리고 책과 광고지를 식탁에 올려놓고 방석의 먼지를 털었다.

나이프와 포크, 스푼, 그릇들을 모두 다 씻었다. 밀가루 통과 설탕 통, 저장식품 통을 깨끗이 닦았고, 유리잔을 반짝반짝 윤이 나도록 닦았으며, 냄비와 프라이팬들을 수세미로 박박 문질러 닦았다. 그는 모든 것을 꼼꼼하게 말려 다시 찬장에 집어넣었다. 창문과 창문틀을 닦고, 사방에 있는 문을 다 닦았다. 그리고 사다리를 차고에 도로 갖다 놓았다.

차고 문을 닫다가 무의식적으로 저 위 숲 가장자리 풀밭을 보았다. 거기에 혹시 노루가 서 있지는 않은지 살펴보기 위해서였다. 노루는 노루 자신을 위해서 쫓아야 했다. 프레데릭은 젤마의 집안과 집 주변에서 무엇을 해야 하고, 무엇을 하지 않아야 하는지 정확히 알았다. 700통이 넘는 편지들을 통해서.

그는 집안으로 다시 들어왔다. 그동안 그의 머리는 내내 비어 있었다. 아무 생각도 없었다. 오직 프레데릭만이 도달할 수 있는 무념무상의 상태였다. 대문을 여는데 머릿속에서 의문 하나가 떠올랐다. 낡은 집에 발을 들여놓으면 낡은 집에 붙잡히는 것은 아닐까?

복도 끝 골방에서 청소기를 발견했다. 청소기는 빨래건조대에 기대 있었다. 젤마가 빨래를 너는 정확히 올바른 방식으로 빨래를 널었던 건조대였다.

프레데릭은 주방으로 돌아와 청소기로 바닥을 밀었다. 그런데 엄마가 갑자기 문턱에 서 있었다.

그는 청소기의 스위치를 껐다. 엄마가 물었다.

"안녕하세요? 다 어디 갔어요?"

"지금은 아무도 없습니다. 남편 분 외에는. 남편 분은 위에 계십니다." 프레데릭은 천장을 가리키며 말했다.

"또 너무 늦었네." 엄마가 중얼거렸다. 그녀는 문틀에 기대 한숨을 쉬었다. "그거 알아요? 너무 늦게 왔을 때 기분이 어떤지?"

"예전부터 알고 있습니다. 지금 제가 사는 곳에서는 언제나 시간을 정확하게 지키지요."

"믿어요, 그럴 거예요. 당신은 지금도 아주 정확한 시간에 여기 있는 거예요."

엄마는 주방을 둘러보았다. 그녀의 시선이 식탁 위에 놓인 안경사의 책에 머물렀다. 그녀는 책을 집어들었다. "나는 지금 시를 쓰고 있어요. 언제 시를 한 편 갖다줄게요." 누군가에게서 무언가를 받기 위해 프레데릭이 오래 머물거라고 생각하는 듯 엄마가 말했다.

엄마는 안경사의 책을 펼쳤다. 안경사가 아주 많이 펼쳤던 페이지가 저절로 펼쳐졌다. 거기에 여러 번 밑줄을 친, 안경사가 가장 좋아하는 문장 하나가 있었다. 엄마가 그 문장을 소리 내어 읽었다. "끊임없는 잘못도 선禪이 될 수 있다. 맙소사. 나도 불교도인 것 같아요." 그녀는 시계를 쳐다보았다. "지금 출발하면 정말 정각에 알베르토에게 갈 수 있을 거예요."

"그럼 출발하세요." 프레데릭이 싱긋 미소 지으며 말했지만 엄마는 망설였다. "혹은 페터를 보고 가야 할까요? 어떻게 생각하세요?"

프레데릭은 아빠를 걱정할 필요는 없다고 확신했다. '남편 분은 슬픔에 잠겨 있으며 방해받고 싶어 하지 않으십니다.' 프레데릭은 그렇게 말하고 싶었다. 하지만 엄마는 프레데릭이 내 편지들을 통해 아빠를 잘 알고 있다는 사실을 몰랐다. 따라서 프레데릭이 그런 말을 하면 너무 경솔하다고 느낄 수도 있었다. 프레데릭은 우리 모두에 대해 자신이 얼마나 많이 알고 있는지, 그 사실을 숨기려 애쓰고 있는 지금 비로소 깨달았다. 그가 말했다.

"무슨 일이 생기면, 제가 여기 있습니다. 여기서 청소를 하고 있을 테니까요."

"알게 돼서 좋네요. 두 가지 다." 엄마는 그렇게 말하고 갔다.

청소기에는 저 안쪽 구석까지 닿을 수 있는 연결호스가 없었다. 프레데릭은 작은 빗자루를 들고 가스대를 따라 냉장고 앞과 싱크대 앞, 찬장 앞과 식탁의 다리 주변을 쓸었다. 주방의자 아래 무릎을 꿇고 저 안쪽 바닥 테두리 장식 앞까지 쓸었다.

주방의자 밑에 마루청이 벽에서 떨어진 게 보였다. 거기 벽과 테두리 장식 사이 움푹한 곳에 진주가 하나 박혀 있었다. 젤마가 잃어버린 귀고리였다. 프레데릭은 수많은 편지를 받았지만 그 사실은 알지 못했다. 진주는 너무 크고 너무 가짜 티가 났다. 지구본처럼 반쪽을 서로 붙인 자국이 보였다. 한 곳에 거의 눈치 챌 수 없는 접착제 찌꺼기가 붙어 있었다. 귀고리의 나사를 고정시켰던 부분이었다. 프레데릭은 진주를 엄지손가락과 집게손가락 사이에 놓고 돌렸다. 진주 빛의 작은 지구본 같았다.

그는 가짜 진주를 옆에 내려놓고는 바닥 테두리 장식을 따라 더 쓸려고 했다. 하지만 진주가 움직이기 시작했다. 진주는 결연히 구르기 시작해 주방을 가로질러 찬장 밑까지 도르르 굴러갔다.

프레데릭은 굴러가는 진주를 바라보았다. 그리고 주방의

자 밑에서 기어나와 찬장 앞에 무릎을 꿇고 한 손으로 찬장 밑을 더듬어보았다. 납작 엎드려 팔을 어깨까지 찬장 밑으로 뻗고 나서야 진주를 다시 손에 쥘 수 있었다. 그는 일어나 진주를 바라보다가 리놀륨 바닥으로 시선을 돌렸다.

"바닥이 기울어 있어." 그가 말했다. 너무나 명확하기 때문에, 듣는 사람이 없어도 크게 말해야 하는 순간이 있다. 바닥이 많이 기울어 당장 균형을 잃기라도 할 듯 그는 오른쪽으로 한 걸음 걸어보았다.

기울어진 마룻바닥에 너무 골몰한 나머지 프레데릭은 자신이 지금 붉게 표시된 곳의 한가운데에 한 발을 딛고 있음을 알아차리지 못했다. 모두가 자동적으로 빙 돌아 피해다녔던 그곳에 대해 안경사는 여러 번 주의를 주었다. 거기를 잘못 밟으면 지하실로 뚝 떨어진다는 듯. 아니 일본까지, 아무것도 없었던 상태 혹은 세상의 시초까지 떨어질 수 있다는 듯.

젤마는 여기서 엄마 아빠가 처음으로 데리고 온 나를 맞이했다. 엄마가 그녀의 품에 나를 안겨주었다. 잡화점 주인과 엘스베트, 마를리스, 안경사, 모두 나와 젤마 주위에 빙 둘러서서 작은 인쇄 글씨를 보는 것처럼 내 위로 몸을 숙였다. 이윽고 엘스베트가 말했다. "애가 할아버지를 닮았네요. 확실해요." 안경사는 내가 젤마를 닮았다고 했고, 잡화점 주인은 내가 엘스베트를 닮았다고 했다. 그 말에 엘스베트는 얼굴을 붉히며 말했다. "정말요? 정말 그렇게 생각하세요?" 당시 초등학교 학생이었던 마를리스는 "아무도 닮지 않았어요."라고 했다. 아빠는 엘스베트의 편을 들어 내가 확실히 자기 아버지를 닮았다고 했다. 가장자리에 선 채 아무 말도 하지 않고 있던 젤마가 엄마를 쳐다보며 말했다. "아이는 엄마를 닮았어요."

그때 초인종이 요란하게 울렸다. 대문 앞에 팔름이 서 있었다. 숨이 턱에 찬 그의 머리카락은 마구 헝클어져 있었다. 그가 안경사를 와락 끌어안으며 소리쳤다. "사내아이예요. 아이 이름은 마르틴이에요. 모두 같이 가서 그 애를 보세요."

아빠는 여기 서 있었다. 아주 젊은 아빠는 창밖을 내다보며 정답을 찾고 있었다. 젤마는 그의 뒤쪽 주방의자에 앉아 예과 졸업시험을 준비하는 그에게 문제를 내주었다. 아빠가 갑자기 몸을 홱 돌리고 선언했다. "공부가 끝나면 여기서 병원을 낼 거예요." 그는 젤마를 바라보며 미소 지었다. "여기에 정착할 거예요. 엄마 곁에."

물려줄 농장이 없으면 자녀를 바깥세상으로 나가라고 격려해야 한다. 젤마는 잘 알고 있었다. 젤마에게는 농장이 없었다. 가진 것이라고는 자신의 몸과 어쩌면 물려주기도 전에 폭삭 무너져버릴지 모를, 비스듬히 기운 집밖에 없었다. 그녀는 세상으로 나가는 것이 특히 아빠에게 좋다는 것을 잘 알았다. 그러나 아들을 격려해야 한다는 것을 알면서도 그녀는 그러지 않았다. 아들이 고향과 자신의 곁을 떠나지 않는 것에 안도감을 느꼈을 뿐이다. 그녀는 의자에서 일어나 아빠가 선 창가로 가서 아들의 등을 쓰다듬으며 말했다. "그래, 페터. 여기에 정착하럼. 그게 좋은 거란다." 여기 머무는 것이 항상 좋다. 여기 머무는 것. 그게 젤마가 자신의 내면에서 발견한 유일한 것이었으므로.

젤마는 여기 서 있었다. 아주 젊은 젤마는 아들을 안고 있었다. 뒤틀린 곳은 한 군데도 없었다. 그녀는 여기서 비탈을 올라오는 엘스베트를 바라보았다. 아주 젊고 날씬한 엘스베트는 이상하게 천천히, 이상하게 몸을 구부정하게 굽히고 올라왔다. 마치 흐름을 거슬러 오는 것처럼, 힘이 빠져서 차라리 흐름에 몸을 맡기고 싶은 것처럼. 젤마는 하인리히가 죽었다는 것을 알았다. 엘스베트가 주방에 들어와 말하기 전에 이미 알았다. 엘스베트는 "젤마, 유감스럽게도 말할 수밖에 없는데, 오빠가……." 하고 더 이상 말을 잇지 못했다.

불과 며칠 전에도 젤마는 여기 서 있었다. 아들을 품에 안고 하인리히가 주방 벽에 걸어놓은 신문의 사진을 보고 있었다. 그녀가 속삭였다. "저게 오카피야, 페터헨.* 아빠가 발견한 동물이지. 그러니까 신문에서 말이야. 오카피는 세상에서 가장 우스꽝스러운 동물이란다." 그녀는 아들의 머리에 입을 맞추고 말을 이었다. "어젯밤에 오카피 꿈을 꾸었어. 꿈에서 나는 오카피와 울헥에 서 있었단다. 잠옷을 입고서 말이지. 한번 상상해보렴." 그녀가 코를 아들의 배에 대고 꾹 눌렀다. 엄마와 아들은 킥킥대고 웃었다.

하인리히는 여기 서 있었다. 그는 여기서 잡화점 주인이 비탈을 내려가는 모습을 바라보았다. 잡화점 주인은 하인리히의 생일파티에 왔다가 만취해서 가장 늦게 일어나 집

---

* '페터'의 애칭.

으로 돌아가는 중이었다. 하인리히가 자기 집에서 처음으로 연 생일파티였다. 하인리히는 담배에 불을 붙이고 연기를 바깥의 깜깜한 어둠 속으로 내뱉었다. 저 위 숲에 인접한 풀밭 너머 비탈을 바라보고, 불어대는 바람에 흔들리는 나무들을 바라보았다.

그의 뒤에서 젤마는 식탁 위의 병과 유리잔들을 치우고 있었다. 그녀는 지나가면서 초콜릿 한 조각을 입에 넣고 아직 식탁에 놓여 있는 엘스베트의 잔을 홀짝 비웠다. 엘스베트는 버찌 리큐어를 마셨다. 젤마가 하인리히에게 말했다. "맛이 기가 막혀요." 그녀는 다가가 그를 뒤에서 안았다. "세상에 이런 게 있을까요? 버찌 리큐어 맛이 나는 초콜릿이 있을까요?"

하인리히는 담배꽁초를 창밖으로 던지고 몸을 돌려 젤마를 안았다. 그가 말했다. "모르겠어요. 하지만 없다면 당신이 반드시 만들어내야 해요." 그가 그녀를 더 꼭 끌어안았다. 젤마는 그의 입에, 목에, 목덜미에 키스를 했다. 그녀가 미소 지으며 말했다. "가슴이 미친 듯이 뛰어요." "원래 그런 거예요." 하인리히는 이렇게 말하면서 한 팔은 그녀의 등에, 다른 한 팔은 그녀의 오금에 대고 그녀를 번쩍 들었다. 젤마는 소리 내어 웃었고, 하인리히는 그녀를 침실까지 들고 갈 작정이었다. 하지만 그들은 거실까지만 갈 수 있었다.

하인리히는 여기 엎드려 있었다. 그는 마루청을 거의 다 깐 바닥을 살펴보았다. 턱이 마루청에 닿을 때까지 납작 엎드려 주방의 한 구석에서 다른 구석을 바라보았다. 그리고 뿌연 먼지를 뒤집어쓴 채 옆에 선 가장 친한 친구를 올려다보았다. 측량이며 자재 마련이며 마루청 까는 일이며 모든 걸 함께 도와준 친구였다.

하인리히가 밑에서 말했다. "좀 비스듬히 기울었지? 한번 좀 봐. 자네는 장래의 안경사로서 판단할 수 있잖아."

안경사는 먼지가 뽀얗게 앉은 안경을 먼지 묻은 조끼에 닦으면서 하인리히 옆에 엎드려 바닥을 대각선으로 바라보았다. "그렇게 말하니까 그러네. 하지만 의식하지 않으면 눈에 띄지 않아."

두 사람은 비길 데 없이 아름다운 경치인 듯 바닥을 바라보았다. 안경사가 그들이 엎드려 있는 곳을 톡톡 두드리면서 덧붙였다. "다만 여기 마루청이 너무 얇은 것 같군."

"어디?" 마치 그런 줄 몰랐다는 듯, 안경사가 "이 마루청이 너무 얇아."라고 계속 말하지 않았다는 듯 하인리히가 물었다.

안경사가 대답했다. "자, 여기, 우리가 지금 엎드려 있는 곳 말이야."

하인리히는 일어나 마루청 위에서 쿵쿵 뛰었다. "무슨 말이야, 튼튼하다니까." 그는 자기 말을 증명하기 위해 계속 뛰었다. 얼마나 세게 뛰었는지 바닥에 엎드린 안경사까지 덩달아 널을 뛰었다. "이건 영원히 갈 거야. 내 말을 믿으라고." 하인리히는 계속 우겼다.

프레데릭은 밑으로 떨어지지 않았다. 지하실까지, 일본까지 떨어지지 않았다. 아무것도 없는 상태까지는 더더욱 떨어지지 않았다. 거기 서서 균형을 잡는 동안 자신이 기분 좋게 무거운 듯 여겨졌다. 오랜 세월 무너질 위험이 있다는 말을 부당하게 들어온 곳에 서면 자동적으로 몸이 더 무거워지는 느낌이 드는 것 같았다.

그는 창밖을 내다보았다. 나와 마를리스, 안경사가 시야에 들어왔다. 우리는 돌아오는 길에 마을을 지나 안경사를 시력측정기에서 빼내서 같이 왔다. 마침 비탈을 올라오는 안경사와 나는 마를리스의 팔을 끼고 있었다. 우리는 천천히 걸었다. 우리는 마를리스에게 '모자, 막대기, 우산' 놀이를 가르치려 애쓰고, 마를리스는 배우지 않겠다고 고집을 부렸기 때문이다. 프레데릭은 우리가 줄곧 앞으로 세 걸음 걷고 멈추어섰다가 앞으로 한 걸음, 뒤로 한 걸음, 옆으로 한 걸음 걷는 모습을 바라보았다. 그리고 우리가 말하는 소리를 들었다. "힘내요, 마를리스. 같이 해요." 마를리스는 "절대 안 해."라고 했다.

내가 프레데릭에게 손을 흔들자 그도 손을 흔들었다.

프레데릭은 생각했다. 이제 바닥에서 발을 떼자. 걸어가서 문을 열자. 모두 안으로 들어오게 하자.

하지만 프레데릭이 너무 무거웠기에 우리가 더 빨랐다. 프레데릭이 무너질 위험이 있는 곳에 여전히 한 발을 딛고 서 있는데 우리가 주방으로 들어왔다. 안경사는 그를 뚫어져라 바라보았다. 프레데릭이 눈썹을 치켜올리고 물었다. "무슨 문제 있나요?" 그리고 눈을 돌려 자기 발을 내려다보았다. "오." 자신이 거기 서 있다는 걸 그제야 알아차린 것이다. 그는 내게 다가와 가짜 진주를 쥔 손을 내밀었다. "이걸 찾았어요."

에필로그

"이제 그만 출발하자." 안경사가 소리쳤다.

그는 집 앞 비탈 아래 세워놓은 낡은 파사트 자동차에 기대어 기다리고 있었다. 한숨을 쉬고 잠시 하늘을 올려다보았다. 오전이었고, 아주 환했다.

마를리스와 마쉬케 박사가 거리를 따라 오다가 안경사 앞에서 걸음을 멈추고 걱정스러운 표정으로 그를 바라보았다. "무슨 일 있으세요?" 마를리스가 물었다.

"아, 이거." 안경사가 재킷소매로 뺨을 닦으며 말했다. 전혀 울지 않는다고 생각하는데도 오늘 아침부터 눈물이 쉴새없이 줄줄 흘러내렸다. "나도 모르겠다. 그냥 내 안에서 분수처럼 계속 쏟아져 나오는구나. 내 생각엔 노화로 인한 눈물샘의 결함인 것 같은데. 혹은 알레르기 반응이거나.”

“혹은 슬픔이겠지요.” 마쉬케 박사가 대꾸했다.

“그 애는 벌써 떠났나요?” 마를리스가 물었다.

“아니, 내가 태워다줄 거야.” 안경사가 대답했다. 그는 마쉬케 박사를 빤히 쳐다보았다. “루이제는 오늘 오스트레일리아로 떠나요. 그러니까 인도양 한복판을 지나가는 거지요.” 마치 마쉬케 박사가 그 사실을 아직 모르고 있다는 듯, 안경사가 몇 주일 전부터 모든 사람에게 그 말을 하지 않았다는 듯.

“저도 잘 알고 있습니다.” 마쉬케 박사가 안경사에게 손수건을 내밀며 대답했다.

안경사는 내가 그에게 한 말을 들려주었다. “그 애가 거기 가는 건 무한히 넓은 곳이기 때문이에요. 또 그 애가 그러기로 결정했기 때문이지요.” 그는 마치 아무도 설명할 수 없었던 사라지는 것에 대한 문장을 말할 때처럼 그렇게 말했다.

안경사는 꼼꼼히 코를 닦고는 조금 삐딱한 목소리로 다시 한 번 소리쳤다. “이제 그만 출발하자.”

“곧 가요.” 나는 대문에서 비탈 아래를 향해 소리쳤다.

프레데릭의 도움을 받아 엄청나게 커다란 배낭을 등에 짊어졌다. "자, 그럼 출발해요." 프레데릭이 말했다.

그의 옷에는 온통 페인트가 묻어 있었다. 내가 마지막 물건을 싸기 위해 이리저리 뛰어다니는 동안 그는 거실 벽에 페인트칠을 했다. 나는 힘주어 말했다. "반드시 돌아올 거예요. 정확히 한 달 후에. 믿어도 돼요."

"믿을게요."

"그때까지 여기 있을 거죠?"

"예. 정확히 여기 있을게요. 어쩌면 주방에 있을지도 모르지만. 심지어 그럴 가능성이 아주 높지만." 그가 대답했다.

나는 프레데릭에게 키스하고 그의 귀에 대고 속삭였다. "그리고 우리, 앞으로 어떻게 할지 결정해요."

그가 싱긋 미소 지으며 대답했다. "예. 그렇게 해요."

"무슨 일이 있으면 전화번호 주었으니까 전화하고요."

프레데릭은 내 턱에 묻은 하얀 페인트를 닦아주며 말했다. "전화번호 갖고 있어요. 그것도 아주 많이." 내가 핸드폰 번호를 적은 쪽지를 집안 곳곳에 걸어놓았기 때문이다.

내가 백 번이나 한 말을 또 하려고 하자 프레데릭은 나를 지그시 바라보았다. 백한 번째로 같은 말을 듣지 않기 위해 그가 선수를 쳤다.

"예, 알래스카의 알약 잊지 않을게요."

"아무도 죽지 않아야 하는 것도요."

"그럼요. 아무도 죽지 않을 거예요."

나는 잡고 있던 프레데릭의 손을 놓고 비탈을 내려갔다. 그에게 손을 흔들기 위해 계속 뒤를 돌아보았다. 여름 아침이었다. 햇빛이 나를 환하게 비추고 있었다.

프레데릭은 비탈을 내려가는 나의 뒷모습을 바라보다 눈을 감았다. 눈꺼풀 뒤에서 움직이지 않는 잔상이, 손을 흔드는 정지된 동작과 정지된 미소가 보였다. 원래 밝았던 모든 것이 그의 눈꺼풀 뒤에서 어둡게 보이고, 원래 어두웠던 부분은 아주 밝게 보였다.

| 감사의 말 |

기젤라 레키, 로베르트 레키, 얀 슈트라트만, 얀 팔크에게 진심으로 감사드립니다. 첫 아이디어에서 마지막 에필로그까지, 저와 함께 해주신 틸만 람슈테트에게도 감사드립니다.

특히 소중한 조언을 해주신 크리스티안 딜로, 르네 미헬젠, 코르넬 뮐러, 베른하르트 쿠바스트, 게르노트 라이히, 그리고 베를린의 뢰슬러 안경에도 감사드립니다.

소설의 몇몇 모티프는 2012년 서부독일방송WDR에서 방송된 제 방송극 〈불교 승려와 나〉에서 빌려온 것입니다.

훼손되지 않은 아름다운 자연과 순박하고 인정 많은 따뜻한 사람들. 대도시의 밀집한 고층건물들, 탁한 공기와 시끄러운 소음, 군중 속의 고독을 아는 사람이라면 누구나 한 번쯤 그런 시골 마을을 그리워한 적이 있으리라. 마리아나 레키의 《오카피를 보았다》는 독일 라인 강 유역의 그런 작은 마을 베스터발트에서 벌어지는 이야기를 그린 향토소설이다. 향토소설은 현대를 사는 우리에게 어떤 감동을 줄 수 있을까? 아름다운 시골과 지친 영혼의 치유와 회복이라는 향토소설의 주제는 과거를 일방적으로 미화하고 변화와 발전을 거부하는 단순하면서도 피상적인 방향을 지향하는 위험을 안고 있다. 그러나 레키는 이런 위험을 뛰어넘어 아늑한 마을과 넓은 바깥세상, 삶과 죽음, 우정과 사랑, 용기와 절망, 습관과 변화라는 묵직한 주제를 해학과 재치로 다루며 재미와 감동을 동시에 선사한다.

소설에서 주인공의 할머니 젤마가 오카피 꿈을 꾸면 스물네 시간 안에 반드시 누가 죽는다. 오카피는 20세기에 들어서 아프리카 콩고의 정글에서 처음 발견된 포유동물로, 종아리는 얼룩말처럼 생기고, 엉덩이는 맥, 몸통은 기린처럼 생긴 데다가 노루의 눈과 쥐의 귀가 달린 동물이다. 이처럼 생소한 오카피와 죽음 이야기로 시작되는 소설에서 주인공 루이제는 부모보다는 할머니 젤마와 할머니 친구 안경사의 보살핌을 받아 성장한다. 루이제가 열 살이 되었을 때 젤마가 다시 오카피 꿈을 꾼다. 누가 대상이 될지는 모르지만 반드시 찾아올 죽음을 앞두고 마을 사람들은 다양한 반응을 보인다. 미신에 기대는 사람이 있는가 하면, 그동안 감추고 있던 마음을 고백하는 사람도 있고, 사랑을 고백하려다가 포기하는 사람도 있으며, 마을의 골칫거리를 죽이려고 하는 사람도 있다. 그런가 하면 이 기회에 그만 편안히 죽기를 바라는 사람도 있다. 드디어 젤마가 꿈을 꾼 후 스물네 시간이 지나 죽고 싶지 않았던 사람들 모두가 안도하지만 스물아홉 시간 후 엉뚱하게도 루이제의 가장 친한 친구 마르틴이 죽는다. 충격을 받은 루이제는 사흘 동안 젤마에게 매달려 계속 잠을 자다가 젤마와 안경사의 도움으로 눈을 뜬다. 어느덧 성장해 서점에서 수습사원으로 일하는 루이제는 스물두 살의 어느 여름 날 일본에서 사는 불교 승려 프레데릭을 만나 사랑에 빠진다. 두 사람은 10년간 수많은 편지를 주고받으며 결국 사랑을 실현할 가능성을 갖게 된다.

《오카피를 보았다》는 주인공 루이제가 열 살에서 서른두 살까지 겪은 이야기를 서술하는 일인칭 소설이다. 프롤로그와 에필로그, 3부로 이루어진 만만치 않은 분량에 각 부마다 죽음이 한 건씩 등장한다. 서로 어울리지 않는 여러 동물의 특징이 묘하게 조화를 이룬 아름다운 동물 오카피, 오카피 꿈을 꾸는 할머니와 죽음, 이 세상 어디에도 없을 것 같은 아름다운 자연과 따뜻한 마을 사람들, 주인공과 불교 승려의 사랑 등 레키의 소설은 언뜻 무거운 주제를 다루면서도 현실과 동떨어진 환상 세계를 감상적으로 그리는 통속소설처럼 보인다. 하지만 작가의 뛰어난 묘사 능력으로 소설은 심오하면서도 재미있는 책이 된다. 또한 저마다 독특한 색깔을 지닌 등장인물들은 조금 이상하지만 그래도 현실에서 만날 수 있는 실재 인물이라는 인상을 준다. 주인공과 불교 승려를 비롯해 어떻게 행동해야 할지 항상 정확하게 아는 따뜻한 젤마, 젤마를 사랑하지만 고백하지 못하는 안경사, 역도선수가 되고 싶은 마르틴, 늘 이혼을 꿈꾸는 주인공의 부모, 미신을 믿는 엘스베트, 마을의 골칫거리였지만 아들 마르틴이 죽은 후 독실한 신자가 되는 팔름, 마을의 끝자락에 살면서 사람들과 담을 쌓고 사는 마를리스, 주인공의 아빠가 데려온 잡종 개 알래스카 등 다채로운 등장인물들은 소설의 환상적인 동시에 생생한 현실감을 자아내는 데 힘을 보탠다.

번역을 하며 젤마와 안경사 등 등장인물과 함께 웃고 울면서 가슴 뭉클한 감동을 느꼈다. 독일 작가 주잔나 벵겔러는 레키의 소설을 "가장 슬픈 순간에도 가장 좋아하는 뜨개질 스웨터를 입은 듯 포근해지는 이야기"라고 평가한다. 젤마와 안경사가 친구의 죽음으로 충격을 받아 사흘 내리 잠에 빠진 주인공을 대왕고래 이야기로 깨우는 대목이나 미신을 믿는 엘스베트가 교통사고를 당하자 팔름이 그녀를 구하기 위해 박쥐의 심장을 구해오는 대목, 여든 살이 넘은 젤마가 죽기 직전 꿈에서 일찍 세상을 떠난 남편 하인리히를 만나는 대목, 독일과 일본에서 서로의 일상을 전하는 주인공과 불교 승려 프레데릭이 9,000킬로미터의 식탁 양 끝에 앉아 서로 대화한다고 비유하는 구절 등을 읽으며 여러 번 주잔나 벵겔러의 평가에 고개를 끄덕였다. 특히 서로 어울리지 않는 여러 동물의 특징이 묘하게 조화를 이룬 아름다운 동물 오카피처럼 저마다 독특한 베스터발트 사람들과 주인공, 주인공과 불교 승려가 서로를 위하는 따뜻한 마음으로 아름다운 사랑을 키우는 모습이 좋았다. 주인공의 아빠는 베스터발트 사람들에게 늘 "바깥 세상을 좀 더 받아들이라"고 충고한다. 소설에서 아픈 과거와 베스터발트를 벗어나지 못하던 주인공은 프레데릭으로 대변되는 바깥세상을 받아들이고 실제로 "무한히 넓은 곳"인 오스트레일리아로 여행을 떠난다. 그녀가 그럴 수 있는 것은 젤마와 안경사의 깊은 사랑과 아름다운 고향이 있었기에 가능한 것이리라. 우리 역시 우리를 사랑하는 사람들과 마음속 고향이 있기에 갖가지 어려움 속에서도 씩씩하게 세상을 살아가고 있는 것은 아닐까? 레키의 소설은 고향과 넓은 세상, 삶과 죽음, 우정과 사랑, 용기와 절망, 습관과 변화 등 인생의 근본적인 문제에 대해 곰곰이 생각해보라고 권고하고 있다.

2018년 5월

한미희

옮긴이 한미희

이화여자대학교 독문학과를 졸업하고 연세대학교에서 석사와 박사 학위를, 홍익대
학교에서 박사 후 과정을 마쳤다. 현재 전문 번역가로 활동하고 있다. 옮긴 책으로
《모모》《그림형제 동화집》《데미안》《수레바퀴 아래서》《에피 브리스트》등이 있다.

오카피를
보았다

첫판 1쇄 펴낸날 2018년 6월 25일

지은이 | 마리아나 레키
옮긴이 | 한미희
펴낸이 | 지평님
본문 조판 | 성인기획 (010)2569-9616
종이 공급 | 화인페이퍼 (02)338-2074
인쇄 | 효성프린원 (031)904-3600
제본 | 서정바인텍 (031)942-6006
후가공 | 이지앤비 (031)932-8755

펴낸곳 | 황소자리 출판사
출판등록 | 2003년 7월 4일 제2003-123호
주소 | 서울시 영등포구 양평로 21길 26 선유도역 1차 IS비즈타워 706호 (150-105)
대표전화 | (02)720-7542 팩시밀리 | (02)723-5467
E-mail | candide1968@hanmail.net

ⓒ 황소자리, 2018

ISBN 979-11-85093-70-3 03850

* 이 도서의 국립중앙도서관 출판시도서목록(CIP)은 서지정보유통지원시스템 홈페이지
 (http://seoji.nl.go.kr)와 국가자료공동목록시스템(http://www.nl.go.kr/kolisnet)에서
 이용하실 수 있습니다.(CIP제어번호: CIP2018015766)
* 잘못된 책은 구입처에서 바꾸어드립니다.